LE MONDE
DES ENFANTS

PAR

Mme THÈCLE DE GUMPERT

CONTES MORAUX

TRADUITS DE L'ALLEMAND AVEC L'AUTORISATION DE L'AUTEUR

PAR M. MALAURE

Professeur d'allemand au lycée de Tours

ET ILLUSTRÉS DE 125 VIGNETTES SUR BOIS

PAR JUNDT

PARIS

LIBRAIRIE DE L. HACHETTE ET Cie

RUE PIERRE-SARRAZIN, N° 14

(Près de l'École de médecine)

1860

LE MONDE

DES ENFANTS

1.98

Y⁻²

J1037

PARIS. — IMPRIMERIE DE CH. LAHURE ET Cⁱᵉ

Rues de Fleurus, 9, et de l'Ouest, 21

LE MONDE

DES ENFANTS

PAR

Mme THÈCLE DE GUMPERT

CONTES MORAUX

TRADUITS DE L'ALLEMAND AVEC L'AUTORISATION DE L'AUTEUR

PAR M. MALAURE

Professeur d'allemand au lycée de Tours

ET ILLUSTRÉS DE 125 VIGNETTES SUR BOIS

PAR JUNDT

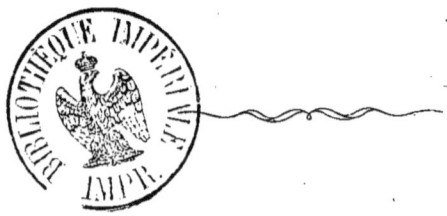

PARIS

LIBRAIRIE DE L. HACHETTE ET Cie

RUE PIERRE-SARRAZIN, N° 14

—

1860

1859

41037

LE

PETIT MENDIANT

LE
PETIT MENDIANT.

n était en hiver, un hiver bien dur. Les pauvres, dans leurs sombres et humides demeures, avaient beaucoup à souffrir de la saison rigoureuse, bien qu'on ne fût pas encore à la fin de novembre, et que les grands froids ne nous arrivent d'ordinaire que vers le mois de janvier.

La ville de T.... comptait parmi ses indigents un ouvrier chargé d'une famille bien nombreuse pour ses ressources. En effet, il avait sur les bras cinq enfants, dont l'aîné avait neuf ans à peine, et dont le plus jeune était encore au berceau. Les pauvres petits étaient complétement abandonnés, car leur père se préoccupait fort peu des cinq existences que Dieu lui avait confiées. La mère était morte ; Dieu l'avait délivrée des soucis et des douleurs ; mais sa mort laissait les pauvres enfants en proie à la misère la plus profonde. Tant qu'elle avait vécu, elle n'avait pas épargné sa peine. Elle tricotait des bas et filait de la laine, et, dans le modique salaire de son travail, elle trouvait de quoi donner à ses enfants au moins de la soupe tous les jours. C'était elle aussi qui recousait les haillons qui pendaient sur eux en guise de vêtements. A présent, rien de tout cela. Personne ne leur préparait de soupe; personne ne raccommodait leurs habits en lambeaux. Leur père prenait tous les matins son verre d'eau-de-vie; le soir, il dépensait au cabaret le prix de sa journée; et chaque jour il envoyait ses enfants mendier, avec l'ordre

formel de lui rapporter fidèlement tout l'argent qu'ils recevraient.

Henri et Jeanne allaient à l'école des pauvres, de huit à onze heures, et tout le reste de la journée était employé à mendier. Lise, la troisième enfant, ne suivait pas les autres à l'école; elle courait les rues du matin au soir, se traînant de porte en porte. Le plus jeune des enfants, pauvre petit être abandonné, était au berceau, couché dans des langes malpropres, et n'ayant pour toute nourriture qu'un peu de pain délayé dans de l'eau. Sa sœur Rose, âgée de trois ans, restait seule avec lui toute la journée. Presque toujours elle se tenait accroupie au coin de la paillasse qui servait de lit aux quatre plus âgés; ou bien, quand le froid lui devenait insupportable, elle se glissait tout à fait dans la paillasse, et s'enveloppait comme un petit chien dans la paille hachée par l'usure et à moitié pourrie.

Sur le soir, les autres rentraient, et alors on mangeait en

commun les morceaux de pain qu'ils avaient ramassés dans leur tournée. L'enfant au berceau était lui-même gorgé de miettes de pain comme un petit oiseau; car, pour du lait, cette nourriture si nécessaire aux enfants, il n'en avait pas goûté depuis la mort de sa mère.

Le père rentrait chez lui dans un état d'ivresse habituel, et se faisait remettre l'argent que les petits mendiants avaient recueilli. Une partie de cet argent servait à acheter le lendemain un petit pain pour le déjeuner; c'était la seule chose dont s'occupât cet homme insouciant, et encore seulement parce que les deux plus âgés des enfants, allant à l'école, ne pouvaient commencer à mendier que plus tard. Quant à ce qui restait des aumônes après l'achat du pain, il le dépensait régulièrement pour son eau-de-vie.

A la misère des pauvres enfants venaient s'ajouter les souffrances du corps. Jeanne, l'aînée des filles, était contrefaite à un tel point, que sa poitrine resserrée recevait à peine la quantité d'air nécessaire à la respiration. De plus, elle était boiteuse; car, ne pouvant se donner assez d'exercice en hiver, elle avait eu les pieds gelés, ses pauvres pieds qui n'avaient ni bas ni souliers, et n'étaient enveloppés que de chiffons.

Jeanne sentait bien le malheur de sa position, mais elle n'avait pas assez de courage; elle n'était disposée ni à s'instruire ni à mendier. Quand elle voyait d'autres enfants qui jouaient dans la rue, elle s'arrêtait et les regardait de loin, les larmes aux yeux. A l'école, le maître la grondait quand elle ne comprenait rien; à la maison, son père la grondait quand elle ne mendiait pas; la journée était pour elle un martyre de tous les instants.

Lise, la plus jeune des filles, avait les yeux en si mauvais état, qu'elle était obligée de les tenir toujours recouverts d'un bandeau, par-dessous lequel elle voyait à peine assez pour ne pas se heurter contre les murs, ou pour n'être pas renversée par les chevaux et par les voitures.

Le pauvre Pierrot, c'était le nom de l'enfant couché dans le berceau, dépérissait lentement, et son état faisait mal à voir. La petite Rose, sa gardienne, n'était pas malade, mais elle était aussi dans un grand dénûment; et, pour elle comme pour ses

frères et sœurs, la privation d'une mère se faisait bien cruelle-
ment sentir.

Henri seul était véritablement bien portant, toujours leste et
joyeux, malgré la triste vie qu'il menait comme les autres. Il

Lise.

aimait à s'instruire, il lisait, écrivait et calculait déjà bien, et il
avait la place d'honneur sur le banc de l'école. Cet enfant,
extraordinairement développé au physique et au moral, aurait
pu, même à son âge, contribuer par son travail à l'amélioration
de la position de ses frères; mais personne n'avait appelé son
attention là-dessus, et lui-même ne se doutait pas qu'il fût capable de soulager la misère de la maison. Il éprouvait bien un
sentiment de honte quand il allait mendier, mais il ne se rendait pas bien compte de ce qui faisait naître chez lui ce sentiment; une voix intérieure, la voix de Dieu, lui disait : « C'est
un péché que de demander l'aumône quand on est bien portant et en âge de travailler. » Mais tous les soirs son père lui

demandait de l'argent ; alors il était bien forcé de mendier pour n'être pas battu.

Un jour il se présenta à la porte d'une cuisine au moment où la ménagère ôtait du feu un pot rempli de pommes de terre. En voyant le petit garçon, elle lui en jeta cinq ou six dans son bonnet. C'était un cadeau magnifique ; Henri serra contre lui son bonnet, le ferma par le haut pour ne pas laisser refroidir les pommes de terre encore fumantes, et prit en courant le chemin du logis.

Rose, assise sur sa paillasse, pleurait toute grelottante de froid ; ses mains et ses pieds gonflés offraient en quelques endroits des crevasses d'un rouge livide. La pauvre enfant était occupée à ajouter encore un haillon dégoûtant à ceux qui recouvraient à peine ses membres engourdis. Henri lui mit dans chaque main une pomme de terre. En se sentant pénétrée par cette douce et bienfaisante chaleur, elle poussa un cri de joie. Elle avait grand'faim, mais elle se priva de manger ses pommes de terre, afin de les garder plus longtemps dans ses mains.

Henri s'approcha du berceau de son petit frère. Il serait difficile de se faire une idée de la saleté dans laquelle il croupissait. Ses langes d'étoffe brune et sa chemise en lambeaux exhalaient une odeur repoussante. Ses joues hâves et creuses et ses petits membres décharnés inspiraient la pitié. A la vue de son frère, un sourire effleura ses lèvres minces et décolorées, et il lui tendit ses petits bras amaigris.

Henri contempla avec tristesse l'enfant couché dans ses hail-

lons. Il avait pour son petit frère une vive affection ; aussi prit-il ses petites mains rougies par le froid, et il les réchauffa

de son souffle; puis il partagea une pomme de terre en petits
morceaux qu'il écrasa entre ses doigts, et il les introduisit
entre les lèvres décolorées de l'enfant, auquel ces miettes
semblèrent un mets délicieux. A mesure qu'il les avalait, il
ouvrait la bouche comme un petit oiseau pour en demander
encore.

« Mon bon petit Henri, dit la petite fille qui était assise sur la
paillasse, apporte-nous donc tous les jours des pommes de terre
chaudes.

— J'en apporterais bien, si l'on m'en donnait, répondit le
petit garçon; mais quand je mendie, on ne me donne que du
pain ou des centimes. Mais sais-tu bien une chose? J'ai déjà
amassé six centimes; je vais courir au marché et t'acheter
beaucoup de pommes de terre.... Mais comment les ferons-
nous cuire? Ah! j'y songe; je les ferai cuire chez Goton l'estropiée; elle a toujours chez elle des copeaux et elle en fait du feu
pour préparer sa soupe. »

Le petit garçon partit comme un trait, et, au lieu de prendre
sa route ordinaire pour aller mendier, il se rendit au marché
pour acheter des pommes de terre. Il n'en eut pas beaucoup
pour ses six centimes, car la récolte avait été mauvaise et toutes
les denrées étaient fort chères.

Ayant enveloppé son emplette dans un pan de son habit, il
entra dans une petite maison à côté de celle où il habitait, et
courut à la chambre de Goton l'estropiée. C'était une petite
vieille qui se traînait chaque jour sur des béquilles devant les
portes où on fendait du bois; là elle ramassait les copeaux. Goton accorda de bon cœur à l'enfant la permission qu'il demandait, et lui prêta même le pot où elle préparait sa soupe.

Les pommes de terre furent lavées et mises dans le pot avec
l'eau fraîche que Henri s'était empressé d'aller chercher dans la
cour. Quel plaisir pour le petit garçon! Il resta debout devant la
cheminée dans une joyeuse attente, les yeux fixés avec délices
sur l'eau qui couvrait les tubercules gris entassés dans le pot. Il
fallut longtemps avant qu'elle se décidât à bouillir: elle restait
calme et toujours calme à la surface; l'enfant, retenant presque
son haleine, ne la quittait pas des yeux; un charbon tomba dans
le pot et produisit un frémissement; Henri le retira soigneu-

sement avec un petit morceau de bois, et le porta à sa langue
pour voir s'il avait pris le goût des pommes de terre....

L'eau ne bouillait toujours pas; il mit au feu encore un copeau, puis un autre, jusqu'à ce que la vieille lui dit en le grondant qu'il allait lui brûler tout son bois; il lui promit trois
pommes de terre en récompense, et elle lui permit d'activer un
peu la flamme. Alors de grosses bulles crevèrent à la surface
de l'eau, et tout d'un coup elle entra en pleine ébullition.

« Ciel, l'eau bout! » s'écria Henri, et il allait prendre le pot et
l'emporter, lorsque l'estropiée le retint en lui faisant observer
que les pommes de terre n'étaient pas encore cuites.

Le petit garçon attendit dans la plus vive impatience. Au bout
de quelque temps, la vieille prit un petit copeau de bois et piqua
une pomme de terre. L'ayant trouvée assez molle, elle versa
l'eau au milieu des trépignements de joie de l'enfant, et le pot
fut vidé devant le foyer, où roulèrent les tubercules gris, dont

quelques-uns étaient crevés et avaient un aspect magnifique.
Henri mit à part les trois plus belles pommes de terre pour
l'estropiée, enveloppa les autres dans le pan de son habit et courut à toutes jambes du côté de la maison.

Pendant ce temps-là l'obscurité était devenue presque complète.

Jeanne et Lise étaient déjà de retour; et les enfants mangeaient les morceaux de pain qu'elles avaient rapportés, lorsque Henri rentra.

« Qu'est-ce que j'apporte? leur cria-t-il; mettez un peu les mains sur cette grosse bosse. Ah! ah! est-ce chaud, cela?

— Qu'est-ce que c'est? qu'as-tu là? » demandèrent Jeanne et Lise tout étonnées; la petite Rose, elle, le devina tout de suite et s'écria joyeuse : « Ce sont mes pommes de terre, c'est Henri qui les a achetées. »

Henri fit quatre parts de son trésor et donna à chacun la sienne. Une belle pomme de terre bien crevée fut déposée par lui dans le berceau de son petit frère, car il dormait déjà; mais quel bon déjeuner il trouverait le lendemain à son réveil!

Tout le monde mange des pommes de terre avec plaisir; mais quelle jouissance elles durent être pour ces enfants qui depuis des mois n'avaient rien pris de chaud! Après avoir terminé leur délicieux repas, ils se sentirent pénétrés d'une douce chaleur; les sœurs baisaient les mains à leur frère, qui, touché de cette reconnaissance, avait de grosses larmes dans les yeux. « Ah! si je pouvais en faire autant tous les jours! se disait-il. Que cela serait beau!... » Mais le pauvre enfant ne le pouvait pas.

A la rentrée du père toute cette joie cessa. Les enfants se tapirent sur leur paillasse dans un coin; leur père était ivre comme tous les soirs. Pas une parole amicale ne sortit de sa bouche pour ses enfants, qui de leur côté ne songèrent pas le moins du monde à s'élancer au-devant de lui et à lui faire la moindre démonstration d'amitié. Cela faisait mal à voir.

Il alluma une petite lampe qui se trouvait sur la planche de la fenêtre, car on eût en vain cherché une table dans la chambre. A la lueur blafarde que projetait la lampe, il regarda dans tous les coins; et, en apercevant ses enfants qui se serraient de frayeur les uns contre les autres, il cria de sa voix la plus rude :

« Que faites-vous là, accroupis comme des marmottes? Vite votre argent! »

Jeanne s'approcha la première, dénoua le coin de son fichu déguenillé qui lui servait de bourse, et présenta à son père le produit de sa journée. Lise avait déjà son argent à la main, et

Jeanne présenta à son père le produit de sa journée.

elle s'empressa de l'ajouter à celui de sa sœur. Le pauvre Henri resta timidement debout à sa place.

« Allons, fainéant, es-tu bientôt prêt? lui cria le cordonnier.

— Hélas! père, je n'ai rien aujourd'hui, répondit le petit garçon d'une voix presque imperceptible.

— Comment! tu n'as rien? Qu'est-ce que cela veut dire? A quoi as-tu donc passé ton temps? »

Et il se jeta sur l'enfant et le frappa.

« Je t'apprendrai à faire ton devoir, grand fainéant. Tu en prends à ton aise, à ce que je vois. Où veux-tu donc que je trouve de l'argent pour te nourrir toi et toute cette vermine-là? dit-il en montrant ses autres enfants. Tes frères crient famine, et tu te croises les bras?... Cherche-leur du pain, vaurien que tu es!

— Nous avons déjà mangé, père; ne bats pas Henri. Nous n'avons plus faim, crièrent les autres en pleurant.

— Vous avez mangé? demanda cet homme sans pitié, en se tournant vers les petites filles. Et qui donc vous a donné de quoi manger pendant mon absence?

— C'est Henri, répondirent-elles.

— Henri! fit le père étonné; est-ce qu'il vous a fait cuire de la viande?

— Non, père, c'étaient des pommes de terre.

— Ce fainéant vous a régalés de pommes de terre? Alors c'est l'argent de sa journée qui y a passé? Ah! tu te permets d'acheter des pommes de terre, mauvais drôle! Tu as donc oublié que je veux tout l'argent qu'on te donne? Il me le faut, entends-tu? J'en ai besoin pour acheter le pain de votre déjeuner; mets-toi bien cela dans la tête. Combien avais-tu reçu aujourd'hui?

— Rien que six centimes, père, dit le petit garçon en sanglotant.

— Tu mens, s'écria le père; d'habitude tu rapportes davantage.

— Père, je ne mens point, je te l'assure, répliqua Henri; je n'avais rien que six centimes; j'en ai acheté des pommes de terre que j'ai fait cuire chez Goton l'estropiée; voilà pourquoi je n'ai pas eu le temps de mendier. »

L'ivrogne fit encore beaucoup de tapage; mais comme, au bout du compte, ses récriminations ne pouvaient lui faire trou-

ver de l'argent où il n'y en avait pas, il éteignit la lampe, et se
coucha en grommelant.

Les enfants se glissèrent l'un après l'autre dans la grande
paillasse; elle était percée de quatre trous par lesquels ils se
fourraient dans cette paille malsaine qui leur tenait lieu de draps
et de couvertures. Les pauvres enfants! Ils furent longtemps
à s'endormir; les petites filles baisaient en pleurant le visage et
les mains de leur frère, voulant lui payer ce tribut de reconnaissance pour ce qu'il venait de souffrir pour elles.

Le lendemain, frère et sœurs se levèrent aussitôt qu'il fit jour.
Ils n'eurent pas à déjeuner : car leur père, ayant touché moins
d'argent que d'habitude, ne leur avait pas acheté de pain, et
il se rendit à son travail sans se préoccuper le moins du monde
s'ils auraient faim.

Henri remit à Rose la pomme de terre déposée dans le berceau de son petit frère, et lui confia le soin de la faire manger à
l'enfant, après qu'elle l'aurait émiettée. Puis les frères et les
sœurs s'étant embrassés, les plus âgés partirent pour se rendre
à l'école.

Lise accompagna son frère et sa sœur jusqu'à la porte de l'é-
cole, et poursuivit sa route pour aller mendier. Elle allait tranquillement de maison en maison, sans s'inquiéter nullement s'il
est bien de mendier quand on peut travailler; du reste, elle
était incapable de tout travail : avec des yeux aussi malades que
les siens, qu'aurait-elle pu faire?

Il en était autrement de Henri; c'était un garçon plein de vigueur et de santé, d'un esprit pénétrant et qui s'attachait aux
choses qu'il voyait, bien qu'il ne fût pas encore en état de les
apprécier à leur juste valeur. Il éprouvait, comme nous l'avons
dit, un véritable malaise quand il lui fallait mendier, et il était
pris d'une envie extraordinaire de se livrer à une occupation
réelle.

Lorsqu'il regardait par les fenêtres dans les ateliers et qu'il
voyait tous les ouvriers attentifs à la besogne, il eût voulu se
mettre de la partie. Il avait peine à détacher ses yeux d'un tel
spectacle, car la vue seule d'une pareille activité était déjà pour
lui du plaisir.

Les livres qu'il voyait exposés aux fenêtres des libraires

étaient surtout un grand tourment pour lui. Quel en pouvait être le contenu? il ne s'en faisait pas d'idée; mais il pensait que chaque volume en particulier devait être un trésor de curiosités et de merveilles. Le désir d'avoir en sa possession un livre pour le lire était devenu sa pensée dominante. Souvent dans ses rêves il voyait d'énormes volumes ouverts devant lui et qu'il avait la permission de feuilleter. Toutes les petites feuilles manuscrites ou imprimées qu'il trouvait dans les rues, il les lisait et les conservait. Il avait dans sa paillasse une cachette remplie de chiffons de papier de tous les formats sur lesquels il y avait quelque chose à lire.

Ce jour-là, au moment où il sortait de l'école et où il allait tourner le coin d'une rue, une voiture passa contre lui et s'arrêta tout à coup; une dame en descendit et appela le petit garçon:

« Mon enfant, lui dit-elle, voilà deux francs; entre dans cette boutique et achète-moi une livre de café; je ne veux pas y en-

voyer mon cocher, de peur que les chevaux ne s'emportent. Mais j'oubliais.... Tu m'apporteras aussi une demi-livre de raisins secs et pour cinquante centimes d'épices anglaises; voici pour cela encore deux francs; prends garde de perdre l'argent. »

Henri entra dans la boutique désignée. Comme il y avait plusieurs personnes à servir, il fut obligé d'attendre quelques minutes que son tour fût venu. Alors on pesa le café, les raisins et les épices, et on les versa dans de grands cornets de papier; puis le tout fut enveloppé dans une feuille de papier. On lui rendit ensuite de la monnaie, car son emplette ne se montait qu'à trois francs cinquante centimes, et la dame lui avait donné quatre francs.

« Tu es resté bien longtemps, lui dit-elle, lorsqu'il s'approcha de la voiture. Tu me rapportes de la monnaie?... C'est bien.... Cinquante centimes!... Garde-les; j'ai là une boîte dans laquelle tu vas mettre tous ces objets; mais non pas tous en masse, ils n'y tiendraient pas. Enlève d'abord la grande feuille et place-les séparément. Là.... c'est très-bien.... et maintenant adieu, mon garçon. »

Henri se dirigea en courant vers sa demeure, tenant dans une main l'argent qu'il avait reçu, et dans l'autre la feuille de papier qu'il avait gardée; c'était une feuille imprimée.

« Voilà de quoi lire! » se dit-il avec une joie secrète; et il agitait la feuille en l'air comme un petit drapeau.

Le père était déjà là lorsque Henri entra dans la chambre; il lui remit tout de suite l'argent qu'il avait reçu de la dame, ce qui le disposa favorablement en faveur du petit garçon. Il lui passa la main sur le visage, selon sa manière habituelle de caresser, toutes les fois que le sentiment paternel surmontait pour un instant son indifférence. Quelques minutes plus tard il s'était déjà jeté sur son lit, où il dormait jusqu'au moment de se rendre à son travail. Pendant ce temps-là, Henri plia sa feuille imprimée, mit en ordre les numéros des pages et commença à lire.

« Henri, dans son enfance, était faible et délicat, néanmoins il se développa de très-bonne heure. Il n'avait pas encore six ans quand son père mourut, et il ne lui resta qu'une douce et bonne mère et un petit frère et une petite sœur. Leur fortune était bien mince. Une bonne et fidèle servante de la campagne aidait

à la mère à élever péniblement ses enfants. Le père avait appelé à son lit de mort cette domestique, et lui avait dit : « Babet,
« pour l'amour de Dieu, n'abandonne pas ma femme ; si je meurs,
« elle est perdue, et mes enfants vont passer en des mains étran-
« gères, et dures peut-être. » Babet répondit : « Je n'abandonnerai
« pas votre femme, monsieur le docteur ; si vous mourez, je res-
« terai auprès d'elle tant qu'elle aura besoin de moi. » Cette promesse rassura le père mourant ; son œil s'éclaircit, et il rendit
le dernier soupir en emportant cette consolation. Cela était beau
de la part de Babet. Elle a tenu parole, et elle est restée chez
la mère jusqu'à la mort de celle-ci. »

Henri suspendit un moment sa lecture. Ce récit, commençant
par son propre nom, avait, dès le principe, captivé son attention. La bonté de cœur de Babet lui avait fait venir les larmes
aux yeux, et il se disait : « J'entrerai aussi un jour au service
de quelqu'un, et je le servirai aussi fidèlement que Babet. »

Puis il continua :

« La mère était une bonne et brave femme qui faisait tout son
possible pour bien élever ses enfants. Elle trouva dans Babet
un puissant auxiliaire. Les enfants voulaient-ils mettre seulement le pied dehors, ou bien aller quelque part où ils n'avaient
que faire, Babet les retenait. « Pourquoi, leur disait-elle, voulez-
« vous user inutilement vos habits et vos souliers ? Voyez com-
« bien de privations votre mère s'impose pour vous élever ! Elle
« ne va jamais nulle part, elle épargne le moindre sou pour
« l'employer à votre éducation. » La plus stricte économie régnait
donc au logis, et il le fallait bien. Pour avoir un panier de
légumes ou de fruits à meilleur compte, on allait trois ou quatre
fois au marché, et l'on épiait le moment où les marchands
ennuyés allaient quitter la place. Les enfants avaient toujours
de beaux habits le dimanche, mais ils ne pouvaient les garder
toute la journée, et on les leur faisait quitter en rentrant pour
qu'ils se conservassent plus longtemps. Avec tout cela il manquait toujours au jeune Henri la direction énergique et sage
d'un père.... »

Il y avait à cet endroit sur la feuille une grande tache noire
qui rendait plusieurs lignes illisibles. Henri en fut bien contrarié ; il eut beau faire tous ses efforts pour deviner ce qu'il

y avait dessous, il ne put en venir à bout. Il passa outre, et
lut quelques lignes qui se trouvaient circonscrites par la
tache.

« Henri était avec cela insouciant, imprévoyant et d'une négligence extraordinaire. Il fallait toujours l'avertir de nouer les
cordons de ses souliers, de remonter ses bas, de se mou-
cher, etc.; il mordait constamment les bouts de sa cravate;
mais ce singulier petit garçon s'abandonnait en secret, juste au
moment de sa plus grande distraction, à des rêveries étranges
dont sa mère et Babet ne se doutaient point. » ·

A cet endroit la tache redevenait si noire qu'il ne restait plus
rien à déchiffrer sur cette page.

Le petit garçon tourna alors la feuille et lut ce qui suit :

« Son grand-père vivait paisible et retiré, observant stricte-
ment les coutumes de ses ancêtres. Il insistait auprès du maître
d'école pour qu'il fît apprendre aux enfants la prière et le catéchisme. Henri avait déjà neuf ans, et tous les étés il passait
quelques mois chez son grand-père. C'était chaque fois pour lui
une véritable fête. Ce commerce fréquent avec le bon et sérieux
vieillard fit sur le petit garçon une impression si profonde, que
dans la suite on l'entendit souvent répéter : « Pour qu'un
« enfant arrive à la véritable crainte de Dieu, il faut qu'il fré-
« quente les vrais chrétiens. »

Là se trouvait encore un alinéa auquel Henri s'arrêta de nouveau. « Le grand-père de Henri, se dit-il en soupirant, était un
homme d'une grande bonté, cela est facile à voir.... Heureux
l'enfant qui aurait un pareil grand-père!... Pour arriver à la véritable crainte de Dieu, il faut que l'on fréquente les vrais chrétiens.... Cela est imprimé en caractères plus gros que le reste;
cela doit mériter une attention toute particulière, car beaucoup
de phrases dans notre catéchisme sont imprimées de la sorte.
Savoir si notre père est un vrai chrétien?... Peut-être que non....
car le maître d'école, en parlant de lui, dit toujours : « Ce vieil
« ivrogne!... » D'ailleurs notre père ne tient pas non plus à ce que
nous sachions notre prière et à ce que nous apprenions le catéchisme.... Pauvre père, il le deviendra sans doute plus tard,
vrai chrétien.... Quoi qu'il en soit, ce n'est pas bien, j'en suis
sûr, d'avoir l'air malpropre; sans quoi on n'aurait pas fait à

ce sujet des reproches aussi sévères à Henri.... Mais continuons de lire. »

« Maintenant, cher lecteur, vous allez voir des choses qui vous étonneront au plus haut degré. Vous ne saurez pas si vous devez plutôt plaindre le sort de cet homme que l'admirer et l'aimer. Dans un temps de misère extrême, il fait de sa maison un établissement d'éducation pour les petits mendiants délaissés et sans feu ni lieu. Il veut les nourrir, les habiller, les instruire, les élever; il veut les arracher à la misère et au crime, et les rendre à l'État après en avoir fait des hommes bons et utiles. Dites-moi, cher lecteur, si parmi les mortels vous trouvâtes jamais tant d'amour? Et pourtant c'était l'amour seul, l'amour de Dieu et du prochain, qui lui inspira cette résolution. Il prit plus que jamais en considération le sort de ces pauvres gens perdus. Il lui fallut devenir mendiant pour apprendre aux mendiants à devenir des hommes.... »

« Ah! ce bon Henri! » s'écria involontairement notre petit lecteur.

Et ses sœurs, qui étaient tranquilles dans leur coin, attendant le moment de courir les rues, se retournèrent vers lui tout étonnées. Henri, effrayé, jeta un regard plein d'anxiété sur le lit du père; mais celui-ci se remit à ronfler de plus belle; alors Henri se leva, alla vers ses sœurs et leur dit :

« Si vous saviez quelle jolie histoire j'ai là! Je vais vous la raconter. Imaginez-vous, il y avait une fois un enfant appelé Henri, comme moi; je croyais d'abord qu'il s'appelait Henri tout court, mais il avait encore un autre nom; il se nommait Henri Pestalozzi. Son grand-père lui avait appris ce que c'est que la volonté de Dieu, et une servante appelée Babet lui avait enseigné à tenir fidèlement sa parole.... Puis, quand il fut devenu grand, il était très-pauvre; ce qui ne l'empêcha pas de se charger des petits mendiants et de les faire nourrir, habiller et élever....

— Ah! il se serait aussi chargé de nous! Quel dommage qu'il ne soit pas ici, ce bon monsieur! dirent les trois sœurs.

— C'est ce que je dis aussi, ajouta Henri; pensez donc, s'il était ici, nous n'aurions pas besoin de mendier; il nous donne-

rait tout ce dont nous manquons. Mais écoutez, petites sœurs,
je vais vous lire le dernier morceau. »

Il s'assit contre elles; et, pour ne pas éveiller le père, il lut à
voix basse le passage suivant :

« Pestalozzi pensa qu'il pouvait élever les enfants sans qu'il
lui en coûtât rien. Ils devaient gagner eux-mêmes leur pain en
travaillant. Il voulut prouver au monde comment l'époque tout
entière pouvait être ramenée dans la bonne voie, et faire voir
que la lumière spirituelle luisait aussi pour les pauvres. Dans
son enthousiasme, il traça un plan d'éducation qu'il livra à la
publicité. Par le beau temps, les enfants devaient travailler aux
champs; pendant la mauvaise saison, ils devaient gagner leur
pain à filer et à faire de la toile. Les garçons se livreraient à
l'agriculture; les filles aux travaux du ménage et aux soins

du jardin. Ce fut un admirable établissement de charité. Non-
seulement ses amis les plus proches, mais encore des étrangers, contribuèrent de leurs dons à sa fondation. Les petits
mendiants en guenilles y trouvèrent le plus favorable accueil.
A l'ouverture de la maison, en 1775, on y comptait cinquante
enfants. Une femme de confiance, sept maîtres ouvriers chargés d'apprendre aux enfants à filer et à faire de la toile, et
quatre domestiques pour les travaux des champs, composaient
le personnel. Pestalozzi lui-même, aidé de sa femme, s'occupait de l'éducation morale des enfants. Il était pour tous un
père, un maître et un ami. Il leur procurait du pain, des
vêtements et du travail. Pendant les heures de travail, il leur
donnait des leçons de langage, de chant, de calcul et d'instruction religieuse, et il leur enseignait la manière de se

servir le plus utilement de leurs doigts. Il formait en même temps et réchauffait leur cœur par ses sages préceptes et ses encouragements. Prière et travail! Telle était la devise de sa maison. »

Ici finissait le contenu de la feuille. « Priez et travaillez! » disait Henri, après ce qu'il venait de lire.... Oui, il y a aussi dans l'Histoire sainte quelque chose de semblable.... Le bon Dieu dit à Adam : « Tu mangeras ton pain à la sueur de ton front.... » J'ai appris cela par cœur.

— Mais nous ne travaillons jamais, nous, fit observer Jeanne.

— Pries-tu le bon Dieu, toi? demanda Lise; moi, je dis la prière que ma mère me faisait répéter, et qui commençait ainsi : *Mon Dieu, je vous prie....* Le reste, je l'ai oublié.

— Je dis quelquefois : *Notre Père qui êtes aux cieux,* dit Henri, mais souvent je ne pense pas du tout à faire ma prière.

— Il y a dans *Notre Père,* reprit Jeanne, *Mon Dieu, donnez-nous aujourd'hui notre pain de chaque jour!*... Nous l'avons appris à l'école, voilà pourquoi je le dis toujours ; car c'est le bon Dieu qui jusqu'à présent nous a donné du pain.

— Moi, je le prierai de nous envoyer aussi des pommes de terre, » s'écria la petite Rose.

Deux heures moins un quart sonnaient à l'horloge de l'église; le père se leva et mit son bonnet pour se rendre à son travail.

« Faites bien attention, dit-il en s'en allant, qu'il faut que vous me rapportiez de l'argent tous les trois; autrement, gare les coups!

— Il faut donc mendier, dit Henri, et pourtant j'ai senti là dans mon cœur depuis longtemps que je suis coupable en men-

diant. Mais nous devons obéir à ce que notre père nous com
mande.

— Et puis il ne manquera pas de nous battre, si nous ne rap-
portons pas d'argent, dit Lise. Venez, venez, il ne fait pas aussi
froid aujourd'hui que les jours derniers. »

Henri déposa dans la cachette de la paillasse avec les autres
papiers la feuille qui contenait l'histoire de son homonyme, puis
il donna un baiser à son petit frère au berceau, ce qu'il n'oubliait jamais de faire avant de sortir.

« Comme il est pâle et chétif! dit-il; il n'a plus que la peau et
les os.... Qu'aurait donc pu faire Pestalozzi pour rendre la santé
à ce pauvre être ?... Ah ! il y a quelque chose dans mes papiers.
Oui, un jour que j'étais allé chercher du tabac pour notre
père, on me le donna dans un cornet, et quand j'eus versé
le tabac dans sa tabatière, je lus le papier.... Je vais le chercher
tout de suite ; je l'ai mis de côté ce jour-là sans y attacher d'importance; aujourd'hui j'y trouverai, j'en suis sûr, ce que je
dois faire. Mais allez-vous-en mendier, vous autres, pour que
nous ne soyons pas tous battus ce soir. Je sortirai aussi, mais
un peu plus tard. »

Les enfants sont curieux : les sœurs eussent bien voulu voir
ce que Henri ferait du petit garçon; mais tous ensemble por-
tèrent leurs yeux vers un coin de la chambre; c'est là qu'était
placé le bâton de leur père.... Ils se dirigèrent vers la porte
sans plus tarder.

Henri souleva sa paillasse et fouilla dans son tas de papiers
jusqu'à ce qu'il eut trouvé la petite feuille qui avait contenu le
tabac, et il y lut ce qui suit :

« Les maladies des enfants proviennent souvent de la mal-
propreté et du défaut d'air. Un enfant devrait changer de linge
tous les jours, sa chambre devrait être aérée plusieurs fois, et
l'enfant lui-même être promené au grand air tous les jours,
s'il était possible. Les lits offrent souvent de grands inconvé-
nients, parce qu'il est difficile de les tenir dans l'état de propreté nécessaire, et que la plume des couettes finit par contracter une si mauvaise odeur que l'enfant qui y séjourne ne peut
se développer. On s'expose aux plus funestes conséquences en
le couchant dans ce tas de fumier. La nourriture la plus saine

pour les petits enfants, c'est le lait frais et sucré; ils peuvent prendre néanmoins des soupes légères de pain blanc ou de biscuit, par exemple. »

Le cornèt de papier n'était pas grand; il n'y avait par conséquent pas beaucoup à lire; mais cela était suffisant pour satisfaire les désirs du petit garçon.

« Je vais, avant tout, dit-il, bien te laver tous les jours, pauvre petit frère. Quant à trouver un lit neuf, ce sera plus difficile. La plume de ta couette est-elle un tas de fumier?... Oui.... Il entra ici l'autre jour un monsieur qui demandait le tailleur; en ouvrant la porte, il se récria sur la mauvaise odeur qu'on sentait ici, disait-il.... C'est qu'aussi nous n'ouvrons jamais les fenêtres.... Dorénavant je ne manquerai pas de le faire tous les jours. »

Henri retira son frère du lit et examina sa chemise. Elle était toute noire, tant elle était sale.

« Laver le linge, est-il dit sur le papier; mais nous n'en avons pas pour changer, se dit-il; comment vais-je m'y prendre pour laver cette chemise?... Aujourd'hui ce ne sera pas possible, je le vois bien; il faudra que j'imagine un moyen; je vais, en attendant, lui laver les mains et le visage.... »

Il se dirigea vers la cruche qui était contre la fenêtre; l'eau y était gelée. Il n'y avait donc rien à faire qu'à remettre l'enfant dans son berceau, tel quel. Henri se gratta la tête avec dépit en disant :

« Me voilà forcé de te replacer, tel que tu es, dans ce vilain lit; mais attends encore un peu, cela changera. Le petit Henri d'ici fera comme Henri Pestalozzi; il nourrira et soignera les petits mendiants, bien qu'il ne soit lui-même qu'un mendiant. »

Une transformation miraculeuse s'était opérée chez le petit garçon; ses yeux venaient de s'ouvrir à une lumière jusqu'alors inconnue. Il traversa vivement la rue et entra dans une maison où on lui faisait souvent l'aumône. Il n'y avait personne dans le corridor; mais lui, sans attendre comme autrefois, se dirigea vers la cour par la porte de derrière, et se trouva dans un lavoir. Plusieurs femmes allaient et venaient, puisant de l'eau, mettant le linge à sécher dans la cour; d'autres étaient

debout à l'intérieur devant de grands réservoirs pleins d'eau où
elles lavaient. Henri s'arrêta à la porte en disant :

« Voulez-vous que je vous aide, mesdames ? Je serai si laborieux !...

— Puisque tu as si bonne envie de travailler, répondit une
des femmes, porte deux ou trois seaux d'eau dans la chaudière ; nous n'aurons pas besoin de nous amuser à cela, et
comme il nous reste des pois de notre dîner, tu les mangeras. »

Henri alla remplir les seaux à la pompe et les versa dans la
chaudière. Ce travail ne lui demanda pas beaucoup de temps,
car la joie semblait lui avoir mis des ailes aux talons.

« Voilà un garçon prompt comme l'éclair, dit une des
femmes ; allons, prends ces pois et mange-les, ils sont encore
tout chauds. »

Il y en avait une grande assiettée. On ne saurait exprimer la
joie qu'éprouva Henri en la couvant des yeux.

« Ah ! ma bonne dame, dit-il, je voudrais bien les garder jusqu'à ce soir pour en donner à mes sœurs; elles ne sont pas à la maison en ce moment.

— Comme tu voudras, mon garçon, répondit la blanchisseuse ; reviens plus tard, nous restons ici jusqu'à ce qu'il fasse nuit. »

Henri la remercia, mais il ne se pressait pas de s'en aller.

« Que veux-tu donc encore? lui demanda la bonne femme.

— Ah ! ma bonne dame, j'ai vu que vous jetiez toute la belle eau de savon dans laquelle vous avez lavé le linge; voulez-vous bien me permettre d'en prendre?

— De cette eau de savon toute sale? s'écria la blanchisseuse étonnée.

— Oui, oui, dit Henri; elle est encore assez propre pour y laver nos chemises et les robes de mes sœurs.

— Mais où veux-tu donc les laver ?

— C'est vrai.... je n'en sais rien.... mais peut-être pourrais-je les laver ici? Mes sœurs rentrent à la maison à cinq heures ; je pourrais apporter ici les effets plus tard, quand notre père sera endormi. »

Les lavandières se mirent à rire, tout en lui donnant la permission de venir le soir, et il s'en alla content.... Mais alors il se rappela le bâton de son père, car il n'avait pas mendié et ses poches étaient vides. Cette pensée lui causa de l'effroi, et il courut à la première maison venue pour y demander du travail.

Il y avait là un petit ramoneur, pas beaucoup plus grand que lui.

« Si je me faisais ramoneur? se dit-il; mais non, j'aurais l'air encore plus sale. Je veux désormais être toujours propre sur moi, car on a bien grondé Henri Pestalozzi pour sa négligence. »

Un homme descendait du bois dans une cave; survint un domestique de la maison qui lui demanda si on aurait le temps de rentrer tout le tas le jour même, et qui lui dit qu'on ne pouvait le laisser dans la rue.

« Si je suis seul pour le descendre, répondit l'homme, je n'aurai pas fini ce soir.

— Je vous aiderai, moi ! » cria Henri.

Et le domestique l'installa aussitôt à la besogne, et le petit garçon descendit, sans se rebuter, les bûches à la cave. Avant la nuit close, un joli bûcher était déjà élevé, et Henri remonta dans la rue pour ramasser les copeaux, dont il porta une pleine corbeille à la cuisine. La cuisinière lui donna un morceau de pain et le domestique lui remit vingt-cinq centimes.

Henri sauta de joie en recevant une aussi grosse somme; son premier jour de travail lui avait déjà beaucoup rapporté : le matin, cinquante centimes de la dame ; le soir, vingt-cinq du domestique; le matin, il est vrai, l'argent avait été presque un cadeau, mais l'argent de tout à l'heure, il venait de le gagner. Il crut que son cœur allait se briser de plaisir; sa main n'avait jamais encore touché d'argent véritablement gagné.

Il se rendit au logis; ses sœurs n'étaient pas encore de retour. Il ouvrit la fenêtre et sortit pour aller chercher un vieux balai qu'il avait aperçu dans le corridor où le tailleur l'avait jeté. Il le prit pour balayer la chambre; il faisait très-sombre, à la vérité, et il ne pouvait pas nettoyer comme il aurait voulu; il se sentit néanmoins heureux d'avoir fait le premier pas dans le chemin de l'ordre.

« Quel bon air il doit y avoir à présent dans la chambre! » se dit-il en fermant la fenêtre.

Il alla ensuite vers son petit frère et le déshabilla. Il l'enveloppa dans un vieux sac qui était étendu sur le lit du père. Après avoir ainsi emmaillotté l'enfant, il le remit dans le berceau; il fourra sous la paillasse la chemise et la robe sales, ôta sa propre chemise et reprit ses vêtements en lambeaux, sans autre chemise, car il n'en avait qu'une. Quand ses sœurs furent rentrées,

il leur en fit faire autant ; puis il leur remit les vingt-cinq centimes qu'il avait gagnés, pour les donner en son nom à leur
père, et descendit la rue en courant avec son paquet de linge,
et se dirigea vers le lavoir.

Arrivé là, on lui indiqua un baquet plein de lessive chaude
dans lequel il mit son linge pour le laisser tremper, en attendant qu'il eût mangé les pois avec ses sœurs. Les braves
femmes les avaient mis dans une casserole sur les charbons, et
ils fumaient comme une cheminée, tant ils étaient chauds. Une
des lavandières enveloppa la casserole dans un vieux chiffon de
linge, et prêta une cuiller à Henri, qui se rendit à la maison en
courant à toutes jambes.

Le père était déjà venu, avait pris tout l'argent, et était allé
au cabaret comme d'habitude.

Henri montra à ses sœurs les pois fumants. Par bonheur,
le père avait oublié d'éteindre la petite lampe. Ils purent
contempler à leur aise le plat délicieux, et s'en repaître la vue
avant d'y goûter.

Quand ils eurent fini, Henri prit la casserole et la cuiller et
retourna au lavoir, où, à la grande joie des blanchisseuses, il
lava, foula et battit son linge avec la plus grande ardeur. Elles
lui avaient montré comment il devait s'y prendre, elles lui aidèrent même et lui permirent de venir tous les samedis pour en
faire autant. Après avoir guéé son linge, il l'étendit dans le lavoir, où il faisait très-chaud ; de sorte qu'il pouvait être sec le
lendemain matin.

Henri rêva toute la nuit à ses chemises blanches ; le matin,
avant que son père et ses sœurs fussent levés, il courut au lavoir. Le linge était sec en effet ; une des femmes lui aida à le
plier et à le repasser. On lui prêta aussi un pot rempli d'eau de
savon, avec lequel il revint à la maison. Ses sœurs étaient encore couchées. Henri les fit lever, et leur fit toucher les belles
chemises ; puis il leur montra l'eau de savon. Comme elle était
bien chaude, les quatre enfants se nettoyèrent avec plaisir la
figure et les mains, et quand ils eurent mis le linge blanc, ils
dansèrent en rond autour de la chambre, tant ils se sentaient
à leur aise. Alors Henri tira son petit frère du vieux sac où il
croupissait, prit un chiffon et lui lava tout le corps ; l'eau

chaude fit tant de bien au pauvre enfant qu'il en tressaillait
de joie et faisait aller ses mains et ses pieds.

« Ah! si je pouvais te procurer un autre lit! dit Henri en re-
couchant son frère, après lui avoir passé sa chemise blanche.
Je suivrai si bien tout ce qu'il y a dans l'ordonnance, qu'il faudra bien que tu prennes de belles couleurs. Ce qui m'inquiète
à présent, c'est de savoir comment je lui procurerai du lait;
mais le bon Dieu me fera trouver, j'espère, une vache qui se
laissera traire par moi. »

Il était temps d'aller à l'école. Jeanne était déjà partie, l'heure
sonnait à l'horloge du clocher. Cependant le petit garçon s'empressa d'ouvrir la fenêtre pour quelques minutes, puis il partit
pour l'école en courant comme si quelqu'un l'eût poursuivi.

Les leçons finies, il rentra en toute hâte, prit son petit frère
sur son bras, l'enveloppa dans le vieux sac et le porta dans la
rue pour lui faire respirer de l'air frais. Il était vraiment touchant de voir avec quelle tendresse il le pressait sur son cœur,
comme il le tenait bien encapuchonné de manière à ne laisser
sortir que le pauvre petit visage amaigri, et comme il cherchait
avec soin les rues les moins exposées au vent.

Il sortit de la ville, entra dans le faubourg et passa devant la
propriété d'un jardinier qui avait dans sa cour une étable avec
quatre belles vaches; sa femme faisait le commerce du lait et du
beurre. Comme il était près de midi, la femme du jardinier et
sa domestique étaient assises dans l'étable, chacune à côté d'une
vache dont elles exprimaient le lait dans de grandes sébiles en
bois qui le recevaient écumant.

Henri se présenta avec son petit frère à la porte de l'étable;
il avait reçu plus d'une fois un morceau de pain de la femme
du jardinier, elle le connaissait; aussi lui dit-elle d'attendre, et
qu'elle allait lui apporter quelque chose, dès qu'elle aurait fini
de traire.

« Je ne venais pas précisément pour mendier, dit le petit
garçon.

— Non?... Que veux-tu donc? lui demanda-t-elle.

— Je voudrais savoir si par hasard vous pourriez me donner
de l'ouvrage; je veux travailler, car c'est mal de mendier quand
on peut travailler.

Henri se présenta avec son petit frère à la porte de l'étable.

— Veux-tu venir tous les matins à cinq heures pour sortir le fumier de l'étable ? lui demanda-t-elle. Si tu veux remplacer la domestique dans cette besogne, elle pourra employer ce temps-là à filer.

— Je ne demande pas mieux, répliqua Henri.

— Et que faudra-t-il te donner pour cela? ajouta-t-elle.

— Je serais bien aise d'avoir du lait, repartit Henri; je viendrais tous les jours à midi avec mon petit frère, afin qu'il pût en boire tout à son aise.

— Bien, mon garçon, cela peut se faire, dit la jardinière très-contente de la proposition; tu vas même avoir tout de suite une petite tasse de lait pour ton pauvre frère. »

Elle avait justement fini de traire ses vaches; elle se leva et remplit une petite tasse jusqu'au bord. Henri s'assit avec l'enfant sur le seuil de la porte et lui présenta le lait. Le pauvre petit être porta avec avidité le vase à ses lèvres et avala d'un trait le lait tiède et nourrissant. Quand il eut tout bu, il se mit à pleurer; sans doute il l'avait trouvé si bon qu'il en demandait encore. Pendant qu'il se lamentait, passa un monsieur qui, touché de ses cris plaintifs, s'approcha et en demanda la cause. Henri la lui fit connaître.

« Si l'enfant a bu la tasse entière, dit l'étranger avec bienveillance, il ne faut pas lui en laisser boire davantage; cela lui ferait du mal.... Il a besoin de beaucoup de soins et de ménagements; c'est un enfant phthisique; je serais bien surpris qu'il ne mourût pas au printemps.

— Lui, mourir ! s'écria Henri; et moi qui voulais si bien le soigner à l'avenir !

— Dans ce cas, il faut le faire coucher dans l'étable des vaches, et l'y laisser le jour et la nuit; la vapeur qui y règne pourra peut-être le sauver. »

L'étranger, qui était un médecin, et qui avait sans doute beaucoup à faire, ne s'arrêta pas plus longtemps.

« Il faut qu'il habite dans l'étable, se dit Henri; c'est une très-bonne idée. Il y fait si chaud !... et puis.... il n'aurait pas besoin de retourner dans son vilain lit si malpropre ! »

En parlant ainsi, il regardait la jardinière d'un œil interrogateur et suppliant.

« Tu peux laisser ici ce pauvre petit être, dit-elle d'un air affable. Viens, nous allons lui faire un lit. »

Elle alla chercher une petite mangeoire, qui avait servi à ses veaux; elle y mit une couche de foin, et Henri y déposa son frère, bien enveloppé dans son sac. Puis elle plaça la mangeoire sur un banc, dans un coin de l'étable, derrière une cloison en planches, où l'on enfermait autrefois les veaux. Mais, la jardinière les ayant vendus, la place se trouvait libre en ce moment. De cette façon, l'enfant avait une petite chambre à part, où il serait à l'abri des cornes des vaches. A la vue de cet arrangement, Henri ne put s'empêcher de pleurer, tant la bonté de cette femme l'avait touché.

« Avec quelle ardeur je vais me mettre au travail! dit-il. Tous les jours à cinq heures je serai ici; il faudra que l'étable soit reluisante de propreté.... et puis quand j'aurai fini, et que j'aurai du temps de reste jusqu'au moment de me rendre à l'école, je pourrai entreprendre encore quelque autre travail. »

Le pauvre Henri, tout en pleurs, remercia encore une fois avec effusion la bonne femme du jardinier; il dit adieu à son petit frère et se rendit au logis. Le père était couché et dormait. Henri conta tout bas à ses sœurs l'heureux événement, et recommanda à Jeanne et à Lise d'aller quelquefois dans le faubourg voir leur petit frère, lorsqu'elles feraient leur tournée pour mendier.

Quand son père s'éveilla, Henri lui conta aussi l'aventure, et le cordonnier fut on ne peut plus satisfait de la tournure que la chose avait prise. Il dit qu'en sortant il passerait chez la jardinière pour la remercier. Là-dessus il prit sa casquette et sortit.

Henri était bien contrarié d'être obligé d'aller mendier encore.

« Écoute, dit-il à Jeanne; nous allons imaginer un moyen pour ne plus mendier. Il faut que nous entreprenions un travail qui nous rapporte autant d'argent que la mendicité. Si nous gagnions seulement dix ou quinze centimes par jour, cela serait déjà assez pour contenter notre père. Quant à moi, je ne veux plus mendier, car Henri Pestalozzi a dit : « Priez et travaillez! » Écoute-moi donc bien; il m'est venu une idée qui te concerne; voici la Noël qui approche : il faut que tu fasses des poupées.... puis tu iras les mettre en vente sur le marché, ou bien tu iras les offrir de maison en maison.

— Mais je n'ai pas le moindre petit morceau d'étoffe pour cela, dit Jeanne.

— Je t'en procurerai, moi, répliqua Henri. Je vais aller trouver le tailleur, notre voisin; il a toujours de petites rognures d'étoffe qui sont de reste, je le prierai de nous les donner; il ne nous refusera pas non plus, je pense, une aiguille et quelques bouts de fil.

— Mais, pendant que je ferai des poupées, je n'aurai pas d'argent pour le donner à notre père.

— Eh bien, s'écria Lise, il faut que j'aille mendier tout de même, moi, n'est-ce pas? Car que puis-je faire avec mes yeux malades?... Je partagerai le soir avec Jeanne ma recette de la journée, et nous donnerons chacune séparément l'argent à notre père. »

Le petit garçon se rendit donc chez le tailleur qui demeurait dans la même maison. C'était un brave homme qui faisait de beaux habits pour les ouvriers et les paysans, et qui avec cela travaillait aussi pour les femmes. Henri lui avait rendu maint petit service; plus d'une fois il s'était chargé de rapporter l'ouvrage chez ses pratiques, ou bien lui avait porté de l'eau, était allé lui chercher du pain; il frappa donc résolûment à la porte du tailleur pour lui exposer sa demande. Quand on est complaisant pour les autres, on peut espérer qu'ils nous rendront la pareille.

Le petit garçon mit le pied dans l'atelier du tailleur avec l'émotion d'un solliciteur qui se hasarderait dans le palais d'un roi. Le tailleur, assis devant une table, travaillait à une robe de mérinos vert qu'il garnissait de galons rouges; autour de lui étaient éparpillés un grand nombre de petits chiffons de toutes les couleurs.

« Maître, dit Henri, je viens vous demander quelque chose. Ma sœur Jeanne aurait envie de faire des poupées pour les vendre à Noël: voulez-vous bien me faire cadeau de quelques chiffons bariolés? Vous en avez toujours de reste en si grande quantité.

— Ce qui n'est bon qu'à jeter, je te le donne volontiers, ré-

3

pondit le tailleur; tu me feras en récompense une course par-ci par-là.

— De grand cœur, ajouta l'enfant; mais il me faudrait bien une aiguille et un peu de fil.

— Tu auras tout cela, mon garçon; mais.... Jeanne sait-elle déjà coudre? Il n'y aurait rien d'étonnant qu'elle le sût.... une petite fille de son âge doit savoir déjà manier l'aiguille; mais vous êtes des fainéants qui passez toutes vos journées à flâner dans les rues. »

Henri devint pourpre; il eut honte, parce qu'il voyait bien que le tailleur avait raison.

« Oui, répliqua-t-il à voix basse, nous avons été paresseux jusqu'à présent, mais à partir de ce jour il n'en sera plus ainsi.

— Eh bien, alors, mon garçon, dit le tailleur, envoie-moi ta sœur Jeanne, je lui donnerai des chiffons et je lui montrerai à coudre. »

Henri, au comble de la joie, alla chercher sa sœur. Quelques instants après, la pauvre Jeanne entra clopin-clopant dans la chambre du tailleur; quant à Henri, il partit pour aller à la recherche d'une occupation quelconque.

« Tu veux donc faire des poupées, mon enfant? dit le tailleur d'un ton amical à Jeanne, lorsqu'elle s'approcha de la table;

mais pour cela il est nécessaire de savoir coudre.... sais-tu déjà tenir l'aiguille ?

— Non, monsieur, répondit Jeanne.

— Alors, comment voulais-tu faire des poupées ?

— Je ne sais pas; mais j'ai bonne envie de travailler, car il m'est bien pénible de mendier, je suis si vite lasse, et il fait si grand froid dans les rues !

— Il ne fait pas non plus très-chaud chez vous, je crois.

— Hélas non! aussi j'ai envie de demander à Goton l'estropiée la permission de coudre chez elle.

— Tu peux rester chez moi, mon enfant. Si je remarque chez toi des dispositions et de la bonne volonté, tu pourras m'aider dans mon travail. Tu remplaceras l'apprenti que j'ai renvoyé pour sa paresse. Tu sauras bientôt faire les coutures aux habits, et si tu es laborieuse, je te donnerai la nourriture et une pièce de cinquante centimes par semaine. Allons, voilà une aiguille et du fil; il faut m'assembler ces deux petits morceaux de drap. Regarde.... on pique son aiguille dans le drap.... puis encore, et puis encore, et ainsi de suite.... Tiens, prends l'aiguille.... très-bien, c'est cela.... surtout des points courts.... très-bien... il faut piquer droit, autrement la couture serait de biais.... Allons.... continue ainsi.... lentement pour commencer.... A présent, va t'asseoir là-bas. »

Nous laisserons Jeanne auprès du bon tailleur, et nous accompagnerons Henri dans la rue. Le cœur palpitant de joie, il descendit l'escalier et se trouva sur ce pavé qu'il avait battu si souvent; c'étaient bien les mêmes maisons, les mêmes chemins, les mêmes promeneurs qu'autrefois; mais tout lui paraissait changé; tout était d'une beauté resplendissante.... et cependant il ne faisait pas de soleil en ce moment.... C'est que cet éclat était en lui; la vie nouvelle que Dieu éclairait en lui de sa lumière avait cette magnificence; c'était de son cœur que venait le charme qui rehaussait si subitement à ses yeux le monde extérieur.

Henri arriva sur le pont et aperçut une foule de personnes rassemblées sur la rivière gelée. C'étaient des patineurs dont les formes sombres allaient et venaient, s'entre-croisant avec la rapidité de la flèche. Une troupe d'enfants appuyés contre les parapets du pont les regardaient. Henri, par curiosité, se mêla parmi eux; mais tout d'un coup il réfléchit qu'il ne pouvait pas rester oisif.... et il partit en courant pour chercher de l'ouvrage.

A peine avait-il fait quelques pas qu'il s'arrêta tout à coup. De l'autre côté du pont des gens coupaient la glace et en chargeaient les morceaux sur des voitures. Beaucoup d'hommes étaient occupés à ce travail; Henri s'approcha d'eux et demanda s'il pouvait aider. On l'admit volontiers au nombre des travailleurs, et il déploya une telle activité, que les gouttes de sueur lui perlaient sur le front.

« Je pourrais bien à présent manger aussi mon pain à la sueur de mon front, se dit-il tout joyeux.... Si j'avais du pain, » ajouta-t-il.

Cependant la nuit approchait; un des hommes lui donna dix centimes, et Henri se serait volontiers acheté un petit pain, mais le bâton de son père se présenta à ses yeux et il résolut d'attendre; en rentrant à la maison il trouverait les morceaux de pain apportés par Lise. Ce serait peu de chose, il est vrai, partagé en quatre; car Jeanne n'avait pas mendié ce jour-là; malgré cela il ne s'acheta rien.

Toutefois il n'alla pas directement à la maison; il courut au faubourg pour faire une visite à son petit frère dans l'étable de la jardinière. Quand il y arriva, l'obscurité était complète; il frappa à la porte de la cuisine et entra. La servante était justement occupée à éplucher des pommes de terre pour le souper des domestiques.

« Tu veux sans doute aller voir le pauvre petit dans l'étable? lui dit la servante; il s'y plaît à merveille; toute la journée il a promené autour de lui des yeux bien éveillés, à présent il dort. Quand nous trairons les vaches il aura encore une tasse de lait pour sa nuit.... Viens, mon garçon, aide-moi à éplucher les pommes de terre, puis j'allumerai la lanterne et nous irons ensemble à l'étable. »

Elle mit un couteau entre les mains de Henri, qui déploya une telle ardeur, qu'il avait toujours fini sa pomme de terre avant la servante, ce qui les faisait rire tous deux et éplucher à qui mieux mieux. Bientôt la grande marmite fut pleine et la servante la suspendit sur le feu qui pétillait dans l'âtre. Alors elle alluma sa lanterne et tous deux se dirigèrent vers l'étable. L'enfant dormait emmaillotté dans son sac; il avait les joues rosées et les lèvres vermeilles; ses mains n'étaient plus glacées.... il était tout autre que chez lui dans la chambre froide : la température de l'étable était si agréable et si douce !

Oh! combien Henri se sentit heureux! il baisa délicatement au front son petit frère pour ne pas l'éveiller, et il dit tout bas :

« Cher petit ami, que je suis content!... Tu dois, bien sûr, te croire au ciel, en te trouvant si à l'aise! »

Lorsque Henri arriva à la maison, son père y était déjà; Jeanne et Lise avaient partagé leur gain; l'une avait remis huit centimes à son père et l'autre neuf; tout le pain était aussi mangé, car aucune d'elles n'avait songé qu'Henri aurait faim en rentrant. Le pauvre Henri! souffrir de la faim parce qu'il avait été laborieux! En éprouva-t-il de la mauvaise humeur? Se dit-il peut-être : « Oh! puisqu'il en est ainsi, je préfère mendier? » Non, telle ne fut pas sa pensée, il n'eut pas la moindre humeur. Il lui vint bien une larme à l'œil lorsque Jeanne lui dit qu'il n'y avait plus de pain; mais il se détourna pour l'essuyer, et se mit sans rien dire dans un coin....

Quand la porte se fut fermée sur leur père, Henri s'empressa de demander à Jeanne des nouvelles de son travail de l'après-midi; pour toute réponse elle prit Lise et Henri par la main et les conduisit chez le tailleur; la petite Rose courut elle-même après eux.

Le tailleur était encore assis devant sa table, où il travaillait avec ardeur. Il avait été fort content de la couture de Jeanne dès son début, et il lui avait promis de la prendre à son service au nouvel an, si elle continuait ainsi; il lui avait aussi accordé la faveur de montrer à ses sœurs ce qu'elle avait cousu.

Il fit un salut amical aux enfants lorsqu'ils entrèrent dans la chambre.

La vieille mère du tailleur filait auprès du poêle; devant elle se trouvait une caisse remplie de plumes. « Mes enfants, dit-elle, au lieu de geler dans votre chambre, venez ici tous les soirs ébarber mes plumes; quand vous serez bien laborieux, je donnerai à chacun un petit pain ou des pommes de terre. »

Les enfants ne demandèrent pas mieux que de travailler; être assis auprès du poêle et ébarber des plumes, c'était un bien grand plaisir.... et recevoir pour cela un petit pain ou des pommes de terre, c'était encore bien plus attrayant. Ils se hâtèrent de contempler les merveilles écloses sous les doigts de Jeanne, savoir une robe de coton bleu, longue comme le doigt, et un superbe tablier de toile rouge, une magnifique pièce.... et après avoir fait l'éloge du travail de leur sœur et de la belle toilette des poupées, ils s'assirent par terre contre le poêle. La mère Marthe leur mit des plumes entre les mains, et la besogne commença. Tout le monde rivalisa de zèle. L'aiguille du tailleur allait un train de poste; le rouet de la mère Marthe bourdonnait, et les doigts des enfants ébarbaient les plumes sans s'arrêter. Tout à coup neuf heures sonnèrent sans qu'on s'y attendît; le tailleur se disposa à aller se coucher, et les enfants avaient gagné leurs petits pains. Jeanne et Lise se dirent quelques mots à l'oreille, puis elles offrirent à Henri leurs petits pains. Comme elles avaient mangé à la maison, elles pouvaient bien faire ce sacrifice; elles le firent en effet d'autant plus volontiers qu'elles étaient bien fâchées d'avoir oublié leur frère si bon pour elles.

« Voilà une jolie soirée, dit Marthe. Si vous voulez, mes enfants, vous pourrez venir tous les jours; je suis chargée d'é-

La mère Marthe leur mit des plumes entre les mains.

barber toute la plume de l'hôtel du *Soleil-d'Or;* on y tue un si
grand nombre d'oies, que vous aurez de quoi travailler.

— Je viendrai dès le matin, s'écria Rose; quand les autres
sont partis, je suis toute seule; car Pierrot lui-même n'y est
plus.... et, toute seule, j'ai peur.

— C'est bien, mon enfant, dit la vieille femme, mais il faudra bien travailler, et rester tranquille sur ta chaise et ne pas
faire de sottises : autrement, je ne te laisserais plus venir. Si tu
fais preuve de bonne volonté, je pourrai bien aussi te garder
quelque chose de notre dîner. »

Voilà donc les cinq enfants devenus tout d'un coup bien heureux, à l'exception de Lise, qui passait encore la journée à mendier. Elle ne venait chez Marthe que le soir; mais Henri voulait laisser les choses aller ainsi jusqu'à Noël, et alors tout
apprendre au père.... et puis Lise ne mendierait plus.

Tous les matins, à cinq heures précises, Henri était chez la
femme du jardinier et nettoyait l'étable; ensuite il donnait à son
petit frère son lait du déjeuner, car la brave femme remplissait trois fois par jour la petite tasse.

Quand il rentrait à la maison, ses sœurs se levaient; puis
elles se nettoyaient le visage, et comme elles n'avaient pas de
peigne, elles se passaient les doigts dans les cheveux pour les
lisser tant bien que mal. Alors Jeanne balayait la chambre,
ouvrait la fenêtre pour renouveler l'air, et Henri portait deux
pots d'eau à la vieille Marthe.

A huit heures, Henri et Jeanne partaient pour l'école, la petite Lise s'en allait mendier, et Rose se rendait chez la mère
Marthe.

Les après-midi procurèrent bientôt à Jeanne le plus grand
plaisir. Ses doigts étaient très-habiles, elle avait fait en peu de
temps des progrès considérables, et à Noël il y avait, toutes
prêtes à être vendues, six jolies poupées, dont cinq en costume
de femme et un très-beau polichinelle. Elles avaient toutes un
air superbe; c'était Jeanne qui avait fabriqué les corps en toile
et les avait remplis de sable; quant aux têtes, qui coûtaient six
centimes la pièce, c'était le tailleur qui lui en avait fait cadeau.

Les après-midi, Henri avait tous les jours de l'occupation dans
un grand hôtel, où il aidait au garçon à brosser les habits et

à cirer les bottes des voyageurs, au cocher à nettoyer les narnais
des chevaux, et où il se rendait utile de quelque manière que ce
fût. Tout le monde vantait son activité ; il avait donc gagné
plus d'une pièce de monnaie, et toujours son père avait été
satisfait de sa recette.

Les poupées furent en peu de temps vendues quarante centimes la pièce ; l'heureuse Jeanne possédait une pièce de cinq
francs tout entière provenant de cette vente.

Le jour de Noël fut pour la famille un jour mémorable. Les
nouvelles occupations des enfants duraient depuis plusieurs
semaines, sans que leur père en eût le moindre soupçon. Le
matin, au moment où il allait sortir, le tailleur vint à lui.

« Voisin, lui dit-il, montez un peu chez moi, j'aurais deux
mots à vous dire. »

Le journalier se rendit à cette invitation, et quand ils furent
seuls dans la chambre du tailleur, celui-ci lui dit avec franchise :

« C'est aujourd'hui la fête de Noël, et l'on se sent tout ému,
quand on songe que toute la chrétienté est dans la joie et chante
en ce saint jour les louanges du Seigneur. C'est dans des jours
semblables qu'on examine sa conscience, et qu'on se demande
si on est devenu meilleur dans l'année qui vient de finir. Si
l'on trouve alors quelque vieille tache, on se met à la frotter
bien fort, et on voudrait voir la place bien nette.... Comment
vous trouvez-vous, voisin ? Avez-vous examiné votre conscience
aujourd'hui ? »

Le journalier regardait le tailleur, ne sachant ce que cela voulait dire. Depuis longtemps ils habitaient la même maison, mais ils ne s'étaient jamais dit autre chose que bonjour et bonsoir.... Et voilà qu'aujourd'hui le tailleur se mettait à le sermonner !

« Qu'est-ce que cela veut dire, monsieur le tailleur? demanda-t-il, moitié par curiosité, moitié par dépit.

— Ne vous fâchez pas, mon cher voisin, répondit le tailleur. Nous sommes tous de pauvres et faibles mortels ; sans le secours de Dieu, aujourd'hui c'est l'un, demain c'est l'autre qui faillit. On ne suit pas toujours le droit chemin, vous tout le premier. Imaginez-vous donc que vous vous êtes égaré, et que vous avez rencontré un homme qui vous a remis dans la bonne voie.... Vous le remercieriez, n'est-ce pas?... et vous lui promettriez d'en faire autant pour lui, s'il venait à s'égarer, et si vous vous trouviez à proximité de le secourir ... Voyez, mon cher voisin, c'est moi qui suis cet homme, et, je ne vous le cache pas, si vous continuez, vous courez tout droit à votre perte. Ce que vous gagnez, vous le portez au cabaret ; ce que vos enfants ramassent en mendiant, vous l'y dépensez aussi, et vous leur donnez juste assez de pain pour qu'ils ne meurent pas de faim.... Au lieu de forcer vos enfants à travailler, vous leur apprenez à gaspiller le temps et vous les maltraitez quand ils ne mendient pas.... Est-ce là une conduite régulière ? Est-ce pour cela que Dieu vous a rendu père ?

— Mes enfants sont encore trop petits pour travailler, » dit le journalier embarrassé et cherchant à s'excuser.

Alors le tailleur lui raconta en peu de mots de quelle façon miraculeuse Dieu avait réveillé chez Henri l'idée que mendier est un péché, et que l'homme a été créé pour employer consciencieusement les forces qu'il a reçues de la nature, et pour se servir activement de ses mains avec la volonté bien arrêtée de gagner sa vie. Il lui raconta comment Henri avait excité au travail sa sœur Jeanne, et comment ces deux enfants étaient à présent capables de gagner leur pain.

Le journalier était plus embarrassé encore qu'auparavant; il roulait son bonnet entre ses mains et essayait de tousser pour dissimuler son embarras.

« Vous avez honte, poursuivit le tailleur ; mais n'ayez pas honte devant moi. J'ai mes faiblesses tout comme un autre, je

vous l'ai déjà dit; je pourrais un jour me trouver dans la même position que vous.... Alors vous viendriez chez moi, et vous me feriez sortir de mon indolence, comme je le fais aujourd'hui pour vous. Non, ce n'est pas devant moi qu'il faut rougir ; c'est devant Dieu. Si vous vous humiliez devant lui, il vous assistera, il vous aidera à devenir probe et laborieux, et un père tel qu'il doit être pour ses enfants.... Et maintenant, voisin, au revoir.... Il ne faut pas m'en vouloir de mes bonnes intentions. »

L'excellent homme l'accompagna jusqu'à la porte, et le journalier s'esquiva sans dire ni merci ni bonjour.

Henri avait nettoyé son étable, et, comme l'école était fermée ce jour-là, il aida la servante dans les travaux du ménage. Il était justement occupé à frotter une table lorsque la femme du jardinier entra; elle lui apportait un vieil habit de drap que son fils, devenu trop grand, ne pouvait plus mettre.

C'était un habit gris à boutons jaunes brillants; quoiqu'il fût déjà vieux, il n'avait pourtant qu'un seul trou au coude, auquel on avait fait une reprise. Le petit garçon n'avait jamais eu un si beau vêtement. Quel effet magnifique faisait maintenant cet habit par-dessus la chemise blanche du petit garçon ! Elle était fraîchement lavée, car tous les samedis il ne manquait pas d'aller chez les bonnes lavandières et d'y lessiver son linge et celui de ses sœurs.

Heureux de son habit, Henri disait : « J'irai toujours ainsi bien vêtu, quand je serai maître d'école. » Il offrit ses remercîments avec une joie qu'il avait peine à dissimuler et partit, car il avait encore de la besogne.

Il courut au marché et il acheta pour soixante centimes une cravate de diverses couleurs; c'est qu'il avait de l'argent maintenant : dix francs quarante centimes et la pièce de cinq francs de sa sœur étaient pliés dans un chiffon. Les dix francs quarante centimes étaient le fruit de ses propres économies, bien qu'il eût remis chaque jour dix ou douze centimes à son père. Quand il eut fait emplette de la belle cravate, il acheta encore des pommes de terre pour quelques centimes, et pour un centime de sel, et il prit le chemin de la maison.

A midi, le père vint; il ne se reposait ordinairement qu'un instant et allait ensuite prendre son repas au cabaret; cette fois il resta et s'assit sur son lit sans rien dire.

Les enfants se racontaient tout bas dans un coin les joyeux événements de la matinée. Henri se faisait admirer sous toutes les faces dans son habit neuf; Jeanne avait un tablier de la mère Marthe, et une paire de vieilles pantoufles du tailleur.

Pour Jeanne, les siennes étaient de vrais bateaux dans lesquels son petit pied se perdait; mais elles étaient de velours vert et n'avaient qu'une petite éraillure. Lise avait une robe de laine et un petit bonnet bien chauds; la petite fille avait aussi une paire de bons souliers de cuir. Elle avait eu du bonheur dans ces derniers temps; un médecin charitable s'était chargé d'elle et lui avait promis de la guérir. Comme elle s'arrêtait à sa porte pour mendier, il avait examiné avec bonté ses yeux recouverts d'un bandeau, et lui avait recommandé de venir chez lui tous les jours. Naturellement la petite Lise n'avait pas manqué au rendez-vous, et tous les jours le médecin lui faisait prendre une cuillerée d'un remède, et lui frottait les yeux avec une certaine pommade, de sorte qu'à présent ils étaient complétement guéris. Le bon médecin avait aussi pourvu à l'habillement de la pauvre enfant.

Rose elle-même avait reçu son cadeau de Noël; elle était vêtue d'un vieux gilet du tailleur, dans lequel elle avait l'air le plus risible du monde; car le grand tricot lui descendait presque jusqu'aux genoux, et les manches étaient si longues qu'elles dépassaient ses mains et tombaient jusqu'à terre.

Les enfants s'approchèrent de la fenêtre, Henri étala sur la planche sa cravate aux belles couleurs; il y joignit l'argent de ses économies et celui que Jeanne avait gagné avec ses poupées, puis il alla chercher les pommes de terre, et il en construisit une espèce de pyramide, dont le cornet de sel forma le sommet. « Père, cria-t-il alors, voilà ton cadeau de Noël! »

Le journalier leva les yeux; une sombre rougeur, la rougeur de la honte, passa sur son visage. Comment n'eût-il pas eu honte?... Il se leva, alla vers la fenêtre sans rien dire, et il écouta.... Ses enfants jasaient entre eux.... et il n'eût certainement pas compris ce que tout cela signifiait, s'il n'eût reçu dès le matin les communications du tailleur. Deux grosses larmes roulèrent sur ses joues, une émotion profonde s'empara de lui, et il serra ses enfants sur son cœur, pour la première fois depuis bien longtemps.

« N'est-il pas vrai, père, que tu ne nous enverras plus mendier? demanda Henri.

— Désormais nous travaillerons! ajoutèrent les autres.

— Mes enfants, mes enfants! » s'écria le journalier; il ne put en dire davantage, il se cacha le visage dans ses mains et se mit à sangloter.

 uinze ans s'étaient écoulés depuis les événements que nous venons de raconter. On était au 12 janvier 1846. Dans un joli village on voyait une charmante maison nouvellement bâtie ; son vaste jardin, entouré d'une clôture neuve, était planté d'arbres fruitiers, et son terrain excellent destiné à la culture des légumes.

Sur le devant de la maison il y avait une grande chambre à quatre fenêtres, qu'on aurait bien pu appeler une salle : à l'aspect des longues tables noires et des bancs dont elle était garnie, on voyait que c'était une école. Une carte de l'Europe et une carte de l'Allemagne étaient appendues à la muraille, et entre les deux cartes, sur une petite table, était placée une grande et belle sphère. Du côté opposé, on voyait une grande carte de la Palestine, devant laquelle était dressée une petite table couverte de livres, parmi lesquels on en distinguait un, élégamment relié et portant écrits en grandes lettres d'or, sur la couverture, ces mots : « Priez et travaillez. » C'était l'histoire de Pestalozzi.

De l'autre côté de la maison se trouvaient deux petites chambres, garnies de douze petits lits recouverts d'une courte-pointe propre et blanche. Dans un cabinet attenant et bien éclairé, il y avait encore un lit et un bureau. Quelques pièces de la maison, plus petites, dont les fenêtres donnaient sur la cour, étaient réservées pour la cuisine, l'office et le logement d'une servante.

Dans ces chambres, où régnaient le plus grand ordre et la plus exquise propreté, un jeune homme, élégamment vêtu, allait et venait ; son œil étincelait de joie, et de temps en temps il joignait les mains comme pour prier. Une inquiétude visible l'agitait ; il promenait partout son regard scrutateur pour

voir si tout était bien rangé, mais il ne trouvait rien à blâmer :
tout était à sa place.

Un autre homme plus âgé entra. Lui aussi était en habit de
fête ; il avait un air des plus dignes ; et, bien que ses cheveux
fussent déjà blancs, il marchait avec assurance, car, pour la
force, ce n'était pas encore un vieillard. Son visage portait aussi
l'empreinte du bonheur ; lui aussi avait sujet d'être joyeux
Quand il se vit là, examinant avec attention tout ce qui l'entourait, et qu'ensuite il jeta un regard en arrière vers le passé, il
se sentit à l'aise au fond de l'âme.

« Henri, dit-il en embrassant le jeune homme, il y a quinze
ans je n'aurais pas cru voir un aussi beau jour.

— Pour moi j'en avais le pressentiment, répondit Henri ; depuis que j'avais lu la feuille de Pestalozzi, je me disais : Il faut
que tu deviennes comme lui l'instituteur des petits mendiants.
Cette pensée avait pris racine dans mon âme, et tout ce que je
fis à partir de ce moment, je le fis pour me rapprocher du but.

— Eh bien ! t'y voilà arrivé, mon fils, dit le père ému, et
c'est avec une joie inexprimable que je te vois prêt à faire face
aux difficultés de ta pénible vocation.

— Mon père, dit Henri en embrassant le vieillard, je ne
crains rien, car Dieu est ma force. Sans lui je ne suis plus rien,
avec lui je suis tout ; c'est lui qui m'a conduit partout, c'est lui
qui a agi en moi jusqu'à présent ; tout est son ouvrage. En gar-
dant toujours la conscience de ma faiblesse, en songeant sans
cesse aux tentations auxquelles je puis succomber, si Dieu n'est
plus avec moi, je ne pourrai pas devenir orgueilleux ; et en per-
sévérant dans mon humilité, je resterai toujours son instrument
et je mériterai qu'il se serve de moi pour élever ses enfants. »

Au moment où Henri achevait de parler, la porte s'ouvrit, et
un garçon d'environ seize ans, plein de vigueur et de santé, se
présenta. Il venait de la ville voisine, où il était en apprentissage chez un menuisier. Qui aurait reconnu en lui le pauvre enfant phthisique condamné à mourir par le médecin qui l'avait
vu autrefois devant la porte du jardinier ? Son séjour dans l'é-
table, l'usage d'un lait pur, la propreté et de grands soins
l'avaient sauvé. Le petit Pierre, aux joues pâles et amaigries,
était devenu un grand et beau garçon.

Les trois sœurs arrivèrent aussi. Jeanne avait beaucoup grandi ; le mot de santé ne pouvait s'appliquer à elle dans son entière acception, car elle était encore un peu contrefaite, mais les deux bosses qu'elle avait dans son enfance avaient à peu près disparu. Le médecin qui avait guéri Lise lui avait aussi donné des conseils qu'elle avait scrupuleusement suivis, et depuis longtemps déjà elle était assez bien rétablie pour vaquer sans douleur et avec un sentiment de bien-être à toutes ses occupations. C'est elle qui tenait le ménage de son père.

Les bonnes gens étaient à leur aise, car l'ancien cordonnier remplissait depuis quelques années les fonctions de régisseur chez le propriétaire du domaine sur lequel s'élevait la jolie maison d'école.

Jeanne, qui avait beaucoup de temps de reste, faisait des robes et des chemises pour les paysannes, et souvent même elle recevait des commandes de la châtelaine. Elle avait appris à fond son métier chez le bon tailleur, et non-seulement elle gagnait assez pour se procurer une mise convenable, mais encore elle pouvait faire des économies pour sa vieillesse, et elle avait déjà bon nombre de pièces de cinq francs à la caisse d'épargne.

Lise s'était mariée avec un meunier, et se trouvait heureuse. Quand le vent ne soufflait pas, et que le moulin ne pouvait moudre, les époux laborieux travaillaient à autre chose. Le mari tissait ce que sa femme avait filé ; et de cette manière ils vivaient exempts de soucis et n'avaient pas à craindre les chômages amenés par les caprices du vent.

Rose était déjà depuis quelques années bonne d'enfants au château, où elle était cordialement aimée des enfants et appréciée, malgré sa jeunesse, de la bonne châtelaine, qui la voyait faire tous ses efforts pour remplir son devoir. Ses maîtres pouvaient sortir tranquilles, et laisser Rose seule des heures entières auprès des enfants ; ils étaient sûrs que sa surveillance ne se relâcherait pas un seul instant. Rose éloignait d'eux tout ce qui eût pu leur nuire, tout comme faisait la bonne Babet dans la maison de Pestalozzi.

Il était neuf heures, les cloches sonnaient ; un cortége imposant sortant du château se dirigea vers la nouvelle maison d'école. Le curé marchait en tête avec douze enfants pauvres, tous

4

vêtus d'habits de drap de même couleur ; ils étaient suivis des habitants du château, et les paysans sortaient de toutes les maisons du village pour se joindre à eux.

Henri les attendait à la porte de la maison d'école, où il reçut les douze petits garçons des mains du curé qui lui dit quelques paroles bien senties. Henri les accueillit avec une profonde émotion, et leur adressa une allocution des plus bienveillantes, que je vais rapporter ici.

« Mes chers enfants, leur dit-il d'une voix forte et bien accentuée, lorsque j'étais tout petit comme vous, j'allais mendier, car je ne savais pas que l'homme est né pour travailler. Mais le bon Dieu veillait sur moi, et il m'a fait voir combien l'on est coupable de demander l'aumône, quand on est bien portant et que l'on est capable de gagner sa vie. Je lus un jour quelques pages de l'histoire d'un grand et noble ami des enfants, d'un homme qui disait comme notre Seigneur Jésus-Christ : Laissez venir à moi les petits enfants, et qui instruisait les petits mendiants et en faisait des hommes bons à quelque chose. Comme à cette époque j'étais moi-même un petit mendiant, ce récit fit sur moi une profonde impression ; je me figurai sous les plus vives couleurs le bonheur que j'aurais, si un homme comme celui-là voulait se charger de moi, et je sentis naître en moi un ardent désir de devenir comme lui, quand je serais grand, un instituteur des petits mendiants. Un homme de bien, le riche propriétaire de ce château, entendit parler de moi ; il fut assez bienveillant pour se charger du petit étranger, et il le fit instruire et élever pour qu'il devînt un maître capable.... Regardez, mes enfants ! Cette belle maison que vous allez habiter, c'est lui qui l'a fait bâtir ; ce grand jardin, c'est lui qui l'a donné ; toutes les dispositions qui rendent votre demeure agréable, c'est lui qui les a prises. Il a choisi les plus pauvres d'entre tous, ceux qui n'ont plus ni père ni mère, et il me les a confiés pour les élever. C'est vous, mes enfants, qui êtes ces pauvres orphelins. C'est moi qui dès aujourd'hui serai votre ami et votre père, c'est moi qui chercherai à vous inspirer l'amour du travail et la crainte de Dieu.

« Notre établissement est organisé sur le plan de l'immortel ami des enfants dont je vous parlais, sur le plan tracé par Pestalozzi.

« *Priez et travaillez*, telle était sa devise ; ce sera aussi la nôtre.

Henri les attendait à la porte de la maison.

« Dans notre beau jardin nous bêcherons, nous sèmerons et récolterons, tout en offrant à Dieu le tribut de nos louanges et de notre reconnaissance. Les heures des classes vous seront communes avec les enfants du village. Vous vivrez avec eux en bonne intelligence, et je vous entourerai tous de la même affection. L'esprit de Pestalozzi habitera parmi nous. J'enseignerai comme il enseignait. Je suivrai son exemple avec tant de fidélité, qu'il serait bien joyeux, s'il venait visiter notre maison et notre jardin. Nous ne pouvons avoir ce bonheur, car il n'est plus de ce monde; il y a déjà longtemps qu'il est allé à Dieu. Mais s'il ne vit plus, sa mémoire est ineffaçable dans le cœur de tous ceux à qui les enfants sont chers. C'est aujourd'hui sa fête, il y a aujourd'hui cent ans qu'il naquit; cette fête, on la célèbre partout. Nous allons la célébrer aussi par l'inauguration de notre établissement, qui portera en son honneur le nom de Fondation Pestalozzi. Mes chers enfants, son image nous guidera, nous prierons et nous travaillerons.... comme c'était sa devise et son désir. »

QUATRE SEMAINES

DE

VACANCES

QUATRE SEMAINES

DE

VACANCES.

ur une des routes qui rayonnent autour de la ville de Posen, roulait, par une matinée de juillet, un grand chariot de ferme, attelé de quatre chevaux. Leur charge n'était ni du foin ni du blé; aussi les chevaux, qui la sentaient à peine, enfilaient-ils la route d'un trot rapide et vigoureux. C'étaient quatre jeunes alezans, attelés cette année pour la première fois à la voiture ou à la charrue, et auxquels on ne voulait pas encore imposer de lourds fardeaux.

La charge du chariot se composait de huit écoliers de Posen, qui allaient passer les vacances chez leurs parents. C'étaient des enfants de dix à quatorze ans appartenant à deux familles. Quatre d'entre eux étaient les fils d'un régisseur de domaines, et le père des quatre autres était garde général des forêts; il habitait une jolie maison de campagne, située dans la partie de la forêt attenante aux biens administrés par le régisseur.

La voiture était magnifiquement décorée. Des guirlandes de feuilles de chêne, tressées par les filles du garde général, y étaient suspendues en forme d'arceaux, et une longue perche, au haut de laquelle flottait un mouchoir rouge, était plantée au milieu en guise d'étendard. Les écoliers, assis sur des bottes de paille, chantaient, criaient, et babillaient à cœur joie.

Sur le siége trônait un cocher en habit de fête. C'était le domestique du régisseur, grand artiste, qui, dans les occasions solennelles, à la fête de la moisson, par exemple, faisait danser au son du violon, et qui possédait en outre le talent de jouer de plusieurs instruments à la fois. Pendant qu'il raclait un air sur son violon, il tenait entre les dents un petit flageolet duquel il tirait des sons, et il agitait en même temps une casquette ornée de houppes et garnie d'une multitude de petits grelots. Cette musique étrange avait le plus grand succès parmi les jeunes voyageurs.

Au bout de deux lieues la petite société arriva à une auberge isolée, où Pierre voulut faire manger et boire ses chevaux. Quant aux enfants, ils entrèrent dans la maison pour se rafraîchir.

Dans une salle basse et enfumée étaient attablés des paysans qui buvaient de l'eau-de-vie. L'un d'eux ronflait déjà, étendu sur un banc; un autre allait et venait, chantant et trébuchant sur le plancher mal joint. Ces deux-là étaient ivres, et les autres en bon chemin pour le devenir.

Dans un coin de la pièce, on voyait un berceau dans lequel un enfant crasseux se suçait les pouces; deux autres marmots, n'ayant pour tout vêtement que leur chemise, étaient assis sur le banc autour du poêle et regardaient flamber le feu. Deux petits cochons couraient en grognant entre les jambes des habitués; et une oie et deux poules cancanaient et coquetaient à l'envi avec eux. Bêtes et gens vivaient ensemble dans la plus grande intimité, et il n'était même pas rare de voir les enfants et les cochons manger au même plat.

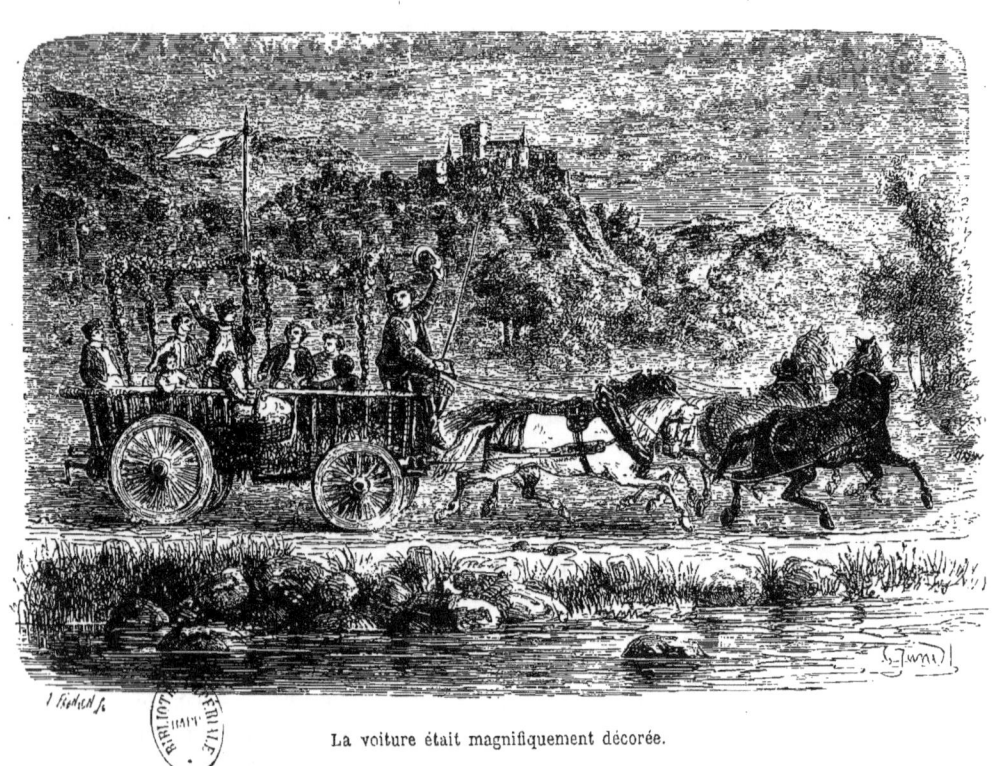

La voiture était magnifiquement décorée.

« Les riches, disait un des buveurs, ne se figurent pas tou
ce qu'il y a de misère parmi le peuple.

— Et en supposant qu'ils le sachent, ajouta un deuxième in-
terlocuteur, ils ne s'en préoccupent pas beaucoup.

— Il faudra, reprit le premier, le leur fourrer dans la tète,
et les forcer à s'en inquiéter. Nous sommes tous égaux, après
tout. Je ne vois pas pourquoi les uns restent oisifs et boivent du
vin, pendant que les autres travaillent comme des bœufs à la
charrue et n'ont que de l'eau à boire.

— Il a raison, crièrent les autres; on ne doit pas souffrir
cela; nous pourrions aussi boire du vin et ne rien faire, et les
riches pourraient bien travailler. »

Pierre, seul à une table, mangeait une tartine de beurre. Il
avait jusque-là gardé le silence; mais à ce moment il dit assez
haut pour être entendu de tous :

« En ce cas, il faut faire la guerre!

— La guerre! s'écria Romain, le plus âgé des écoliers;
Pierre, n'as-tu pas honte de parler ainsi?

— Pourquoi avoir honte? poursuivit le valet; la guerre dont
je veux parler, Dieu lui-même ordonne qu'on la fasse.

— Quelle guerre? demandèrent les paysans.

— La guerre contre la misère, dit Pierre, et l'arme qu'on y
emploie s'appelle *le travail*. »

Les buveurs se turent.

« Si on en trouvait seulement du travail! dit un des paysans,
après un moment de réflexion.

— Je sais par expérience, répliqua Pierre, que l'homme
trouve du travail quand il en cherche. J'étais aussi autrefois.

un mécontent, et je volais les cerises de mon maître; je disais que le bon Dieu les faisait venir aussi bien pour moi que pour lui. Or, le bouvier du voisin venait tous les jours me voler mon pain et mon beurre, en disant que le bon Dieu faisait venir le pain aussi bien pour lui que pour moi. J'appris alors ce que c'était que *le mien* et *le tien;* cette distinction s'arrangea dans ma tête, et je ne volai plus; le bouvier du voisin cessa également de me prendre mon pain. Souvent, dans la suite, je reçus de notre maître plus d'un panier de cerises, et je donnai plus d'une fois de mon pain au bouvier. Et cet échange était raisonnable; c'est ainsi qu'il faut se conduire. Celui qui a beaucoup doit donner à celui qui n'a rien; mais celui qui n'a rien ne doit pas *voler* celui qui a plus.

—Voilà un langage très-sensé, interrompirent quelques-uns des paysans.

— Que n'ai-je été toujours aussi raisonnable! poursuivit Pierre; mais j'étais un fainéant, un bon à rien; je ne volais plus, il est vrai, mais je ne voulais pas travailler; j'avais des membres valides, et je ne voulais pas m'en servir; et, quand par hasard j'avais travaillé, parce que j'y étais bien forcé.... d'un saut j'étais au cabaret, et en un clin d'œil l'argent était hors de ma

poche, et l'eau-de-vie dans mon estomac. Je changeai de maître tous les jours; je veux dire que partout on me chassa, car il n'y a pas de maître qui veuille employer un fainéant. Bientôt même je fus las de servir, et je me mis à courir le monde en qualité de musicien ; dans les auberges, dans les foires, sur la grand'-route, partout où je trouvais quelqu'un pour m'écouter, je raclais mon violon et j'agitais mes grelots ; mais à ce métier je n'ai pas même gagné de quoi me mettre une chemise sur le dos. D'ailleurs j'étais las de la musique et je me fis.... mendiant. Je courus le pays, mais on me ferma presque toutes les portes. Les gens disaient qu'un homme jeune et bien portant comme moi devait travailler.

« Un jour j'entrai dans un cabaret et je m'assis dans un coin avec ma besace, tout en marmottant ma prière de mendiant. Un homme était assis à une table tout près de moi ; c'était un de ceux qui font des livres, à ce que j'ai su plus tard ; il me regardait du coin de l'œil, et moi je le regardais de même, car je me disais : « En voilà un qui ne te perd pas de vue ; il va « bien sûr te faire l'aumône. » Et, en effet, il m'en fit une, de laquelle je vis encore.

— Qu'est-ce donc qu'il vous donna ? demandèrent les buveurs attentifs.

— Il vint à moi, continua Pierre, et me demanda ce que j'avais fait jusqu'à ce jour. Je lui dis que j'avais servi autrefois comme valet de ferme, puis, que j'avais décampé, etc.; bref, je lui contai tout. Il m'écouta tranquillement, secoua la tête et me demanda à voir mes mains. Je les lui présentai tout étonné, il les examina de tous les côtés, retroussa les manches de ma chemise et secoua de nouveau la tête.

« Quelles mains puissantes! dit-il ensuite; quelle force il doit
« y avoir dans ce bras! Mon garçon, il faut aller à la guerre.

« — A quelle guerre? lui demandai-je.

« — A la guerre contre la misère! s'écria-t-il d'un ton d'indi-
« gnation. Sot que tu es! tu vas t'imaginer que tu es pauvre....
« pauvre avec des mains pareilles! Quelle folle idée! Il n'y a
« de pauvre que l'individu malade de corps ou d'esprit. Or, tu
« es sain de corps et d'esprit, toi. Dieu du ciel! pauvre avec
« des mains pareilles! Allons, lève-toi, et considère quel trésor
« Dieu t'a donné dans ces membres vigoureux! Réfléchis à cela,
« et en route pour la guerre! »

— Bravo! C'était bien dit! crièrent en riant les buveurs.

— Et je partis pour la guerre, dit Pierre en poursuivant son récit; je cherchai une place, et je l'occupe encore aujourd'hui; la position n'est pas fort élevée et je ne suis pas riche; mais je vis content en travaillant; voilà déjà cinq ans que je suis chez le même maître; et j'espère rester chez lui jusqu'à ce que la mort nous sépare.

« Je conserve toujours en souvenir de mon bienfaiteur un petit livre dont il me fit cadeau en me quittant. Il avait été écrit, me dit-il, par une dame amie des pauvres honnêtes, désireuse de leur mettre sous les yeux de bons exemples. Je porte toujours avec moi ce petit livre qui m'est bien cher; et, si vous voulez écouter ce qu'il contient, chacun de vous en retirera quelque chose pour l'emporter avec lui. »

La plupart des paysans dirent qu'ils ne demandaient pas mieux et se rapprochèrent de Pierre avec curiosité. Celui-ci tira de sa poche un petit livre soigneusement enveloppé, l'ouvrit et lut ce qui suit d'une voix sonore et sympathique.

Il y a quelques années vivait un journalier dans une chétive cabane des montagnes de la Silésie.

C'était un brave homme bien laborieux, mais véritablement

Je porte toujours avec moi ce petit livre.

malheureux ; car il avait cinq petits enfants et une femme malade, qui, au lieu de pouvoir remplir ses devoirs de mère, ce
que du reste elle eût fait volontiers, était obligée de garder le
lit, en proie à des souffrances continuelles.

Le père aimait ses enfants d'un véritable amour ; aussi cher-
chait-il à les élever de manière à ce que plus tard ils pussent
marcher dans une voie agréable à Dieu.

Or, quand il sortait pour se rendre au travail, laissant dans

sa chaumière les cinq petits êtres sans surveillance, bien souvent ses yeux se mouillaient de larmes, et alors il joignait les
mains en disant avec une dévotion sincère : « Mon Dieu, pro-
tégez les enfants que vous m'avez donnés. »

L'aîné des cinq enfants était une petite fille de sept ans, remplie d'intelligence, et qui, toute jeune qu'elle était, fut le sou-
tien de la famille.

Anne-Rose était chargée du ménage, et il lui fallait se donner
du mouvement pour tenir toutes choses prêtes. A midi le père

revenait du travail; et son dîner ne devait pas se faire attendre,
car il ne tardait pas à s'en retourner. Anne-Rose n'avait qu'à

bien se dépêcher. Si elle eût manqué l'heure, son pauvre père
aurait été forcé de repartir pour son travail, sans avoir pris
rien de chaud. Mais elle aimait ce bon père, et elle fût restée
elle-même toute la journée sans rien prendre, plutôt que de
le laisser partir sans dîner.

C'était merveille de la voir épluchant les pommes de terre.
Sa petite main déjà exercée s'acquittait de sa besogne avec la
plus grande aisance. Dans les premiers temps le couteau s'était
bien égaré quelquefois et avait entamé la peau de ses doigts
au lieu de celle des pommes de terre; alors plus d'une larme
avait coulé lorsqu'elle voyait le sang sortir de la blessure, mais
en forgeant l'on devient forgeron : elle avait appris à être pré-
voyante.

Une difficulté pour elle au commencement, c'était de mettre
les pommes de terre sur le feu; un grand pot tout plein est une
lourde charge pour un enfant; jamais elle n'aurait pu le dres-
ser. En réfléchissant, elle trouva un expédient. Elle mettait sur
le feu le pot vide, y versait de l'eau, et y ajoutait peu à peu les
pommes de terre. Les pommes de terre cuites, elle courait chez
Anne-Marie, sa voisine, forte fille de quatorze ans, qui toujours

se laissait séduire par les paroles affables d'Anne-Rose, et venait lui ôter son pot de dessus le feu et répandre l'eau. Plus d'une fois même elle lui avait aidé à faire sa purée de pommes de terre; c'était beau de sa part; Anne-Rose en effet n'était qu'une faible enfant dont les petits bras n'avaient pas la force nécessaire pour remuer la cuiller de bois.

Anne-Rose balayait régulièrement la chambre et tenait tous les meubles dans un état de propreté extrême : elle-même n'avait jamais sur elle une seule tache, et lavait scrupuleusement tous les jours à ses petits frères et sœurs le visage et les mains.

Il y avait devant la maison un étang, ou plutôt une mare, qu'Anne-Rose honorait de ce titre; c'est là que les enfants étaient lavés. Sans doute la petite fille ne pouvait s'acquitter de la façon la plus douce de sa commission; sans doute les marmots jetaient les hauts cris; mais ils devenaient propres, et d'ailleurs ils savaient bien que leur sœur n'avait aucune intention malveillante à leur égard.

Anne-Rose était toujours gracieuse et complaisante pour les pauvres petits, et elle ne les battait jamais, comme le faisaient quelquefois les enfants du voisin. Aussi ses frères et sœurs l'avaient-ils prise en affection, et ils se tenaient tous ordinairement autour d'elle. Quand elle était occupée à la maison, les plus grands aidaient, et les plus petits regardaient. Si elle sortait, tous couraient après elle, jusqu'à la petite Babet, qui, ne pouvant marcher encore, la suivait à quatre pattes comme un petit chien.

Le pauvre journalier et sa famille menèrent quelque temps une vie bien triste. Il gagnait peu, et le pain et les pommes de terre étaient si chers! Chacun des enfants n'avait qu'un misérable vêtement sur une chemise en lambeaux; ils n'avaient d'ailleurs rien autre chose à se mettre sur le corps. Quant au raccommodage de leurs effets, il n'en était plus question, depuis que la mère était morte. Personne ne pouvait s'en charger; Anne-Rose était encore incapable de faire un point.

La situation devenait de plus en plus critique, à mesure que les vivres augmentaient de prix; car il arrivait souvent que le journalier, ne trouvant pas d'ouvrage, passait des jours entiers

sans rien gagner. L'état de la mère s'aggravait à chaque instant ; on ne pouvait songer à appeler un médecin ; il eût fallu
de l'argent pour payer au pharmacien les médicaments que le
médecin aurait prescrits.

Bien des fois le journalier, ce pauvre homme si digne de
compassion, s'asseyait dans un coin de sa petite chambre et
pleurait à chaudes larmes en voyant ses enfants en proie à la
faim, et sa malheureuse femme minée par la maladie, sans
qu'il pût rien faire pour eux.

C'était un homme laborieux, aussi lui répugnait-il de mendier ;
et comme il voulait faire de ses enfants des ouvriers actifs et non
des fainéants, il ne pouvait se résoudre à les envoyer demander l'aumône, même une seule fois.

Un jour pourtant qu'il n'y avait plus une seule pomme de
terre à la maison et qu'il avait en vain frappé à plusieurs
portes pour trouver du travail, il dit en soupirant à sa bonne
Anne-Rose :

« Mon enfant, ma chère enfant, je suis obligé de te faire
faire une commission bien dangereuse ; prends le tablier de
ta mère, mets-le sur tes épaules comme un manteau, pour

cacher les trous de ta robe, et va dans les villages des environs demander pour nous du pain. C'est la première fois que

je t'envoie mendier; que Dieu me pardonne, je ne puis faire
autrement. »

Anne-Rose obéit; elle s'enveloppa dans le tablier de sa mère
et sortit avec un petit panier. Mais en sortant elle se lava encore dans l'étang les mains, les pieds et le visage; car elle
était dans la même disposition d'esprit que si elle fût allée à
l'église; et, pour rien au monde, elle n'eût voulu entrer à
l'église sans être propre : tous les autres villageois avaient
toujours l'air si bien attifés quand ils venaient dans la maison
de Dieu !

Aussi Anne-Rose plut partout où elle se présenta, avec son
visage propre et frais. Tout le monde lui donna volontiers un
morceau de pain, et sa corbeille fut bientôt pleine.

Sur le soir, Anne-Rose revint et plaça sur la table son panier.
Ce fut une véritable fête. Le père distribua tout de suite le pain;
la pauvre malade elle-même en mangea un petit morceau.

« J'ai encore quelque chose en outre de mon pain, dit Anne-
Rose avec satisfaction. Derrière Schmiedeberg j'ai quitté la
grand'route et j'ai pris par le jardin de Ruhberg. Il y avait
beaucoup de messieurs devant la porte du château, aussi je
voulais faire un détour et me glisser derrière les arbres, mais
un petit monsieur m'a appelée. C'est encore un enfant, car il
n'était pas beaucoup plus grand que moi.

« Qui es-tu ? m'a-t-il dit.

« — Anne-Rose, ai-je répondu.

« — Quelle Anne-Rose?

« — La fille de Baerner, donc ! »

« Alors il s'est mis à rire, et m'a demandé si j'avais des parents,
si nous étions pauvres.... et je lui ai tout conté, et je me suis
mise à pleurer, car je lui ai dit aussi que notre mère allait bientôt mourir, parce que nous ne pouvions rien prendre chez le
pharmacien.

« En apprenant cela, le petit monsieur a mis la main à sa
poche, comme une grande personne, et m'a présenté une pièce
que voici.... »

Il faisait sombre dans la chambre, et d'ailleurs il était temps
d'aller au lit. Le journalier mit la pièce sur la planche de la
fenêtre, et la famille, rassasiée du pain de l'aumône, alla dormir.

Le lendemain, le père, s'étant levé le premier, s'approcha de la fenêtre pour prendre la pièce de monnaie et en acheter du pain.

« Femme, s'écria-t-il tout à coup effrayé, c'est un frédéric d'or. Tiens, vois l'image de notre roi, Frédéric-Guillaume III. »

La femme joignit les mains et leva les yeux au ciel.

« Nous ne pouvons pas garder cet argent, dit le mari ; je vais le reporter. Les enfants n'ont pas le droit de dépenser de l'or. Il doit y avoir quelque chose là-dessous ; peut-être en ce moment cherche-t-on la pièce d'or au château de Ruhberg. »

L'honnête homme se rendit à Ruhberg ; mais on ne voulut pas reprendre la pièce d'or. L'enfant qui l'avait donnée à Anne-

Rose, c'était le prince Nicolas de Russie, qui se trouvait alors en visite chez la princesse Louise de Prusse.

Le bon Dieu était venu au secours des pauvres gens ; la bonne Anne-Rose n'avait plus besoin de mendier. Ce don sauvait ses parents de leur détresse momentanée ; on allait pouvoir acheter des médicaments pour la malade. Elle guérit en effet, et put se livrer de nouveau avec joie à tous les soins du ménage.

Tous ses enfants sont devenus laborieux et capables. Anne-Rose elle-même est à présent une paysanne alerte et robuste, mère de trois enfants, auxquels elle a donné, de concert avec son mari, l'éducation qu'elle avait reçue de ses excellents parents.

Othon, Henri et Paul sont toute la joie de leur mère; ce sont des enfants bien portants, aimables et obéissants, chéris du maître d'école et de tous les gens du voisinage.

Mère Anne-Rose, ainsi qu'elle était nommée par tous les habitants du village, astreint elle-même les petits garçons à un travail assidu. Au retour de l'école, ils vont trouver leur père au champ, ou bien retirer le fumier de l'étable, ou bien ramasser du bois; en un mot, il y a toujours pour eux quelque chose à faire.

Le soir, en été, quand toute la famille est assise devant la porte, ou en hiver, quand tout le monde se presse autour du

PISAN.

feu, Anne-Rose file en racontant une histoire, ou en chantant une jolie chanson pour rire, ou un cantique de son recueil. Pendant ce temps-là, les petits garçons font des cuillers en bois pour les vendre.

Othon s'entend aussi à tresser des corbeilles, et chacun est tenu de faire l'inspection de ses habits et de les raccommoder quand ils sont déchirés. Mère Anne-Rose n'aime pas le désordre. Là où se montre une petite solution de continuité, il

faut tout de suite faire un point. Les trois petits garçons s'y
entendent très-bien, quoique pas un n'ait envie de se faire
tailleur.

Un soir du mois de février 1848, toute la famille était réunie,
et la mère venait de raconter, au moins pour la centième fois,
l'histoire de la pièce d'or.

« C'est tout de même beau, dit Othon, d'être un riche seigneur. On peut venir en aide aux pauvres gens dans le malheur.
Ah! mère, je voudrais bien être en ce moment un riche seigneur.

— Pourquoi tout juste en ce moment? demandèrent Paul et
Henri.

— A cause du malheur arrivé dans la haute Silésie, répondit
Othon, et que le maître d'école nous a raconté.

— Oui, c'est effrayant, s'écrièrent les frères. En as-tu entendu parler, mère? Et toi, père, sais-tu quelque chose de
ce triste événement? »

Le père avait depuis longtemps tout appris, mais la mère ne
le savait pas bien au juste. Othon courut chez le maître d'école

et en rapporta un journal dans lequel le père lut ce qui suit :

« Le typhus, cette redoutable maladie, s'avance à pas de
géant et fait partout des victimes; la misère est au-dessus de

toute expression. Dans une chaumière, on a trouvé morts le père et la mère. Six enfants sans secours, dont les deux plus âgés avaient quinze ou seize ans, étaient également atteints du typhus. L'un d'eux était couché par terre, dans un coin humide, sur de la paille pourrie, enveloppé de haillons, sans chemise, dans la plus affreuse misère. Personne n'était entré chez eux, par crainte de la contagion; de sorte que les infortunés étaient morts délaissés, succombant à la faiblesse, à la faim et à la soif. Dans une autre chaumière, dix-huit personnes étaient malades. Les frères de la miséricorde, qui sont accourus pour leur porter secours, les ont trouvés sans bois, sans pain, sans médicaments. Lorsque leurs sauveurs leur préparaient du bouillon et leur présentaient de quoi se rafraîchir, les malheureux leur tendaient les bras, leur baisaient les mains et les bénissaient en pleurant; puis leurs regards se portaient vers l'image de la Vierge Marie, exposée dans leur chambre, et ils rendaient grâces au ciel de leur avoir envoyé des anges pour les visiter dans leur affliction.

« Dans une autre chaumière on a trouvé morte une femme qui tenait encore son enfant dans ses bras. L'enfant était vivant, ne se doutant pas, la pauvre créature, qu'il reposait sur un cœur qui ne battait plus.

« Telle est la misère qui règne dans un grand nombre de maisons; beaucoup de personnes ont déjà été emportées, et les suites de ce malheur sont épouvantables. Des milliers d'orphelins indigents, nus et mourant de faim, crient au secours. Mais nous sommes complétement dépourvus de ressources. »

« Dieu de miséricorde! » s'écria Anne-Rose avec douleur, lorsque son mari eut fini de lire. Elle joignit les mains et des larmes s'échappèrent de ses yeux.

Les enfants se précipitèrent en sanglotant au cou du père et de la mère.

« Faites donc venir chez nous les enfants, nous partagerons avec eux nos lits et notre pain, » dirent-ils d'un ton suppliant. Jamais ils n'avaient entendu parler d'un si grand malheur, et leurs cœurs tendres et aimants en étaient profondément émus.

« Des milliers de pauvres orphelins, répétait Anne-Rose; ô ciel! qui va se charger d'eux?

— On quête pour eux, dit le père, on élèvera sans doute des orphelinats.... mais, mon Dieu, où prendra-t-on tout l'argent qu'il faut pour cela ?

— Nous quêterons aussi, s'écria Othon.

— Nous allons quêter dans tout le village, dit Anne-Rose inspirée de cette bonne pensée; oui, et tout de suite. Venez, mes enfants, nous allons mendier de porte en porte; c'est une mendicité qui sera bénie de Dieu. »

En un clin d'œil toute la famille fut sur pied. Anne-Rose était si émue que tout le village accueillit avec sympathie la description si animée qu'elle fit de la misère des Silésiens.

« Mes enfants, dit-elle à ses voisins, quand nous allons à la foire, nous avons l'habitude d'acheter un pain d'épices pour nos petits enfants, n'est-ce pas? Eh bien! abstenons-nous-en la prochaine fois. Tout le monde peut envoyer l'argent qu'il aurait dépensé pour cela aux orphelins de la haute Silésie. L'année dernière, quand il y eut à l'auberge un spectacle de marionnettes, presque tout le village y courut, et les places étaient à dix centimes. Mes chers enfants, mes chers voisins, s'il y avait aujourd'hui un pareil spectacle, nous y courrions tous en foule. L'argent que nous serions disposés à dépenser pour cela, donnons-le aux orphelins qui manquent de tout.

— Bravo! » dit une voix derrière elle, au moment où elle terminait cette brillante allocution aux paysans qu'elle avait trouvés dans l'auberge. Tout le monde se retourna du côté d'où

venait la voix; c'était le maître d'école du village. « Le Seigneur a dit, poursuivit-il : « Ce que vous avez fait au plus petit d'entre

« mes frères, vous l'avez fait à moi. » Et en parlant ainsi, il mit une pièce d'argent dans la main d'Anne-Rose.

Tous les paysans en firent autant. Plus d'un ne donna qu'un décime ; mais plus d'un aussi en donna quatre ; chacun contribua selon ses moyens.

La proposition d'Anne-Rose avait donc eu le plus heureux résultat. Elle rapporta chez elle un mouchoir tout rempli d'argent, et elle s'entendit avec le maître d'école pour l'envoyer à sa destination.

Ce n'était pas beaucoup sans doute, et cela ne pouvait aller bien loin ; mais si dans tous les endroits, villes ou villages, tout le monde, grands et petits, eût apporté sa contribution, quelque faible qu'elle fût, cela eût fait une somme assez ronde.

En pareil cas, chacun devrait se bien pénétrer des paroles citées par le digne maître d'école :

« Ce que vous avez fait au plus petit d'entre mes frères, vous l'avez fait à moi. »

Les auditeurs, dont l'attention était allée toujours croissant dans le cours du récit, n'avaient pas encore eu le temps de se remettre de leur émotion, lorsque l'hôtesse vint annoncer que tout était prêt pour le départ, et l'on se remit en route.

a chambre de l'auberge, avec ses paysans ivres et leurs fougueux discours, puis le récit de Pierre, avaient inspiré à la jeunesse folâtre des idées tout à fait sérieuses. Il fallut quelque temps pour ramener la gaieté qui avait brillé sur toutes les figures pendant la première moitié du voyage. Les plus jeunes écoliers cherchèrent, par des agaceries de toute sorte, à la faire reparaître, mais ils n'y réussirent pas.

Enfin Charles proposa de jouer à Pigeon vole !

« Oui, oui; jouons à **Pigeon** vole! s'écrièrent les écoliers.

— Et Pierre va jouer avec nous, dit Paul; à **tout ce qui** a des plumes, il agitera ses grelots; mais s'il les fait sonner pour un objet qui n'a pas de plumes, il faudra qu'il donne un gage.

— Bravo! Pierre, mets ta casquette à grelots, » dirent les petits étudiants, et la gaieté était revenue.

Pierre était prêt; le jeu commença.

« Pigeon vole! » dit Gustave, le plus âgé des enfants; et toutes les mains se levèrent, et la casquette sonna.

« Les poules volent, les oies volent, les alouettes volent, les moineaux volent, les chaises volent.... Ah! Charles, un gage! Les chaises ne volent pas. Allons! donne ton mouchoir; nous rachèterons les gages quand ils seront en nombre suffisant. Continuons : les cigognes volent, les hirondelles volent, les corneilles volent, les chats volent.... Très-bien; on a fait attention; pas un doigt n'a remué pour les chats; Pierre n'a pas non plus agité ses grelots. Les canards volent, les aigles volent, les perdrix volent, les ânes volent.... Oh! monsieur Pierre, et toi, Romain?... Il paraît que les ânes ont des plumes! Allons! deux gages! »

Quand le nombre des gages fut trouvé suffisant, on se disposa à les racheter, en suivant l'ordre dans lequel ils avaient été fournis.

« Que doit faire le gage que je tiens dans ma main? demanda Gustave.

— Réciter une fable, » s'écria Fritz.

Et Paul, sans se faire prier, commença aussitôt.

L'ÉCREVISSE.

Une jeune écrevisse, imprudente et légère,
Vivait au fond des eaux
Sous une pierre.
Le séjour, il est vrai, n'était pas des plus beaux,

L'Écrevisse.

Mais la paix y régnait. La belle était coquette,
Et d'étranges projets lui trottaient par la tête.
Elle voulait parcourir l'univers,
Visiter les peuples divers,
Voir le soleil que l'eau reflète,
La rosée, et les fleurs qui parfument les airs…
Vint à passer sur le rivage
Un manant après lui traînant un grand filet;
Tête baissée elle y court, la volage;
Le pêcheur la retire et l'emporte au village.
Voilà son désir satisfait.
« Quel bonheur! se disait la folle créature;
Je vais avoir joyaux, robe rouge en velours.
Mes sœurs envieront ma parure,
Et je coulerai d'heureux jours…. »
On arrive au logis, dans un pot on la jette;
Doux rêves, adieu pour toujours!
Le feu petille, on entend la pauvrette
Qui crie en se voyant rougir:
« Hélas! faut-il donc tant souffrir?
L'orgueil cause mon infortune;
Je meurs sous cet habit nouveau!
Que n'ai-je encor ma robe brune
Et la vase de mon ruisseau? »

— Bravo! bien parlé! dirent les écoliers.

— Oui, ajouta Pierre, cela veut dire que chacun doit se contenter de son sort. J'en ai fait l'expérience, moi; chacun doit rester à la place où le bon Dieu l'a mis; autrement on s'expose à être cuit tout comme l'écrevisse.

— Qu'ordonne-t-on au gage que j'ai dans la main? demanda de nouveau Gustave.

— Serait-ce la tabatière de Pierre? dit le petit Paul; il faut qu'il se réunisse à nous le soir après sa journée finie, et qu'il propose des jeux : il a tant de bon sens, ce brave Pierre, et il sait toujours donner de si bons conseils !

— Bien, bien, dit Pierre, joyeux et flatté de l'éloge de Paul; j'irai, même sans y être obligé par le rachat du gage. »

Cette promesse fut acclamée d'un hourra général.

« A présent ce n'est plus le gage de Pierre que je tiens, fit Gustave; que doit faire celui que j'ai dans la main?

— Il faut qu'il nous débite un conte, s'écrièrent en même temps Fritz et Paul.

— Bien! Alors, mon cher Stanislas, dis-nous un conte, car ce canif est à toi.

— Cela se trouve bien, répondit Stanislas; je sais un conte tout nouveau; il a pour titre :

LE NEZ.

I l y avait une fois un nez, un joli petit nez, qui demeurait entre les grosses joues d'un jeune paysan vigoureux et bien portant. Les joues étaient toutes rouges et tellement bouffies que le petit nez se voyait à peine et ne savait comment faire pour respirer. L'impudence des grosses joues exaspéra le petit nez, qui, de son naturel, n'était pas non plus fort modeste, et il résolut de demander raison au garçon à qui les joues appartenaient. Pourpre de colère, presque aussi rouge que les joues, il dit.... Comment fit-il? je n'en sais rien, mais il faut bien le croire.

« Jeune homme, dit-il, ne gonfle pas autant tes joues, elles m'écrasent.

— Cher nez, répondit le jeune homme, je ne gonfle pas mes joues; si je les ai si rondes, c'est que j'ai trouvé bonnes les pommes de terre de mon père. »

Cette réponse mit le comble à l'exaspération du nez. Il se refrogna et se contracta, ce qui fit rire bien fort les joues.... Comment des joues peuvent-elles rire ? je n'en sais rien ; mais il faut bien le croire.

Les joues rirent si fort qu'il se creusa une fossette dans chacune d'elles ; ce dont le nez fut tellement irrité qu'il gonfla ses narines tant qu'il put, s'élargit et repoussa les joues. De leur côté, les joues se gonflèrent, s'élargirent et repoussèrent le nez. La lutte continua jusqu'à ce que le possesseur du nez, perdant patience, dit avec humeur :

« Attendez, insolents que vous êtes! C'est le bien-être qui vous inspire de pareilles idées ; je saurai bien vous réduire au repos! »

En parlant ainsi il donna une claque aux deux joues, ce qui les fit encore se gonfler davantage et devenir rouges comme braise. Quant au nez, il lui mit dans chaque narine une prise de tabac de la tabatière de son père, ce qui le fit éternuer horriblement. Le pauvre petit nez faillit se trouver mal de douleur, tant le tabac l'avait vivement piqué. Cela lui fut si pénible. et le mortifia si amèrement qu'un beau matin il décampa.... Comment fit-il? je n'en sais rien, mais il faut bien le croire.

Il traversa la rue en reniflant, dans l'intention de chercher une autre demeure. Mais c'était une fâcheuse histoire. Il n'y avait nulle part de logement vacant ; tout le monde avait son nez et personne ne pouvait lui céder une place. Le pauvre nez errant était en proie à une vive inquiétude ; tous les visages qu'il voyait venir de loin faisaient naître en lui une espérance, mais toujours cette espérance était déçue ; partout la place était occupée. Après avoir marché toute la journée, il sentit une faim dévorante, et il s'aperçut avec effroi qu'il était devenu tout gris ; c'était la poussière qui l'avait mis dans cet état. Il courut en toute hâte vers une prairie, flaira jusqu'à satiété une fleur de trèfle et se baigna dans la rosée du soir, puis il se coucha et s'endormit.... Comment fit-il? je n'en sais rien, mais il faut bien le croire.

Il ronfla toute la nuit jusqu'au lever du soleil ; quand il sentit la fraîcheur du matin, il songea à ses anciennes voisines, les grosses joues entre lesquelles il était si chaudement logé. Il

avait froid à présent et il était malade, lui qui était habitué à
dormir à l'abri et.... au milieu de quelle douce chaleur! En effet,
le jeune paysan avait coutume de se couvrir jusque par-dessus
le nez. Il s'était donc refroidi, le pauvre nez, et avait attrapé un
gros rhume, ce qui le faisait éternuer encore plus que la prise
de tabac qu'il avait été forcé de prendre. Dans sa détresse, il se
mit à verser des larmes.... Comment fit-il? je n'en sais rien,
mais il faut bien le croire.

En ce moment passa en sautant une petite fille qui venait

couper de l'herbe pour ses chèvres; elle entendit les sanglots
du nez et se baissa vers lui pleine de compassion. Cette marque
de sympathie toucha le nez malade et sans asile, et il sentit
renaître son courage.

« Chère enfant, dit-il d'une voix suppliante, je suis bien malade, aie pitié de moi et cède-moi une place sur ton visage; tu
as des joues minces, un nez effilé; je trouverai bien à m'y
caser. »

Mais la jeune fille ne voulut pas entendre raison.

« Personne ne peut avoir deux nez, répondit-elle; j'ai déjà
bien assez du mien pour sentir, quand je travaille dans l'étable
des vaches; je ne puis te procurer d'emploi. »

Le pauvre nez délaissé fut comme frappé de la foudre à ce
refus; il resta un instant comme pétrifié; puis, prenant tout à
coup une résolution désespérée, il sauta au visage de la jeune
fille et s'installa sur son nez.... Comment fit-il cela? je n'en sais
rien, mais il faut bien le croire.

Le voilà donc sur le nez de la jeune fille, comme le singe sur le dos d'un chameau; mais, par malheur, il s'y était posé à rebours, les narines en l'air. La jeune fille pleura beaucoup, jeta les hauts cris sur son double nez, car elle avait honte aux yeux des gens.... A quoi cela servit-il? Le nez était installé, elle fut obligée de l'emporter avec elle. La pauvre enfant tenait son mouchoir devant sa figure pour cacher son infortune. Le nouveau nez avait maintenant un domicile, il est vrai, mais il ne s'en trouvait pas mieux. Il était forcé d'avoir faim; car aussitôt que la jeune fille donnait à son nez régulier quelque chose à sentir, elle le tenait devant lui; l'autre nez, au contraire, n'en avait rien, parce que ses narines étaient tournées du côté des nuages. C'était bien pis lorsqu'il pleuvait : les gouttes d'eau y pénétraient, et il s'emplissait comme une fontaine, jusqu'à ce que le soleil l'eût remis à sec. A quelles tristes réflexions il se livrait sur sa position!... Comment le faisait-il? je n'en sais rien, mais il faut bien le croire.

« Ah! se disait-il, quelle folie d'abandonner mon domicile! J'y étais si bien! Ah! si je pouvais y rentrer, je ne me fâcherais plus contre les grosses joues rouges; je resterais bien tranquille à ma petite place, et je leur permettrais de me repousser. »

Un jour la petite fille sur le nez de laquelle il s'était établi, fut envoyée dans un autre village; l'enfant tenait son mouchoir devant son visage pour cacher son double nez. Alors vint à passer un jeune garçon qui se cachait aussi la figure avec son mouchoir.

« Pourquoi donc te caches-tu le visage? lui demanda le garçon, quand ils furent l'un près de l'autre.

— Hélas! repondit la petite fille, j'ai honte de me laisser voir; j'ai deux nez. Et toi, pourquoi tiens-tu également ton mouchoir devant ton visage?

— Moi, répondit le garçon, j'ai honte aussi, car je n'ai pas de nez! »

A cette réponse, le nez de contrebande regarda en dessous.... Comment fit-il? je n'en sais rien, mais il faut bien le croire.

A peine avait-il aperçu le jeune homme, qu'il tressaillit de

joie en reconnaissant les grosses joues rouges, ses anciennes
voisines. S'arracher vivement de sa place, prendre son élan,
faire une cabriole en l'air, voler vers son ancien domicile et s'y
installer plein d'aise, ne fut pour lui que l'affaire d'un instant.
Oh! qu'il était heureux! Jamais, depuis cette aventure, il ne s'est
plaint d'une incommodité; et c'est lui-même qui a écrit son histoire pour servir de leçon à tous les nez mécontents.... Comment
a-t-il fait cela? je n'en sais rien, mais il faut bien le croire.

« C'est charmant, c'est à mourir de rire! s'écrièrent les enfants.

— Il est arrivé au nez justement ce qui m'arriva, dit Pierre;
j'avais décampé aussi, parce que j'étais mécontent, et je me
sentis bien heureux au retour de mon voyage.

— Oui, ce pauvre nez, ajouta Gustave, avait eu bien du
malheur.

— Pas plus que moi, continua Pierre; quand un homme est
mécontent de son sort et quitte brusquement sa position sans
avoir sérieusement pensé à son avenir, il est puni de Dieu.
Aide-toi, le ciel t'aidera, est sans doute un proverbe fort juste;
mais tout dépend de la manière dont on l'applique. Si, au lieu
de remplir votre devoir, vous vous lancez en aveugle dans la
vie, il vous arrive immanquablement ce qui est arrivé au nez et
à moi; heureux encore, si on ne vous met pas dans le pot,
comme l'écrevisse. »

e premier jour que les écoliers passèrent dans leurs familles fut consacré tout entier à la joie de revoir un père et une mère adorés et des sœurs chéries. Aussi ne se virent-ils pas de toute la journée; mais le lendemain ils n'eurent rien de plus pressé que de se chercher afin de s'entendre sur la manière dont ils emploieraient le temps des vacances, sur le lieu et les heures de leurs réunions.

Stanislas proposa de construire une citadelle de sable et de pierres, d'y mettre une garnison et d'en faire le siége; en un mot, de jouer formellement à la guerre. Paul voulait qu'on fît dans la forêt des cabanes de verdure, et qu'on les revêtît de mousse et de coquillages. Fritz et Max, au contraire, demandaient que l'on jouât tous les jours à un jeu nouveau; Gustave, enfin, soutenait qu'il fallait songer aussi à leurs sœurs qui, après tout, ne demandaient pas mieux que de prendre part aux amusements. Cette diversité d'opinions n'amena pas la moindre solution, et la seule chose sur laquelle on s'entendit, c'est que le soir on aurait recours aux conseils de Pierre.

Le prudent valet était occupé aux champs pendant la journée, et il ne rentrait qu'après le soleil couché. Il restait donc jusquelà beaucoup de temps, et les écoliers résolurent de faire en attendant une promenade en commun à travers la petite ville à la porte de laquelle étaient situés la maison du régisseur, les bâtiments d'exploitation et le château du propriétaire des biens seigneuriaux.

La petite ville méritait à peine ce nom. Quelques rangées de misérables maisons s'éparpillaient autour d'une place appelée le marché, et formaient des rues remarquables par leur saleté et leur pauvreté. Pas une seule n'était pavée, et les chaumières elles-mêmes produisaient une impression on ne peut plus désagréable; nulle part on n'apercevait un seul arbre vert, nulle part un seul petit jardin. Devant les portes jouaient des enfants malpropres, qui se battaient et se jetaient de la poussière; il n'y avait rien de joli dans la petite ville.

En circulant autour de ces chétives habitations, les écoliers de Posen se faisaient part de leurs mutuelles observations.

« Aux vacances de Pâques, dit un des fils du régisseur, j'étais chez mon oncle le bourgmestre dans une petite ville de Silésie; combien je m'y plaisais plus qu'ici! Devant les maisonnettes élégantes et propres on voit de jolis bancs et des berceaux de verdure, et ordinairement sur le derrière un petit jardin bien tenu, où l'on cultive toutes sortes de plantes potagères et d'agrément; tout a un aspect des plus gracieux. Ici, au contraire, pas même un banc propre et commode; rien de frais, rien de vert; partout de la saleté, et toujours de la saleté.

— Savez-vous une chose? dit Romain, en interrompant son camarade; il me vient à ce propos une idée. Employons nos vacances à faire de petits jardins aux habitants.

— Cela ne leur conviendrait pas, fit observer Gustave; s'ils avaient envie d'en avoir, ils en feraient bien eux-mêmes.

— Bah! ils n'y songent seulement pas, reprit Romain; ils ne se doutent pas de l'utilité et de l'agrément des jardins; si on appelait leur attention là-dessus, cela leur ferait plaisir, j'en suis sûr.

— D'ailleurs, objecta Fritz, nous ne pourrions avoir fini à la rentrée des classes; ce serait un travail trop considérable.

— Les enfants qui jouent sur le sable dans les rues nous aideraient, ajouta Romain; nous pourrions les payer pour cela.

— Oui, si nous avions de l'argent, » fit remarquer Fritz.

Pendant qu'ils délibéraient ainsi sur leur projet, ils virent s'avancer de leur côté une femme qui marchait péniblement en s'appuyant sur des béquilles.

« Pauvre femme, lui dit Romain, tu ferais mieux de rester chez toi, la marche te fatigue.

— Il faut que je marche, mon enfant, répondit la vieille;

quand on est pauvre, il ne faut pas se dorloter, si l'on ne veut
pas mourir de faim. En faisant ma tournée je gagne vingt-cinq
centimes; ce n'est pas une somme à dédaigner dans ma position.

— Tu es chargée d'une lettre, s'écria Romain, donne-la-moi,
je la ferai parvenir pour toi, je te rapporterai la réponse, et
tu te feras donner les vingt-cinq centimes par la personne qui
t'envoie.

— Si tu me promets de ne pas perdre la lettre, dit la vieille
estropiée, je vais te la confier. La course ne sera qu'un jeu pour
tes jambes jeunes et vigoureuses. La lettre est adressée au maître
d'école de Piétrowo, de la part de notre curé.

— Ah! oui! interrompit Gustave, celui qui prêche si bien sur
le commandement qui nous défend de convoiter le bien d'autrui.

— Justement, reprit la vieille; est-ce que vous connaissez ce
bon curé?

— Nous ne le connaissons pas particulièrement, répliquèrent

les écoliers; il vient quelquefois chez nos parents, mais nous ne l'avons vu à la maison qu'une seule fois; quant à ses sermons, nous avons entendu Pierre en faire l'éloge.

— Pierre! ah! oui, Pierre aime beaucoup notre curé, et M. le curé l'aime aussi. Bien des gens ne vont à l'église que pour entendre la messe; Pierre, lui, reste toujours aux sermons; ils lui plaisent tant. C'est un garçon laborieux, et il est bien aise d'entendre dire en chaire qu'il faut être actif et gagner par

le travail de ses mains ce dont on a besoin, au lieu de porter envie aux grands et aux riches, et de les voler. Depuis quelque temps on voit rôder par ici des étrangers qui voudraient nous faire perdre notre saine raison, en nous persuadant que, si nous sommes pauvres, c'est une injustice, que tous les hommes devraient avoir également beaucoup d'argent, et que les riches devraient être forcés de partager avec ceux qui n'ont rien. Mais les gens de notre pays, grâce à M. le curé, ont appris à réfléchir. Oui, c'est à notre curé que nous devons cela; il parle avec tant de puissance au cœur de tout le monde!... Mais nous sommes ici à bavarder, mes chers enfants, et il faut que la lettre parvienne à M. le maître d'école et qu'elle soit remise par l'un de vous ou par moi. »

Romain prit la lettre et se dirigea en courant du côté du vil-

lage de Piétrowo, où habitait le maître d'école. Les parents de
Romain y demeuraient aussi, car l'habitation du garde général
touchait au village, la forêt s'étendant jusque-là.

Les familles du garde général et du régisseur étaient intimement liées. Le garde général Karski était d'origine polonaise ;
M. Wirth, qui administrait les domaines de Sowa, était Silésien,
et il avait épousé une Polonaise ; aussi ses enfants parlaient-ils
également le polonais et l'allemand.

Romain porta sa lettre chez le maître d'école, puis il se rendit
chez ses parents et leur expliqua pourquoi il avait quitté ses
camarades. Il leur communiqua aussi le projet des jardins, et
alla ensuite chercher la réponse du maître d'école pour la remettre au curé de Sowa.

Le curé était, comme je l'ai dit, dans les meilleurs rapports
avec les deux familles ; mais les écoliers le connaissaient peu,
parce qu'ils n'étaient pas élevés chez leurs parents et ne venaient à la maison qu'aux vacances.

Le curé demeurait à côté de l'église. Romain frappa à la porte ;
le vénérable ecclésiastique vint ouvrir lui-même.

« Qu'est-ce que tu m'apportes, mon enfant, demanda-t-il, et
qui es-tu ?

— Je vous apporte une lettre, monsieur le curé, répondit
Romain, et je suis le fils aîné du garde général de Piétrowo.

— Ah ! oui, mon enfant ! Tu es un des fils de mon digne voisin. Je me souviens à présent de t'avoir vu, et tu m'apportes une lettre? De la part de ton père, sans doute?

— Non, monsieur le curé, c'est la réponse à la lettre que vous avez écrite au maître d'école de Piétrowo. La vieille Barbe voulait la porter, je me suis proposé pour faire cette course, trop pénible pour elle. »

Le curé mit la lettre sur son bureau et dit au petit garçon :

« C'est très-bien, mon enfant, d'avoir rendu service à la pauvre estropiée ; remets-lui le salaire de sa course, mais il faut que je t'explique pourquoi je l'avais chargée de cette commission. C'est une brave et digne femme ; elle tricote, elle coud du matin au soir : sans cela, elle aurait de la peine à gagner honnêtement sa vie. Or, un médecin m'a dit qu'il était absolument nécessaire qu'elle se donnât du mouvement tous les jours, pour ne pas devenir tout à fait paralytique. La marche ne lui est plus aussi facile qu'à nous, c'est pourquoi elle la redoute et elle a besoin d'y être excitée ; je lui donne donc assez souvent des commissions qui l'obligent à exercer ses jambes.

— Alors j'ai eu tort de me charger de sa lettre ? demanda Romain.

— Ton intention était bonne, mon enfant, reprit le curé, et mes observations n'ont d'autre but que de te faire remarquer un point très-important : il ne faut pas être prodigue même de sa compassion ; il faut voir avant tout si elle est bien appliquée ; sans cela on se rend nuisible au lieu d'être utile.

— Il ne serait peut-être pas bon non plus, dit Romain, de donner de l'argent à l'estropiée. Je voulais prier mon père de lui faire une petite pension.

— Mon enfant, répondit le curé, l'homme est une créature bien faible. S'il voit que d'autres lui procurent du pain sans qu'il ait besoin de travailler, il se laisse aller volontiers à la paresse, s'abandonne à de mauvaises pensées et finit par être mécontent de ce qui lui a été donné de bon cœur. Il y a des pauvres, incapables de travailler, qui sont privés d'un ou de plusieurs sens, qui ne peuvent faire agir leurs membres, ou qui gardent le lit par suite d'infirmités ; ces pauvres-là, il faut les secourir largement et avec bienveillance. Il y a aussi des gens qui auraient bonne envie de travailler, mais qui ne trouvent

pas d'ouvrage ; à ceux-là il faut procurer les moyens de s'occuper. Nous avons beaucoup de misère dans le monde, mais, mon
enfant, l'argent n'est pas toujours le remède à un pareil mal. »

Pendant cet entretien, Romain allait et venait dans la chambre
à côté du bon curé, et il était ravi de la bonté qu'il lui témoignait.

« Monsieur le curé, dit-il tout à coup, résolûment, mes
camarades de collége et moi nous sommes ici en vacances, et
nous avons un mois tout entier de repos ; nous ne voudrions
pas perdre notre temps, mais entreprendre un travail utile
et agréable ; d'ailleurs nos parents ne nous permettent de passer
auprès d'eux les vacances entières qu'à la condition de nous
occuper d'une manière raisonnable. Or il nous est venu à l'idée
de faire des jardins à toutes les petites maisons de Sowa. Cet
endroit a l'air si désagréable et si malpropre ! S'il y avait des
arbres verts derrière les maisons, ou si les terrains incultes
qui les séparent étaient plantés d'arbres et semés de gazon,
nous croyons que le coup d'œil en serait plus gracieux et que
les habitants pourraient cultiver quelques plantes potagères
dans les petits jardins.

— C'est une bonne idée, mon enfant, dit le curé en frappant
amicalement sur l'épaule du petit garçon ; il faut la mettre à

exécution et je vous viendrai en aide. Ce sera une petite société
d'embellissement qui peut faire beaucoup de bien. Je vais prier
le bourgmestre de soumettre votre projet aux habitants; ce sont
des ouvriers pour la plupart; ils ont, à cause de leurs travaux,
trop peu de temps pour songer eux-mêmes à embellir leurs habitations et pour attendre les avantages qui résulteraient pour
eux de semblables jardins; mais si des étrangers mettent la main
à l'œuvre, ils en seront très-contents et se chargeront volontiers de l'entretien à l'avenir. Le maître d'école engagera
ses élèves à vous aider aux heures de récréation; peut-être
même sera-t-il possible de ramasser une petite somme au
moyen de laquelle on distribuerait le soir ou à la fin de la semaine des récompenses aux plus laborieux, ce qui deviendrait
en même temps un encouragement au travail. »

omain était au comble du bonheur. Il ne s'était pas attendu
à un si brillant résultat de sa
demande au curé. Il courut de
toute la vitesse de ses jambes
rejoindre ses sept associés;
dans l'excès de sa joie, c'est à
peine s'il pouvait parler; il eût
voulu résumer en un seul
mot tout son entretien avec le
bon curé.

A partir de ce moment, les
travaux préliminaires furent
poussés avec vigueur. La comtesse,
propriétaire du château, à qui on
avait communiqué le projet, auto-
risa son jardinier à prêter aux associés tous les instruments nécessaires à l'entreprise. On discuta avec
Pierre le plan des jardins, et il ve-
nait chaque soir après sa journée aider à les tracer.

Tous les matins à cinq heures ils étaient à l'œuvre.

Le terrain devait d'abord être complétement défoncé; puis on établirait des plates-bandes encadrées de verdure, et dont l'intérieur serait garni de plantes pouvant fleurir cet automne même sans prendre trop fortement racine; car au printemps suivant on planterait des arbres fruitiers et des légumes. Les arbres fruitiers devaient être achetés à la grande pépinière du château, et la plantation confiée au jardinier de la comtesse, dans la saison convenable. Enfin on avait l'intention d'entourer tous les petits jardins d'une clôture élégante dont la société confierait l'exécution au charpentier de l'endroit.

C'était donc un plan bien conçu; mais pour l'exécuter, il ne fallait pas seulement du travail, mais encore de l'argent, et les poches des écoliers étaient vides. Il y avait là de quoi se creuser la tête. Ils ne se laissèrent pourtant pas décourager, et persistèrent dans l'intention de commencer le plus tôt possible. Deux jours après, dès cinq heures du matin ils étaient à l'œuvre, et les enfants de l'école, qui passaient autrefois les récréations à jouer et à rôder dans les rues, accoururent bientôt avec plaisir à la voix de leur maître pour aider les huit sociétaires dans leur entreprise.

Tout marchait parfaitement; mais.... l'argent! l'argent! Où en trouver? Après avoir délibéré longuement, ils résolurent d'adresser à leurs camarades de Posen une circulaire dans laquelle ils leur exposeraient les plans et les besoins de l'association; ils ne doutaient pas que le résultat de cette démarche ne satisfît pleinement leurs espérances.

La circulaire fut bientôt rédigée et mise à la poste.

MINNIE.

endant que les frères étaient occupés de la sorte, les sœurs ne restaient pas non plus inactives à la maison. Aniella et Magda, les filles du garde général, étaient aussi entrées dans l'association; c'étaient des enfants laborieuses et habiles, qui savaient filer, coudre et tricoter. Elles avaient promis de consacrer au succès de l'entre-

7

prise les heures employées à jouer avec leurs poupées. Marie,
la fille du régisseur, était encore trop petite pour faire quelque
chose pour l'association; mais elle avait dans sa tirelire une
belle pièce de cinquante centimes, elle en fit don à la société.

Un jour elle était assise toute sérieuse dans un coin de la
chambre où sa mère était occupée à coudre. La plus jeune fille
du garde général, sa fidèle compagne, bien qu'un peu plus âgée
qu'elle, lui avait justement fait visite et venait de la quitter plus
tôt que de coutume pour retourner à son travail.

Marie se sentit mortifiée de ne pouvoir rien faire pour l'œuvre commune, aussi elle s'organisa un travail à sa manière;
elle s'amusait à passer et à repasser à travers un chiffon une
épingle munie d'un bout de fil, bien convaincue désormais
qu'elle aussi contribuait pour sa petite part au bien général et
qu'elle faisait le sacrifice de son temps.

« A quoi s'occupe ma petite Marie? demanda la mère assise
à sa table à ouvrage.

— Je couds, bonne mère, répondit l'enfant. Je fais une robe; quand elle sera finie, je la vendrai, et avec l'argent je ferai faire la clôture d'un des petits jardins. Ah! que c'est ennuyeux! la tête de cette épingle s'accroche toujours. Magda est bien plus heureuse que moi; elle a de bonnes aiguilles à coudre, et elle fait un bonnet qu'elle vendra aussi. Ah! poursuivit-elle en soupirant, Magda et Aniella ont toutes les deux bien du bonheur.

— Pourquoi? demanda la mère; est-ce parce qu'elles sont plus âgées et qu'elles travaillent mieux que toi?

— Oui, chère mère, c'est précisément pour cela; et pour autre chose encore, dit la petite fille avec un nouveau soupir.

— Eh bien?

— C'est qu'elles ont eu déjà deux rhumes.

— Et c'est pour cela que tu les trouves heureuses?

— Oui, je n'ai jamais de rhumes, moi. »

La mère se mit à rire de l'étrange idée de l'enfant.

« Oui, continua Marie, elles sont enrouées aussi.

— Et c'est parce qu'elles sont malades que tu les trouves plus heureuses que toi, qui es bien portante?

— Oui, leur mère leur fait de la tisane le soir, et leur donne de la pâte de guimauve qui a si bon goût. »

Les petits garçons entrèrent dans ce moment, et la mère leur raconta sa conversation avec l'enfant. Oh! comme les frères rirent de la simplicité de leur petite sœur!

« Marie est encore si jeune! dit la mère; elle n'a pas encore une idée bien nette de ce qu'elle veut et de ce qu'elle envie à ses amies. C'est un enfantillage qu'il faut lui pardonner. Mais à ce propos il me vient à l'esprit une comparaison.

— A moi aussi, mère, dit Gustave. En venant de Posen, nous avons fait halte dans une auberge, et là nous avons vu à quel point les pauvres étaient jaloux des riches.

— Oui, c'est une chose bien triste, mais bien fréquente, mes enfants; et l'on peut, en vérité, comparer à cela l'idée de Marie. Elle voudrait prendre de la tisane et de la pâte de guimauve qu'elle dit si douce; pour cela, elle envie le sort des enfants qui sont malades et qui n'en prennent que pour ce motif. Les pauvres voudraient s'asseoir à des tables bien servies, et ils portent envie aux gens qui peuvent le faire, mais qui sont obligés de

supporter en même temps bien des chagrins, bien des souffrances que les pauvres ne connaissent pas, et qui font à l'âme
des blessures plus profondes que la pauvreté et le dénûment le
plus complet. Tenez, prenons pour exemple la famille à laquelle ces biens appartiennent, et qui passe ordinairement l'été
ici au château. Marie, vous le savez, y va souvent pour jouer
avec l'arrière-petite-fille de la comtesse; j'y suis parfois invitée
moi-même, et j'apprends alors, malgré moi, à connaître une
foule de choses qui manquent à ces gens si opulents. La vieille
comtesse est une femme douce et bonne; mais, hélas! qu'elle
est malheureuse! Elle a éprouvé dans sa famille bien des souffrances de cœur. M. le comte lui-même est toujours de mauvaise humeur et gronde du matin au soir; il passe la journée
étendu sur un sofa, lisant les gazettes, feuilletant des livres,
se fâchant de rien et faisant, des personnes obligées de vivre
avec lui, les malheureux esclaves de son caprice. N'est-ce pas
là de la misère? Et pourquoi est-il de si mauvaise humeur?
Parce qu'il est riche. Mes enfants, cela vous étonne; c'est pourtant la vérité. Le comte est atteint d'une maladie inconnue aux
pauvres gens qui sont forcés de faire agir leurs mains; on l'appelle hypocondrie. Elle est le plus souvent le résultat de l'oisiveté. Quand on est constamment assis sur un sofa et qu'on ne
se donne aucun mouvement, le corps devient malade, et cet
état maladif exerce sur le cœur et sur l'esprit une si perni-
cieuse influence, que l'homme qui en souffre finit par être insupportable à ceux qui l'entourent. Je ne voudrais pas que
votre père fût un grand seigneur. Bien qu'il soit obligé de
travailler de la tête et des mains pour nourrir sa famille, il
rentre néanmoins après son travail l'esprit toujours joyeux,
et il m'encourage par son affection et par des paroles éner-
giques, comme un brave homme doit en avoir dans le cœur
et à la bouche. La pauvre comtesse, elle, a plus d'un poids
qui l'oppresse.... La voilà mère de deux fils qui, tous les deux,
sont des hommes légers et prodigues. Déjà, dans leur enfance,
à l'époque où ils auraient dû étudier, ils ne cessaient de dire :
« Bah! notre père est assez riche, nous n'avons pas besoin d'être
« savants; nous ne serons jamais dans la nécessité de gagner
« notre pain. »

— Les sots jeunes gens! s'écrièrent les enfants, qui avaient
prêté à leur mère une oreille attentive ; ils ont encore le temps
de devenir tout à fait pauvres.

— Cela peut arriver, poursuivit la mère ; Dieu conduit quelquefois d'une manière si étonnante le sort des hommes ! Mais en
admettant que les fils de la comtesse gardent leur fortune, ils
ont besoin de connaissances dans la vie. On n'est pas heureux,
quand on n'apprend rien. Pendant que le cœur et l'esprit se
forment, les efforts de l'homme se dirigent toujours plus puis-
samment vers ce qui est noble; il apprend à réfléchir à sa
destination, et à juger tout dans le monde avec plus de net-
teté. Par là on gagne, avec le temps, une sérénité, une tranquillité d'âme bien précieuse, et qui doit être à proprement
parler le but de toute instruction, de toute éducation, la fin
vers laquelle tout homme doit tendre.

— Et les deux jeunes comtes? demanda Gustave.

— Ils font beaucoup de chagrin à leurs parents, continua la
mère. Permettez-moi de ne point parler d'eux; espérons que

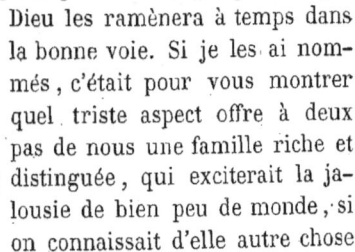

Dieu les ramènera à temps dans
la bonne voie. Si je les ai nom-
més, c'était pour vous montrer
quel triste aspect offre à deux
pas de nous une famille riche et
distinguée, qui exciterait la ja-
lousie de bien peu de monde, si
on connaissait d'elle autre chose

que ses dehors brillants. Tout homme, quelle que soit sa condition, a des désagréments à subir; chacun devrait par conséquent, au lieu d'envier le sort d'autrui, chercher à améliorer le sien autant que possible. Ce que chacun doit faire avant tout, c'est de garder la place que Dieu lui a assignée, et de travailler de toutes ses forces à devenir à cette place un homme utile aux autres, soit comme grand seigneur, soit comme bourgeois, soit comme paysan, soit comme simple journalier.

— Ou comme collégien, ajouta Gustave; il ne faut pas nous oublier, petite mère. »

a conversation fut interrompue par un léger cri de joie qui partit du coin où la petite Marie s'efforçait de coudre avec son épingle. La mère et les petits garçons regardèrent de ce côté; elle était assise sur son tabouret, ses petites mains jointes, l'air étonné et les yeux fixés sur une souris pelotonnée à ses pieds.

« Ah! s'écria-t-elle, imaginez-vous que depuis longtemps j'entendais le craquement de petites dents qui grignotent quelque chose, lorsque tout à coup cette souris est venue se coucher à mes pieds comme un petit chien.

— La pauvre bête est peut-être indisposée, dit la mère, et elle vient près de toi pour implorer du secours.

— Ou peut-être, ajouta Fritz, elle s'est égarée, et ne peut retrouver sa demeure.

— Où loge-t-elle donc? demanda Marie.

— Dans un coin de la chambre, répondit la mère. Il est probable que Marinette en rangeant les meubles a vu souvent la petite porte de sa maison.

— Ah! la petite porte de sa maison! fit Marie, je voudrais bien la voir aussi, moi.

— Tu n'es pas sans avoir vu déjà un trou de souris? » dit Max.

Pendant ce temps-là Gustave s'était avancé doucement et avait attrapé la souris; elle avait l'air malade en effet, car ces petites bêtes sont si timides qu'elles passent pour ainsi dire comme un trait sur le parquet; celle-là au contraire semblait être apprivoisée.

« Oh! la charmante petite souris! s'écria Marie. Que je voudrais l'avoir! Comme elle est luisante et mignonne! Quels yeux brillants! On dirait de petites perles! Ah! maman, quelle jolie maisonnette une souris doit avoir! Ses chambres sont-elles comme les nôtres garnies de sofas et de chaises? Les souris se mettent-elles à table pour dîner? Oh! comme leurs assiettes, leurs couteaux et leurs fourchettes doivent être petits!

— Et comme cela doit être amusant, ajouta Max entrant dans les idées de sa sœur, quand la mère raccommode les fourrures de ses petits! Quelles fines aiguilles, quel petit dé elle doit avoir pour cela!

— Est-ce que les mères des souris cousent réellement? demanda Marie en secouant d'un air un peu incrédule sa petite tête bouclée.

— Non, mon enfant, répondit sa mère au milieu des éclats de rire des écoliers; les souris ne cousent point, la couturière qui fournit de fourrures grises leurs petits, c'est la nature. Elles n'ont pas non plus de sofas ni de chaises, et ne mangent pas à table dans des assiettes avec des couteaux et des fourchettes; elles vivent d'une cuisine étrangère, et considèrent comme leur propriété notre office, où elles se régalent tout à leur aise.

— Mais en ce cas, fit observer Marie, les souris sont de petites voleuses?

— On les punit en effet comme telles quand on les prend, continua la mère; je fais toujours mettre des piéges dans la cave et dans l'office.

— Et quand on les prend, demanda Marie, est-ce que papa les gronde, comme il fit dernièrement au journalier qui avait volé du lard dans la cheminée?

— On les tue, dit Gustave.

— On les tue? s'écria la petite fille effrayée; mais c'est affreux, cela. On les tue parce qu'elles mangent selon leur appétit ? Pourquoi ne les met-on pas dehors au lieu de les tuer ?

— Parce qu'elles ne manqueraient pas de revenir dans la maison, poursuivit la mère, et qu'elles se multiplieraient avec le temps au point de tout dévorer et de ne rien laisser pour ceux qui sèment et qui récoltent; car il est juste, après tout, que le blé soit mangé par celui qui l'a fait croître par son travail.

— Oui, c'est vrai, dit Marie toute triste ; mais malgré cela les jolies petites souris me font de la peine. Quant à celle-ci, qui est venue avec tant de confiance se blottir à mes pieds, je veux qu'elle reste près de moi. Oh! je vais avoir grand soin d'elle! Mais où la mettre en attendant? Dans le berceau de ma poupée? Elle s'en échapperait.

— Je sais un moyen, dit Fritz, transporté de joie. Marinette a nettoyé dernièrement un bocal vert où l'on avait fait des cornichons; faut-il aller le chercher, bonne mère? »

La mère inclina la tête en signe d'assentiment. Fritz partit comme un trait, et rapporta le grand bocal, dont il garnit le fond d'une couche de sable fin. Gustave y glissa la souris.

« Quelle aimable petite bête! dit-il. Vois, Marie, sa petite fourrure est unie comme du satin, comme le satin de la robe dont ton amie du château t'a fait présent pour ta poupée.

— Je suis sûre que la mère de la souris vient de la laver et de la peigner, fit Marie, car on voit bien que ce n'est qu'une enfant; elle est si petite, elle ne peut pas encore se laver toute seule. Mais je la crois malade; voyez donc comme elle se tient tranquille; je vais appeler Pierre pour la saigner, comme il a fait dernièrement au cheval blanc.

— Peut-être a-t-elle seulement faim, dit Max. Il n'y a rien à manger dans cette chambre; je gage qu'elle s'est sauvée de chez sa mère, et que d'ordinaire elle habite à la cuisine. La vilaine enfant, quand elle rentrera à la maison, elle sera grondée et punie, j'en suis sûr.

— Il ne faut pas l'y ramener, s'écria Marie, d'un ton suppliant. Elle n'a peut-être plus de parents, c'est peut-être une orpheline, comme Antonin qui sert chez le jardinier. Je serai si contente de la garder ici, de lui donner à manger, de lui faire du café et du rôti!

— C'est une bonne idée, ma petite Marie, fit observer Fritz;
mais ne va pas croire que la souris puisse s'accommoder de café
et de rôti pour rire, comme tu nous le sers chaque fois. Tu fais
tous les jours la cuisine dans ton ménage, mais il n'y a jamais
rien dans tes casseroles.

— C'est toujours pour rire quand je fais la cuisine pour moi
seule, répondit Marie; mais tu vas voir tout de suite que je vais
donner à manger à la souris tout de bon. »

Elle sortit en courant, et rapporta un petit morceau de lard
et un petit pot rempli de lait. On jeta le lard dans le bocal, et
aussitôt la souris se mit à grignoter avec la gentillesse d'un
petit écureuil. Les enfants la considéraient avec étonnement,
comme s'ils eussent vu la plus grande curiosité; c'était en effet
quelque chose de merveilleux que cette petite bête si bien apprivoisée: il fallait qu'elle eût réellement grand'faim.

« Il faut la faire boire aussi, s'écria Marie. Si j'avais seulement un tout petit verre!... Ah! le dé de notre bonne mère! Il
ira très-bien pour cela. »

Elle alla vers la table à ouvrage, prit le dé, passa un fil tout
autour, y versa quelques gouttes de lait et le fit descendre comme
un seau dans le bocal. La souris accourut, se dressa comme un
petit chien savant, posa ses pattes de devant sur le bord du dé,
et se mit à boire. Nouveau cri de joie des enfants....

Mais voyez l'ingrate petite bête! Elle venait de manger et
de boire tout à son aise, lorsque, rapide comme l'éclair, elle
grimpa le long du fil auquel le seau était suspendu; et la voilà
partie.

Marie pleura amèrement. Elle s'était promis tant de plaisir
de la petite captive! Sa mère et ses frères cherchèrent à la consoler, mais ils eurent beaucoup de peine à sécher ses pleurs.
Enfin la petite fille prit le coin de son mouchoir, s'essuya elle-
même les yeux, et dit d'une voix ferme et réjouie :

« Cela ne m'empêchera pas de lui donner tous les jours à
manger; je vais tâcher de découvrir son trou. J'y mettrai tous
les jours du lard et des miettes de pain, et la pauvre petite bête
n'aura plus faim désormais. »

 a porte s'ouvrit, et un petit paysan mon-
tra sa tête.

« Voilà Antonin qui apporte des fram-
boises, » s'écria Marie transportée; et la
mère sortit pour prendre la corbeille des
mains du petit garçon. C'était le petit domestique du jardinier du château. La
comtesse envoyait souvent aux enfants
du régisseur un panier des beaux fruits de son jardin. La femme
du régisseur mit à chacun des enfants une grosse framboise
entre les lèvres, et garda les autres pour le souper. On devait
les manger en commun avec de la crème fraîche, quand le père
serait revenu des champs.

Antonin allait à l'école de la ville, et par suite il était du
nombre des enfants qui, à l'instigation de M. le curé, consa-
craient tous les jours quelque temps, après les leçons, à aider les
collégiens dans leur entreprise. Le petit garçon était, à la vérité,
au service du jardinier; mais il s'était réservé une partie de
sa journée.

Le matin de bonne heure, au lever du soleil, il devait se
trouver aux ordres de son maître, qui l'envoyait porter des légumes dans une ville située à une lieue de Sowa, beaucoup plus
grande et plus peuplée, et où il y avait par conséquent plus de
consommateurs que dans celle-ci.

Au retour de cette course du matin, Antonin avait d'ordinaire
tout juste assez de temps pour préparer la soupe de son grand-
père infirme, qui demeurait dans une tuilerie aux environs de
Sowa; vers neuf heures, il partait pour l'école. Elle finissait à
onze heures; alors la bande tout entière des enfants se précipi-
tait vers l'endroit où les huit écoliers étaient déjà occupés, et
bientôt tous les bras se remuaient à l'envi, ce qui offrait un
spectacle des plus animés. Les habitants, joyeux, se mettaient à
leurs portes et contemplaient cette jeunesse laborieuse; quand
ils n'étaient pas retenus chez eux par leurs occupations, ils prenaient eux-mêmes la bêche et travaillaient aussi de bon cœur.

Un grand nombre de pauvres gens sans profession, et à proprement parler mendiants, étaient aussi accourus. Il est vrai de dire qu'ils ne travaillaient pas pour rien. Bien qu'ils eussent offert une coopération gratuite, la comtesse, informée de cette circonstance, était intervenue et avait promis de donner tous les jours vingt-cinq centimes à chacun de ces indigents. Or c'était un grand bienfait pour ces pauvres gens qui ne demandaient pas mieux que de travailler, mais qui jusque-là n'avaient pas trouvé d'occupation.

Antonin était aussi un enfant pauvre; il ne recevait néanmoins aucun salaire; il avait même une autre branche d'industrie, bien qu'elle ne fût pas d'un très-grand rapport.

Le petit orphelin demeurait chez son vieux grand-père. Celui-ci, faible et souffrant, n'avait d'autre appui que son petit-fils. Aux jours de santé, le brave homme avait gaiement moulé ses briques, élevé et nourri l'enfant, et même mis de côté un peu d'argent, qu'il avait cousu dans un vieux mouchoir et caché dans la paillasse de son lit. Cet argent était destiné à payer les frais de son enterrement; mais depuis longtemps ces économies-là étaient dépensées. Le vieillard avait éprouvé en travaillant un refroidissement à la suite duquel il était paralysé des deux pieds et d'une main; aussi la jolie petite somme avait-elle été dévorée jusqu'au dernier centime pendant cette longue maladie. Le malheureux vieillard avait même dû plus tard passer bien des journées dans son lit, en proie à la faim.

Antonin aimait beaucoup son grand-père; aussi éprouvait-il un grand chagrin de ne pouvoir, avec la meilleure volonté, faire pour lui que bien peu de chose.

Au commencement du printemps, Antonin, après avoir tiré de la paillasse du vieillard les dernières pièces de monnaie pour payer le loyer, était un jour assis, tout chagrin, au bord d'un fossé, où sa chèvre broutait les premiers brins d'herbe, et des larmes roulaient le long de ses joues. Deux personnes vinrent à passer : c'était Pierre, le valet de ferme, et Barbe, l'estropiée de Sowa; leur conversation était fort animée. Quand ils se furent rapprochés d'Antonin, il entendit l'entretien suivant :

« Je ne suis, disait Barbe, qu'une pauvre infirme; je ne me suis jamais bien portée, et jamais je ne me porterai bien; malgré cela, avec mon activité soutenue, j'ai éloigné de moi la misère.

— Oui, répondit Pierre, le travail, c'est la guerre contre la misère. »

Antonin se mit à réfléchir aux paroles qu'il venait d'entendre.

« Allons! se dit-il, peut-être pourrais-je travailler aussi davantage pour gagner de l'argent, puisque mon grand-père n'est plus en état de le faire. Je reste des heures entières assis sur l'herbe, à côté de la chèvre; je pourrais bien attacher la bête et m'occuper à quelque chose pendant ce temps-là. »

Quelques jours après, Antonin passait devant la maison du jardinier. Il entendit du bruit : le jardinier venait de renvoyer son garçon à cause de sa négligence, et il faisait beaucoup de tapage, grondant ceux de ses gens qui, selon lui, auraient dû surveiller le jeune homme.

« Ce serait peut-être une place pour moi, » se dit Antonin.

Et il se présenta au jardinier; mais il eut soin de lui faire remarquer qu'il ne pourrait travailler que le matin de bonne heure et dans l'après-midi, obligé qu'il était d'aller à l'école et d'avoir soin de son grand-père.

Il fut accepté, et, à l'époque où les huit collégiens de Posen arrivèrent à Sowa, l'enfant était déjà au courant de sa besogne. Laborieux et infatigable, il gagnait au moins assez pour que son grand-père n'eût plus faim. Souvent même il était en état de rapporter de la ville un peu de viande et de faire au vieillard un petit pot-au-feu. Quel régal pour le pauvre homme! Antonin recevait aussi quelquefois du jardinier des légumes, qu'il mettait dans la soupe du vieillard.

La petite-fille de la comtesse avait également pour lui beaucoup d'affection, et il jouait souvent avec elle quand elle venait au jardin avec sa bonne. De temps à autre elle lui donnait quelques pièces de monnaie, et plus ordinairement une assiette bien garnie, quand elle l'apercevait de la salle à manger qui s'ouvrait sur le jardin. Bref, il se trouvait bien, et songeait avec bonheur à la prompte victoire qu'il venait de remporter dans la guerre contre la misère.

Un matin, trois heures sonnaient à l'horloge du château, et

Antonin puisa de l'eau et se lava.

le jour ne paraissait pas encore, lorsque Antonin descendit par la fenêtre de sa chambre au moyen d'une échelle. A pareille heure, il ne sortait jamais par la porte, car elle criait trop et il ne voulait pas troubler le sommeil de son grand-père.

Il se dirigea vers la fontaine de la cour, puisa de l'eau, et se lava la figure, la poitrine, les pieds et les mains. Il en faisait autant chaque matin avec un véritable plaisir, et plusieurs fois la semaine il se baignait dans un ruisseau qui passait derrière la tuilerie; cela le rafraîchissait pour toute la journée et éloignait aussitôt le sommeil de ses yeux, quelque matinal qu'il eût été.

Tout joyeux, il se rendit donc au jardin du château, et frappa à l'habitation du jardinier avec un grand bâton contre les carreaux d'une petite fenêtre.

« Monsieur le jardinier, cria-t-il, c'est moi, Antonin. »

— C'est bon, c'est bon, répondit de l'intérieur la voix du jardinier, j'y vais tout de suite. »

Bientôt après, la porte s'ouvrit; le jardinier, en longue houppelande et en larges pantoufles, se dirigea en bâillant du côté de la serre. Antonin l'y suivit.

« Va chercher l'âne, dit-il au petit garçon; il y a trop de légumes aujourd'hui pour que tu puisses les porter; prends en même temps les courroies pour attacher les corbeilles. »

Antonin s'éloigna, réveilla l'âne, le fit sortir de son écurie, et revint avec lui à la serre. Deux grandes corbeilles remplies de légumes de toutes sortes furent alors suspendues aux flancs de l'âne et assujetties au moyen des crochets fixés à son bât. Antonin allait partir, après avoir donné à la patiente bête de somme un léger coup avec la main, mais le jardinier l'arrêta.

« Écoute, mon garçon, lui dit-il à voix basse, comme si à pareille heure il eût pu y avoir quelqu'un à portée de l'entendre; écoute, j'ai encore une commission à te donner. Il y a par-dessous les choux-fleurs un petit panier de fraises-ananas; tu les porteras chez M. le directeur, où on te les achètera volontiers.

— Je croyais que Mme la comtesse avait défendu....

— Que tu es sot! Elle n'en sait absolument rien.

— Oui, mais.... j'ai bien entendu quand Mme la comtesse disait qu'il ne fallait pas que ces fraises fussent vendues.

— Qu'est-ce que cela te fait, impertinent? Es-tu au service de Mme la comtesse ou au mien? Est-ce elle qui te donne des gages? Est-ce à elle ou à moi que tu dois obéir?... Allons, décampe! Mais, lourdaud, ne va pas bavarder au moins et dire ce que tu as dans ta corbeille! Si j'apprends que tu me causes du désagrément.... je te le dis, tu seras châtié d'une rude façon. Que personne ne sache que ces fruits viennent de Sowa. Là, comporte-toi bien, mon garçon, vends les fraises; mais tu entends, sans dire que c'est moi qui les envoie; je te donnerai sur l'argent de quoi acheter un morceau de viande pour ton grand-père. »

Antonin n'osa pas répliquer, mais il sortit du jardin profondément affligé et se mit en route sans souffler mot.

Comme il passait devant l'église, la porte du presbytère s'ouvrit, et le curé sortit. Il prenait les eaux et commençait à boire de bonne heure, parce que plus tard la chaleur l'incommodait. Il déposa sa bouteille et son verre sur un banc devant la maison, et il allait commencer sa promenade; quand il aperçut l'âne. Étonné, il regarda autour de lui; Antonin se leva et ôta respectueusement son bonnet.

« Que fais-tu ici, mon enfant? lui demanda le curé.

— Moi?... Ah!... répondit l'enfant, je songe à quelque chose....

— A quoi songes-tu, mon enfant? Tu as l'air triste.... tu as pleuré.... Ton grand-père serait-il plus malade?

— Non, monsieur le curé, non, au contraire, mon grand-père est beaucoup plus fort.... mais je suis triste.... parce que.... parce que....

— Eh bien?... Parle, mon enfant, je suis ton ami! Ne crains pas de me dire ce qui te fait de la peine.

— Hélas! il ne faut pas que je le dise, autrement je serais battu!... Si je pouvais me confesser en ce moment.... Oh! ce serait différent. Quand on se confesse, il faut tout avouer, et alors, monsieur le curé, vous me donneriez un bon conseil, vous me diriez ce qu'il faudrait faire pour rester obéissant tout en ne trompant point. »

Il ne fut pas difficile au curé de deviner tout de suite que c'était le jardinier qui exigeait de son garçon une obéissance qui devait le conduire à une faute.

« Mon fils, dit-il, en prenant la main de l'enfant, tu connais les commandements de Dieu, et tu sais que c'est à eux qu'il faut obéir avant tout. Il y est dit, par exemple : « Le bien d'autrui « tu ne prendras. » Or, si par hasard tu étais en ce moment près de faire le mal par ordre d'un autre homme, il serait encore temps de revenir sur tes pas. Tu n'as jusqu'à présent fait aucune faute ; ta conscience t'avertit de ne point pécher ; ne le fais donc pas dans la crainte d'être battu, car Dieu voit les actions des hommes, et il châtie aussi, lui ; et son châtiment est plus rude que tous ceux des hommes, car à ce châtiment se joignent les remords de la conscience ! Ah ! mon fils, le souvenir d'une faute commise s'élève dans l'âme comme une muraille qui sépare de toute joie. Et à présent, va, mon enfant !

Puisque tu ne peux me dire en ce moment ce qui t'oppresse, va ! Mais la première fois que tu viendras à confesse, je saurai laquelle des deux pensées a été la plus forte en toi, la pensée du commandement de Dieu ou celle du commandement de l'homme. »

Antonin avait écouté avec attention ; ses yeux brillaient de plaisir ; il semblait avoir triomphé et être rentré en grâce

8

avec lui-même. Il poursuivit donc tranquillement avec son âne son chemin vers la ville.

Les légumes de Sowa étaient très-renommés dans les environs, et, aussitôt que le petit garçon paraissait sur le marché, tout le monde accourait et sa marchandise était enlevée à l'instant à un bon prix. Il ne restait donc plus au fond d'une des corbeilles que le petit panier de fraises, recouvert de grandes feuilles vertes. Une femme s'approcha et demanda au petit garçon s'il n'avait plus rien à vendre.

« Je n'ai plus de légumes, répondit Antonin.

— Mais là, dans ce panier, qu'y a-t-il donc ? ajouta la femme.

— Ce sont des fraises qui appartiennent à Mme la comtesse, » répliqua le petit garçon.

Et vite, pour n'être pas tenté de vendre, il se remit en route.

En repassant à Sowa, il vit la porte de l'église ouverte. Il entendit les sons de l'orgue : on disait la messe. Tous les jours, à sept heures, la comtesse arrivait en voiture pour y assister. Antonin attacha son âne à la haie du jardin et entra dans l'église. Il se mit à genoux et pria ; les paroles sortant du fond de son cœur expiraient sur ses lèvres qui les murmuraient à peine ; il éprouvait un délicieux contentement ; la tentation avait fui loin de lui.

Il sortit de l'église en même temps que le facteur rural. Ce dernier, qui demeurait à Piétrowo, se rendait tous les jours au bureau de poste le plus voisin, pour y prendre les lettres et les distribuer dans le voisinage.

« Tiens, mon petit, dit-il en apercevant l'enfant, voilà une lettre que je te prie de remettre chez M. le régisseur ; je l'ai rapportée hier soir de la ville ; elle est adressée à son fils aîné Gustave. »

 e bon Antonin enveloppa soigneusement la lettre dans un mouchoir, la mit dans la corbeille à côté des fraises et poursuivit sa route.

Arrivé au logis, il conduisit d'abord son âne à l'écurie, puis il porta les corbeilles au jardin. Le jardinier s'y trouvait déjà; le petit garçon alla droit à lui, en proie à un violent battement de cœur; et il lui rendit compte de l'argent qu'il avait touché.

« Eh bien? et.... pour les fraises? demanda le jardinier.

— Je les ai rapportées, répondit Antonin en regardant son maître avec anxiété.

— Imbécile! s'écria celui-ci; tu les as rapportées? »

Et, en même temps, un vigoureux soufflet retentissait sur la joue du pauvre Antonin, qui se mit à pleurer.

« Et pourquoi n'as-tu pas vendu les fraises? Parle.

— Monsieur le jardinier, répondit Antonin tout tremblant, j'ai passé devant l'église; vous n'auriez pas non plus vendu les fraises, si vous aviez été à ma place. »

Le jardinier tourna les talons sans rien ajouter et se rendit à son travail. Quant à Antonin, il partit le cœur joyeux pour aller préparer le déjeuner de son vieux grand-père. En passant, il remit la lettre chez le régisseur.

Après midi, quand il vint au jardin pour travailler, il rencontra la petite-fille de la comtesse.

« Viens jouer, lui dit-elle, grand'maman l'a permis. Viens, j'ai à te remettre de quoi faire pendant deux mois du bouillon à ton grand-père. Joséphine a calculé qu'il y avait assez d'argent pour tout ce temps. »

Joséphine était une vieille bonne qui accompagnait partout la petite-fille de la comtesse; elle arriva aussi en ce moment, car l'enfant avait pris les devants pour courir à la rencontre d'Antonin.

« Oui, suis-nous, dit-elle d'un air amical au petit garçon qui hésitait. Le jardinier n'a plus rien à t'ordonner. Mme la comtesse était entrée ce matin dans la serre, juste au moment où tu reve-

nais du marché ; tu ne l'as pas aperçue derrière les fleurs, tu
étais avec le jardinier devant la porte ; mais elle a entendu votre
conversation ; puis elle lui a fait des reproches de sa mauvaise
conduite et l'a congédié. Pour toi, tu resteras avec son succes-
seur. Viens donc avec nous, Mme la comtesse te le dira elle-
même. Elle a été enchantée de ta délicatesse, et elle a dit que ton
grand-père, qui t'a donné de si bons principes, devait en être
récompensé ! Elle a déjà chargé sa petite Micheline de te remettre de l'argent pour acheter au malade quelques bonnes
choses. »

Pendant cet entretien, Gustave entra en sautant. Il voulait
acheter des plants d'arbustes pour les nouveaux jardins de Sowa.
Il salua la petite Micheline et dit au petit garçon :

« Écoute, Antonin, tu es garçon jardinier, tu entends tout ce
qui concerne l'établissement et l'entretien des jardins, beaucoup
mieux que nous.... Sache donc que nous avons l'intention de te
confier en partant la surveillance des plantations. Nous ne sommes ici que pendant les vacances, et il faut absolument que,
dans l'intervalle, quelqu'un veille à ce que tout soit maintenu
en bon état. Les habitants eux-mêmes ne le feraient peut-être
pas, parce qu'ils n'en comprennent pas encore bien l'utilité. Tu
seras donc notre inspecteur ; et, à partir de ce jour, tu recevras
par an cinq francs d'appointements. »

Antonin fut charmé de la proposition et sourit à la perspective des deux cadeaux qui lui étaient promis. Il songea tout de
suite à son grand-père, à la joie du pauvre homme et à la favorable influence des bonnes soupes qu'il lui préparerait.

Les huit collégiens avaient reçu une réponse de Posen,
avec trente francs d'argent comptant. Cette nouvelle produisit
une allégresse universelle.

Les filles du garde général préparèrent sur-le-champ leurs
boîtes de couleurs ; les petits garçons sculptèrent les décorations
et les petites filles se mirent à dessiner les arbres.

« Il faut convenir, dit Gustave, que nous avons eu cette année
de magnifiques vacances. Jamais je n'avais eu autant de plaisir
à la maison. Autrefois, je ne savais le plus souvent que faire
pour me désennuyer ; j'étais bien content, il est vrai, d'être chez
mes parents, mais....

— Oui, oui, dirent les autres écoliers, nous avons passé cette fois des vacances magnifiques!

— Je m'amuse tant pendant le jour, fit Othon, que j'y rêve toutes les nuits.

— Et moi, s'écria Stanislas, je m'éveille à présent tous les matins au point du jour; l'impatience de retourner à notre intéressant travail m'ôte tout à fait l'envie de dormir.

— Je n'ai pas eu encore une seule minute d'ennui, » assura Fritz.

Les écoliers entrèrent dans Sowa pour s'entendre avec un charpentier sur la clôture des jardins. Ils lui soumirent leur plan, et en attendant que l'ouvrier eût fait son calcul, ils sortirent et continuèrent leur promenade jusqu'au bout de la rue. Ils arrivèrent alors devant une chaumière sur le seuil de laquelle Barbe l'estropiée était occupée à dévider du fil.

« Hé! bonjour, chère petite mère, dirent les écoliers.

— Bonjour, mes enfants, » répondit la vieille.

Les écoliers s'arrêtèrent.

« Toujours laborieuse, malgré tes jambes perclues, fit observer Gustave.

— Oui, il faut bien l'être, dit la femme. Si le pauvre ne veut pas mourir de faim, il faut qu'il travaille. Mais en vérité, je ne puis faire grand'chose avec mes pieds endoloris; par exemple, il m'est impossible de filer. Il ne me faut pas d'autre travail que celui qui occupe les mains toutes seules.

— Pauvre femme! dirent les écoliers; est-ce que tu peux gagner assez pour ne pas mourir de faim?

— Oh! les choses s'arrangent, répondit Barbe, je trouve bien à gagner ma vie.

— C'est joli de ta part, fit Gustave, de te contenter ainsi; d'autres à ta place se plaindraient peut-être, se lamenteraient et seraient tristes.

— Les gens qui pensent comme moi, répliqua Barbe, ne se plaignent pas. Il y a un principe raisonnable que je me suis fortement gravé dans la tête, c'est que tous les hommes ne peuvent être riches et grands, et qu'il doit y avoir aussi des pauvres. Devant Dieu, il est vrai, nous sommes tous égaux; mais sur la terre il faut que nous employions nos forces et nos membres

d'une façon différente, et l'un mange du rôti et des gâteaux,
pendant que l'autre se nourrit de pain noir et de pommes de

terre. L'homme est né pour travailler, c'est la volonté de Dieu,
je le sais, et celui qui vit dans l'oisiveté n'est pas digne du nom
d'homme; il a même moins de valeur que la bête, car les bêtes
elles-mêmes sont laborieuses. Le bœuf, le cheval, l'abeille, la
fourmi, tous se donnent du mouvement et produisent toute la
journée; le bœuf et le cheval travaillent pour l'homme et sont
nourris par lui dans ce but; l'abeille et la fourmi produisent
pour leur propre compte, afin de pourvoir elles-mêmes aux
besoins communs. Les pauvres voudraient voir tout l'argent
également partagé entre tous, mais c'est une folie. Ici-bas un

barbier rase l'autre. Le pauvre travaille et le riche paye; si tous
avaient de l'argent, personne ne voudrait travailler. Le peuple
demande l'égalité : eh bien! nous sommes tous serviteurs de
Dieu, voilà l'égalité. Quant à la pauvreté et à la richesse, elles
n'existent que tant que nous serons sur la terre. Pourquoi donc
s'emporter contre les riches? S'ils ont de l'argent, ce n'est
pas un crime, après tout. D'ailleurs le bien se fait dans d'é-
normes proportions; les pauvres n'ont qu'à n'être pas trop
exigeants. »

La vieille voulut se lever, mais il lui fut difficile d'exécuter ce
mouvement. Alors les écoliers lui aidèrent, et peu s'en fallut
que la pauvre femme ne fût renversée, tant ils y allaient de bon
cœur.

« Pas si vite, mes petits enfants, leur dit-elle. Il faut apporter
la mesure même dans ses bienfaits. Ce n'est pas tout que de me
soulever, il faut encore le faire avec précaution; j'ai failli être
renversée. Retenez bien ceci, mes enfants, pour en faire l'appli-
cation dans la vie! Quand vous voudrez assister les pauvres,
réfléchissez bien à la manière dont vous le ferez, afin que ce
soit une véritable assistance. Il ne suffit pas de répandre l'argent à poignées, il faut prendre la misère par le bon endroit
pour la dompter. C'est à ce sujet, mes enfants, que les gens
haut placés qui gouvernent le pays, se creusent la tête, comme
dit le maître d'école; mais aucun n'a trouvé encore le mot de
l'énigme. En ce cas, jusque-là, vous pouvez suivre le conseil
d'une pauvre femme : il ne suffit pas de distribuer de la soupe
aux pauvres; procurez-leur du travail, pour qu'ils gagnent cette
soupe. La soupe ne fortifie que les membres; le travail fortifie
l'âme.

— Oui, oui, c'est bien là l'opinion de nos parents, dit Gustave.
C'est la vérité, nous ne sommes jamais si contents que lorsque
nous avons été bien laborieux. »

L'entretien des étudiants avec la vieille Barbe fut interrompu
tout à coup par un roulement de tambour. Toutes les têtes se
tournèrent vers l'endroit d'où venait le bruit. Alors apparut une
forme étrange sur des échasses tellement hautes que le visage
de l'individu qui était perché dessus pouvait avoir vue sur les
toits des maisons les plus basses. Il était vêtu d'une ample robe

traînant jusqu'à terre, et qui semblait faite de plusieurs draps de lit ajustés ensemble ; une veste rouge, brodée d'or, et un grand bonnet jaune, complétaient ce singulier accoutrement. A côté de ce géant se tenait une naine à figure disgracieuse, vêtue de haillons dorés et bariolés, et qui battait du tambour.

Quand le roulement fut achevé, la figure gigantesque cria d'une voix de stentor :

« Messieurs et dames ! ce soir, grande représentation de l'hercule arabe, qui aura l'honneur de vous montrer sa force merveilleuse. Nous ferons paraître en même temps la remarquable naine Lulupit, qui a été honorée des regards de tous les souverains de l'Europe. Prix des places : premières, quinze centimes ; secondes, cinq centimes. Le théâtre est situé à l'hôtel du Lion d'Or. »

Tous les enfants de l'endroit s'étaient rassemblés autour de ces étonnants personnages, et ils les suivaient en poussant des cris de joie. Les huit collégiens se mêlèrent aussi à la foule ; Gustave et Romain, avec un peu d'hésitation, comme étant les plus âgés, parce qu'ils pensaient bien que cela n'était plus convenable pour eux, mais ils coururent néanmoins avec les autres à travers les rues. Le soir, quand les gens furent tous rentrés après leur travail, la représentation eut lieu. De toutes nos connaissances, il n'y avait au nombre des spectateurs que Pierre, Barbe et Antonin ; le régisseur et le garde général avaient refusé à leurs fils la permission d'assister à un pareil spectacle.

L'hercule excita le plus vif étonnement parmi les paysans ; il tenait en l'air d'une main une échelle au haut de laquelle un petit garçon était juché ; il mettait un soliveau sur ses dents et le promenait en équilibre autour de la société ; il jonglait avec de lourds boulets de fer comme avec des balles en gomme élastique ; il semblait qu'il eût emprunté la force de dix hommes.

La naine était tout simplement le petit être qui, pendant la journée, avait battu du tambour dans la rue, pauvre fille rachitique, d'une laideur affreuse, avec des cheveux rouges et un nez monstrueux.

Des phénomènes aussi extraordinaires n'avaient jamais été

A côté de ce géant se trouvait une naine.

vus à Sowa: aussi les habitants étaient-ils plongés dans une complète admiration, séduits par les superbes costumes tout étincelants de paillettes d'or; la naine bossue avait même une couronne d'or qui lui donnait l'air d'une reine. L'homme qui montrait comme des bêtes sauvages ces deux créatures et les produisait dans le monde, c'est-à-dire dans les petites villes et dans les villages, avait baptisé la naine du nom de Lulupit, reine de la beauté; c'est reine de la misère qu'il aurait dû la nommer.

Dans une grange vide en ce moment, car la moisson ne faisait que de commencer, les saltimbanques s'apprêtaient à passer la nuit à côté de la charrette qui contenait les bagages, c'est-à-dire quelques costumes délabrés et les objets les plus indispensables à la construction de leur théâtre. En voyage, cette charrette était traînée par un gros chien, et toute la troupe, sans en excepter le directeur, allait à pied.

Lulupit s'était la première éloignée de l'auberge et s'était couchée sur la paille dans la grange. Sur le théâtre elle avait toujours été souriante sous sa couronne, et disposée à faire les singeries et les sauts les plus bouffons en dansant sur la corde, exercice qui, sans être beau, offrait néanmoins quelque intérêt. A présent elle pleurait, couchée à côté du gros chien. Pauvre Lulupit! son maître entra, apportant au chien un plat rempli d'os et de soupe; quant à elle, il lui jeta un morceau de pain.

« Tiens, mange, vieille chatte bossue, » lui cria-t-il, et il rentra dans l'auberge.

« Mange, vieille chatte bossue, » avait-il dit. Oui, et pourtant Lulupit était une créature humaine; chose affreuse, elle était là couchée dans la grange à côté du chien velu, et traitée comme une bête!

Le véritable nom de Lulupit était Frédérika, par abréviation Rika; c'était la fille d'un savetier qui avait vendu à un saltimbanque cet être misérable, chétif et bon à rien, comme il l'appelait. Assurément Rika était impropre au travail, elle avait les doigts contrefaits et ne pouvait ni filer, ni tricoter, ni coudre; elle eût pu travailler aux champs, si le savetier avait eu des champs; elle lui était donc à charge, et il ne lui en coûta pas beaucoup, bien qu'il fût son père, de la livrer pour quelques pièces de cinq francs.

Rika avait douze ans quand elle devint la propriété du saltimbanque. Il avait alors une troupe complète, formée d'un ramassis de vauriens. La pauvre fille était en butte aux railleries de tous à cause de son épouvantable laideur et de son incroyable maladresse dans tous ses mouvements. Mais c'étaient précisément cette laideur et cette maladresse qui faisaient son mérite aux yeux du directeur. Quand elle sautait sur la corde comme un singe, elle excitait toujours un fou rire parmi les spectateurs, et puis elle était attifée de la façon la plus grotesque, afin de faire ressortir encore davantage son étrange figure; la pauvre fille! Quand les personnes ont par malheur des membres ainsi contournés, l'on devrait éprouver la plus profonde pitié. Il est déjà assez triste pour elles de promener partout leur difformité; c'est donc être cruel que d'ajouter à leur état déplorable la douleur de se voir le point de mire des quolibets et des rires de la foule.

Rika savait combien elle était difforme, et combien sa laideur était repoussante. Quand elle s'habillait pour les représentations, elle le faisait toujours les larmes aux yeux, et jamais elle n'aurait paru en public si son maître ne l'y eût contrainte à coups de fouet.

A l'époque où elle vint à Sowa, elle avait déjà vingt-cinq ans; son maître était de jour en jour plus mécontent d'elle, car elle s'affaiblissait de jour en jour, et sa respiration devenait de plus en plus courte. Elle ne pouvait plus sauter convenablement; chaque mouvement violent provoquait chez elle une toux suffocante, et souvent elle crachait du sang. Depuis qu'elle se trouvait dans cette lamentable situation, son maître ne cessait de lui faire les reproches les plus durs et les plus amers; il voyait venir le moment où elle ne serait plus bonne à rien.

Oui, cette Lulupit, à l'air si brillant sous sa couronne et ses haillons chamarrés d'or, était un des êtres les plus malheureux qu'il y eût sous le soleil. Elle ne pouvait pas faire la guerre à sa misère, elle; elle était incapable de travailler. Les pauvres comme elle, voilà ceux que les gens à l'aise doivent soulager; il y en a un bien grand nombre!

La pauvre Rika se désolait dans la grange, lorsqu'un petit garçon s'approcha, et s'assit à côté d'elle sur la paille. C'était Antonin.

« Petite naine, tu as été battue derrière la toile, pour n'avoir pas sauté assez haut ; je n'étais pas loin, je l'ai entendu, et j'étais si indigné contre l'homme qui te battait, que j'aurais voulu le battre à son tour. Viens chez nous. Nous habitons tout près d'ici, à quelques pas de la ville. Mon grand-père a plus de soixante-dix ans ; il garde le lit et ne peut pas travailler plus que toi... Je te ferai à côté de lui un lit avec des feuilles sèches dans un sac, où tu pourras reposer, et nous te donnerons aussi à manger.... Je gagnerai bien assez pour trois, car grand-père ne mange pas beaucoup.

— Mais le vilain homme me trouvera, dit Rika.

— Oh ! il n'ira pas te chercher dans notre pauvre chambre. Personne ne vient chez nous, et si tu ne sors pas, qui est-ce qui saura que tu y es ?

— Oui, oui, ma vieille chatte ; fais-moi le plaisir de décamper ! cria tout à coup en entrant le maître qui avait entendu la conversation. Je ne puis plus t'employer, et il y a longtemps que je voulais te mettre dehors. Tu es fainéante et malade, et je suis obligé de te nourrir sans profit pour moi. »

Rika s'était levée tout effrayée à l'arrivée si inattendue de son maître inhumain. Elle se tenait debout devant lui, toute tremblante. Il la saisit et la poussa brusquement hors de la grange. Il était débarrassé d'un fardeau. Il y a longtemps qu'il aurait fait cadeau de la malheureuse, si quelqu'un eût voulu la prendre ; voilà pourquoi il acceptait avec empressement l'offre si avantageuse d'Antonin.

Dès le point du jour, il quittait la petite ville, pour ôter à la pauvre fille toute possibilité de le rejoindre, dans le cas où elle se repentirait de sa résolution.

orsque Rika et Antonin furent dans la rue, ils se regardèrent l'un l'autre avec anxiété. Il faisait un admirable clair de lune, et ils pouvaient réciproquement lire sur leurs visages l'embarras de leur situation. Dans la bonté de son cœur, Antonin avait offert sans réflexion la chambre de son grand-père; à présent que l'étrangère était sans asile, il lui vint une idée, lourde à son âme comme une pierre : c'est qu'il aurait dû d'abord s'assurer du consentement du vieillard avant d'introduire un nouveau locataire dans un logement aussi étroit que l'était leur chambre.

Il ne restait pourtant pas autre chose à faire. La soirée était déjà avancée ; le garde de nuit avait déjà annoncé dix heures. Il leur fallait prendre le chemin de la chaumière où le vieillard habitait. Antonin entraîna avec lui la naine, et, sans dire un seul mot, ils se glissèrent à travers les rues silencieuses.

Arrivés devant la tuilerie, ils pénétrèrent sans bruit dans la chambre. Le vieillard dormait d'un profond sommeil. Antonin dressa à la hâte sa paillasse pour Rika, et se coucha sur le plancher nu ; tous les deux ne firent qu'un somme.

Au point du jour, Antonin se leva pour porter ses légumes au marché. Il partit sans réveiller Rika, bien résolu de se dépêcher, afin de ne pas revenir trop tard pour préparer la soupe au vieillard et à la naine.

Rika s'éveilla au moment où les rayons du soleil pénétraient dans la chambre par la petite fenêtre. Elle s'aperçut avec effroi de la disparition de son ami, et trembla à la perspective de se trouver seule avec le vieillard. Il dormait encore. Pour ne pas le réveiller, car elle redoutait ce moment, elle se recoucha sans bruit sur sa paillasse et ramena la couverture jusque par-dessus sa tête. Néanmoins le vieillard ne tarda pas à ouvrir les yeux. Quand son regard se porta sur la couche de son petit-fils, il fut surpris de ne pas la voir vide, et il crut que l'enfant était malade.

Rika, originaire d'une ville allemande, ne parlait point le polonais; Antonin, qui allait à l'école, avait dans sa conversation avec la naine utilisé tout ce qu'il savait d'allemand, car dans la province de Posen on enseigne les deux langues dans les écoles. Mais le vieillard ne comprenait pas l'allemand; aussi parla-t-il naturellement polonais, tout en croyant s'adresser à son petit-fils.

« Antonin, dit-il d'un ton inquiet, Antonin, mon enfant, es-tu malade ? »

Rika fut tellement effrayée qu'elle ne bougea pas.

« Est-ce que tu dors encore ? ajouta le vieillard; mon enfant, mon petit garçon, est-ce que tu ne m'entends pas ?

Rika garda le silence; son cœur était si violemment agité, qu'elle en entendait les battements.

Le pauvre homme ne dit plus rien, réfléchissant à ce qu'il devait faire. Se lever? S'approcher de la paillasse? Il y avait certes bien des mois qu'il n'y était pas allé? Il se dressa sur son séant, Rika en fit autant de son côté.

« Qu'est-ce que c'est? » fit le vieillard stupéfait. Son frais et gracieux Antonin s'était métamorphosé en une naine laide, bossue et desséchée.

Rika s'approcha du lit du vieillard, et commença un récit des plus animés; mais à quoi servait toute son éloquence? Elle parlait allemand. Le vieillard saisissait bien quelques mots isolés, mais pas une phrase suivie; il comprit les mots : *auberge, coups, hercule, nuit, bon garçon;* mais de tout cela rien de clair ne résultait pour lui; il prêtait la plus grande attention au discours de la naine; peine perdue. A la fin il se recoucha, n'en pouvant plus et résolu d'attendre le retour du petit garçon. Il y avait au milieu de tout cela quelque chose de rassurant pour lui, c'est que son Antonin n'était pas malade, et il se résignait volontiers à voir l'énigme résolue au moins plus tard par son petit-fils.

Antonin ne restait pas longtemps absent; d'habitude il avait terminé vers huit heures sa tournée du matin, et il revenait trouver le vieillard pour lui préparer, comme nous savons, son modeste déjeuner. Il ne rentra non plus cette fois qu'à l'heure accoutumée. Alors il présenta dans les formes la reine Lulupit à son grand-père, et lui demanda la permission de lui donner asile.

« Pour toujours? fit le vieillard étonné.

— Mais oui, mon petit grand-père, pour toujours, répondit Antonin un peu timide, car il avait eu bien peur que son idée ne fût pas complétement approuvée.

— Mais mon enfant, ajouta le vieillard, nous n'avons nous-mêmes bien souvent que le strict nécessaire; il faudra donc qu'elle ait faim avec nous? »

Antonin baissa la tête d'un air embarrassé.

« Chez son maître elle avait au moins sa nourriture; as-tu réfléchi à cela?

— Oui, la nourriture, et des coups encore bien davantage; il est si méchant!

— Allons, c'est bien, mon enfant. C'est le bon Dieu qui l'a conduite vers nous, alors il prendra soin d'elle; c'était sa volonté, il faut le croire. S'il ne vient à notre aide, je ne sais pas en vérité comment les choses se passeront.... Un pauvre qui en prend un autre à sa charge, et tous les deux incapables de travailler!...

— Mais, grand-père, je travaille, il me semble, et nous n'avons encore jamais mendié!... Bon grand-père, ne t'inquiète pas, autrement je serais triste; et je voudrais tant me réjouir de ce que la pauvre Lulupit ne sera plus battue!

— Eh bien, réjouis-toi à ton aise, mon cher enfant, dit le vieillard, réjouis-toi, je ne vais pas m'inquiéter; Dieu te bénira et arrangera tout pour le mieux. »

La comtesse était assise un jour dans le salon du jardin, où elle recevait la visite du curé et de quelques propriétaires des environs.

« Comme Sowa s'est embelli! dit un de ces messieurs; quels jolis petits jardins devant les maisons! Il faut avouer que les habitants sont des gens bien entendus.

— Ce n'est pas aux habitants, répondit la comtesse, c'est à huit petits garçons de Posen que nous sommes redevables de cet embellissement, aux fils de mon régisseur et du garde général, qui viennent tous les ans passer ici les vacances. Ce sont d'aimables enfants dont j'ai observé de loin la conduite avec le plus grand intérêt. Au lieu de perdre, comme tant d'autres, leurs vacances à ne rien faire et à flâner pour leur malheur et celui

d'autrui, ou bien à inventer toute sorte de folies, ils ont exé-
cuté chaque fois une œuvre utile. L'année dernière, par exemple, ils ont creusé un fossé dans la prairie du garde général,
opération qui a doublé sa récolte de foin. En ce moment ils
sont occupés à organiser les jardins qui ont attiré votre attention; je me mets souvent à la fenêtre, avec ma lunette, pour
observer la petite bande; j'ai plaisir à les voir tout aussi actifs que s'ils travaillaient pour de l'argent. Notre charpentier
est chargé d'entourer chaque jardin d'une clôture. Le bois
nécessaire pour cela a été acheté dans ma forêt; quant à
l'argent qui fera face à toutes les dépenses, il a été recueilli
en partie par un professeur du collége parmi les condisciples
des petits garçons; ils l'ont emprunté en partie à leurs pères,
et ils doivent travailler tout de bon pendant les soirées d'hiver, afin de gagner de quoi payer leur dette aux vacances de
Pâques.

— C'est prodigieux! dit le propriétaire; mais il y a une chose
qui m'étonne, madame la comtesse, c'est qu'avec votre généro-
sité si connue, vous n'ayez pas donné gratis à ces enfants du
bois de votre forêt pour leurs clôtures.

— J'avais de bonnes raisons pour agir ainsi, répliqua la comtesse. Un esprit entreprenant, ferme et actif, sait trouver les
chemins qui le conduiront au but. Lui fait-on la chose trop
commode, il se relâche facilement et perd de son énergie. Les
obstacles, au contraire, l'aiguillonnent, réveillent la réflexion et
le courage. En faisant cadeau du bois à ces enfants, je leur aurais rendu un mauvais service.

— Je me range entièrement à l'opinion de madame la comtesse, dit le curé. Moi aussi j'aurais pu faciliter à ces enfants
l'exécution de leur projet : c'est avec intention que je n'ai rien
fait. Je me suis contenté de dire au maître d'école d'engager ses élèves à venir en aide aux travailleurs. Imaginez-vous
quel dérangement on eût apporté dans les plans de ces enfants
pour leurs occupations de l'hiver, si le bois leur eût été livré
gratis. A présent, avec quelle ardeur ils mettront à profit toutes
les heures de liberté! Comme ils se creuseront la tête pour inventer et faire quelque chose qui rapporte de l'argent! Ils veulent donner des leçons à des enfants plus petits, faire des écri-

9

tures, tailler des plumes, tout cela pour de l'argent. Cette activité leur sera très-avantageuse; elle aura dans ses conséquences une valeur inappréciable.

— Monsieur le curé, dit tout à coup la comtesse, en se tournant vers le digne pasteur, je me souviens d'une question que je voulais vous faire. Comment va la naine?

— Elle est mieux, répondit le curé, et elle peut vivre encore longtemps, je pense, avec les bons soins dont elle est entourée en ce moment.

— Qu'est-ce que cette naine? demanda un des assistants.

— Il y a quelques jours, reprit le curé, est arrivé ici un vagabond qui avait obtenu du bourgmestre la permission de donner une représentation dans une auberge. Il montrait un hercule qui faisait mille tours de force et d'adresse, et une naine, pauvre être misérable et souffreteux. Le soir, après avoir dansé sur la corde, elle était couchée, dans un état déplorable, dans la grange. Elle était malade, et son maître avait raison de craindre que ses souffrances, toujours croissantes, ne fussent pour lui un surcroît de dépense. Bref, il l'a jetée ici sur le pavé. Plus tard, la police l'en a rendu responsable; mais la pauvre créature n'en restait pas moins sans asile, jusqu'à ce que l'autorité en fut informée. Alors, le garçon jardinier de Mme la comtesse s'est chargé de cette infortunée, et l'a menée chez son vieux grand-père. Elle y serait peut-être restée plus longtemps; mais hier, elle a été si malade, que le petit garçon, tout inquiet, a couru chez la mère Barbe, pour lui demander un conseil. Cette femme est le bras droit de notre vénérée comtesse, dont elle distribue les aumônes, car la vieille Barbe a l'œil sur toutes les misères, et elle est connue partout, bien qu'elle ne soit pas très-ingambe. La mère Barbe n'a pas tardé à informer Mme la comtesse de la déplorable situation de la pauvre naine, et aussitôt on a pris toutes les mesures nécessaires en sa faveur. Elle a un bon lit, des vêtements propres, et on l'a donnée, pour tout le temps de sa vie, comme compagne de chambre à la bonne Barbe. C'est elle qui la nourrit et la soigne, et Mme la comtesse paye tout ce qui est nécessaire.

— On reconnaît là le bon cœur de Mme la comtesse, fit le propriétaire.

— Monsieur, répondit cette dernière, je n'ai fait que mon
devoir : or, celui qui ne fait que son devoir ne mérite pas
encore de louanges. Je suis intervenue dans cette circonstance,
parce que je suis à même de le faire, et parce que j'ai vu
qu'ici l'assistance était nécessaire, la pauvre créature n'étant
pas capable de se secourir elle-même. Il y a, dans le monde,
des misères réelles et si amères, que celui qui est dans l'aisance est tenu de renoncer à quelques jouissances pour assister
son prochain dans la détresse. Mais précisément aussi, parce
qu'il y a tant de misères, le riche doit apporter du discer-
nement dans la répartition de ses secours. Je ne fais l'aumône
qu'à ceux auxquels est enlevé tout moyen de sortir eux-mêmes
d'embarras. »

Cependant les embellissements de la petite ville avançaient
avec une rapidité extraordinaire : les rues avaient pris un air
de gaieté; toutes les maisons avaient déjà des jardins bien ali-
gnés et divisés en jolies plates-bandes devant les portes; dans
quelques-uns même, il y avait des treillages garnis de verdure
et un banc de gazon. C'était un plaisir de contempler tant d'ordre; Sowa s'embellissait de jour en jour.

Un mois s'était écoulé. Un matin, le grand chariot qui avait
amené les huit écoliers à Sowa et à Piétrowo fut de nouveau
attelé; Pierre monta sur le siége pour conduire les quatre vigoureux alezans. Les vacances étaient finies, et les collégiens allaient
retourner à Posen. Il y eut plus d'une larme de répandue. Les
petits garçons, il est vrai, ne reprenaient pas leurs études à
contre-cœur; mais les vacances avaient été si belles, et se séparer de parents aimés et de sœurs chéries était bien pénible. On
monta en voiture devant la maison du régisseur; la petite Marie
avec ses parents, le garde général avec sa femme et ses filles,
assistaient au départ. Il fallait voir tous les bonnets et tous les
mouchoirs s'agiter en l'air en signe d'adieu, quand la voiture
se mit à rouler.

« Nous reviendrons à Noël! » s'écrièrent les enfants.

Quand ils traversèrent les rues de Sowa, tout le monde était
sur les portes, adressant aux écoliers des saluts et des paroles de
reconnaissance. Barbe elle-même était sortie avec Rika, la Lulupit d'autrefois; puis on vit arriver Antonin, qui courait après

la voiture avec une corbeille de beaux fruits, que la comtesse
envoyait pour faire ses adieux à la petite caravane.

« Oh! quelles magnifiques, quelles belles vacances nous avons
passées! » répétèrent les écoliers en sortant de la ville qui avait
été le théâtre de leur utile activité.

LA

PETITE MUETTE

LA

PETITE MUETTE.

arthe était la femme d'un berger ; c'é-
tait une jeune et jolie paysanne, pleine
de fraîcheur et de santé, toujours gaie
et de bonne humeur.

Les gens de son village l'avaient sur-
nommée l'alouette ; en effet, dès que
le jour paraissait, on entendait la voix
de Marthe qui résonnait dans le voisi-
nage. Chanter était son plaisir. Quand elle avait affaire dans
l'étable des vaches, ou au champ de pommes de terre, quand
elle filait ou qu'elle tissait, la joie dont sa poitrine débordait
remontait jusqu'à ses lèvres pour s'y traduire en chansons ;
toutes ses pensées semblaient pour ainsi dire se formuler en
phrases musicales.

Marthe savait aussi placer son mot, quand elle se réunissait
aux gens du voisinage, ou quand les brebis rentraient au ber-
cail, et qu'assise à côté de Nicolas, son mari, elle faisait honneur
à la purée de pommes de terre ou au lait caillé du souper. C'é-
tait alors une charmante causeuse, et il était facile de voir
qu'elle avait réfléchi avant de parler.

Marthe était pour ses enfants une excellente institutrice. Dans ses moments de loisir, elle jouait avec eux, comme si elle eût été encore enfant; mais, en revanche, il fallait qu'ils ne restassent pas oisifs quand il s'agissait de travailler. Marthe ne pouvait souffrir les fainéants autour d'elle.

Ses cinq enfants ne la quittaient jamais. Le véritable amour maternel consistait, disait-elle, à observer toujours ses enfants pour les empêcher de contracter de mauvaises habitudes. Quand elle était au logis, elle leur apprenait à filer et à tricoter, et cela toujours en chantant. C'était merveille de l'entendre; allait-elle au champ de pommes de terre, elle prenait sur son bras la petite Marguerite, qui ne faisait que d'essayer ses premiers pas, et les autres l'accompagnaient en courant; tous aidaient à manier la bêche et la houe; partout où il y avait du travail ils y mettaient la main. Était-elle occupée dans l'étable de la vache à retirer le fumier, tous les enfants en portaient leur part; il n'était pas jusqu'à Marguerite qui ne promenât çà et là quelques brins de paille, s'imaginant ensuite avoir fait Dieu sait quelle besogne. Si Marthe allait le long des fossés couper de l'herbe pour la vache ou chercher des orties pour les oisons, ses enfants étaient toujours autour d'elle : aussi apprenaient-ils à chanter comme leur mère. Jean, l'aîné des garçons, savait déjà par cœur la plupart de ses chansons, et les autres petits unissaient bravement leurs voix à la sienne; on eût dit un concert perpétuel, quand on passait devant la maison du berger Nicolas.

Les plus âgés des enfants devaient tous les matins se lever de bonne heure. Au point du jour, le cantique de Marthe réveillait les enfants, et immédiatement les quatre plus âgés étaient debout sur le plancher, les pieds nus et en chemise.

C'est dans ce léger accoutrement qu'ils s'acquittaient, en été, de leurs travaux du matin. Ils ne s'habillaient qu'après le lever de Marguerite, au moment où on allait manger la soupe.

Après le déjeuner, Marthe faisait la prière avec les enfants; elle ne disait que peu de mots, mais ils partaient du cœur. Avant tout, elle s'adressait à sa plus jeune fille :

« Marguerite, disait-elle, à présent tu vas rester tranquille et attentive. »

L'enfant répétait :

« Marguerite.... tranquille..:. attentive.... »

Et en effet, elle ne bougeait plus, et elle tenait ses petites mains jointes jusqu'à ce que la mère eût dit :

« Maintenant, Marguerite peut continuer à sauter et à jouer. »

Les jours de marché, Marthe portait à la ville du beurre frais et des œufs ; pendant son absence, les enfants restaient auprès de leur grand-père qui habitait dans la maison. Mais chaque fois elle hâtait son retour autant que possible, bien qu'ils fussent sous bonne garde : car Marthe avait le cœur d'une véritable mère ; elle ne se sentait à l'aise qu'au milieu de toute sa petite famille.

Aussi ne stationnait-elle point sur le marché pour y attendre les pratiques ; elle se rendait à domicile et elle trouvait un prompt débit de sa marchandise. C'est que les pots qui contenaient son lait étaient toujours reluisants, son beurre, frais et appétissant, et elle-même proprement vêtue et se présentant toujours de l'air le plus avenant. Tous les domestiques accouraient quand Marthe entrait dans une cuisine. Chacun éprouvait un sentiment de bien-être lorsque, montrant à la porte son visage frais et riant, elle faisait entendre son gracieux bonjour.

Elle avait pour le beurre un moule en bois d'une forme particulière, qui représentait un petit agneau élégamment sculpté.

« Chaque pain de beurre que je vends porte les armes de la maison Nicolas, » disait Marthe.

Et les gens de la ville étaient toujours contents lorsque le beurre frais à l'agneau paraissait sur leurs tables.

Au nombre des pratiques de Marthe, il y avait un jeune libraire qui restait enfermé depuis le matin jusqu'au soir, et qui, à la suite d'une vie monotone et du manque d'exercice en plein air, se trouvait, comme cela arrive souvent, dans un état de souffrance. Il avait fait aussi dans sa vie plus d'une triste expérience dont le souvenir, joint à sa mauvaise santé, venait l'accabler parfois ; il succombait alors à la funeste influence de cette affection que l'on appelle hypocondrie. C'est une triste maladie qui, arrivée à un certain degré, finit par enlever tout courage à celui qui en est atteint.

Marthe avait de l'affection pour le libraire comme pour tous les gens de bien, et le libraire l'aimait aussi beaucoup, parce que dans ses accès de tristesse, la joyeuse humeur de Marthe exerçait sur lui une bienfaisante influence. Elle portait toujours son beurre chez lui, puis elle entrait à la librairie pour se faire payer; alors le maître de l'établissement ne manquait pas de lui dire quelques mots : on jasait sur les espérances que donnait la récolte, sur la santé des enfants, et sur d'autres choses semblables. Quand le regard joyeux de Marthe rencontrait la triste figure du libraire, elle se disait en elle-même : « Allons, il a encore aujourd'hui l'esprit à l'envers. » Puis s'adressant à lui : « Monsieur le libraire, disait-elle, il y aura chez nous du lait frais dimanche, » ou bien : « Samedi, j'aurai du pain frais! » car elle savait bien qu'il ne manquerait pas de diriger sa promenade du côté du village.

Quand il arrivait, elle plaçait sur le gazon devant sa porte un petit tonneau recouvert d'une planche pour en faire une table, puis elle préparait de bon café, et tout en allant et venant elle chantait ses airs favoris, sans s'inquiéter davantage de l'auditeur. Et lui? lui se mettait à fredonner machinalement les airs et finissait par les chanter à haute voix, et lorsque Marthe l'avait amené là, alors elle savait que la journée serait bonne. En effet l'hypocondrie se dissipait, le jeune homme se mettait à jouer sur le gazon comme un enfant avec les petits garçons, et il riait et plaisantait de tout cœur jusqu'au soir. « C'est une excellente chose en vérité, que de s'ébattre au grand air, disait-il à Marthe; la nature est et sera toujours le meilleur médecin. »

Derrière la maison de Marthe il y avait une pelouse entourée d'une haie, où s'élevaient deux pommiers et des bouquets de sureau; c'était son enclos; de l'herbe qui y poussait, elle faisait du foin pour sa vache. C'est là qu'elle allait s'asseoir avec ses enfants pendant les soirées d'été.

Elle racontait alors de belles histoires tirées de la Bible, ou une anecdote comique de l'almanach, ou une nouvelle quelconque apprise à la ville; pour ce qui est des contes, elle n'en contait jamais, et personne n'avait le droit d'en conter, car elle ne souffrait rien qui pût troubler la sérénité d'esprit de

ses enfants. « Il n'y a pas de pauvre au monde, disait-elle,
qui puisse être transformé en roi par une fée, et nos arbres ne
produisent que des fruits et jamais de diamants; à quoi bon
alors toutes ces fictions? Ce ne sont que mensonges frivoles, et
je veux enseigner à mes enfants la vérité. Prie et travaille, et tu
auras de quoi manger; fais le bien, et mets ta confiance en Dieu,
et tu auras le cœur content; voilà quels sont mes principes. »
Puis elle ajoutait : « Aimez-vous les uns les autres, aimez Dieu
par-dessus tout, et le prochain comme vous-même! Cela suffit,
mes enfants, et il n'y a pas, à proprement parler, besoin d'autre
chose sur la terre. »

Lorsque Marthe racontait, assise sur le gazon avec ses enfants,
elle donnait à chacun sa tâche. « Pour entendre, disait-elle, il
ne faut que des oreilles; vous pouvez par conséquent occuper vos
yeux et vos doigts. » Les petits garçons façonnaient d'ordinaire
des cuillers en bois et autres petits ustensiles, et les petites filles
tricotaient; la petite Marguerite elle-même avait son travail; elle
était chargée de ramasser toutes les feuilles sèches et de les
mettre en tas.

La famille du berger Nicolas était donc très-heureuse sous
un rapport. Elle se composait de personnes pieuses et élevées
dans la crainte de Dieu; tout le monde y faisait son devoir,
et c'est en cela que consiste le vrai bonheur. Le vieillard à cheveux blancs qui vivait dans la maison, travaillait lui-même
dans la mesure de ses forces, pour contribuer au bien-être
commun.

Ce vieillard était le grand-père de Marthe; malgré ses quatre-
vingt-dix-neuf ans, il marchait avec assurance, appuyé sur son
bâton; il avait encore de la jeunesse et de la verdeur. Plein
d'affection pour ses petits-fils, il avait une prédilection toute
particulière pour Marthe, qu'il appelait la feuille de son cœur;
c'est qu'en effet elle méritait bien cette affection. Le vieillard
était bien traité dans la maison de sa petite-fille; il ne pouvait
plus travailler beaucoup, car ses mains tremblaient; mais il
tricotait des bas pour lui et le berger Nicolas. Il avait été lui-
même berger, et pendant que son troupeau était aux champs, il
avait toujours son tricot; ses doigts s'étaient tellement habitués
à cet exercice, que c'était pour lui un besoin d'avoir de l'ouvrage

entre les mains, bien qu'il ne travaillât que très-lentement à
cause de son grand âge.

Bref, la famille du berger Nicolas était une bénédiction, un
modèle pour tout le village. On n'y entendait jamais ni disputes,
ni injures; il n'y avait pas de visages refrognés, pas d'enfants
mal élevés ni malpropres. Si les voisins se querellaient, et que
quelqu'un de la maison de Marthe vînt à passer, les gens en querelle restaient bouche close, car ils étaient tout honteux. Et quand
les femmes regardaient les cinq enfants de Marthe et qu'ensuite
elles jetaient les yeux sur les leurs, elles rougissaient aussi, et
se hâtaient de laver les visages barbouillés et les mains sales de
leurs petits garçons.

Les enfants étaient instruits à pratiquer l'amour dans toutes
les occasions. Il fallait qu'ils fussent entre eux affables et com-
plaisants, de même qu'à l'égard des enfants des voisins, et en
général avec tout le monde. Il n'était pas jusqu'aux animaux
qu'ils ne dussent aimer.

On ne leur permettait jamais de battre un chien, de déni-
cher un nid. En outre d'une vache, des poules et des oies, le
ménage de Nicolas possédait encore un chat et deux chiens :
Hausspitz et Schæferspitz [1]. Hausspitz avait aussi autrefois

gardé les moutons; mais à présent il n'avait plus d'occupation
près du troupeau, il était chien de cour et gardait la maison et
la vache, les oies et les poules. C'était le frère de Schæferspitz
et il vivait avec lui dans les meilleurs rapports; il semblait que
les chiens dussent également savoir comment ils devaient se
conduire dans une semblable famille. Schæferspitz montrait un
attachement visible pour son berger et son troupeau, et le frère
de Schæferspitz aimait toute la maison, tous les enfants et toutes

1. Spitz, roquet; Hausspitz, chien de garde; Schæferspitz, chien de berger

les grandes personnes, la vache, les oies et les poules. Et puis
il fallait voir avec quelle fidélité scrupuleuse les chiens s'acquittaient de leur devoir ! Schæferspitz ne perdait jamais de vue
son troupeau. Quand il sortait avec lui, il ne manquait pas d'en
faire attentivement le tour, et d'observer à chaque instant la
conduite de tous les moutons et de tous les agneaux. Quand
bien même Nicolas n'eût pas été là, il pouvait être sûr que son
chien eût tout fait rentrer dans l'ordre.

Et Hausspitz ? Ah bien oui ! le soir il ne serait pas revenu au
logis avant d'avoir chassé en aboyant toutes les poules dans
leur poulailler. Si parfois un poulet s'égarait ou que par amour
du changement il eût envie de passer la nuit dehors, le chien
ne le souffrait point : il fallait qu'il y eût de l'ordre ; il courait
à droite et à gauche et furetait dans tous les coins jusqu'à
ce qu'il eût trouvé le fugitif.... Celui-ci avait beau piauler ;
rien n'y faisait. Il était obligé de rentrer avec les autres au
poulailler.

L'affection des deux chiens l'un pour l'autre était touchante,
car une semblable affection est rare, surtout quand il s'agit de
la pitance. Ordinairement deux chiens grognent l'un contre
l'autre avec fureur, quand on présente à l'un un plat à lécher,
ou un os à ronger, pendant que l'autre n'attrape rien. Il est vrai
de dire que chez Nicolas les os mettaient rarement l'amour fra-
ternel à l'épreuve ; car point de viande, point d'os ; toutefois la
soupe leur était servie chaque jour dans la même écuelle, et ils
mangeaient ensemble sans avoir jamais la moindre contestation.

Le soir, quand Schæferspitz revenait du travail, bien las et
bien désireux du repos, son joyeux frère se mettait à lui faire
toutes sortes d'agaceries. Loin de se fâcher, Schæferspitz se prêtait au badinage et aux caprices de Hausspitz ; alors il fallait les
voir se poursuivre dans tout le village, sauter dans l'étang, se
prendre dans l'eau et se tirailler à la grande joie de tous les enfants. En sortant de là tout trempés, ils se roulaient dans le
sable, et ressemblaient bientôt à des garçons meuniers, jusqu'à ce que leurs fourrures velues eussent été de nouveau lavées
et secouées.

Le chat qui faisait partie du ménage du berger Nicolas était
le seul être qui ne fût point admis dans l'alliance générale. Avec

Hausspitz, il vivait encore par habitude sur un assez bon pied,
mais Schæferspitz était sa bête noire. Aussitôt que le chien s'approchait de lui, son dos se hérissait, sa petite patte de velours
déployait ses griffes, et en un clin d'œil lui détachait un soufflet. Alors le tapage allait son train ; ils se mordaient et s'égrati-
gnaient jusqu'à ce qu'on intervînt pour les séparer.

Mais ces deux natures hostiles étaient pour les enfants une
excellente leçon. La vue de ces luttes fréquentes leur inspirait
une répugnance sérieuse pour toutes les dissensions, et le vieux
grand-père leur disait souvent : « Ayez ceci à cœur, mes enfants ! Il faut vivre avec tout le monde comme les deux chiens
vivent entre eux, mais non pas comme vivent Schæferspitz et le
chat. »

Le village où habitait le berger Nicolas était à une lieue envi-

ron de la ville où dame Marthe
vendait son beurre. Du côté opposé, également à une lieue de
distance, il y avait dans une forêt un lac qui contenait d'excellents poissons.

Au bord du lac s'élevait une
cabane solitaire et tout à fait
éloignée du domaine auquel elle appartenait. C'était la demeure
du pauvre pêcheur, fermier du lac. Le produit de sa pêche lui

procurait le strict nécessaire, car tantôt il était heureux et ramenait dans son filet un riche butin ; tantôt, au contraire, il
prenait tout juste assez de poisson pour pouvoir fournir à l'inspecteur du bailliage le plat qui lui était destiné. Quant au poisson qu'il avait le droit de vendre, il le portait à la ville, et il
payait sa ferme avec l'argent qu'il en retirait. Il lui restait alors
tout juste de quoi entretenir ses filets et subvenir aux modestes
besoins de son ménage. Par malheur sa femme était toujours
souffrante, et c'est à peine si elle pouvait se livrer à ses petites
occupations domestiques.

Les pauvres gens avaient un enfant, une petite fille qu'ils aimaient par-dessus tout. Quand ce petit être vint au monde, et
que la cabane retentit de son premier cri, les parents s'embras-
sèrent en pleurant. Car, même dans les plus chétives demeures,
des larmes de joie accueillent la venue d'un nouveau-né.

Le pêcheur, qui s'entendait à tresser des corbeilles de roseau,
fit pour la petite Marie un joli berceau, par-dessus lequel il
courba en forme d'arc des baguettes flexibles, sur lesquelles il
étendit un filet. L'été venu, il en garnissait les mailles avec les
fleurs variées de la forêt et de la prairie ; il tournait leurs petites têtes du côté de l'enfant endormi ; et il éprouvait une joie
extrême, quand Marie à son réveil leur adressait un sourire, ou
bien lorsque, devenue plus raisonnable, elle les saluait d'un
signe de tête, et étendait ses petites mains pour les prendre.

Lorsque l'enfant, à la mine éveillée, commença à s'intéresser
à ce qui l'entourait, il fallut qu'elle allât souvent le soir sur le
lac avec ses parents. La mère s'asseyait alors dans la barque,
tenant sa jolie petite fille dans ses bras, et toujours elle et son
mari poussaient des cris de joie quand Marie, surprise par la
secousse d'un coup de rame plus violent, ou en voyant un bel
effet de soleil dans l'eau, faisait entendre une exclamation de
bonheur.

La cabane du pêcheur était à une si grande distance des villages environnants, que Marie voyait peu de personnes étrangères
et était complétement privée du plaisir de jouer avec d'autres
enfants de son âge. Cette solitude exerça une influence particulière sur l'esprit de la petite fille. Elle babillait volontiers
quand elle fut plus âgée ; mais sa mère, faible et souffrante, à

l'air si pâle, se couvrait la figure de ses mains, quand la petite causait trop haut; de sorte que celle-ci aimait mieux s'occuper dehors en toute liberté, là où personne n'était malade. Là, elle parlait et jouait avec les papillons, les scarabées et les oiseaux, avec les fleurs et les brins d'herbe. La création tout entière prenait ainsi une forme plus vivante à ses yeux; elle croyait, quand elle parlait, être comprise des oiseaux, des insectes et des fleurs, et de son côté elle entendait aussi le langage des fleurs, des insectes et des oiseaux.

Or, quand le soir l'enfant était assise devant la porte avec ses parents, et qu'elle leur parlait des oiseaux intelligents, des papillons et des arbres qui la saluaient, le père et la mère se regardaient entre eux avec étonnement, ne sachant pas au juste que penser d'idées si étranges; mais ils voyaient que ce commerce avec la nature rendait heureuse leur petite Marie, et alors ils ne la contredisaient point.

Le temps était venu de songer à l'instruction de la petite fille. Le matin, la mère donnait à l'enfant quelques leçons; le soir, c'était au tour du père, quand il revenait du lac. La petite Marie sut bientôt lire passablement; mais elle ne put apprendre à écrire, car la mère n'écrivait point, et le père avait trop peu de temps pour lui enseigner l'écriture.

Aussitôt la lecture terminée, Marie courait vers ses compagnons habituels, et leur racontait tout ce qu'elle avait appris de sa mère et ce qu'elle-même avait lu dans la Bible. Comme les oiseaux et les papillons lui semblaient joyeux d'écouter l'histoire de Noé, qui avait fait entrer tous les animaux dans son arche!

La vie de Marie était en réalité une vie commode; mais était-ce donc aussi une vie utile? Assurément non. Les bons parents, avec toute leur tendresse, commettaient une grande faute dans l'éducation de leur fille; ils dirigeaient, il est vrai, son cœur vers le bon Dieu et vers le Fils de Dieu fait homme, mais ils négligeaient d'appeler son attention sur une parole bien sérieuse du Seigneur : « C'est à la sueur de ton front que tu gagneras ton pain. »

Marie apprenait à lire et à calculer, mais elle s'habituait à laisser son imagination vagabonde errer dans un monde fantastique et mystérieux qui lui plaisait, tandis que la vie réelle lui restait complétement étrangère. Elle ignorait ce que c'est que le travail; folâtrer comme un oiseau dans la forêt et sur les bords du lac; être tantôt ici, tantôt là; saluer ici un petit insecte, là une petite fleur; parler aux poissons, quand ils frétillaient dans l'eau, dont les vagues caressantes se jouaient autour de ses pieds nus, voilà quelle était l'existence de Marie.

Que deviendrait-elle un jour? Il faut que l'homme apprenne à gagner sa vie; c'est ce que Marie ne faisait point; elle ne se doutait même pas que l'on pût mourir de faim; car bien que le pêcheur fût très-pauvre, il avait néanmoins toujours de quoi manger, ne fût-ce que des pommes de terre et du poisson.

Les jours de marché, il conduisait lui-même à la ville, sur une petite charrette, un baril rempli de poisson. Un jour, qu'après avoir vendu tout son chargement, il allait se remettre en route, il fut arrêté au coin d'une rue par un rassemblement qui s'était formé autour d'une voiture versée. Il ne pouvait avancer avec sa charrette; tout secours de sa part était également inutile; il s'arrêta donc tout court devant l'étalage d'un libraire, et se mit à lire les titres des livres exposés en vente.

Il ne restait plus qu'une quinzaine pour arriver à Noël, et, à cette époque, toutes sortes de livres attrayants pour la jeunesse étaient étalés aux fenêtres des librairies. On y voyait des images merveilleusement belles.

« Quel plaisir cela ferait à notre Marie! » se disait le pêcheur.

10

Et d'ailleurs les titres des livres sonnaient si bien : *Le quatrième Commandement*, par Nieritz. Celui-ci, le pêcheur le connaissait; le maître d'école d'un village voisin le lui avait prêté un jour, et il l'avait trouvé très-instructif et très-joli. — *La Famille du Tisserand*, par Rosalie Koch, avec une charmante gravure. « Oh! ceci doit être beau à lire, » se dit-il. — *La Gazette de la Jeunesse....* Quelles magnifiques images, et combien d'historiettes et de petits poëmes! La feuille tout entière était exposée. Dans un coin de la montre, il aperçut alors un livre qui captiva toute son attention. Il avait une gravure qui représentait une jeune mère qui apprend à prier à son enfant. L'enfant était agenouillé devant un crucifix, et la mère était debout à côté de lui : elle lui montrait le ciel, et l'enfant, ses petites mains jointes, suivait des yeux la direction du doigt de sa mère. C'était une bien gracieuse et charmante gravure. A côté on lisait ces mots :

« Viens, louons Dieu, car il est extraordinairement grand. Bénissons Dieu, car il est plein de bonté. Il a créé toutes choses : le soleil pour briller pendant le jour, la lune pour luire pendant la nuit. Il a créé la monstrueuse baleine, l'éléphant et le vermisseau qui se traîne en rampant. Les petits oiseaux chantent les louanges de Dieu, quand ils gazouillent agréablement dans la verte feuillée. Les ruisseaux louent Dieu, quand ils coulent avec un mélodieux murmure sur les cailloux polis. Je veux employer ma voix à louer Dieu; je le puis, bien que je ne sois qu'un enfant. Il y a quelques années, j'étais tout à fait petit, et ma langue était muette dans ma bouche, et je ne connaissais pas le Dieu grand et bon, car je n'étais pas aussi raisonnable que je le suis; mais à présent que je sais parler, ma langue doit le louer, mon cœur doit l'aimer, parce que je suis à même d'apprécier toute sa bonté. »

Le batelier resta abîmé dans ses réflexions. « On dirait, pensat-il, que ce livre a été écrit tout exprès pour Marie. Les oiseaux et les ruisseaux dans leur langage, ils chantent les louanges de Dieu.... Eh! ce sont tout juste les idées de mon étrange petite fille. Et la gravure, on croirait que c'est Marie avec sa mère. Combien souvent ma femme se tenait ainsi lorsque Marie était petite et commençait à bégayer notre nom! Et mon enfant chérie, quel air recueilli elle avait quand on lui parlait du bon Dieu! »

Le batelier entra dans le magasin; un jeune homme vint au-devant de lui. A cette vue seulement, le pêcheur se rappela que c'était par pure distraction qu'il était entré chez le libraire; car pour des emplettes, sa position ne lui permettait pas d'en faire.

« Monsieur le libraire, dit-il en ôtant son bonnet d'un air embarrassé.

— Eh bien? demanda le jeune homme avec affabilité.

— Monsieur le libraire, dans la montre il y a un livre....

— Oui, mon ami, il y en a beaucoup de livres.

— Mais il y en a un qui me rappelle mon enfant.

— Vraiment?

— Oui, il me rappelle ma petite fille.

— Eh bien?

— Je voudrais avoir ce livre.

— Alors il faut l'acheter.

— Monsieur le libraire, je n'ai pas d'argent.

— Mon brave homme, nous ne donnons pas les livres pour rien. »

Le pêcheur fouilla dans sa poche en hésitant : un tintement métallique s'y fit entendre; il en tira ce qui avait sonné, c'est-à-dire une clef, quelques boutons de plomb et.... vingt-cinq centimes.

« Est-ce là toute votre fortune? demanda le jeune homme.

— Oui, monsieur; car ce que j'ai dans ma bourse ne m'appartient pas; c'est l'argent destiné à payer ma ferme. »

Le libraire secoua la tête en regardant ce singulier chaland; mais il avait un air si affable que le pêcheur, encouragé, lui demanda tout d'un coup :

« Aimez-vous le poisson, mon jeune monsieur? »

Le libraire sourit.

« Que voulez-vous dire par là? répondit-il.

— Je vous demande si vous aimez le poisson.... à votre souper, par exemple....

— A mon souper, repartit le jeune homme avec hilarité, je mange des biftecks et je bois de la bière de Bavière.

— Hem! des biftecks! marmotta le pêcheur entre ses dents, il n'y en a guère dans mon lac!... Voilà ce que je voulais vous proposer, monsieur le libraire; ajouta-t-il : quand il fera plus chaud et que les jours seront plus longs, vous devriez venir chez moi, dans ma cabane, et, pour le payement du livre, je vous régalerais d'un plat de poisson. »

Cette proposition inattendue mit en belle humeur le libraire. Il s'approcha de la montre, y prit le livre indiqué, et le présentant à l'acheteur :

« Va pour un plat de poisson, lui dit-il en souriant.

— Oui, monsieur le libraire, dit le pêcheur en saisissant le livre avec empressement, oui, va pour un plat de poisson. Ma femme s'entend à le préparer, et il fait si beau chez nous au printemps! Il y a des rossignols à vous rendre sourd. On dit que les jeunes messieurs de la ville aiment beaucoup à entendre chanter le rossignol. Allons, portez-vous bien, et que le bon Dieu vous récompense de votre bonté! C'est une affaire réglée, votre livre pour un plat de poisson. »

L'heureux pêcheur croyait n'arriver jamais assez vite au logis. Cependant il ne pouvait s'empêcher de jeter de temps en temps un coup d'œil dans ce livre, qui était réellement fait tout exprès pour sa petite Marie. Il finit par attacher sa charrette à la bricole qui lui entourait les épaules, et la traîna après lui tout en feuilletant le livre précieux, dont il lisait par-ci par-là quelque passage.

Il serait difficile de décrire la joie qu'un semblable cadeau causa à Marie. Hors le livre d'heures de son père, elle n'avait jamais vu de livre, et voilà qu'elle en recevait un si en rapport avec ses idées, et qui de plus contenait de si belles images. Elle ne pouvait se lasser de le parcourir, et quand son père ou sa mère y lisaient, elle versait des larmes d'attendrissement. Elle-même n'était pas encore fort habile dans la lecture, mais à partir de ce moment elle étudia avec assiduité; elle lut dix fois, vingt fois la même page, et ses oiseaux bien-aimés, ses papillons et ses vermisseaux, ses fleurs et ses brins d'herbe lui semblèrent plus intelligents que jamais. Quand le printemps fut arrivé, elle leur lut tout son livre. Quand elle avait fini de lire, elle posait souvent le livre à côté d'elle d'un air pensif. Si alors un papillon venait à voltiger dessus, si un petit insecte s'y promenait, elle croyait que les petites bêtes avaient envie de regarder les images, et si un souffle de vent y apportait une fleur ou une feuille verte, elle prenait cela pour une expression de reconnaissance.

Comme le printemps était assez avancé, le père de Marie retourna à la ville pour inviter de nouveau le bon libraire à venir manger le plat de poisson convenu. Par une belle soirée, au moment où le soleil descendait à l'horizon, le jeune homme déboucha effectivement par l'étroit sentier, se dirigeant tout droit vers la cabane. Le pêcheur et sa femme l'accueillirent de la façon la plus cordiale, et Marie offrit à l'affable étranger un bouquet de primevères.

« Quand tu seras chez toi, lui dit-elle, il faudra mettre les fleurs dans l'eau pour qu'elles restent longtemps en vie. Elles sont toutes joyeuses d'être avec toi, ajouta-t-elle avec un sourire expressif; car c'est toi qui m'as fait cadeau du livre; oh! elles le connaissent déjà!

— L'enfant a des idées singulières, se hâta de faire remarquer le père; elle s'imagine que toutes les créatures, que nous regardons comme inanimées et muettes, ont une âme et un langage.

— Oui, elles ont une âme; oui, elles parlent, assura Marie; d'ailleurs, cela est dit dans mon beau livre. »

Le jeune homme, étonné, regarda les yeux brillants de l'enfant; leur merveilleuse expression, semblable à celle que les peintres donnent aux têtes d'ange, fit naître chez lui de la sympathie, surtout quand il se représenta le monde idéal si surprenant que cette petite fille intelligente s'était créé.

« Comment es-tu arrivée, lui demanda-t-il, à croire que les fleurs ont une âme et un langage?

— Comment j'y suis arrivée? répliqua Marie; eh bien! c'est que je le sens en moi, tout comme je sens que le bon Dieu habite parmi les fleurs.

— Et pourquoi les fleurs seront-elles joyeuses d'être avec moi?

— Parce qu'elles t'aiment, parce que tu es bon et que tu as cherché à me faire plaisir. »

A ces mots, la petite Marie prit le libraire par la main, le mena dans un coin de la chambre et lui montra une grande corbeille. C'était le berceau de joncs que le pêcheur avait tressé autrefois

pour sa petite fille. Elle n'y couchait plus à présent, car elle
était devenue trop grande pour le petit lit; mais la corbeille
était restée sa propriété. Il y avait au fond une épaisse couche
de feuilles de roses desséchées, que Marie avait ramassées l'été
dernier; c'est sur cette couche parfumée que reposait son beau
livre, abrité contre la poussière par un morceau de verre et
encadré d'une guirlande de pervenches.

« Quand je me lève, je dis bonjour au livre, et quand je me
couche, je lui dis bonne nuit, » dit tout bas Marie en adressant
au jeune homme un regard plein d'aménité.

Pendant ce temps-là le pêcheur dressait une table devant la
porte, en face du soleil couchant et de la belle vue du lac. L'assiette qu'il y plaça avait été achetée tout exprès pour ce jour-là;
le couteau et la fourchette étaient étincelants de propreté. La
femme de son côté était auprès de l'âtre occupée à faire cuire le
poisson. Le libraire s'assit en attendant sur le gazon touffu, et
contempla un magnifique coucher de soleil. Marie se mit à son
travail de tous les soirs, elle alla puiser de l'eau pour arroser
les fleurs et le gazon. C'est ce qu'elle appelait le souper des
plantes, et durant toute la belle saison, elle ne mangeait jamais
sa soupe avant de leur avoir procuré ce rafraîchissement.

« Mon enfant, demanda le libraire, que fais-tu pendant l'hiver, lorsque tes plantes sont dépouillées de leurs feuilles?

— Je sors pour les consoler, répondit Marie, je leur parle
du printemps qui les vêtira de nouveau. »

Le poisson s'étalait fumant sur la petite table. C'était un superbe brochet; il était couché sur le plat au milieu d'un cercle
de pommes de terre; il avait sur la tête une couronne de persil
et dans sa gueule une branche de laurier; à côté du plat était
placée une petite soucoupe remplie de beurre fondu.

« Allons! monsieur le libraire, régalez-vous, dit le pêcheur.
Je n'ai ni biftecks ni bière de Bavière, je n'ai que mon brochet; mais un roi même ne ferait pas fi d'un aussi beau poisson. »

L'invité allait-il manger tout seul? Non, cela ne se pouvait
pas; mais il n'y avait pas assez de place pour quatre personnes.
Vite il enleva le plat de dessus la table, le porta sur l'herbe
touffue, et invita toute la famille à lui tenir compagnie. Le jeune

homme fut d'une humeur charmante, et il put se convaincre
en cette occasion de la nécessité de respirer souvent au grand
air, pour se remettre des fatigues d'une vie passée au milieu
des livres poudreux et dans la lourde atmosphère d'une grande
ville.

Par une belle soirée d'automne, Marthe se mit en route pour
aller au bois avec ses enfants ramasser des feuilles sèches.
Le grand-père seul resta au logis. Il ne pouvait plus s'aven-
turer à une aussi grande distance; il gardait la maison pendant ce temps-là et surveillait la cuisine, c'est-à-dire, qu'il
mettait les pommes de terre dans le pot, à l'heure voulue.
Quant au berger Nicolas, il n'allait naturellement pas avec les
autres, ne pouvant quitter son troupeau.

La petite bande sortit du village en chantant et se dirigea
vers le bois. Hausspitz était de la partie : il allait et venait en
sautant, et faisait le tour de la famille, comme s'il eût dû la
maintenir en bon ordre; se rappelant son ancien métier de
chien de berger, il était tenté de croire en ce moment qu'il avait
à garder ce troupeau de nouvelle espèce.

Déjà l'on était entré assez avant dans le bois et l'on touchait à
l'endroit où il était permis de ramasser les feuilles, lorsque
Spitz partit comme un trait à travers les arbres et les broussailles et s'arrêta à quelque distance en aboyant. Immédiatement
après, Marthe entendit un enfant qui sanglotait. Elle suivit le
chien et trouva une petite fille de neuf à dix ans arrêtée entre
des ronces, l'air épouvanté, et répondant par des pleurs aux
aboiements de l'animal.

« Pauvre enfant ! lui cria Marthe ; viens à moi ! Arrière, Spitz,
arrière ! Jean, retiens le chien. Il empêche la petite d'avancer.
Là, mon enfant, sèche tes larmes à présent. D'où viens-tu donc ?
Tu voyages peut-être avec tes parents ? »

L'enfant secoua la tête.

« Peut-être voulais-tu aussi ramasser des feuilles ? » demanda
Jean.

L'enfant secoua de nouveau la tête.

« Comment te trouves-tu dans la forêt ? » ajouta Marthe.

La pauvre petite se mit à sangloter.

« Peut-être as-tu faim ? » dirent à la fois Jean et Marguerite, et tous les enfants tendirent leur morceau de pain à la petite fille; mais elle n'accepta rien et ne fit que pleurer plus fort.

Alors Marthe la prit dans ses bras, la serra sur son cœur et la couvrit de baisers. « N'as-tu point de mère? lui demanda-t-elle, avec une larme de compassion dans les yeux. L'enfant secoua de nouveau la tête.

« N'as-tu pas non plus de père? » poursuivit-elle avec saisissement, et le même silence fut la réponse de l'enfant. « Pauvre petite! » s'écria Marthe attendrie, et elle serra encore plus fort l'orpheline contre son sein. La malheureuse enfant tenait devant ses yeux son petit tablier et sanglotait.

« Est-ce que tu es muette? » demanda Jean, voyant que la petite ne répondait rien.

L'enfant leva les yeux au ciel, fit un signe de tête affirmatif et continua de pleurer.

« Muette! s'écrièrent les enfants avec effroi.

— Muette! » répéta Marthe.

C'était une jolie petite fille que cette pauvre enfant muette. Ses cheveux blonds retombaient en boucles qui caressaient son cou comme un fichu moelleux, et ses grands yeux bleus, où se lisait un profond chagrin, rayonnaient comme deux belles étoiles. Sa robe annonçait la misère, et ses petits pieds n'avaient rien qui les couvrît.

« Nous ne saurons jamais qui tu es, pauvre enfant, dit Marthe, ni d'où tu viens, ni où tu vas. As-tu déjà couché dans le bois? » La muette fit un signe de tête affirmatif.

« Avais-tu avec toi quelque chose à manger? »

La petite montra du doigt un panier posé à côté d'elle, où il y avait encore quelques morceaux de pain.

« Veux-tu venir au village avec nous? » lui demanda Marthe. L'enfant sanglota plus fort; elle se laissa emmener.

Marthe rentra au logis beaucoup moins gaie qu'elle n'en était partie. Le matin, elle avait chanté un cantique joyeux, au retour elle chanta aussi, mais c'était un cantique sérieux; parce qu'elle ne voulait point faire de peine à la petite étrangère, qui devait avoir perdu depuis peu ses parents. Elle savait combien il est douloureux, quand on est affligé, d'entendre les autres se livrer à la joie.

« Nous avons trouvé cette enfant parmi les églantiers, dit Marthe à Nicolas, son mari ; on eût dit la dernière fleur tardive de ces arbrisseaux presque dépouillés, une petite rose d'automne ; donnons-lui ce nom. »

Rose d'automne devint donc le sixième enfant de la maison du berger. Le vieux grand-père la nommait sa nouvelle petite-fille, et les enfants lui cédèrent avec joie une petite place aussi bien dans la chambrette que dans leur cœur aimant. Bientôt chacun se figura que Rose avait toujours fait partie de la famille ; c'est qu'aussi elle était si affectueuse, et son malheur la rendait si intéressante, qu'on ne pouvait éprouver d'aversion pour elle. Quand elle demandait quelque chose, elle joignait les mains et dirigeait son regard avec tant d'expression sur l'objet de son désir, que tout le monde se hâtait de le satisfaire.

L'affection dont la pauvre muette était l'objet dans la famille du berger Nicolas, lui faisait un bien indicible. Des larmes d'attendrissement humectaient souvent ses grands yeux bleus. Quant à la vie active de ces bonnes gens, elle la considérait de loin avec étonnement ; cette vie, c'était le travail depuis le matin de bonne heure jusqu'au soir bien tard. La petite orpheline la contemplait avec un air de bonté et de sympathie, mais elle ne savait mettre la main à rien. Marthe venait-elle à lui présenter un rouet, elle ignorait la manière de le faire tourner ; un tricot, elle était incapable d'en relever les mailles. Peu à peu, il est vrai, elle apprit à s'occuper ; Marthe lui enseignait à filer, le grand-père, à tricoter ; mais il n'y avait pas en elle une véritable activité, et d'ailleurs son esprit n'était presque jamais au travail.

« Rose d'automne est toujours à rêver, disait Jean ; à quoi peut-elle donc songer ? »

Quand l'hiver fut passé et que le printemps revint avec les feuilles et les fleurs, il sembla qu'une nouvelle vie se réveillait chez l'enfant. Durant les nuits chaudes elle ne pouvait dormir, et, pendant que les autres reposaient dans leurs lits, elle sortait pour jouer avec les scarabées luisants qui scintillaient comme des étoiles dans l'air de la nuit ; elle était aux écoutes pour entendre les rossignols et elle tenait, avec les fleurs, des conversations étranges', où la pensée suppléait la parole.

Rose d'automne s'arrêtait maintes fois devant un lilas, et

aspirait à longs traits les bouffées odorantes qui s'exhalaient de ses corolles, et quand une brise légère agitait doucement les fleurs, l'entretien, calme d'abord, devenait de plus en plus animé; Rose d'automne, de son côté, inclinait sa tête bouclée, et on eût dit véritablement que l'arbuste et l'enfant s'entendaient à merveille. Quand les papillons se posaient sur les fleurs, et que les abeilles laborieuses venaient y recueillir le miel, elle éprouvait une joie infinie à penser que ces fleurs aimantes mettaient tant de bonne volonté à faire part des dons qu'elles tenaient de la munificence du créateur.

Bien souvent Marthe s'arrêtait étonnée devant la petite fille, qui oubliait le manger et le boire dans ce commerce intime avec la nature; elle ne pouvait se lasser de contempler ses beaux yeux qui rayonnaient d'un éclat de plus en plus magique dans ces longues heures passées sous le ciel, cette vaste tente déployée par la main de Dieu.

Parfois aussi la petite fille s'arrêtait tout en pleurs sur la pelouse devant la chaumière, ou bien elle s'agenouillait dans l'herbe touffue et couvrait de ses deux mains ses yeux noyés de larmes. Dans de pareils moments, elle songeait sans doute à son père et à sa mère. Marthe entonnait alors un cantique touchant dont elle articulait les paroles sonores et consolantes le plus distinctement qu'elle pouvait, afin que la malheureuse enfant les comprît. Aussitôt celle-ci courait se jeter en sanglotant dans les bras de sa mère adoptive qui pressait tendrement sur son cœur la petite fille émue.

« Il faut que cette petite soit malade, disait Nicolas à sa femme en secouant la tête. Qui sait ce qui se passe dans son âme? Seulement ne la perds pas de vue, essaye de la faire travailler, car que deviendra-t-elle si elle ne s'habitue au travail? mais ne la gronde pas, si elle s'y prend mal.

— La gronder! répondit Marthe; est-ce que je le pourrais? Quand elle me regarde, il me semble que mon cœur se retourne, et avant de m'en douter, j'ai des larmes dans les yeux. On dirait qu'elle veut me faire souvenir qu'elle n'appartient pas à la terre et qu'elle n'est descendue un moment du ciel que pour la contempler; c'est un ange, il lui manque seulement des ailes, me dis-je bien des fois, car elle s'envolerait.

— D'où peut-elle être venue? » se demandaient alors les bonnes gens; et ils faisaient mille conjectures, toujours sans aucun résultat. Ce qu'ils savaient, c'est que les parents de l'enfant étaient morts pauvres; mais comment la petite fille s'était-elle trouvée dans le bois? c'est ce qu'ils ne pouvaient s'expliquer.

Le maire du village et le maître d'école avaient fait publier l'aventure dans la ville voisine; on avait inséré dans les journaux des annonces, où l'on sommait les parents qui pouvaient exister, de se charger de l'enfant, mais personne ne s'était présenté. La petite fille resta donc dans la famille du berger Nicolas, où du reste elle était on ne peut mieux traitée.

Marthe continuait d'aller à la ville les jours de marché pour vendre son beurre et son lait, ayant sur le dos les pots en ferblanc bien fourbis, et au bras le panier qui contenait son beurre toujours si ferme et si frais. Il y avait plusieurs mois qu'elle n'était entrée à la librairie: car le propriétaire, le jeune homme qui autrefois lui prenait son beurre, était parti pour un long voyage, de sorte que de tout l'hiver elle n'en avait point eu de nouvelles.

Mais un jour qu'elle se disposait à s'en retourner, ayant encore une emplette à faire dans le voisinage de la librairie, elle fut obligée de passer devant la porte.

« Bonjour, dame Marthe, lui cria une voix bien connue.

— Je vous salue, mon jeune monsieur, répliqua-t-elle en s'arrêtant, et les deux vieilles connaissances se donnèrent une cordiale poignée de main.

— Que je suis donc aise de vous revoir, dame Marthe! continua le jeune homme; chantez-vous toujours aussi souvent?

— Dame, monsieur le libraire, répondit Marthe, mes chansons, c'est ma vie, et quand je cesserai de chanter, c'est que je serai sur mon départ pour l'autre monde.

— Ah! fit le jeune homme, on serait heureux d'être toujours gai comme vous l'êtes!

— Eh! eh! c'est donc toujours le même vent qui souffle, dit Marthe en secouant la tête, toujours de tristes pensées?... Allons, monsieur le libraire, il vous faudra sortir de nouveau et revenir vous ébattre sur la pelouse avec les enfants. Je vous chanterai un de mes airs les plus joyeux. Je l'ai toujours dit,

quittez ces vilains livres! Venez prendre l'air à la campagne;
ce que le bon Dieu y a fait donne de la vigueur au corps et du
courage à l'âme.

— A la fête du village, dame Marthe, reprit le jeune homme
d'un air affable, j'ai l'intention d'aller vous faire ma visite.
Mais vous vous trompez si vous me croyez encore malade. A
présent je suis frais, gai et bien portant. A propos, et vos enfants, et le vieux grand-père, et votre mari, et les deux Spitz,
et le chat?

— Tout le monde est en bonne santé, monsieur le libraire.
Vous trouverez un enfant de plus à la maison, une jolie petite
fille, mais elle ne jouera pas avec vous sur la pelouse, je vous
en préviens.

— Un enfant de plus? en avez-vous donc adopté un, pour
compléter la demi-douzaine?

— C'est le bon Dieu qui nous l'a envoyée, monsieur le libraire; nous l'avons trouvée l'automne dernier dans le bois,
contre un églantier dépouillé de ses feuilles, et nous l'avons
pour cela appelée Rose d'automne. Quant à son véritable nom,
nous ne le connaissons pas, car la petite Rose est muette.

— Muette? répéta le libraire; vous ne savez pas du tout à qui
appartient cette enfant?

— Rien n'a pu nous mettre sur la voie, reprit Marthe; tout
ce que nous savons, c'est que c'est la fille de gens très-pauvres.
Elle était en haillons et nu-pieds dans le bois, et n'avait rien
dans son petit panier que quelques morceaux de pain sec. C'est
une enfant bien étrange; elle peut avoir dix ans, mais elle ne
sait rien faire, et passe dehors toutes les journées et la moitié
des nuits. Les oiseaux sont ses amis les plus intimes. Quand elle
arrive, ils volent à sa rencontre, et, à proprement parler, elle
ne vit qu'en plein air; à la maison, elle est affable, obéissante,
mais toujours calme et recueillie.

— Voilà qui est singulier, dit le libraire; j'ai vu, il y a environ deux ans, une enfant à laquelle ce signalement pourrait
se rapporter, mais elle n'était pas muette.

— Où avez-vous vu cette enfant, monsieur le libraire; s'écria
Marthe toute joyeuse.

— Dans une cabane de pêcheur de l'autre côté de la ville, à

une lieue d'ici; mais cette enfant avait son père et sa mère, et n'était pas non plus muette. J'ai eu mainte occasion de me trouver avec elle. Il y a deux ans j'allais quelquefois au lac pour me refaire à la vue de la belle nature et de la vie tranquille de ces braves gens, comme je le faisais chez vous, dame Marthe. A cette époque l'enfant reçut de moi un livre qui l'initia d'une manière encore plus intime à cette vie de la nature, à laquelle elle était si fortement attachée. Je vais vous donner un livre pareil, dame Marthe; vous pourrez observer si la petite fille le reconnaît; dans ce cas il faudra s'informer des parents. Il peut bien y avoir plus d'un an que je n'en ai entendu parler. Pendant l'hiver qui suivit l'automne où je les vis pour la dernière fois, je cessai mes promenades à la campagne, et l'année d'après j'eus tellement d'occupations et d'empêchements, que je ne songeai plus à faire à pied de si longues excursions. »

Marthe et le libraire se séparèrent avec l'espoir d'arriver à la découverte de ce mystère jusque-là impénétrable.

errière la maison du berger Nicolas la petite muette était debout sur la pelouse, occupée à contempler un oiseau qu'elle avait trouvé mort. Elle pressait avec une profonde émotion le petit cadavre contre son cœur et sur ses lèvres, et des larmes s'échappaient de ses yeux. Elle alla cueillir de grandes feuilles vertes, en fit une petite caisse en les assemblant avec des épines, et y coucha l'oiseau. Puis elle creusa un trou dans la terre sous un pommier, et fit descendre le petit cercueil dans cette fosse toute fraîche. Ensuite elle le couvrit avec des fleurs, et elle mit des roses sur la petite tombe qu'elle éleva à cet endroit. Cela fait, elle se jeta dessus en sanglotant; peut-être pensait-elle encore à son père et à sa mère.

Cependant, Marthe était de retour à la maison. Jean et le grand-père lui racontèrent le chagrin de Rose d'automne qu'ils avaient observée de loin. Marthe s'approcha de la petite fille qui

pleurait, et se mit à feuilleter dans le livre que son jeune ami
lui avait donné. Elle chercha un passage qu'elle avait lu chemin
faisant sur la route solitaire, et, quand elle l'eut trouvé, elle
lut lentement ce qui suit :

« Je pleure, parce que la mort est dans le monde, parce que
la mort est un voleur au milieu des ouvrages de Dieu. Tout ce
qui est créé doit être détruit. Tout ce qui est né doit mourir. »

Rose d'automne s'était levée; elle tourna attentivement la tête,
regarda Marthe d'un air étonné, puis s'élança avec un cri de
joie pour saisir le livre qu'elle pressa sur sa bouche, le couvrant
de baisers et de larmes.

Le grand-père et les enfants entouraient stupéfaits Rose d'automne au comble du bonheur, ne sachant comment expliquer
la scène dont ils étaient témoins. Ils furent encore bien plus surpris quand Marthe leur dit :

« Elle vient de trouver dans ce livre une vieille connaissance
qu'elle aimait; de là son allégresse en le revoyant. »

Oui, ce livre était pour elle une vieille connaissance; Rose
d'automne était en effet Marie, la fille du pêcheur.

Hélas! la pauvre enfant avait connu bien des douleurs depuis
le jour où elle avait reçu le cadeau de son hôte le libraire. Elle
avait été bien heureuse dans la maison paternelle; aimée de ses
parents, elle n'avait connu de la vie que ce qui fait la joie du
cœur. La richesse, il est vrai, ne hantait pas la chaumière du
pêcheur; il avait eu, comme nous savons, bien du mal à préserver sa famille d'une extrême détresse; mais aussi Marie
n'avait pas eu de besoins, elle aimait, et elle trouvait sa joie
dans l'affection par laquelle on répondait à la sienne.

Le livre que son père lui avait acheté était devenu pour elle
un guide dans ses rêveries. D'abord toutes les créatures n'avaient
été que ses compagnes de jeu; elles avaient bien dans sa conviction une vie et la conscience de leur existence; mais après
avoir reçu ce livre et après l'avoir lu, elle vit Dieu dans chaque
objet. Le passage suivant l'avait surtout vivement impression-
née :

« D'où viens-tu, mon enfant? Qu'est-ce que ton œil a vu? Où
ton pied a-t-il marché?

— Je suis allé dans la prairie sur le gazon touffu; les troupeaux broutaient l'herbe autour de moi, ou se reposaient sous les frais ombrages ; le blé poussait dans les champs, le pavot fleurissait parmi les épis ; tout resplendissait du plus vif éclat.

— Et n'as-tu rien vu de plus ? N'as-tu remarqué rien de plus ? Reviens sur tes pas, mon enfant ; il y a là de plus grandes choses que celles-là. Dieu était dans les champs, ne l'as-tu donc pas vu ? Sa beauté était visible dans la prairie, l'éclat du soleil était son sourire.

— Je me suis promené à travers la forêt sombre ; le vent frémissait dans les arbres, le ruisseau argenté tombait du haut du rocher avec un joyeux murmure, l'écureuil sautait de branche en branche, et les oiseaux chantaient dans les arbres.

— Et n'as-tu entendu rien que le murmure du ruisseau, rien que le chuchotement du vent ? Reviens sur tes pas, mon enfant ; il y a là des choses encore plus grandes que celles-là. Dieu était dans les arbres ; sa voix résonnait dans le bruissement de l'eau ; la voix des oiseaux dans la feuillée, c'était sa voix ; et tu ne l'as pas entendue ?

— J'ai vu la lune se lever derrière les arbres, elle brillait comme une lampe d'or. Les étoiles se montraient l'une après l'autre au firmament lumineux. Bientôt après j'ai vu des nuages sombres s'élever, l'éclair sillonnait le ciel en rayons de feu, le tonnerre roulait, d'abord dans le lointain, puis il s'est rapproché, et j'ai été saisi d'effroi, car sa voix était haute et terrible.

— Et ton cœur n'a-t-il éprouvé d'autre crainte que celle du tonnerre ? N'y avait-il que l'éclair de terrible dans la forêt ? Reviens sur tes pas, mon enfant; il y a là d'autres choses que celles-là. Dieu était dans l'orage; ne l'as-tu donc pas aperçu? »

Marie n'avait que huit ans lorsqu'elle reçut le livre pour la première fois, mais son esprit était beaucoup plus développé que celui des enfants de son âge; car elle avait beaucoup pensé et réfléchi. Aussi, du moment que la création eut revêtu à ses yeux une forme aussi resplendissante, elle demanda à être initiée plus complétement aux choses relatives à Dieu et à la manière dont il gouverne le monde, et sa mère lisait tous les jours avec elle le Nouveau Testament et lui expliquait du mieux qu'elle pouvait les saintes Écritures. Plus souvent c'était Marie elle-même qui donnait les explications; elle comprenait et saisissait tout avec une rapidité prodigieuse, et bien des fois le pêcheur et sa femme étaient plongés dans un étonnement mêlé de crainte, quand cette petite fille si intelligente, debout devant eux, déroulait les images qui vivaient dans son âme; c'est-à-dire, quand les yeux brillants et dans un langage animé, elle exprimait et développait ses pensées les plus intimes et s'écriait dans sa touchante simplicité : « Oh! assurément, Jésus-Christ enfant a joué avec la nature, avec les créatures de son père, dans les champs et dans les bois ! »

Avec un esprit aussi riche que celui qu'elle possédait, il était naturel que Marie aimât ses parents d'un amour infini. C'est avec son père notamment qu'elle était liée d'une manière intime, car il l'écoutait avec une prédilection particulière et s'efforçait de modeler ses pensées sur celles de l'enfant. La mère était trop malade; avec elle Marie n'osait pas toujours se laisser aller aussi complétement, car il était arrivé que la mère, trop profondément émue par la vivacité de l'enfant, s'était trouvée prête à défaillir pendant l'entretien.

Presque tous les jours Marie allait avec son père sur le lac, et pendant que le filet cherchait sa proie au fond de l'eau, elle se tenait debout dans la barque et discourait; les mots coulaient de ses lèvres sans interruption. Bien des fois le pêcheur éprouva de l'inquiétude en songeant à l'avenir de son enfant; il lui semblait dans ces moments se sentir percer le cœur. Une petite fille tout à fait pauvre ne pouvait continuer de vivre ainsi; que deviendrait-elle, si elle avait le malheur de perdre ses parents?

Comment gagnerait-elle sa vie ?... Les oiseaux, les papillons et les abeilles ne pouvaient, après tout, la nourrir.

Un jour, Marie était allée faire, avec son père, une promenade sur le lac. Le soleil se couchait magnifique ; le globe de feu se reflétait dans les eaux tranquilles, avec les nuages d'or et de pourpre qui l'entouraient. Marie donnait un libre cours à ses transports joyeux, et le père partageait son ivresse.

Tout d'un coup, le filet qu'il venait de jeter fut violemment tiré en bas, Marie se pencha avec curiosité sur le bord de la barque ; dans cette position, elle perdit l'équilibre et tomba dans le lac. Aussitôt le père s'élança après elle, la saisit d'un bras vigoureux et la replaça dans la barque ; mais au moment où il allait remonter lui-même, sa main glissa contre le bord, il lâcha prise et se noya, tout habile nageur qu'il était.

La barque arriva seule au rivage ; Marie vola plutôt qu'elle ne marcha pour aller trouver sa mère. Quand elle se présenta devant elle, pâle et tremblante, ses vêtements trempés et en désordre, la mère sauta à bas du lit, tout effrayée, et pressa l'enfant de questions, en proie à la plus vive anxiété.

Marie ne répondit à aucune.... Elle était muette....

C'était trop de malheur d'un seul coup pour cette femme souffrante et affaiblie ; sa maladie empira, elle mourut.

Quant à sa malheureuse fille, on la conduisit chez un parent à qui revenait la modique succession du pêcheur. Il exerçait lui-même cette profession, et il reçut avec joie le filet, dont il héritait d'une manière si inattendue. Il n'en fut pas ainsi de la petite fille, qu'il aurait volontiers laissée à qui l'eût voulu prendre, c'était une charge trop lourde pour lui.

Sa femme, qui devait servir de mère à l'orpheline, était d'une humeur si acariâtre qu'elle allait et venait grondant toute la journée, vivait en hostilité permanente avec les voisins, et faisait entendre bien rarement à son mari lui-même une bonne parole, quand il rentrait le soir après son travail.

Aussi la maison de ces méchants parents sembla-t-elle à la pauvre Marie un monde étranger, froid et désert. On voulut la faire travailler ; mais elle ne s'entendait à rien, et la dure marâtre n'avait pas la patience de lui montrer à faire quelque chose. Malheureuse enfant ! Elle était muette, et

peu s'en fallut qu'elle ne perdît encore les yeux à force de
pleurer.

Parmi le peu d'objets que Marie avait apportés avec elle, sa
tante avait trouvé aussi son plus grand trésor, le beau livre
chéri, et à cause des images, elle l'avait vendu à un marchand
qui parcourait le pays. « Qu'est-il besoin d'un livre pour une
muette? » avait-elle dit à son mari, et celui-ci avait été bien
aise d'en retirer quelque argent.

Pauvre Marie! La perte de ce livre fut la troisième des grandes douleurs de sa vie. Après avoir perdu ses parents, après
être devenue muette, il ne pouvait rien lui arriver de plus
cruel.

Comme elle ne savait point travailler, et que la méchante
femme voulait qu'elle lui fût bonne à quelque chose, elle l'envoyait mendier dans les villages des environs. C'est dans une de
ces courses que Marie s'égara dans un bois qui lui était in-
connu, et c'est là que Marthe l'avait trouvée, avec son petit panier contenant quelques morceaux de pain.

présent combien Marie était heureuse
dans la maison du berger! Elle retrou-
vait au sein de cette brave famille l'a-
mour tel qu'elle l'avait toujours connu.
Mais la vie que menait Marie chez ses
parents adoptifs, était loin d'être avantageuse à sa santé. Depuis le retour du
printemps, elle ne dormait presque
plus, errant çà et là pendant la nuit, et quand elle était lasse,
se couchant sur l'herbe sans savoir si elle rêvait tout éveillée,
ou si les belles images et les belles pensées qui apparaissaient
à ses yeux et surgissaient dans son esprit, étaient un rêve dans
son sommeil.

Marthe la grondait bien quelquefois de ce qu'elle sacrifiait
ainsi son repos de la nuit, mais alors la petite fille avait le
cœur si gros, que la bonne et douce femme ne trouvait plus
rien à objecter la prochaine fois.

« Cette enfant se ruine la santé, disait le vieux grand-père.

— Il faut qu'elle soit déjà malade, ajoutait Nicolas; sa conduite n'est pas naturelle.

— C'est presque un ange, disait Marthe, le bon Dieu saura bien ce qu'il doit faire d'elle; laissons-la aller. »

Tous les trois avaient raison; les forces de l'enfant devaient s'user et elle était déjà malade; cependant Marie ne gardait point le lit, elle allait se traînant avec peine, et elle était tellement surexcitée qu'elle ne pouvait prendre de repos.

Le jour de la fête du village approchait. On ne manquait jamais de faire de grands préparatifs; la veille, toute la jeunesse de l'endroit courut à la forêt pour aller chercher du feuillage et cueillir des lilas; au retour on s'installa devant la porte du berger pour tresser des couronnes. Les enfants se livraient à ce travail en poussant des cris de joie, s'arrachaient en riant les fleurs des mains, se les jetaient les uns aux autres, et ne se faisaient pas scrupule de les fouler aux pieds.

Marie observait tout avec un profond chagrin; ses favorites de la forêt et du champ lui paraissaient bien durement traitées. Elle cueillait il est vrai des fleurs, et tressait aussi des couronnes, mais avec autant de précautions que s'il se fût agi d'épargner une existence. Elle employait chaque fleur, ne jetait pas une seule feuille, et tout ce qui ne pouvait servir, elle le ramassait dans son petit tablier, le portait au ruisseau et le laissait entraîner par le courant; c'est ce qu'elle nommait dans son esprit l'enterrement des fleurs.

Le matin de la fête arriva. C'était un dimanche. Les cloches appelaient tout le monde à l'église, et les villageois, parés de leurs plus beaux habits, sortaient de leurs maisons et se rassemblaient sur la place de l'église en attendant le troisième signal des cloches pour entrer dans la maison de Dieu. Marthe se trouvait aussi parmi les fidèles, ainsi qu'une partie de la famille; le grand-père seul et les plus jeunes enfants étaient restés à la maison. Le vieillard, assis avec eux dans la chambre, leur parlait de la bonne Vierge Marie et de l'Enfant Jésus; ses récits simples et naïfs devaient tenir lieu aux enfants du sermon de la messe qu'ils eussent été incapables de comprendre.

Rose d'automne n'était pas avec eux. Elle était dans la campagne, comme toujours; ce jour-là elle s'était arrêtée sur une belle et grande pelouse située en avant du village, plantée de beaux arbres et entièrement verdoyante. Seulement quelques allées étroites et sablées la sillonnaient de distance en distance, et çà et là fleurissaient des églantiers. C'était le cimetière. Elle aimait ce lieu paisible, si propre et si frais; il se passait rarement une journée sans qu'elle y allât. Se reposer là lui faisait tant de bien, et il lui semblait que le chant des oiseaux y était encore plus mélodieux que partout ailleurs.

Ce matin-là Rose d'automne, pendant que les cloches sonnaient, se reposait sous un frêne-pleureur dont les branches sveltes et les feuilles pointues formaient au-dessus d'elle comme un berceau de verdure.

L'enfant était malade, bien malade. Son gracieux visage était coloré par le feu de la fièvre, et ses yeux, encore plus grands que jamais, promenaient çà et là des regards encore plus étranges. Au-dessus d'elle, dans le sombre feuillage, un rossignol disait sa chanson mélodieuse, et un papillon s'était posé sur sa chevelure bouclée.

Des pas se firent entendre; c'était le libraire qui s'avançait de son côté. Le sermon était déjà commencé, et, pour ne pas l'interrompre, il n'avait pas voulu entrer dans l'église, et s'était arrêté dans le cimetière. En apercevant la petite fille, il s'approcha, s'agenouilla dans l'herbe à côté d'elle, et, d'une voix où perçait la plus tendre sympathie:

« Marie, lui dit-il, est-ce bien toi que je retrouve si pauvre? »

A cette voix la cabane du pêcheur, le beau lac, son père et sa mère se présentèrent à l'imagination de l'enfant.

Soudain elle se releva, ébranlée dans tout son être par l'impression inattendue que venait de produire sur elle l'apparition de son bon ami; puis, sans avoir pour ainsi dire conscience d'elle-même, elle s'écria avec un violent effort: « Mon père et ma mère sont avec Dieu! » et elle retomba sans connaissance.

Le jeune homme transporta l'enfant évanouie dans la demeure du berger, où Marthe à son retour la trouva en proie à la fièvre la plus ardente.

Trois jours après, les cloches sonnèrent de nouveau. Sur la pelouse, derrière la cabane du berger, les villageois, ayant au milieu d'eux le curé, étaient rassemblés autour d'un cercueil ouvert; des fleurs y étaient répandues, et quelques jeunes bouleaux plantés des deux côtés laissaient pendre sur lui leurs rameaux chevelus, entremêlés de fleurs.

C'était la dépouille mortelle de la charmante Rose d'automne que renfermait ce cercueil. Une couronne de roses blanches ceignait son front décoloré, et ses mains jointes tenaient des fleurs nouvellement écloses.

Au moment où l'on allait fermer le cercueil, un jeune homme s'avança; c'était le libraire. Il se mit à genoux, en proie à une émotion visible, tint pendant quelques instants sa main sur le front glacé de l'enfant, comme pour la bénir, et il déposa, en le baignant de ses larmes, sur la poitrine de Marie, le beau livre qu'elle avait tant aimé.

Les oiseaux accoururent en foule, à demi apprivoisés et ne redoutant pas la présence de l'homme. On eût dit qu'ils venaient adresser une dernière chanson à l'enfant qui leur voulait tant de bien. Une légère brise murmura dans les bouleaux qui ombrageaient le cercueil, et les fleurs odorantes suspendues à leurs rameaux s'agitèrent comme pour dire un dernier adieu à Rose d'automne, leur aimable sœur, dont l'âme, dégagée de son enveloppe mortelle, avait pris son vol vers les cieux.

LE

PETIT CORDONNIER

LE

PETIT CORDONNIER.

Dans une petite ville située à une journée de Berlin, vivait la veuve d'un orfévre avec son fils unique. C'était elle qui le nourrissait du travail de ses mains, son mari les ayant laissés en mourant dans la plus amère pauvreté. Douée d'une activité incessante, elle brodait et tricotait jour et nuit, ne s'accordant que de courtes heures de repos; car à peine faisait-il jour qu'elle se levait pour se mettre à l'ouvrage. Avec cela, elle vivait tout à fait simplement, logeant dans une modeste mansarde, et n'achetant qu'une ou deux fois la semaine pour elle et son enfant une demi-livre de viande. De l'argent qu'elle gagnait

elle eût bien pu avoir une chambrette plus commode et un meilleur dîner, mais cette femme remplie de bonté entretenait au
fond de son cœur une grande espérance, et c'est pour cette espérance qu'elle se livrait à un travail continuel, et qu'elle s'im-
posait les plus dures privations.

L'orfèvre, doué d'un beau talent comme peintre, n'avait jamais eu l'occasion de le perfectionner. Il s'était fait orfèvre à
contre-cœur; aussi, malgré son activité, malgré son adresse,
ne trouva-t-il jamais de plaisir à sa profession. Une série de
malheurs avait en outre dévoré peu à peu son modique patri-
moine, et il était mort dans un dénûment absolu.

Wilhem avait hérité du talent de son père; aussi la mère,
dans le but de lui assurer un avenir plus heureux, s'efforçait-
elle d'amasser par son travail une somme suffisante pour lui
procurer l'instruction nécessaire dans le dessin et la peinture,
et pour subvenir plus tard aux frais de son séjour dans les villes
étrangères où il irait achever ses études.

Aussitôt que l'enfant eut atteint l'âge de raison, elle lui apprit
elle-même à lire, à écrire et à calculer. Lorsque l'enfant avait
bien travaillé, elle lui montrait, pour le récompenser, un grand
portefeuille où elle conservait les dessins de son mari. Quel
plaisir pour Wilhem! Un coup d'œil jeté dans le portefeuille
était préféré par lui à tous les jeux avec les autres petits garçons. Quelquefois sa mère allait jusqu'à lui permettre de prendre un des dessins les plus simples et de s'essayer à l'imiter.
Wilhem s'efforçait alors de tracer aussi fidèlement que possible,
sur une petite feuille de papier, les maisons, les arbres ou les
personnages qu'il y voyait, et il réussissait souvent, à la grande
satisfaction de sa mère, à représenter quelque chose d'assez
ressemblant. Wilhem était très-laborieux; à huit ans, il lisait
déjà couramment, écrivait sans faire de fautes d'orthographe et
calculait avec facilité. La brave femme songeait déjà avec une
joie secrète à l'avenir de son fils; elle le voyait partir pour l'Italie, où tous les artistes vont se fortifier en étudiant les chefs-
d'œuvre des anciens maîtres. Elle le voyait revenir peintre dis-
tingué, et se complaisait dans l'idée que de grands personnages
viendraient lui commander de beaux portraits, ou bien qu'il
doterait les églises de pieux et sublimes tableaux.

C'était là sans doute une riante perspective, mais l'homme propose et Dieu dispose : la bonne mère ne devait pas goûter ce bonheur. Des souffrances physiques l'assaillirent; elle combattit plusieurs mois une toux qui la minait sourdement, et elle ne voulut pas cesser ses travaux, ni réclamer les secours d'un médecin. Lorsque enfin, trop tard, hélas! elle reconnut le danger de sa position, elle versa des larmes amères à l'idée de la misère qui attendait son pauvre enfant, quand elle ne serait plus là pour lui prodiguer ses soins et ses conseils. Mais c'était une femme douce et bonne et remplie de confiance en Dieu. « Seigneur, disait-elle dans ses prières, éloignez de moi ce calice d'amertume, si cela est possible; sinon, que votre volonté soit faite et non la mienne! »

Par une belle et fraîche soirée d'été, elle prit Wilhem par la main et le conduisit au cimetière pour visiter la tombe de son père. Là elle s'assit avec lui sur le tertre, au milieu de la verdure, et lui dit :

« Le bon Dieu va bientôt me réunir à ton père; dans quelques semaines peut-être, je reposerai à côté de lui, et alors, mon Wilhem bien-aimé, tu resteras seul dans ce monde.

— Non, non, mère chérie, tu ne mourras point, s'écria-t-il en sanglotant dans ses bras, ou bien, si tu dois mourir, prends-moi avec toi; je veux aller avec toi vers mon père et vers le bon Dieu où tu vas. »

La pauvre mère fut alors obligée de consoler son malheureux enfant. Dieu lui mit la force dans le cœur et les paroles de consolation dans la bouche. Elle parla si bien, que les yeux de l'enfant s'éclaircirent et que la paix rentra dans son âme.

Wilhem écoutait avec une grande attention et un grand abandon les saintes paroles de sa mère; il lui semblait que toutes se gravaient dans son âme aussi fortement que dans la pierre.

Un parent de son père habitait à Berlin, où il exerçait la profession de cordonnier; c'était le seul qui eût assez d'aisance pour se charger de Wilhem, quand il serait devenu orphelin. La mère, accablée de douleur, lui écrivit pour le prier d'accepter la tutelle de son enfant et de lui servir de père, quand elle serait allée rejoindre son mari. Un boulanger, voisin de la veuve, lui promit de conduire Wilhem à Berlin chez le cordon-

nier. Elle était donc au fond du cœur pleine de confiance en
Dieu et rassurée sur tout ce qui pouvait l'inquiéter encore
au sujet de son fils. Elle agissait dans la mesure de ses forces ;
et, pour tout ce qui était au-dessus, elle s'en remettait aux
soins de la Providence. Quelques jours après la visite au cimetière, elle fut obligée, malgré toute sa résistance, de se
mettre au lit, vaincue par le mal ; elle se coucha pour ne pas
se relever. Un prêtre lui apporta le saint viatique. Wilhem se
mit à genoux au pied de son lit à cette heure solennelle où le
dernier soulagement descendait dans le cœur de sa mère si tendrement aimée. Combien fut puissante l'impression qu'il en
éprouva, et qu'il conserva toute sa vie ! Combien il remercia
Dieu avec effusion dans son âme enfantine de la céleste consolation qu'il envoyait par la bouche de son ministre à sa pauvre
mère mourante !

Wilhem n'avait que huit ans ; mais il y a dans la vie des enfants des moments où ils deviennent capables de comprendre le
sens sérieux et profond de la parole divine.

Le jour de l'enterrement de la mère de Wilhem, le maître
boulanger annonça au pauvre enfant qu'il allait l'envoyer bientôt chez le cordonnier de Berlin. Cette nouvelle le frappa de
consternation ; il serait resté si volontiers dans sa ville natale.
Il aurait pu visiter tous les jours la tombe de ses parents re-
grettés. Il avait là aussi son ami Jules, le fils du boulanger.
C'était un petit garçon d'un cœur excellent, qui aimait beaucoup
Wilhem, et se plaisait à lui rendre maint petit service. Jules allait à l'école communale, où il suivait aussi le cours de dessin,
et, comme il connaissait la passion de Wilhem pour cet art, il
était doublement attentif aux leçons, afin de pouvoir lui faire
part après la classe de ce qu'il y avait appris.

Le jour du départ étant fixé, il se rendit la veille au cimetière
pour dire adieu à la tombe de ses parents. Le tertre formait un
joli parterre émaillé de fleurs. La mère avait, selon son habitude, planté à certains jours remarquables un arbuste ou une
fleur en souvenir de quelque événement. Ainsi, le jour du baptême de son fils, le jour de la mort de son mari, elle avait
planté deux pélargoniums ; un rosier le jour où Wilhem avait
bégayé pour la première fois le doux nom de mère, et un lau-

rier-rose le jour où elle avait mis la première pièce de cinq francs dans la tire-lire qui devait fournir à Wilhem le moyen de cultiver son talent pour le dessin. Ces petits arbustes avaient été entourés des plus grands soins. Elle les avait fait jouir de chaque goutte de pluie, elle leur avait ménagé chaque rayon de soleil qui pénétrait par les petites fenêtres. Aussi tous les étés ils étalaient avec reconnaissance une robuste végétation, et le jour même de la mort de leur bienfaitrice ils étaient dans tout l'éclat de leur développement.

Wilhem avait transporté les pots sur la tombe de ses parents. Puis tous les jours il était allé à la campagne chercher des fleurs dont il avait tressé des couronnes pour en orner la tombe. Elle présentait un charmant coup d'œil; il s'en exhalait des senteurs délicieuses, et entre les fleurs voltigeaient les oiseaux et les papillons. Quand l'orphelin vint pour la dernière fois visiter le joli parterre, il s'agenouilla en sanglotant, et, les mains jointes, il pria avec ferveur le bon Dieu. Puis il se leva, alla s'asseoir sur une tombe à quelque distance, tira de sa poche une petite feuille de papier et un crayon, et il dessina l'endroit où dormaient ceux qui l'avaient tant aimé. Lorsqu'il eut achevé, il déposa un baiser sur la feuille et ses larmes coulèrent de nouveau. Alors un bruit soudain le fit tressaillir. En se retournant il vit un étranger debout derrière lui et qui depuis longtemps l'observait.

« Qui est-ce qui repose sous ce tertre fleuri? demanda-t-il d'un ton amical!

— Mon père et ma mère, monsieur, répondit Wilhem.

— Ton père et ta mère? répéta l'étranger, et une larme lui vint dans les yeux. Pauvre orphelin, quel trésor d'affection doit renfermer pour toi ce tombeau! Qui est-ce qui va se charger de toi désormais? ajouta-t-il.

— Mon tuteur de Berlin, répliqua Wilhem.

— C'est bien, mon enfant; alors Dieu ne t'a pas laissé sans guide et sans appui dans le monde à un âge si tendre. Il faudra faire tous tes efforts pour satisfaire ce tuteur par ton obéissance et ton assiduité au travail.

— Monsieur, je vous le promets.

— Ton père et ta mère s'en réjouiront dans le ciel et te béniront.

— Oui, ils se réjouiront, s'écria Wilhem; je l'ai promis à ma mère à son lit de mort. »

L'étranger, vivement ému, regarda fixement l'enfant et vit dans ses yeux l'expression d'une telle franchise qu'il dut être convaincu que ses paroles partaient du fond du cœur. Il leva la main sur sa tête, comme pour le bénir, et il lui dit :

« Là où la fidélité prend racine, la bénédiction de Dieu fait croître un arbre. »

Wilhem adressa à l'étranger un regard étonné; il se souvint que sa mère avait posé bien souvent sa main sur ses cheveux bouclés pour le bénir; aussi cette main qui se posait en ce moment sur sa tête lui fit du bien. Seulement il n'avait pas saisi le sens des paroles.

« Tu ne comprends pas ce que signifie cette maxime? dit l'étranger. Je vais essayer de te l'expliquer. Lorsque tu mets en terre une jeune pousse, elle prend racine; tu l'arroses aussitôt qu'elle se dessèche; le bon Dieu envoie du soleil pour la réchauffer, de la pluie et de la rosée pour la fortifier. Alors elle croît progressivement et finit par produire un bel arbre. Quand l'homme se propose de devenir pieux et bon, il plante cette résolution dans son cœur, tout comme on plante la jeune pousse; il fait tous ses efforts pour être fidèle à cette résolution, et la fidélité prend racine en lui. Dieu s'en réjouit, et il bénit l'homme; et, de même que l'arbrisseau se réchauffe aux rayons du soleil et puise dans la pluie et la rosée des éléments de croissance toujours nouveaux, de même Dieu réchauffe le cœur de l'homme par son amour, et lui prépare des épreuves de toutes sortes, pour raffermir sa fidélité jusqu'à ce qu'elle se montre puissante et forte comme l'arbre dont j'ai parlé. »

Wilhem regardait l'étranger d'un air sérieux; il comprenait maintenant le sens de ces paroles, et il lui semblait que le bon Dieu venait de laisser tomber la première goutte de rosée vivifiante sur la fidélité qu'il avait jurée au fond de son cœur. L'étranger, devinant ce qui se passait dans l'âme de l'enfant, ne voulut pas troubler l'effet de ses paroles, et il le quitta pour continuer sa promenade dans le cimetière.

Quand il revint au bout d'un instant, il trouva Wilhem de nouveau agenouillé sur la tombe. Il ne pleurait plus; la paix,

Qui est-ce qui repose sous ce tertre fleuri ?

telle que la donne la confiance en Dieu, se voyait sur ses traits;
il tenait encore à la main le dessin qu'il avait esquissé comme
souvenir, et il le considérait avec tristesse.

L'étranger vint à lui.

« Veux-tu donner à ton dessin les couleurs qui lui manquent?
lui demanda-t-il avec bonté; il faudrait à toutes ces plantes
plus de vie et de fraîcheur, et à tout l'ensemble un air plus
gracieux.

— Mais je n'ai pas de couleurs, répondit l'enfant; je ne sais
pas peindre non plus; quand je regarderai le petit dessin, je
me figurerai que toutes les fleurs sont coloriées.

— Je vais achever ton dessin, mon enfant, dit l'étranger;
donne-moi la feuille. Viens ce soir à l'hôtel de Rome, je te la
rendrai, et tu me parleras encore de toi et de tes parents. »

L'étranger s'éloigna, et Wilhem partit aussi quelque temps
après. Vers le soir, il se rendit à l'hôtel indiqué, et on lui
remit une lettre, en lui disant que l'étranger, obligé de partir
à la hâte, l'avait laissée pour l'enfant qui viendrait le demander dans la soirée.

Le brave homme était parti; Wilhem en fut bien contrarié,
et rentra chez lui tout triste. En ouvrant la lettre, il y trouva

le dessin du tombeau admirablement colorié, et ces mots écrits
sur le dos de la feuille : *Là où la fidélité prend racine, la bénédiction de Dieu fait croître un arbre.*

Quelques semaines après, il était installé chez son parent;
mais le pauvre enfant ne trouva dans son oncle le cordonnier
qu'un patron de la plus rude espèce. Sa position était bien

triste; sa manière de vivre ne ressemblait guère à ce qu'elle était du vivant de sa mère. Le matin, elle s'approchait de son lit tout doucement et elle le réveillait par un baiser. A Berlin, le patron entrait bruyamment dans la chambre où il dormait et le tirait par le bras, en criant d'une voix de tonnerre : « Allons! fainéant, vas-tu sortir de la plume? Faudra-t-il que je prenne le bâton pour t'en arracher? » De la plume, disait-il dans sa colère; mais Wilhem n'avait pas de lit de plume moelleux; il couchait sur un méchant grabat, et il avait pour couverture une vieille courte-pointe en castorine que lui avait donnée la patronne. Sa mère lui faisait chauffer tous les matins du lait qu'il prenait dans une jolie tasse de porcelaine et dans lequel il trempait un bon petit pain blanc. Chez son oncle, on lui donnait, dans un pot tout noir, tout ébréché et sans anse, une mauvaise soupe à la farine, avec un morceau de pain sec et noir. Il eût bien voulu s'en contenter; mais le pauvre petit n'était pas rassasié. Le dîner simple, mais toujours bon, que sa mère lui préparait, était servi sur une petite table recouverte d'une serviette propre et blanche; il avait son verre, son couteau et sa fourchette à lui, le tout bien lavé et bien essuyé. A présent, le patron se mettait à table avec sa femme, et lui était obligé d'aller à la cuisine; là, on lui posait sur le foyer une assiette avec des boulettes ou des pommes de terre; et, pendant que la fumée le piquait aux yeux et faisait couler ses larmes, il dévorait sa maigre pitance.

Une fois il osa dire à la patronne qu'il avait encore faim; elle l'accabla des plus grossières injures, et le patron, de son côté, lui demanda s'il avait de l'argent pour payer un supplément de nourriture. Peu s'en fallut même que, dans sa colère, il ne le chassât de la cuisine. Aussi Wilhem ne se hasarda plus à rien laisser paraître, quelque violent que fût l'aiguillon de la faim. Vers les cinq heures de l'après-midi, le patron et sa femme prenaient du café dans une grande tasse blanche, qui rappelait à l'enfant celle dans laquelle sa mère mêlait à son lait quelques cuillerées de thé le dimanche. Le thé avait une si bonne odeur! Le lait qu'on y mettait avait toujours une peau si épaisse! Wilhem jetait donc souvent à la dérobée des regards de convoitise vers la table où les deux époux se soignaient si bien. Le bruit des tasses et des cuillers lui semblait une musique harmonieuse; car depuis le moment où il avait mangé son maigre dîner, il s'était écoulé quatre heures, et son estomac ressentait déjà depuis longtemps les atteintes d'une nouvelle faim.

Ce n'était qu'après avoir desservi le café que la patronne apportait à l'enfant un morceau de pain, sur lequel était étendue une légère couche de beurre. Son souper se composait encore d'une soupe à la farine; et quand il l'avait mangée, il partait pour porter aux pratiques les bottes et les souliers neufs ou les chaussures raccommodées.

On l'envoyait quelquefois faire des courses pendant qu'il était encore jour, ce qui lui causait un grand plaisir. Alors il s'arrêtait quelques minutes devant les magasins d'objets d'art et devant les libraires, pour regarder les gravures exposées derrière les vitrages. C'était pour lui une grande joie. Il eût volontiers dévoré des yeux tous les tableaux. Parfois, abîmé dans sa contemplation, il s'attardait, et, à son retour, il était battu par le patron. Il ne renonça pas pour cela à sa jouissance, et il imagina un moyen pour pouvoir examiner ses chères gravures et être de retour assez tôt à la maison. A partir de ce moment, il traversait les rues comme un chevreuil effarouché, s'arrêtait hors d'haleine et le visage en feu devant les vitrages richement ornés, puis se remettait à courir jusqu'au magasin le plus proche, et ainsi de suite, jusqu'à ce qu'il eût livré ses souliers et ses bottes; quant au retour, il l'effectuait de la même manière.

Un jour il rentra encore tout essoufflé, ne reprit son ouvrage qu'avec des mains tremblantes, et s'assit haletant en face de l'apprenti.

« Sot que tu es! lui dit ce dernier; qu'as-tu besoin de te mettre ainsi aux abois? Si c'est ton plaisir de regarder les gravures, arrête-toi donc tranquillement et ne va pas plus vite après cela. Vois les autres garçons cordonniers; ils flânent dans les rues en sifflant et en chantant, les bottes jetées sur l'épaule. Quand le patron voudra se fâcher et te battre, il faut lui dire : « Monsieur un tel m'a fait attendre très-longtemps avant de me remettre l'argent; » ou bien : « Madame une telle était sortie, et la cuisinière m'a fait rester jusqu'à ce qu'elle fût rentrée pour lui essayer les souliers.... » ou autres choses semblables.

Wilhem laissa tomber son ouvrage et jeta sur l'apprenti un regard empreint du plus vif étonnement.

« Mais ce.... serait.... un mensonge ! dit-il d'une voix presque imperceptible, car il osait à peine prononcer ce mot.

— Eh bien ! après ? Quand ce serait un mensonge, ajouta l'apprenti en souriant ; est-ce que tu ne saurais pas mentir, par hasard ? »

Wilhem devint pourpre, son front était brûlant.

« Mentir ?... moi !... Assurément non, je ne sais pas mentir ! répondit-il avec franchise et fermeté.

— Et pourquoi donc pas, imbécile que tu es ? lui demanda le mauvais conseiller.

— Maman me l'a défendu, » dit Wilhem d'un ton où la conviction perçait tellement, que l'apprenti, quelque avancé qu'il fût déjà dans le mal, garda le silence et continua de travailler sans insister davantage.

n jour Wilhem portait de l'ouvrage du côté du Jardin des plantes, dans une des belles maisons que les habitants de Berlin occupent dans ce quartier pendant l'été. En courant le long des magnifiques bâtiments de la rue, il fut renversé à l'improviste par un gros chien qui venait en face de lui, et qui le heurta de la façon la plus rude. Il avait plu beaucoup, les ruisseaux s'étaient transformés en petites rivières. Les souliers qu'il allait remettre à une dame, une paire de beaux souliers de satin blanc, lui échappèrent et tombèrent dans le ruisseau boueux.

Le pauvre Wilhem vit avec terreur l'eau sale inonder les souliers si frais, pour lesquels il devait rapporter au logis une pièce de cinq francs tout entière. Il plongea lestement la main dans le ruisseau et les en retira : l'eau en dégouttait comme d'une gouttière ; les souliers étaient perdus. Il se mit à fondre en larmes.

A la fenêtre d'une belle maison se tenait un monsieur qui fumait. En se baissant pour secouer la cendre de son cigare, il aperçut le petit garçon qui se désolait.

« Pourquoi pleures-tu, mon enfant? » lui demanda-t-il.

Wilhem leva en l'air ses souliers couverts de boue, et l'étranger comprit ce qui venait d'arriver, sans avoir besoin d'autre explication.

« Que peuvent bien valoir ces souliers? ajouta-t-il avec sympathie.

— Hélas! monsieur, le patron a dit que je devais rapporter une pièce de cinq francs tout entière, » répondit Wilhem ; et, avec le pan de son habit, il cherchait à essuyer les souliers.

Une pièce de cinq francs tomba de la fenêtre à ses pieds.

« Voilà de quoi payer les souliers, dit l'étranger, et, de plus, voici une jolie pièce de vingt centimes toute neuve pour te dédommager de la peur que tu as eue. »

L'étranger se retira sans attendre les remercîments de Wilhem ; mais, au même instant, une petite fille de six à sept ans se montra à la même fenêtre, avec une poupée presque aussi grande qu'elle : elle se baissa pour regarder le petit garçon, et, d'un saut, elle disparut aussi. Wilhem attendit encore quelques minutes, espérant revoir son bienfaiteur ; mais comme celui-ci ne reparaissait pas, il se décida, bien qu'à regret, à reprendre le chemin de la maison.

« Voyez-moi ce butor! lui dit le patron quand il parut devant lui ; est-ce qu'il s'est décrassé avec la boue du ruisseau? Regarde-toi un peu, et dis-moi si tu n'as pas l'air d'un ramoneur. » Et, en disant ces mots, il poussa Wilhem devant un petit miroir suspendu à la muraille, si brutalement que le visage de l'enfant se heurta contre le verre.

Le pauvre Wilhem avait essuyé ses larmes avec les mains qui avaient retiré les souliers du ruisseau, et il s'était barbouillé la figure d'une singulière façon. En se voyant tout à coup dans le

miroir, son air comique lui fit oublier sa mauvaise réception,
et il partit d'un franc éclat de rire. Mais, au même instant, il
sentit la lourde main du patron, qui le prit par les épaules et
lui administra une correction des plus rudes, parce qu'il avait
ri. Le rire passa bien vite, et Wilhem resta debout tout tremblant devant cet homme emporté et brutal.

« Où est l'argent des souliers? » demanda-t-il alors brusquement.

Wilhem lui remit la pièce de cinq francs, ainsi que la pièce
de vingt centimes, et raconta ce qui lui était arrivé. Le patron
empocha les deux pièces et appela sa femme, qui était dans une
chambre à côté.

« Tiens, lui dit-il, envoie-nous chercher des gâteaux pour
vingt centimes. Je viens de toucher de l'argent sur lequel je ne
comptais pas; il faut se régaler. »

Puis il mit son bonnet et se dirigea vers la porte, en disant qu'il n'allait pas loin et qu'il serait rentré à l'heure du
café.

« Tu es bien le garçon le plus sot que j'aie vu de ma vie, dit
tout bas l'apprenti, quand le patron fut dehors. Pourquoi donc
remettre les vingt centimes? Les souliers étaient parfaitement
payés avec la pièce de cinq francs, et les vingt centimes t'appartenaient. A présent, tu n'en as rien. Quant aux gâteaux, tâche
d'en attraper miette. »

Wilhem se défiait de l'apprenti depuis le jour où celui-ci avait
voulu l'exciter au mensonge. Cette fois pourtant, il lui donnait
raison : « Les vingt centimes, se disait-il, m'avaient été bel et
bien donnés par le monsieur étranger.... Ah! que de gâteaux
j'aurais pu m'acheter avec cela!... ou, ce qui eût été beaucoup
plus sage, j'aurais pu manger, pendant longtemps, tous les
jours un petit pain blanc. Au lieu de cela, il me faut à présent
souffrir de la faim comme toujours. Une autre fois, je ne serai pas si sot, poursuivit-il en lui-même. Le bon monsieur
serait bien sûr étonné de ma bêtise, s'il savait que le patron
mange en ce moment l'argent qui était pour moi. Si du moins
je l'avais remercié de sa bonté! Il est bien dommage qu'il
ne sache pas même combien je suis heureux d'avoir pu rapporter au patron l'argent des souliers. Mais il me vient un

idée : je gage que l'enfant qui s'est mise à la fenêtre est sa
fille ; il faut que je lui fasse une paire de bottines pour sa
poupée. »

Wilhem s'empressa de mettre ce projet à exécution. A la fin
de la journée, il ramassa quelques rognures de maroquin rouge
et il les porta dans sa chambre. Au point du jour, il était déjà
éveillé et taillait la petite chaussure. Il fit donc des bottines
qu'il garnit d'une petite semelle, puis il prit un petit ruban
bleu qui entourait le portefeuille dont il avait hérité de son
père, et il s'en servit pour les border ; enfin il y pratiqua des
œillets et y passa un petit lacet. Quand tout fut prêt, il dansa
de plaisir autour de son ouvrage, l'enveloppa avec soin dans un
morceau de papier, mit le paquet dans sa poche et se rendit
au travail, tout heureux de ce que cette fois le patron n'avait
pas été obligé de le réveiller.

Le soir, les souliers de satin destinés à remplacer ceux que
l'eau avait gâtés étant prêts, il partit pour les porter à la dame.
En revoyant la fenêtre d'où l'argent lui était tombé, il sentit
son cœur battre à coups redoublés ; elle était ouverte.

Comme cela se rencontrait bien ! Il tira de sa poche les petites
bottines et un crayon qu'il portait toujours sur lui. Puis il s'assit sur les marches du large escalier qui conduisait à la maison, dessina en quelques traits, sur la porte, un petit garçon
avec des souliers à la main, un gros chien à côté, et écrivit au-
dessous : « Témoignage de reconnaissance de l'apprenti cordonnier. » Ensuite il se plaça au milieu de la rue, lança le
petit paquet par la fenêtre et disparut de toute la vitesse de ses
jambes, sans se retourner pour voir si quelqu'un le regardait.
Cette fois, les souliers de satin arrivèrent sans encombre à leur
destination. La dame du Jardin des plantes chargea même Wilhem d'une nouvelle commande pour son patron, et lui donna
cinquante centimes pour sa peine. Ravi d'une pareille aubaine,
il se promit bien de n'en rien dire au patron, et de garder l'argent pour se passer une petite fantaisie, pour s'acheter, entre
autres, un petit pain. Il prit donc sa course à travers les rues
pour se mettre en quête d'une boutique de boulanger. Mais tout
d'un coup il s'était arrêté devant un magasin d'objets d'art.
Le petit pain et la pièce de cinquante centimes étaient oubliés

et il était abîmé dans la contemplation des belles gravures
étalées aux fenêtres. « Ah! si je pouvais apprendre le dessin,
dit-il en soupirant, et ses yeux s'emplirent de larmes. Avec

Ah! si je pouvais apprendre le dessin!

quel plaisir je copierais ce mendiant si bien fait, ou ce gros
chien.... Je m'exercerai dans ma chambre, ajouta-t-il en cherchant à se consoler; je n'ai pas le moyen de prendre des leçons, mais je me lèverai tous les jours de grand matin. Dès
demain, j'essayerai de faire le mendiant.... Un long nez effilé,
l'œil tourné vers le ciel, la bouche à demi ouverte, comme s'il
venait de parler... une grande barbe au menton.... de rares
cheveux sur la tête, le chapeau à la main pour y recevoir l'aumône des passants.... Oh! oui.... je le dessinerai demain....
Mais il me faudrait une feuille de papier.... Ah! j'y pense.... et
ma pièce de cinquante centimes! »

A ce bienheureux souvenir, il courut acheter du papier et
rentra en toute hâte chez son patron, auquel il remit l'argent
des souliers en lui annonçant la nouvelle commande de la dame.

« Est-ce que tu n'as pas reçu de pourboire? » demanda le patron, auquel l'honnêteté de l'enfant avait plu si fort la veille. Wilhem devint rouge et jeta un coup d'œil du côté de l'apprenti, qui, assis derrière le patron, lui faisait signe de dire non. Wilhem hésita.

« Est-ce que tu n'as pas reçu de pourboire? » cria le patron encore plus haut. L'enfant se rappela qu'il avait dépensé l'argent, et son embarras s'accrut encore; l'apprenti lui fit un nouveau signe, et le patron impatienté ayant pris Wilhem par les épaules en criant de nouveau : « Le pourboire! drôle que tu es, le pourboire! » Il répondit en tremblant : « Mais, patron, je n'en ai pas reçu cette fois. »

Le pauvre enfant! La tentation avait été trop forte pour lui; il eût été bien difficile de n'y pas succomber.

Le patron, se doutant du mensonge, frappa Wilhem, non pas dans le but de le rendre meilleur, comme se le proposent les parents qui aiment véritablement, mais par dépit de ce que le pourboire lui échappait. Quoi qu'il en soit, ce châtiment eut des résultats avantageux par la secousse morale qu'il produisit sur le cœur de l'enfant.

La journée finie, Wilhem se retira dans sa chambre. Là, il pleura amèrement. « Si ma bonne mère savait cela, se disait-il, que de chagrin elle aurait! De son vivant, je n'avais jamais menti.... Elle avait tant de répugnance à me laisser jouer avec des enfants étrangers; elle craignait toujours qu'ils ne me portassent à mal faire; il fallait, disait-elle, que la raison me vînt pour que je fusse en état de reconnaître la tentation et de la repousser bien loin de moi.... Je suis un mauvais enfant! mais je promets au bon Dieu et à ma mère de ne plus mentir. Je dirai tous les jours dans ma prière : « Ne nous induisez pas en tentation! »

Ses sanglots redoublèrent. Quand il fut redevenu calme, il alla prendre dans le portefeuille le dessin du tombeau de ses parents, et il lut les paroles que l'étranger y avait écrites. Ses larmes coulèrent de nouveau plus abondamment. Enfin, il se mit au lit et s'endormit, continuant de pleurer en rêvant.

Le lendemain, il s'éveilla de très-bonne heure; mais au lieu

de dessiner, il écrivit la lettre suivante à son ami Jules, qu'i
avait déjà mis au courant de sa triste existence chez le cordonnier :

« Mon cher Jules,

« Rends-toi, je te prie, au cimetière. Hélas! les fleurs doivent
être maintenant toutes flétries, et le joli parterre doit avoir l'air
bien triste. J'ai beaucoup de chagrin; dis à ma bonne mère que
j'ai menti, que je ne suis plus l'enfant sincère qu'elle aimait
tant; mais cela ne m'arrivera plus, je le lui promets. Apprends
donc comment tout cela s'est passé. J'avais reçu un pourboire
que je voulais garder pour moi; jusque-là il n'y avait rien de
mal, car c'est une dame qui me l'avait donné; mais quand le
patron m'a questionné à ce sujet, j'ai répondu que je n'avais
rien reçu; et c'est là qu'était la faute. Tu sais qu'un monsieur
étranger a été assez bon pour finir le dessin de la tombe de
mes parents; tu sais aussi qu'il a écrit sur la feuille : « Là où
« la fidélité prend racine, la bénédiction de Dieu fait croître un
« arbre.... » J'ai été bien effrayé en relisant hier ces belles paroles. La fidélité ne deviendra pas un arbre chez moi, si je suis
menteur. Je croyais pourtant, mon Dieu, qu'elle y avait déjà
pris racine. Le monsieur étranger me l'avait si bien expliqué!
Et j'étais convaincu que je resterais toujours fidèle.... Mon bon
Jules, je te laisse à penser le chagrin que j'éprouve.... Mais il
faut que je termine ici ma lettre, car la patronne a fini de
préparer la soupe, et elle m'appelle pour le déjeuner. Ensuite
je me mettrai à faire des souliers.

« Adieu, cher Jules, ne tarde pas à aller au cimetière pour
souhaiter le bonjour à mes bons parents.

« Je t'envoie cette lettre par la poste, mais je n'ai pas d'argent pour l'affranchir. Ton père est riche, prie-le de débourser
ce qu'elle coûtera. Quand je serai grand, je lui ferai des bottes
pour rien.... ou, si je puis devenir peintre, je lui ferai une
jolie enseigne, avec de beaux pains de toutes les couleurs, et
une couronne de brioches tout autour, de ces brioches que nous
aimons tant tous les deux.

« Ton fidèle ami, WILHEM. »

Un jour Wilhem fut envoyé par son patron dans un petit vil-

lage à quelques kilomètres de Berlin. Il était chargé de remettre
une paire de bottines à la femme du fermier qui habitait là au
château. Trois heures après son maigre dîner il s'était mis en
route; il avait encore faim, et il savait qu'à son retour le goûter serait déjà fini et que sa patronne revêche aurait à peine
réservé pour lui quelques croûtes de pain. En songeant à sa
triste position et en comparant sa vie actuelle avec les jours
heureux qu'il avait passés auprès de sa mère, il fut en proie
à un violent chagrin et il se dit en lui-même : « Je ne crois
pas qu'il y ait au monde un enfant plus malheureux que moi. »

Il continua sa route à grands pas vers le village. Il allait at-
teindre les premières maisons derrière lesquelles il voyait déjà
les tourelles du château, et il doublait le pas, quand tout à coup
il s'arrêta. Il venait d'apercevoir assise sur l'herbe sèche une
petite fille, une mendiante, vêtue de haillons et tout en pleurs.
Elle tenait sur ses genoux une jolie boîte à ouvrage à moitié cachée sous son tablier en lambeaux. Le couvercle était levé et
laissait voir l'intérieur divisé en petits compartiments, et une
belle pelote recouverte de taffetas bleu de ciel. Wilhem s'approcha de la mendiante. Comme il venait de pleurer aussi, il
éprouvait une vive sympathie pour la petite fille désolée. Il s'assit à côté d'elle sur le gazon moelleux et lui dit : « Pourquoi
pleures-tu ? » Et sa voix était mal assurée, et une larme, que ses
propres réflexions lui avaient amenée dans les yeux, perlait
encore au bord de ses paupières.

La petite fille leva sur lui un œil étonné, et, pour réponse,
lle dit également : « Tu pleures aussi? Est-ce que tu as faim
aussi, toi ?

— C'est donc la faim qui te fait pleurer ? s'écria Wilhem. Ah!
c'est affreux ! Oui, j'ai faim aussi; mais toi, qui est-ce qui t'aidera, mon Dieu? car moi je n'ai rien à te donner ! »

Pendant quelques instants, les deux enfants confondirent
leurs sanglots; puis Wilhem, qui pouvait avoir deux ou trois
ans de plus que la petite fille, renoua la conversation.

« Quelle jolie boîte tu as là ! lui dit-il; que veux-tu en faire ?

— Je veux la porter à la ville pour la vendre, répondit la
petite fille. Ma grand'mère n'a plus rien à manger, elle est très-
malade et ne peut plus filer.

— Alors cette boîte appartient à ta grand'mère? ajouta Wilhem.

— Non, elle n'est pas à ma grand'mère, s'écria la petite fille avec vivacité; c'est mon père qui l'a faite. Il était menuisier, et il faisait toutes les chaises des paysans, ainsi que les cercueils pour ceux que l'on porte dans le cimetière. Il avait même fait le cercueil dans lequel on l'a cloué après sa mort. Ah! sa maladie a été bien longue! Le médecin de la fermière, qui vint le visiter une fois, appelait cette maladie la phthisie pulmonaire. En entendant ce nom, mon père dit tout bas qu'il allait se faire un cercueil. Quand il l'eut fini, il me fit aussi cette boîte, et me dit: « Lisette, tu la garderas comme souvenir de ton père.... » Oui, ce furent là ses dernières paroles, et.... à présent il faut que je la vende pour avoir du pain.... »

Les pleurs de l'enfant redoublèrent, et Wilhem, lui prenant son petit tablier, essuya les larmes qui ruisselaient sur ses joues. Au bout de quelques minutes, Lisette poursuivit:

« Examine un peu cette boîte; vois comme elle est jolie! Elle est divisée en quatre compartiments, dont chacun est muni d'un élégant couvercle que l'on soulève au moyen d'un petit bouton de corne. Au milieu se trouve une pelote. Vois comme la soie en est brillante! C'est un petit morceau de taffetas que la fermière m'avait donné quand elle se faisait une robe pour le baptême de son petit-fils. J'allai chez elle un jour qu'elle la cousait: car, à cette époque, nous avions des poules, et je venais lui vendre des œufs. Elle me donna la permission de ramasser les petits chiffons de soie qu'elle avait jetés; je pris celui-ci, et je voulais le garder pour le moment où j'aurais une poupée; mais mon père voulut en faire une pelote.

— Si quelqu'un pouvait te donner à manger? demanda Wilhem, tu ne serais pas obligée de vendre ta boîte.

— Hélas! répondit Lisette, les habitants du village nous ont déjà donné du pain et des pommes de terre; mais ils ne peuvent pas donner toujours; aussi, depuis ce matin que Michel, le fils de notre voisin, m'a donné son pain, je n'ai rien mangé. Alors ma grand'mère m'a dit: « Lisette, va-t'en à la ville, chez les « bourgeois, avec ta boîte. Nous ne pouvons pas mourir de « faim; il faut que tu ailles vendre le souvenir de ton père. »

Wilhem aperçut une petite fille tout en pleurs.

Il n'y a pas longtemps, Wilhem s'était dit : « Hélas! je suis
l'enfant le plus malheureux qu'il y ait au monde.... » A présent
il voyait que la petite Lisette était bien plus malheureuse que
lui. Il avait au moins chaque jour, à heure fixe, son déjeuner,
son dîner, et de la soupe le soir, tandis que la pauvre Lisette
était obligée d'avoir recours à la charité des voisins pour ne pas
mourir de faim, elle et sa grand'mère, que la maladie empêchait
de travailler. Lisette était sur le point de vendre le seul objet
qui lui restât comme souvenir de son père.... « Ah! se dit
Wilhem, quel épouvantable malheur s'il me fallait vendre les
dessins contenus dans le portefeuille de mon père! Mon Dieu!
je dois m'estimer heureux de n'en être pas réduit là.... S'il
m'arrive encore de n'avoir pas assez à manger chez le patron,
je n'aurai qu'à penser à cette petite fille. »

« Allons! Lisette, s'écria Wilhem, prends le coin de ton
tablier et essuie tes larmes; il y en a encore une suspendue
à tes cils et une autre arrêtée sur ta joue. Bien.... on ne voit
plus que tu as pleuré.... Il ne faut pas non plus que tu vendes
ta boîte; j'ai idée que le bon Dieu t'enverra quelque chose
à manger. « Dieu est très-bon, disait ma mère; quand on ne
« sait plus où trouver conseil et appui, il faut lui adresser
« une prière fervente, et il vient à notre aide. » Eh bien! Lisette,
faisons une prière au bon Dieu, et il enverra, j'en suis sûr,
quelqu'un pour t'apporter de quoi manger, ou bien tu trouveras
des fraises, ou n'importe quoi.... Ma mère disait que Dieu ne re-
jette aucune prière, pourvu qu'on ne lui demande rien d'injuste. »

Lisette jeta un regard de confiance enfantine sur le petit ami
que le ciel lui envoyait. Elle avait aussi appris de sa grand'mère
à prier Dieu; elle avait entendu souvent son père, sur son lit de
douleur, implorer Dieu pour sa délivrance; elle se trouva donc
toute disposée à accéder à l'idée du petit garçon, et tous deux
s'agenouillèrent sur l'herbe.

« Mon Dieu, dit Wilhem, ne laissez pas mourir de faim la
pauvre Lisette, je vous en prie! »

Quelques instants après, les deux enfants se relevèrent dans
une joyeuse attente. Wilhem avait toujours les mains jointes; il
regarda devant lui en se disant : « Le bon Dieu viendra bien à
l'aide de Lisette; elle ne mourra pas de faim. » Lisette, de son

côté, regardait autour d'elle et levait les yeux en l'air, pensant qu'il allait tomber une pluie de manne, comme cela arriva, dans le désert, pour les Israélites, dont sa grand'mère lui avait conté l'histoire. La manne ne tomba pas, il est vrai, mais il se passa un fait du genre de ceux que l'on attribue d'ordinaire au hasard.

La fermière avait un corbeau, voleur émérite, contre lequel tout le monde, au château, se tenait en garde, et notamment la cuisinière; car, laissait-elle de la viande ou du pain sur la table en présence de l'oiseau, elle pouvait être sûre qu'il en emporterait un morceau dès qu'elle aurait le dos tourné.

Le jour où Wilhem et Lisette se rencontrèrent, la fermière attendait des invités : elle était dans son office, découpant les viandes froides et les jambons qui devaient être servis au sou-

Le corbeau sautillait autour d'elle.

per. Le corbeau sautillait autour d'elle, happant de temps en temps quelque bribe de rôti ou de lard qu'elle lui jetait. Tout à coup elle fut appelée par une servante, et elle sortit de l'office, oubliant d'emmener l'oiseau. Le voleur n'attendait qu'un moment favorable. A peine la porte était-elle fermée, qu'il s'élança sur la table, saisit de son bec un gros morceau de rôti, s'envola par la fenêtre, prit le chemin de la campagne à travers le jardin et la haie de clôture, et alla se poser en croassant sur la lisière d'un champ, tout juste à quelques pas des enfants, sans les apercevoir.

« Ah! l'heureux oiseau! » s'écria Lisette, à la vue du morceau de rôti qu'il avait déposé devant lui et qu'il tenait dans ses serres.

Le corbeau, effrayé par le cri de la petite fille, crut sans doute qu'on le poursuivait, et il reprit son vol pour aller plus loin en abandonnant sa proie.

« Vois-tu, Lisette, c'est le bon Dieu qui t'envoie cela, s'écria Wilhem; tu peux à présent manger à ton aise et tu n'auras pas besoin de vendre ta boîte. »

En parlant ainsi il alla prendre le rôti et l'apporta à la petite fille.

« Nous allons le manger ensemble, dit-elle toute joyeuse; prends ton couteau et partage-le par le milieu.

— Non, répondit Wilhem, je n'en veux pas; j'aurai mon souper en rentrant à la maison. Porte cela à ta grand'mère; vous avez faim toutes les deux et vous n'avez pas, comme moi, de souper qui vous attende. »

Il enveloppa de nouveau la boîte dans le tablier de Lisette, cueillit quelques grandes feuilles vertes pour en entourer le rôti, et tous deux s'acheminèrent à grands pas vers le village.

Wilhem accompagna l'heureuse petite fille jusqu'à sa chaumière, puis il se rendit promptement au château, remit les bottines, toucha l'argent, reçut une nouvelle commande et reprit le chemin de la ville.

uelque temps après sa rencontre avec la petite fille, Wilhem fut chargé de porter une autre paire de souliers à la fermière du village où habitait Lisette avec sa grand'mère. Il se hâta de faire sa commission et il se rendit ensuite à la chaumière pour visiter sa nouvelle connaissance. La fenêtre était ouverte ; il s'approcha pour regarder dans la pauvre petite chambre. Il aperçut alors une vieille femme qui sommeillait sur une méchante paillasse ; Lisette filait à côté d'elle assise sur un escabeau. Il ne devait pas y avoir eu de feu depuis longtemps dans la cheminée, car on ne voyait pas la moindre trace de cendres. L'unique richesse de l'enfant, la boîte, entourée d'une guirlande de pâquerettes, était placée sur la pierre du foyer. De même que d'autres enfants couronnent le portrait de leur père, de même Lisette couronnait chaque jour de fleurs la boîte qui lui rappelait le sien.

A la vue du petit garçon, la pauvre enfant jeta son fuseau et s'élança joyeuse vers la fenêtre.

« As-tu faim, aujourd'hui ? » lui demanda Wilhem en lui faisant passer une rangée de petits pains.

En apercevant les pains à la croûte brune, Lisette poussa un tel cri de joie, que la grand'mère s'éveilla. Elle contempla le joli cadeau avec des yeux où brillait le contentement, elle le pressa contre son cœur comme elle aurait fait d'une poupée, et elle courut vers la malade.

« Tiens, s'écria-t-elle transportée, vois ce que j'ai reçu de mon petit ami. Comme ce sera bon ! Tu mangeras la mie, qui est bien tendre, parce que tu n'as plus de dents, et moi je croquerai la croûte brune, qui est beaucoup trop dure pour toi. Ah ! depuis la mort de mon père je n'avais pas vu de petits pains blancs ; le dernier que j'ai mangé, il me l'avait apporté de la foire. »

Pendant ce temps-là Wilhem s'était éloigné de la fenêtre et était entré par la porte dans la petite chambre.

« Mon cher enfant, lui dit la bonne vieille, le ciel t'a choisi une seconde fois pour nous sauver de notre misère. Il faut que le bon Dieu t'aime bien, puisqu'il te destine à être notre bon ange. »

Wilhem était auprès du lit, heureux au delà de toute expression. Lui, le pauvre enfant délaissé, avait consolé déjà deux fois des êtres encore plus pauvres que lui. Son cœur était inondé de la joie la plus pure. « Oui, se disait-il, le bon Dieu m'aime bien, quoique j'aie fait une tache au cœur qu'il m'avait donné exempt de toute souillure. Oh! comme je vais le prier de me garder de tout mal à l'avenir, afin que je puisse lui plaire!

— Qui est-ce donc qui t'a donné ces beaux pains blancs? demanda Lisette en cassant le bord de celui qu'elle tenait; et elle en retira l'intérieur, qui était plus tendre, le présenta à sa grand'mère et se mit à dévorer la croûte à belles dents.

— Je les ai achetés, répondit Wilhem.

— Tu as donc de l'argent? fit avec étonnement la petite fille; je te croyais tout aussi pauvre que nous.

— J'ai assez d'argent, répliqua Wilhem, pour t'envoyer toutes les semaines quatre pains comme ceux-ci. Tous les trois jours je fais un dessin qui me rapporte vingt-quatre centimes, ce qui fait quarante-huit centimes par semaine, juste le prix des petits pains. Le dimanche, je fais un dessin tout entier; de l'argent que j'en retire, je m'achète du papier, et si par hasard j'ai quelque chose de reste, je le mettrai de côté pour vous acheter un morceau de viande. »

Lisette se mit à danser joyeuse autour de la chambre.

« Toutes les semaines quatre petits pains blancs et quelquefois un peu de viande! répéta-t-elle trois ou quatre fois. La mère du voisin Michel nous la fera cuire, car nous n'avons pas de bois. Comme ce sera bon! Tu m'y laisseras goûter, n'est-il pas vrai, grand'mère? Tu me permettras de tremper un petit morceau de pain dans le bouillon. Cela t'aura bientôt rétablie; tu n'es si faible que parce que tu as besoin de manger quelque chose de bon. »

La vieille grand'mère tendit la main au petit bienfaiteur:

« Que Dieu te bénisse, mon enfant, lui dit-elle, et qu'il te récompense de ce que tu fais pour nous; je ne cesserai de le prier tous les jours pour toi.

— Oui, priez pour moi, bonne vieille, s'écria Wilhem; je n'ai

La vieille mère.

plus de mère à présent; autrefois j'en avais une qui priait pour moi; faites ce qu'elle faisait quand elle était encore de ce monde. »

Wilhem ne pouvait rester plus longtemps, car le patron l'attendait de bonne heure; il convint donc à la hâte avec Lisette de la manière dont elle recevrait chaque semaine les petits pains. Il ne pouvait entreprendre cette longue course que lorsqu'il aurait de la chaussure à porter au château; il fallait par conséquent que Lisette vînt à la ville.

« Tu connais bien le chemin, lui dit-il, je vais maintenant te désigner la maison. C'est la grande maison jaune juste à côté de la porte de la ville; le patron couche en haut, et moi encore plus haut, dans une mansarde. Tu ne peux pas venir chez moi, le patron ne le voudrait pas; mais tu entreras dans la cour, la petite porte reste toujours ouverte; tu verras une ficelle qui pend le long du mur; tu la tireras; elle aboutit à la fenêtre de ma chambre; je remonterai alors la ficelle et j'y attacherai les pains, et je te les ferai descendre.... Mais il faut que tu sois là avant six heures du matin, car plus tard je serais déjà descendu pour travailler. Tu viendras après-demain pour la première fois. Et maintenant, porte-toi bien. »

En disant ces mots, il s'élança dans la rue et se mit à courir de toutes ses forces, car déjà cinq heures sonnaient à l'horloge du château, et il devait être rentré à cinq heures et demie.

Plusieurs mois s'écoulèrent. L'été et l'automne étaient passés, et le bon Wilhem eut la douleur de ne pouvoir plus faire que peu de chose pour ses protégées. Depuis que les jours avaient décru, il ne pouvait dessiner le matin qu'à la lumière d'une mauvaise chandelle qu'il lui fallait acheter de ses propres deniers. Mais bientôt le froid l'avait forcé d'y renoncer, car avec des doigts engourdis ou tremblants, il n'était pas en état de dessiner ; aussitôt qu'il était levé, il courait à la cuisine où flambait le feu auquel la patronne faisait cuire la soupe.

Depuis qu'il ne vendait plus de dessins, sa bourse était naturellement à sec, et partant, plus de petits pains. Mais il avait imaginé un autre moyen de continuer ses bienfaits. Il avait acheté deux petits pots, et tous les matins il mettait dans l'un la moitié de sa soupe et le portait dans sa chambre. Quand donc la petite fille tirait la ficelle sous la fenêtre, il y attachait le pot rempli de soupe souvent gelée, et le faisait descendre. Lisette, de son côté, attachait à la ficelle le pot vide qu'elle avait rapporté, et Wilhem le tirait à lui pour le remplir le lendemain.

Un jour la patronne de Wilhem découvrit le petit pot. Quelle terreur pour le pauvre enfant! Il fut immédiatement soumis à un interrogatoire des plus sévères, et il raconta en tremblant toute l'aventure depuis sa première rencontre avec Lisette. Il décrivit la misère de la vieille femme, espérant toucher le cœur de la patronne; mais il se trompait. Elle était avare, et l'avarice ferme le cœur. Quand il eut fini son récit, elle emporta le pot, et descendit en toute hâte vers son mari, en criant :

« Tiens, vois cette soupe. Et ce mauvais garnement dit pourtant qu'il n'est jamais rassasié. Tu vois qu'il a assez, puisqu'il garde ce qu'il a de reste pour le donner à d'autres; tout comme si nous avions le moyen de nourrir tous les vagabonds et les mendiants qui ne veulent pas travailler. »

À partir de ce jour, Wilhem n'eut que la demi-portion de sa soupe du déjeuner; il fut dès lors impossible à ce généreux

enfant de la partager. Ce fut pour lui une grande douleur; et il
pleura beaucoup lorsque le patron lui signifia cet arrêt. Ses larmes tombaient goutte à goutte sur la couture qu'il faisait dans
ce moment; l'apprenti jeta sur lui un regard de compassion,
et le patron étant sorti, l'étourdi profita de cette absence pour
renouveler auprès de son camarade affligé ses essais de tentation.

« A ta place, lui disait-il, je chercherais à me tirer d'affaire,
au lieu de pleurer comme un enfant au maillot. Il n'y a pas de
nécessité, que je sache, à ce que le patron et la vieille mégère
connaissent toujours la vérité. Tu es encore passablement sot;
depuis longtemps tu remets tous les pourboire que tu reçois;
pourquoi? Parce que tu ne veux pas dire que tu n'as rien reçu.
Un pareil mensonge ne fait aucun mal, et tu peux avec cet argent faire beaucoup de bien à toi, à moi et à tes pauvres.

« Il faut convenir, poursuivit l'apprenti, que la conduite du
patron est indigne; tu n'as pas de quoi te rassasier, et voilà
qu'à présent ils t'enlèvent ce que tu t'ôtais de la bouche pour le
donner à d'autres. Avec de pareilles gens tu n'as pas besoin de
dire la vérité; ils méritent d'être trompés, c'est leur juste punition.

— Ah! ma bonne mère, se disait Wilhem, si tu étais en ce
moment près de moi, tu dirais à coup sûr : « Garde-toi, mon
« enfant, le tentateur est là! » Combien de fois tu m'as raconté
ce qu'avait dit le serpent dans le paradis terrestre! lui aussi
parla si bien qu'Ève ajouta foi à ses belles paroles.

— Je te disais dernièrement, continua l'apprenti, un jour
que la maîtresse avait laissé la clef à la porte de son armoire :
« Va vite, Wilhem, va te couper un morceau de pain! Elle est
« sortie avec le patron, personne ne te verra, et je n'en dirai
« rien. » Pourquoi n'as-tu voulu rien prendre pour toi? Tu es
resté debout devant l'armoire, tu l'as regardée, et.... tu t'es
enfui comme le chat du pigeonnier. »

Wilhem adressa à l'apprenti un regard si pénétrant, que
celui-ci baissa involontairement les yeux. « Vous m'avez dit ce
jour-là : « Puisque personne ne te voit, prends du pain.... »
Puisque personne ne te voit, c'est bien là ce que vous m'avez dit.
J'étais devant l'armoire, il n'y avait personne; vous vous êtes
trompé, il y avait quelqu'un.... il y avait le bon Dieu.... Je
regardais l'armoire, mais il m'eût été impossible de toucher à

là clef ; il me semblait qu'on me tenait les mains.... C'est ma conscience qui le faisait. Ma mère disait toujours : « Quand on n'impose jamais silence à sa conscience, elle devient si forte, lorsqu'on veut faire le mal, qu'on s'imagine être repoussé par un bras vigoureux.... Je songeai tout de suite à ma mère, et c'est ce qui m'ôta la force de toucher à la clef. »

Pendant cette conversation, l'apprenti n'osa plus lever les yeux sur Wilhem ; il se sentit jugé, et il eut honte devant lui. Il continua de parler, mais de choses indifférentes. Pour cette fois, la tentation était surmontée.

A son retour, le patron chargea Wilhem de porter une paire de pantoufles chez une dame de la ville. Il partit sur-le-champ. Avec sa promptitude accoutumée il eut bientôt parcouru la distance, car il avait du chagrin, et cette fois les étalages des marchands de gravures n'eurent aucun attrait pour lui. Il monta l'escalier de la maison indiquée, frappa à une porte et entra dans une chambre où un monsieur assis à un bureau était occupé à écrire.

Un monsieur à son bureau.

« Mon garçon, lui dit-il en se tournant vers lui d'un air amical, laisse là les pantoufles ; ma femme est sortie ; tu re-

viendras dans quelques jours pour les essayer.... tiens, voilà
vingt centimes pour ta course. »

Wilhem prit l'argent et devint tout rouge; il tournait et retournait les pièces de monnaie dans sa main.

« Eh bien! fit le monsieur étonné, est-ce que tu n'es pas content? Est-ce que t'attendais à recevoir davantage?

— Oh! non, monsieur, se hâta de répondre Wilhem; mais
je voudrais bien garder pour moi cet argent.

— Tu en as le droit, mon enfant, c'est pour cela que je te
l'ai donné.

— Je vous demande pardon, monsieur, je n'en ai pas le
droit, ajouta Wilhem avec vivacité; le patron me prend tout ce
que je reçois.... Ah! monsieur, poursuivit-il d'un ton suppliant, reprenez votre argent; je pourrai lui dire alors sans
mentir que je n'ai rien reçu. Demain je vous enverrai une petite fille, vous le lui donnerez.

— Et que veux-tu donc faire de cet argent? demanda l'étranger, croyant que la petite fille devait le rendre plus tard à
Wilhem.

— Ce n'est pas pour moi, non, monsieur, répondit-il; si vous
le donnez à Lisette, elle le portera à sa grand'mère. »

On frappa à la porte. Le bon monsieur eût peut-être causé
plus longtemps avec Wilhem, mais il fit entrer le nouvel ar-
rivant; Wilhem déposa les vingt centimes sur une table et
sortit.

Le lendemain, quand la petite mendiante tira la ficelle,
espérant voir descendre le pot de soupe, Wilhem sauta à bas
de sa paillasse et s'élança dans la cour. Il se hâta de raconter à
Lisette comment la patronne avait trouvé la veille la soupe qu'il
avait mise en réserve; et il lui dit qu'il était désormais dans
l'impossibilité de rien lui donner. Voyant l'effroi dont cette nouvelle inattendue frappait la pauvre enfant, et les larmes qui lui
venaient aux yeux, il s'empressa de lui annoncer qu'en compen-
sation elle recevrait vingt centimes avec lesquels elle pourrait
acheter de beaux petits pains comme ceux qu'il lui avait donnés
la première fois. Il lui désigna alors la maison où demeurait le
monsieur bienfaisant qui avait voulu lui donner les vingt centimes. Puis il la fit partir au plus vite, car il avait peur de son

méchant patron, qui déjà la veille avait été fort contrarié de ce qu'il n'avait pas rapporté de pourboire.

Lisette continua de revenir pendant quelques jours le matin, ne pouvant se faire à l'idée qu'elle ne trouverait plus de petit pot suspendu à la ficelle. Emporter chez elle la soupe gelée, la faire dégeler au feu de la voisine et la servir à sa grand'mère, tout cela était, sans compter l'avantage de se chauffer, un grand plaisir pour la petite fille. Aussi espérait-elle toujours que la patronne finirait par rendre à Wilhem sa portion entière, et qu'il pourrait la partager avec elle. Mais rien ne pendait plus à la ficelle; elle eut beau tirer, Wilhem ne se montra pas.

Quelques jours après, il fut envoyé de nouveau chez le bon monsieur pour s'informer si sa femme gardait les pantoufles. Il se mit en route avec grand plaisir, comptant recevoir peut-être encore vingt centimes. Ce monsieur était professeur et passait une partie de la journée au milieu de ses livres. Quand Wilhem entra, il avait de grands et gros volumes ouverts devant lui, sa plume derrière l'oreille, des lunettes sur le nez, et il était entièrement plongé dans ses études.

« Hélas! mon garçon, j'ai complétement oublié tes pantoufles, dit-il en apercevant Wilhem; elles sont encore à la place où tu les avais mises, là sur ces livres à droite. Prends-les. Ma femme n'est pas encore de retour. Voilà huit jours qu'elle habite chez ma belle-fille, dans le faubourg du jardin de X...; tu le connais sans doute, mon enfant? Portes-y les pantoufles, et prends ces quarante centimes pour la longue course que cela t'oblige à faire. Mais j'y pense.... c'est à la petite fille que je dois donner l'argent. C'est égal, garde ceci pour toi; la petite fille est venue ici dernièrement, une jolie enfant; je lui ai dit de venir chercher tous les samedis quarante centimes pour sa vieille grand'mère. Allons, va, mon garçon; mets de côté les remercîments; va, je n'ai pas le temps de t'écouter. »

Wilhem partit au comble du bonheur. « Quarante centimes! se disait-il, j'en donnerai vingt au patron, parce qu'il ne va pas manquer de me demander si j'ai reçu mon pourboire, et le reste je le garderai pour Lisette. Je le lui porterai quand j'irai remettre de la chaussure chez la fermière du château; elle se fera

bientôt faire quelque chose ; je suis sûr que ses bottines four-
rées doivent être usées. »

Wilhem traversa la ville pour se rendre au jardin de X.... et
à la jolie maison où il devait trouver la femme du professeur.
La porte principale était fermée ; il ouvrit une petite porte qui
menait à un jardin entouré d'une haie, et qui s'étendait derrière les bâtiments. Là était pratiquée une autre porte d'entrée, mais elle était fermée aussi. Wilhem alla et vint sans
voir personne à qui il pût s'adresser. La maison, composée
d'un seul étage, avait huit fenêtres sur le devant, et la porte
d'entrée se trouvait juste au centre. Il regarda toutes les fenêtres et n'y vit personne. Le mur extérieur était tapissé pendant l'été de plantes qui grimpaient jusqu'au toit. Les tiges,
desséchées et nues à cette époque, s'enfonçaient dans la terre ;
mais le treillage contre lequel elles s'élançaient autrefois était
là fixé au mur. Wilhem s'en servit comme d'une échelle pour

Alors on la mit à étudier.

regarder dans la chambre à travers les carreaux ; c'était une
salle d'étude ; une petite fille d'environ douze ans était assise
à un piano ; le maître était à côté d'elle, et il allait justement lui donner sa leçon, car il feuilletait des cahiers de musique. A une table au milieu de la salle une autre petite fille

écrivait. Personne ne fit attention au petit curieux, car tout le monde avait le dos tourné aux fenêtres. Alors on se mit à étudier sur le piano un morceau à quatre mains.

« Une, deux, trois, quatre.... Pas si vite, Claire, disait le maître. Une, deux, trois, quatre.... levez la main aux endroits où les pauses sont indiquées.... c'est un andante, cela se joue lentement.... Fa dièse, fa dièse, il y a bien un dièse à la clef, puisque le morceau est en sol majeur ; vous n'entendez donc pas quand vous faites une fausse note ? Cela doit choquer l'oreille, il me semble.... Allons, une faute de mesure !... Bon, cela va mieux ; voyez-vous comme on fait bien, rien qu'avec un peu d'attention ! Et vous, Agnès, pourquoi vous tenez-vous aussi courbée ? cria-t-il à la petite fille qui était assise à la table ; vous vous gâtez les yeux tout exprès. N'oubliez pas de mettre une majuscule au commencement des substantifs[1]. Voyons un peu votre cahier.... Claire, continuez de jouer pendant ce temps-là ; travaillez votre morceau.... C'est bien écrit, Agnès ; mais vous avez justement commencé un substantif par une lettre minuscule. Cela vous fait deux mauvais points.... Oh ! oh ! et là, quel est ce mot ? un verbe ? non.... alors c'est un adjectif.... bien, et pourquoi l'écrivez-vous par une lettre majuscule ?... Voyez, ici vous avez oublié un trait de suspension.... Faites attention, mademoiselle ; quand on a déjà un an de leçons, il n'est plus permis de faire de pareilles fautes.... Allons, Claire, voilà que vous jouez en mi mineur, au lieu de jouer en sol majeur ! Soyez donc attentive ! Songez que vous devez exécuter ce morceau devant votre père le jour de sa fête. Si vous jouez aussi faux à présent, que sera-ce quand vous jouerez avec Georges ? Moi, je vous tiens encore dans la mesure, mais le petit monsieur, lui, veut toujours aller en avant ; de cette façon vous m'échapperez tous les deux. »

Debout contre le treillage, Wilhem regardait avec autant de plaisir que s'il eût été au théâtre. Le maître et l'élève continuèrent de jouer tranquillement, et Agnès d'écrire. Alors Wilhem promena ses regards de tous les côtés. Tout près de la fenêtre

---

1. En allemand, tous les substantifs commencent par une lettre majuscule.

(*Note du traducteur.*)

se trouvait un bureau ouvert, avec une galerie garnie de livres. Sur le bureau il y avait une écritoire; le papier éparpillé et une plume encore humide d'encre indiquaient que quelqu'un venait d'écrire. Sur un sofa, dans un coin de la salle, étaient couchées trois grandes poupées. En les apercevant, Wilhem manqua de pousser un cri; il venait de reconnaître aux pieds de la plus grande les bottines rouges bordées de ruban bleu, qu'il avait lancées par la fenêtre dans la maison du Jardin des plantes. Au même moment la porte de la salle s'ouvrit brusquement, et un petit garçon d'environ quatorze ans, en tenue de chasse, entra, le fusil sur l'épaule et le carnier au dos.

« Claire, se mit-il à crier, j'ai tué six moineaux! J'ai été à la chasse avec Antoine derrière le jardin. Nous les ferons rôtir aujourd'hui pour le dîner. »

Crac! une traverse du treillage venait de se briser, et Wilhem était retombé à terre. Il fut tellement effrayé de ce contre-temps qu'il se releva en toute hâte et se sauva par la petite porte, ne songeant plus à remettre les pantoufles; et il s'élança, comme s'il eût été poursuivi, du côté de la maison du patron. Avec sa franchise accoutumée, il raconta son aventure, reçut avec calme les injures et les soufflets du patron, et se mit au travail sans rien dire, car il sentait bien qu'il avait mal fait de perdre son temps, au lieu de s'acquitter de sa commission.

Le lendemain, le patron alla porter lui-même les pantoufles, et Wilhem ne retourna plus pour le moment au jardin de X....

On approchait de la veille de Noël. Jusque-là, Wilhem avait passé tous les ans ce jour dans la joie; car sa bonne mère, quoique peu riche, ne manquait jamais de lui préparer un arbre de Noël. Il n'était pas garni, à la vérité, de dragées et de bonbons, mais il était orné de pommes et de noix, de crayons, de belles feuilles de papier et d'autres bagatelles de ce genre. Le petit garçon avait toujours éprouvé beaucoup de plaisir quand sa mère allumait les nombreuses bougies dont l'arbre était illuminé. Cette fois, le pauvre enfant n'avait à attendre rien de semblable; il voyait néanmoins avec impatience arriver la belle soirée, et il s'était ménagé à lui-même une fête.

a veille de Noël arrivée, il fut chargé d'aller remettre quelques paires de chaussures qui devaient figurer le soir même sur la table de Noël. Ce fut pour lui une grande joie; car toute la journée il avait brûlé d'envie de demander une permission pour le soir. Or, on le laissait partir; il n'eut donc besoin que de prier le patron de lui accorder le reste de la soirée. Comme, ce jour-là, il ne devait pas y avoir de veillée, le patron ne fit aucune objection au petit garçon, qui, tout heureux, mit son ouvrage de côté, prit les souliers et courut à sa chambre.

Il avait là une jolie petite boîte remplie d'allumettes chimiques, dont il avait fait naguère emplette, et une de ces petites bougies roulées qu'on appelle un rat-de-cave. Il mit le tout dans sa poche, puis il tira de dessous sa paillasse la branche d'un arbre de Noël qui avait été jetée, la veille, du premier étage dans la cour.

Il attacha à cette branche une paire de souliers brodés pour un pied d'enfant, et une poupée. Il fallait voir quelle drôle de poupée cela faisait! Le corps se composait du pied d'un vieux bas rembourré avec de la ouate, et habillé de petits morceaux de cuir de couleur, ramassés parmi les débris de la boutique. A l'endroit où devait se trouver le visage, il avait collé un morceau de papier blanc, sur lequel il avait dessiné au crayon des yeux, un nez et une bouche. Un chiffon de soie bariolée lui avait servi à faire un petit bonnet. Quant aux souliers, ils étaient véritablement joiis. Wilhem avait encore de sa mère un sac à ouvrage, brodé en laine de diverses couleurs : aidé de l'apprenti, il avait taillé dedans une paire de souliers; l'apprenti avait acheté les semelles, et la doublure provenait d'une vieille jaquette en flanelle ayant appartenu à Wilhem; quant au ruban de coton rouge dont ils étaient bordés, il l'avait quêté chez une mercière où il achetait souvent des fournitures pour le patron. Le petit rouleau de bougie avait été payé au moyen des vingt centimes que Wilhem avait reçus dernièrement du professeur.

Son arbre de Noël sous son habit, il descendit l'escalier quatre à quatre et se dirigea vers la maison dans laquelle il devait livrer les souliers. La maîtresse du logis était dans la cuisine où elle préparait le repas de Noël, des carpes à la bière. Quelle délicieuse odeur il s'en exhalait! Pendant que dans la chambre on examinait les souliers et qu'on cherchait l'argent pour les payer, le petit garçon lorgnait d'un œil de convoitise les casseroles et les pots dressés devant le feu, et il aspirait à longs traits le fumet appétissant qui s'en dégageait. Son attention était attirée surtout par une poêle où cuisaient en sifflant d'énormes saucisses.

« Mon enfant, lui dit en souriant la ménagère, qui suivait tous ses mouvements, tes yeux parlent; tu aurais grande envie, je le vois, de te mettre sous la dent un morceau de saucisse. »

En parlant ainsi la brave femme alla vers un buffet, coupa le bord d'un pain rond, en enleva la mie, et dans la croûte allongée qui avait l'air d'une petite nacelle elle coucha une des grosses saucisses qui grésillaient dans la poêle.

« Tiens, mon enfant, dit-elle, emporte cela chez toi et donnes-en à tes parents ou à tes frères et sœurs. »

Wilhem resta un instant pétrifié devant ce bonheur inespéré; puis il baisa la main de sa bienfaitrice en poussant un cri de joie, et il partit en courant avec son nouveau trésor. Il faisait déjà sombre quand il arriva à la demeure de sa petite amie. Il traversa le corridor en marchant sur la pointe des pieds, coupa vite la bougie en plusieurs morceaux qu'il attacha à son arbre de Noël, et fit partir avec précaution une allumette. Les bougies allumées, il entra brusquement dans le réduit obscur où habitaient les deux pauvres femmes.

Quelle joie il y apporta! Lisette se mit à gambader autour de lui, et la vieille grand'mère, qui était au lit, joignit les mains et adressa au ciel une prière de reconnaissance.

Wilhem planta le petit arbre au milieu de la chambre;

puis il détacha les beaux souliers qu'il fit essayer à Lisette; ils étaient faits tout juste à sa mesure. La joie éclata de nouveau; la petite fille ôta les souliers, les baisa avec transport et les pressa sur son cœur. Wilhem la contemplait avec une douce ivresse. Puis il lui montra la poupée à moitié cachée par les aiguilles vertes du sapin.

A cette vue, la petite fille laissa tomber les souliers. Une poupée! c'était tout ce qu'elle pouvait s'imaginer de plus beau. Bien souvent elle avait emmaillotté dans un chiffon un petit morceau de bois et s'en était fait un semblant de poupée;

tandis qu'à présent elle possédait une créature qui ressemblait réellement à une poupée, et qui avait un nez, des yeux et une bouche.

« Vois, grand'mère, dit-elle en courant au lit de la pauvre vieille, je suis riche maintenant, aussi riche que la fermière du château. J'ai là tout ce que je désirais. »

Ensuite Wilhem montra son pain et sa belle saucisse; tous les trois y goûtèrent et le tout fut bientôt dévoré. Alors la joie n'eut plus de bornes; bien que les petites bougies fussent consumées, les enfants continuèrent de jouer au clair de la lune, sans s'apercevoir que l'arbre de Noël n'éclairait plus la chambre.

A la fin cependant il fallut songer à partir. Wilhem n'était encore qu'à la porte de la ville, quand le garde de nuit annonça dix heures. Frappé d'épouvante à l'idée que la porte de la maison était peut-être déjà fermée, il prit ses jambes à son cou. La porte de la maison était close en effet, et il eut grand'peur d'être obligé de coucher à la belle étoile, et d'être sévèrement puni le lendemain par le patron. Il courut donc tout en larmes à la porte de la cour, qu'il espérait trouver encore ouverte; mais elle était fermée aussi, et le pauvre enfant se vit dans le plus grand embarras. Tout d'un coup cependant il se rappela que le garde de nuit, son bon ami, devait avoir un passe-partout, et il résolut d'aller et de venir dans la rue jusqu'à ce qu'il

arrivât. Après avoir fait quelques pas, il vit quelque chose
briller au clair de la lune; il le ramassa, c'était une bourse à
anneaux avec des glands d'or. Il l'ouvrit; elle contenait d'un
côté deux pièces de cinq francs, de l'autre quelque menue
monnaie et une pièce d'or enveloppée dans du papier.

Son premier sentiment à la vue d'une semblable trouvaille
fut un sentiment de joie. « Quel cadeau pour Lisette et pour
sa grand'mère! » se dit-il. Puis se ravisant, il ajouta : « Mais qui
peut avoir perdu cette bourse? Avant tout je dois la rendre à
celui à qui elle appartient. Demain j'irai aux informations dans
le quartier pour savoir qui a perdu cet argent. »

Au moment où il mettait la bourse dans sa poche, survint le
garde de nuit; il ouvrit la porte, et Wilhem se faufila tout doucement jusqu'à sa chambre. Le lendemain il était malade; il
avait gagné dans cette nuit froide un violent malaise, et se
trouvait hors d'état de se lever. Il garda le lit pendant huit
jours, sans secours de médecin, sans aucuns soins de la part
de sa patronne, qui se contentait de lui apporter tous les jours
un peu de soupe, sans s'inquiéter autrement de lui. La veille du
premier de l'an, l'apprenti vint le voir.

Wilhem avait caché la bourse dans sa paillasse, hésitant à
la montrer au patron, de peur que celui-ci n'en fît ce qu'il
avait fait des pourboire. Il la laissa sans y toucher jusqu'au soir
de la Saint-Sylvestre, jour où il reçut la visite de l'apprenti.
Celui-ci s'étant montré très-amical, Wilhem ne put résister à
l'envie de lui parler de sa trouvaille; il le pria en même temps
de s'informer si quelqu'un avait perdu une bourse.

« C'est inutile, dit l'apprenti; tu l'as trouvée, elle t'appartient;
et si tu ne veux pas la garder pour toi seul, donne-m'en la moitié, et une autre portion à Lisette. Quelle sottise de vouloir rendre cet argent! Celui qui l'a perdu doit être riche; alors quel
besoin en a-t-il? D'ailleurs il doit maintenant en avoir pris son
parti.... Nous autres, au contraire, qui sommes pauvres, nous
pouvons très-bien en faire notre profit. »

Le tentateur était là encore une fois, et Wilhem ne savait pas
s'il devait lui donner tort ou raison. « Chose trouvée, se disait-il,
n'est pas chose volée : faut-il donc la rendre? Avec cet argent,
je pourrais faire faire une robe à Lisette et soulager sa grand'-

mère. » Cependant il avait peur de se fier aux paroles de l'apprenti. « Si ma mère vivait, se disait-il, elle me dirait tout de suite si c'est une nouvelle tentation. Je pense bien que l'apprenti a raison cette fois. Si pourtant c'était un vol que de garder la bourse! »

L'apprenti regardait Wilhem d'un air inquiet.

« Eh bien, lui dit-il, où as-tu mis la bourse? Cherche-la, que nous partagions. »

Wilhem hésita; son cœur battait bien fort. Il avait déjà le bras tendu pour prendre l'argent dans la cachette, lorsque la patronne entra lui apportant sa soupe du soir. « Mon mari veut vous parler, » dit-elle à l'apprenti. Celui-ci fut donc obligé de sortir, et dit à Wilhem en lui donnant une poignée de main :

« Adieu, à bientôt, mon cher Wilhem. Demain matin je reviendrai te voir. »

Wilhem, après avoir mangé, se recoucha tranquillement en pensant à sa mère.

« Ah! si elle vivait! dit-il tout haut involontairement. Qu'il est donc difficile de savoir toujours ce qui est ou non un péché! Elle me le disait, elle. » Et il se mit à pleurer.

Au milieu de ces réflexions, il fut tout rempli de la joie qu'il se promettait; mais ensuite, une idée aussi lourde qu'une pierre lui oppressa la poitrine : l'idée que l'argent trouvé ne lui appartenait pas.

« Ah! se dit-il, il y a un an, à pareille époque, j'avais encore ma mère. « Cher enfant, me dit-elle, il faut examiner aujour- « d'hui si tu as été toujours sage pendant l'année qui va finir, « et prendre la ferme résolution de te défaire, l'année prochaine, « de toutes tes imperfections. » Je fis comme elle avait dit, et nous restâmes encore quelque temps sans dormir. Puis, quand mon ami le garde annonça minuit : « Adieu, vieille année, » m'écriai-je en embrassant ma mère; et je lui promis de lui procurer beaucoup de satisfaction dans celle qui allait suivre. Ma bonne mère! elle est morte longtemps avant que la nouvelle année fût écoulée. Mais je puis encore lui causer de la joie dans le ciel. Ah! si du moins je savais s'il est permis de garder la bourse! »

14

Le pauvre enfant était en proie à un violent chagrin. Ce n'était pas une petite affaire que de renoncer au plaisir d'acheter une robe à Lisette. Il s'endormit enfin, et ne se réveilla qu'au moment où le garde annonçait minuit sous sa fenêtre.

« Ah! ah! déjà? s'écria-t-il. Adieu, année qui viens de finir! salut à la nouvelle année! Aujourd'hui je ne puis embrasser ma mère, mais je vais regarder l'image de la tombe où elle repose. »

Il s'élança hors de son lit, alluma une bougie qu'il avait en réserve depuis l'arbre de Noël, et ouvrit le portefeuille qui contenait les dessins de son père et le sien. Il posa sur un es-

Il posa le feuillet sur un escabeau.

cabeau cette esquisse de la tombe de ses parents et s'agenouilla auprès.

« Mon Dieu, dit-il, vous m'avez pris mon père et ma mère; je ne puis plus leur promettre de devenir un enfant sage et bon; il ne me reste que leur tombe; mais je vous promets à vous, mon Dieu, et à cette tombe, de faire de bon cœur tout ce que vous demandez et tout ce que vous voyez d'un bon œil. » Puis il tourna la feuille du dessin et lut ces mots : « Là où la fidélité prend racine, la bénédiction de Dieu fait croître un arbre. » — « Mon Dieu, bénissez-moi, s'écria l'enfant, et faites de moi un arbre de fidélité! »

La petite bougie venait de finir; Wilhem fut donc obligé de remettre le dessin dans le portefeuille et de se recoucher bien vite. Quelques minutes après il s'était déjà rendormi et il rêvait. Il voyait dans ce rêve une grande maison dont toutes les portes et les fenêtres étaient étroitement fermées; c'était une prison. Dans toutes les chambres se trouvaient des gens bien malheureux qui tous avaient commis des fautes graves. La pitié de l'enfant était surtout excitée par un jeune homme assis dans un coin et enchaîné. « Qu'a-t-il donc fait? demanda Wilhem à un des gardiens. — Il a trompé, il a volé, répondit le gardien, et il est privé pour toujours de sa liberté. C'est un criminel endurci. Il a marché progressivement dans la voie du mal, et pourtant sa première faute était légère. Un jour il trouva sur son chemin une bourse pleine et il se l'appropria.... »

Wilhem se réveilla; le garde de nuit passait dans ce moment. En proie à une grande terreur, le petit garçon sauta à bas de son lit, prit la bourse, rêvant encore à moitié, et courut à une fenêtre du corridor qui donnait sur la rue.

« Garde de nuit! » cria-t-il de toutes ses forces.

Le garde de nuit s'arrêta.

« J'ai trouvé, la veille de Noël, une bourse; demandez dans le quartier à qui elle appartient. » Et en même temps la bourse tombait aux pieds du garde qui la ramassa. Wilhem se recoucha le cœur débarrassé d'un poids énorme, et il joignit les mains en disant : « Mon Dieu, je vous remercie de m'avoir montré ce qui est bien. »

Le lendemain de bonne heure l'apprenti vint voir son camarade; le pauvre Wilhem avait un redoublement de fièvre, tant la nuit l'avait fortement agité. Il tendit au séducteur sa main brûlante et lui dit tout bas : « Le bon Dieu a pris la bourse, je ne l'ai plus. »

Quelques jours après son entier rétablissement, Wilhem avait demandé à son ami le garde de nuit s'il avait trouvé le propriétaire de la bourse, et avait appris que sa trouvaille avait été remise à un peintre célèbre qui habitait au jardin de X.... « C'est vraisemblablement le père des trois enfants que j'ai observés dans leur salle d'étude, » se dit Wilhem.

C'était par un beau jour de printemps. Le soleil brillait dans un ciel sans nuages; tout reverdissait, et les fleurs étaient semées comme de la neige sur les cerisiers. Wilhem, assis sur

un escabeau, mettait la bordure à une paire de bottines. Tout
en s'occupant de son travail, il regardait les hirondelles joyeuses
qui bâtissaient leurs nids et voltigeaient autour de la maison
avec empressement. La bordure était mise.

« Wilhem, dit le patron, va porter ces bottines chez Mme Werder. Elle demeure au jardin de X..., là où la femme du professeur était en visite, tu te le rappelles bien ? Mme Werder est
la fille de ce professeur. »

Wilhem fut tenté de sauter au cou du patron pour le remercier
de ce qu'il lui donnait une pareille commission. Il monta vite à sa
chambre, prit sa casquette et se mit à courir par les rues comme
un jeune poulain auquel on aurait donné la clef des champs.

Arrivé au jardin de X..., il franchit la porte du petit jardin
attenant au derrière de la maison, et monta avec une curiosité enfantine sur le treillage, tapissé maintenant d'une vigne
sauvage et de plantes grimpantes d'une riche végétation, entre
lesquelles perçaient des centaines de clochettes d'un rouge pâle,
de l'espèce des liserons. Il avait écarté avec précaution les tiges
et les feuilles pour ne pas les endommager, et il était arrivé
jusqu'au sommet. Il n'y avait personne dans la chambre, et il
put observer tout à son aise.

« Quel plaisir, se dit-il, si je pouvais entrer et examiner tout
de plus près ! » Il descendit de son poste d'observation et trouva
la porte de la maison fermée comme la première fois qu'il était
venu y frapper. Il résolut alors d'aller et de venir en attendant
l'arrivée de quelqu'un.

A l'autre extrémité de la maison il y avait une fenêtre ouverte; Wilhem s'arrêta. « Que peut-il y avoir dans cette chambre ? se dit-il; il s'y trouve peut-être quelqu'un à qui je pourrais remettre les bottines, » et il grimpa jusqu'au bord de la
fenêtre entre les feuilles et les fleurs.

Le soir de ce même jour il écrivait à son ami Jules ce qu'il
avait vu dans cette chambre.

« Mon cher Jules,

« Je désire plus que jamais devenir peintre. Pourquoi faut-
il que je sois cordonnier? Les vilains souliers, le vilain fil

poissé, le vilain cuir! Si jamais je suis peintre, je représente-
rai tout le monde nu-pieds, rien que pour n'avoir pas à penser
aux souliers.... J'ai été aujourd'hui dans une maison entourée
d'un jardin où habite une certaine dame Werder. La porte étant
fermée, j'ai escaladé un treillage pour regarder dans une
chambre et pour appeler quelqu'un. Ah! mon cher Jules,
quelle jolie chambre! Tiens, je désire bien vivement revoir
ma mère; eh bien! je désire presque aussi ardemment avoir
un jour une chambre pareille. Imagine-toi, Jules, que si j'avais
une chambre comme celle-là, alors.... je serais.... peintre.

« Quand j'ai été sur le treillage et que j'ai regardé dans la
chambre, je me suis dit : « Cela ne doit pas être plus beau dans
« le paradis. » Près de la fenêtre, il y avait un chevalet, que j'ai
reconnu tout de suite, car il y en a un de représenté dans les
dessins de mon père; à côté une palette et des pinceaux. Les
murs étaient entièrement cachés par des tableaux. D'abord je
ne pouvais pas bien distinguer ce qu'ils représentaient, mais
tout d'un coup je me
suis trouvé debout au
milieu de la chambre;
j'y étais avant de m'en
rendre compte. Quels
magnifiques tableaux !

MINNE.

Il y avait aussi des statuettes sur une table, mais les tableaux étaient mille fois plus beaux encore. Dans une petite armoire grillée il y avait aussi des pieds et des mains en plâtre, d'une beauté merveilleuse ; mais les tableaux, je le répète, étaient encore plus beaux que tout cela. Au milieu de la chambre était dressée une longue table couverte de craie, de papier, de gomme et de portefeuilles comme celui de mon père; non loin de là un grand fauteuil sur lequel étaient éparpillés des journaux avec de petites gravures sur bois, comme celles de ton Histoire sainte. Tout cela était très-beau ; mais les tableaux, oh! les tableaux étaient mille fois plus beaux encore. Les murs étaient, comme je te l'ai déjà dit, tapissés de ces magnifiques tableaux entourés de superbes cadres dorés. Te les décrire tous, cela me serait impossible. Mais voilà ceux que j'ai remarqués particulièrement. Il y avait un paysage délicieux. Comme j'ai été ravi d'une cigogne qui se tient dans un marais, et lève une de ses jambes grêles comme pour se gratter! Une tempête sur mer est effrayante. Les vagues écument d'une manière si épouvantable, le vaisseau est tellement penché sur le flanc, l'équipage est en proie à une telle angoisse, que j'ai été sur le point de prier le bon Dieu pour ces pauvres gens. Mais ce n'est pas encore le plus beau tableau. Il y a le portrait d'un moine entre les deux. Jules, je voudrais qu'il te fût possible de le voir! Il est enveloppé dans son capuchon brun, il tient à la main un livre de prières, et il est adossé à une colonne de la galerie du couvent. Quelle majestueuse figure! C'est un homme pieux, on le voit, et il a l'air affligé, si affligé.... A coup sûr il vient de lire dans son livre la Passion de notre Seigneur Jésus-Christ.... A côté du moine rampe un charmant petit lézard; il se démène si gentiment, que j'avais envie de le prendre; on le dirait en vie.... Ah! si un jour je pouvais faire de semblables tableaux! Mon Dieu, je vous en prie, faites-moi devenir peintre ! Ces mots, je les répète tous les jours dans ma prière, et je le sens là dans mon cœur, quelque chose me dit que je serai exaucé. Sois assez bon, mon cher Jules, pour déposer sur la tombe de ma mère la feuille verte que je t'envoie ; c'est une feuille de la plante qui serpente autour de la chambre du peintre; ne pouvant raconter l'aventure à ma mère, je lui envoie du moins cette feuille. Adieu, mon bon Jules; tu dois savoir déjà très-bien dessiner, toi; quant à moi, je dessine tous les matins dans le corridor, car ma chambre n'a pas de fenêtre.

« Ton ami, apprenti cordonnier pour le moment, mais futur peintre,

« WILHEM. »

Wilhem resta longtemps sans être dérangé dans la chambre qui le ravissait à ce point. Enfin il se rappela qu'il devait retourner au logis, pour ne pas irriter le patron, reprit le chemin de la fenêtre, et fit le tour de la maison pour chercher la porte de l'autre côté. Elle était ouverte; il trouva à la cuisine une jeune fille, qui lui dit de laisser les bottines, et qu'elle porterait le lendemain l'argent au maître cordonnier.

Une semaine se passa, la jeune fille n'avait pas encore apporté l'argent. Au bout de ce temps elle vint, et Wilhem, qui espérait déjà qu'elle l'oublierait, et que son patron l'enverrait pour le chercher, fut complétement désappointé. Comment retourner au jardin de X...? Et pourtant il fallait qu'il revît les tableaux. Il s'informa si Mme Werder avait fait une nouvelle commande, et il apprit qu'elle avait fait venir d'un magasin de confection plusieurs paires de chaussures, et que, par conséquent, elle ne ferait plus rien faire de longtemps chez le cordonnier. C'était triste; ainsi, pas de perspective pour Wilhem de voir son ardent désir satisfait.

Pendant qu'il travaillait à ses souliers, pendant qu'il dessinait, il n'avait rien autre chose en tête que les tableaux de la maison du jardin de X.... Il les voyait en rêve, et il forma le projet d'arriver jusqu'à eux.

Huit jours se passèrent encore. Un dimanche, il se leva à deux heures de la nuit, s'habilla à la hâte, et sortit en courant par les rues sombres pour aller au jardin de X.... Une grande porte de fer en barrait l'entrée; il ne se laissa pas décourager par ce contre-temps; il s'assit au bord d'un fossé pour attendre qu'elle s'ouvrît. Il attendit longtemps en vain : le soleil se leva; les alouettes chantaient en l'air et les rossignols dans les bosquets du jardin. Enfin il vit s'avancer une petite voiture à bras chargée de pots de lait; l'homme qui la poussait tira le cordon d'une sonnette qui aboutissait à l'habitation du jardin; il fut introduit.

Alors Wilhem se glissa après lui et courut à la petite porte, qui n'était qu'entre-bâillée. Mais quel fut son effroi, lorsqu'en levant les yeux vers les fenêtres, il vit qu'elles étaient complétement masquées par des volets.

. Non loin de la maison, il y avait un beau tilleul. « Je vais monter dans cet arbre, se dit-il; je me cacherai entre ses branches touffues, et, de là, je pourrai parfaitement tout observer. » Aussitôt pensé, aussitôt fait.

Il entendit sonner cinq heures à une pendule : alors on ouvrit non-seulement les volets, mais encore les fenêtres. Wilhem sentit les battements de son cœur redoubler : il eût voulu être oiseau, afin de pouvoir s'élancer tout de suite dans la chambre; mais il n'osa pas se hasarder à s'approcher. Tant que la domestique qui avait ouvert les volets resta dans la chambre, il fut obligé de se tenir caché dans le feuillage de l'arbre. Qu'aurait-elle pensé, s'il était entré en escaladant la fenêtre? Il eut honte de sa curiosité, il eut peur d'être grondé.... mais s'en retourner sans avoir vu les tableaux, cela n'était pas possible.

La domestique allait et venait, rangeant et nettoyant les meubles; puis elle passa dans une autre chambre. Wilhem profita de ce moment : se laissant glisser le long de son arbre, il courut vers sa fenêtre favorite, grimpa entre les plantes, et, d'un bond rapide, il se trouva en face du tableau qui avait excité si fort son admiration. Il resta là perdu dans sa contemplation; son regard s'arrêtait tantôt sur les beaux et nobles traits du moine, tantôt sur le petit lézard, tantôt sur les larges plis de la robe brune du moine, tantôt enfin sur le livre de prières dans lequel il venait de lire. L'enfant se tenait là debout, immobile comme une statue, la bouche entr'ouverte, l'œil invariablement fixé sur l'objet de son attention, les mains jointes et tout entier à son ravissement. Il n'entendit ni la porte s'ouvrir ni les pas qui s'approchaient.

Le peintre, M. Werder, était entré dans son atelier. La visite si matinale de ce jeune amateur lui causa de la surprise; il fut tenté d'abord de le prendre pour un voleur; mais la pose tranquille de l'enfant devant le tableau eut bientôt dissipé ce soupçon. Il s'avança tout doucement et s'arrêta derrière lui. Quelques

M. Werder entra dans son cabinet.

instants s'écoulèrent, puis l'enfant, appuyant tout d'un coup ses mains jointes sur sa poitrine haletante, s'écria : « Mon Dieu, faites que je devienne peintre ! »

La vivacité de cette exclamation si franche fit une profonde impression sur M. Werder; Wilhem venait de gagner sa sympathie. Il lui posa la main sur l'épaule, et l'enfant, comme sortant d'un rêve, se retourna. Il resta muet devant le peintre, qui, de son côté, le regardait avec étonnement; car il avait reconnu les traits de son visage.

« Mon enfant, lui dit-il, je crois que nous nous sommes vus déjà quelque part.

— Oui, monsieur, répondit Wilhem; un jour dans le cimetière où sont enterrés mon père et ma mère; c'est vous qui avez colorié le dessin de leur tombe et qui avez écrit sur la feuille : « Là où la fidélité prend racine, la bénédiction de Dieu « fait croître un arbre. »

— Alors, c'est bien toi, je ne m'étais pas trompé, dit le peintre d'un ton affable. Mais comment te trouves-tu ici, mon garçon? Qu'es-tu venu y faire?

— Ah! monsieur, les tableaux! » repartit Wilhem en baissant timidement les yeux; puis il saisit la main du peintre, y déposa un baiser et dit d'un ton pénétré : « Pardonnez-moi, monsieur, je vous en prie. »

La sympathie de M. Werder était arrivée à un tel point, qu'il assura d'un air de bonté à l'enfant qu'il n'avait rien à lui pardonner, et le pressa de lui raconter comment il se trouvait dans son cabinet. En même temps il effleura amicalement de la main la joue pourpre de Wilhem, qui, mettant de côté toute crainte, expliqua dans un langage plein de franchise et de vivacité ce qui l'avait amené là.

M. Werder était le fils du professeur que Wilhem avait rencontré deux fois au milieu de ses livres, et il était marié avec la fille d'un riche négociant qui habitait aussi à Berlin. C'était ce négociant qui avait jeté la pièce de cinq francs au petit cordonnier le jour où les souliers de satin étaient tombés dans le ruisseau. Claire, sa petite-fille, était ce jour-là même venue le voir, et s'était mise un instant à la fenêtre, avec sa grande poupée, pour regarder l'heureux apprenti. Plus tard, son grand-père lui avait fait présent des bottines que Wilhem reconnaissant avait lancées dans la chambre par la fenêtre.

M. Werder était fort à l'aise. Il avait trois enfants qui étaient élevés et instruits chez lui par un précepteur et une gouvernante. C'étaient eux que Wilhem avait observés dans leur salle d'étude. Le peintre leur donnait lui-même des leçons de dessin. Trois fois la semaine ils se réunissaient dans son atelier : Georges dessinait d'après la bosse ; Claire bâtissait au crayon des maisons et des églises, et la petite Agnès traçait des lignes.

Wilhem venait d'achever son récit, et le peintre lui faisait encore quelques questions sur ses antécédents et sur sa position actuelle, lorsque Georges ouvrit la porte, en criant : « Cher papa, ne veux-tu pas venir déjeuner ? Maman t'attend, Claire et Agnès sont déjà là aussi.

— Donne-toi la peine d'approcher, mon fils, dit M. Werder. Vois ce petit garçon. C'est lui qui la veille de Noël a trouvé l'argent que tu avais perdu ; je le vois à son récit ; c'est lui dont nous a parlé le garde de nuit qui nous a rapporté la bourse. Tu avais promis de lui faire un cadeau ; nous devons être honteux l'un et l'autre de l'avoir oublié, aussi nous allons tâcher de réparer aujourd'hui notre oubli. Avant tout, dis à ta mère qu'elle aura un petit convive de plus à déjeuner ; je vais te suivre à l'instant. Tu veux bien prendre le café avec nous, mon enfant ? » fit-il en se tournant du côté de Wilhem.

A la pensée d'un bon déjeuner, le petit garçon était devenu tout rouge de plaisir ; toutefois il songea à son patron et dit en hésitant : « Je vous remercie, monsieur.... le patron me gronderait.... il est déjà bien tard !

— Je vais faire demander pour toi la permission à ton maître, » reprit M. Werder. Il sonna, un domestique vint. « Antoine, dit-il, va chez le cordonnier N.... et dis-lui que son apprenti est chez moi, que je lui demande la permission de le garder ici une heure, et que je le lui ramènerai moi-même. »

Le peintre prit alors l'enfant par la main et l'introduisit dans la salle à manger ; la maîtresse de la maison le reçut avec bonté comme une petite connaissance, Claire et Agnès l'examinèrent avec la curiosité naturelle à leur âge. On prit place autour d'une grande table de famille. Wilhem fut placé entre Georges et son père. Mme Werder lui servit une grande tasse de café, à laquelle elle joignit un pain au lait tout entier et plusieurs biscuits. Quel régal pour le pauvre enfant!

Wilhem buvait lentement son café, une cuillerée après l'autre, trempait les biscuits dans la tasse et les dévorait avec un visible plaisir; quant au pain à la croûte brune, il le tenait à la main, sans y goûter, le tournait, le retournait sans cesse, et regardait M. et Mme Werder comme s'il leur eût demandé quelque chose. On voulut le forcer à manger, mais il secoua la tête. Les autres enfants avaient déjà fini leur pain; mais lui regardait le sien d'un air embarrassé et ne pouvait se résoudre à lui faire prendre la route des biscuits. Après des sollicitations réitérées, il dit enfin : « Je voudrais bien le garder pour Lisette. »

— Lisette? s'écria tout le monde étonné; qu'est-ce que Lisette? »

Le petit garçon venait d'exprimer son désir, par suite il avait surmonté son embarras. Il raconta tout ce qu'il savait sur sa petite amie. Les trois enfants du peintre lui prêtèrent une oreille attentive, et les derniers détails où il était question de leur grand-père ne firent qu'augmenter leur sympathie pour Wilhem.

« Nous allons faire une quête pour Lisette! s'écria Georges.

— Nous lui enverrons tous les jours quelque chose pour son dîner! » dit Claire; et la petite Agnès ajouta en battant des mains : « Mais j'y pense, nous pourrions lui envoyer du café par Wilhem. »

Cette dernière idée fut accueillie avec transport. Claire s'élança de son siége pour aller chercher une bouteille, Mme Werder permit d'y verser du café; on y ajouta du lait et du sucre, et on la boucha soigneusement. Chacun des enfants fut en outre autorisé à mettre un pain au lait dans un petit panier, et Wilhem fut chargé de porter le tout à sa petite amie.

« Tout cela est très-bien, dit M. Werder, mais Georges doit songer aussi à payer sa dette au petit garçon. Il avait perdu sa bourse contenant tout l'argent de ses menus plaisirs, en rentrant de chez son grand-père la veille de Noël, il y avait même dans la bourse la pièce d'or que son grand-père lui avait donnée. — Qu'est-ce que tu disais donc, cher Georges, quand tu t'aperçus de ta perte? poursuivit le peintre en se tournant vers son fils.

— Je disais, répondit vivement Georges, que je donnerais toute la monnaie d'argent à celui qui me rapporterait la bourse; je ne voulais garder que la pièce d'or de mon bon grand-papa.

— Et tu n'as pas tenu ta promesse, ajouta M. Werder. C'était très-mal, mon enfant; quel bon usage Wilhem eût fait de cet argent! Il aurait généreusement soulagé la petite fille du menuisier et sa grand'mère.

— J'ai offert de l'argent au garde de nuit, répondit Georges confus; mais il n'a rien voulu accepter, parce que ce n'était pas lui qui avait trouvé la bourse.

— Mais il t'avait parlé du petit garçon de qui il la tenait, et je te proposai alors de prendre sur lui des informations. J'ai oublié plus tard de l'en faire souvenir, je m'en veux de cet oubli, nous devons donc tous les deux, comme je te l'ai dit, une réparation à Wilhem; nous allons songer aux moyens de la faire de la manière la plus convenable. »

Quelques jours après Wilhem adressait à son ami Jules la lettre suivante :

« Mon cher ami,

« Rends-toi au cimetière et dis à ma mère chérie que je vais être peintre. Depuis quelque temps j'apprends à dessiner chez le monsieur qui a peint le beau moine. T'imagines-tu combien je dois être heureux ? Mais il faut te raconter comment cela est arrivé. Le monsieur qui avait colorié le tombeau de mes parents est un grand peintre, je l'ai revu, et c'est lui qui me donne des leçons! Il a parlé à mon tuteur et il l'a décidé à m'envoyer à l'école; où je vais tous les jours. En sortant de l'école je me rends chez M. Werder, qui me fait dessiner dans son cabinet où est le tableau du moine. C'est l'après-midi seulement que je fais des souliers.

« M. Werder dit qu'il m'observera pendant deux ou trois ans. Si je suis bien obéissant à mon patron, si je me montre actif et laborieux dans la cordonnerie, à l'école et aux leçons de dessin, alors on verra si j'ai une vocation réelle pour la peinture, et s'il vaut la peine que je me consacre tout entier à cet art. Par conséquent, si M. Werder certifie dans quelques années que je puis devenir un jour un peintre habile, je cesserai de faire des souliers; si au contraire il dit que je ne possède qu'un talent médiocre et insignifiant, je resterai cordonnier.

« Ah! mon cher Jules, comme je vais être laborieux! Comme je vais me soumettre à tout ce que le patron exigera de moi! A présent, c'est de grand cœur que je raccommoderai les vieux souliers, et si parfois mon déjeuner ou mon dîner ne me rassasiaient pas, je ne m'en tourmenterai point, oh non! car je suis rassasié de joie!... M. Werder a trois enfants; ils reçoivent tous les mois pour leurs menus plaisirs de l'argent qu'ils se proposent de donner à Lisette et à sa grand'mère. M. Werder a déjà envoyé un médecin à la bonne vieille, et cette visite lui a fait tant de bien qu'elle a pu se remettre à filer. Lisette ira aussi à l'école et elle apprendra à coudre, afin que plus tard elle soit en état de nourrir sa grand'mère.

« Adieu donc, cher Jules, n'oublie pas d'aller au cimetière.

« Ton ami, WILHEM. »

Dix ans après les événements que nous venons de raconter, un jeune ouvrier, le bâton de voyage à la main, arriva pendant l'été dans la petite ville dont le cimetière renfermait la tombe du père et de la mère de Wilhem. Après avoir dépassé les maisons du faubourg, il se dirigea vers la porte du cimetière; elle était ouverte; il entra dans le champ silencieux des morts.

Le cimetière était situé sur une colline d'où le voyageur se mit à contempler la ville, cherchant d'un œil inquiet toutes les maisons qui lui étaient connues. Son regard étonné s'arrêta tout à coup sur l'une d'elles. Il devait bien la connaître, mais elle le surprenait; de jaune qu'elle était autrefois elle était devenue verte; elle avait autrefois un toit de bardeaux, et maintenant c'était un toit de tuiles.

Le jeune homme se disposa ensuite à passer en revue les tombes au milieu desquelles il marchait. Ce fut encore pour lui une nouvelle surprise. Il connaissait exactement la place où se trouvait jadis un simple tertre; il y était encore, il est vrai, mais comme tout était changé aux alentours! La place où s'élevait la tombe, était maintenant entourée d'une jolie grille; les barreaux étaient entrelacés d'un lierre à la végétation robuste, qui formait pour ainsi dire une verte muraille de feuilles. Sur le tertre il y avait comme autrefois quatre beaux plants de fleurs : deux pélargoniums, un olivier et un rosier. Ce ne pouvaient être les mêmes, car les anciens avaient dépéri peu à peu; l'ouvrier le savait. Cachée à moitié par un géranium, une tablette de pierre grise portait les noms des deux morts qui dormaient sous le tertre.

La femme du fossoyeur vint pour arroser les fleurs, l'ouvrier lui demanda qui avait fait orner si bien cette tombe.

La brave femme s'arrêta et répondit :

« C'est le jeune peintre Wilhem N..., le fils des deux personnes qui sont enterrées ici. Il l'a fait au commencement de cette année. C'est maintenant un brave jeune homme, qui fera son chemin dans le monde.

— Est-il ici? demanda avec impatience le jeune ouvrier, dont les regards étaient rayonnants de joie.

— Oui assurément, répondit la femme du fossoyeur; il habite là-bas dans cette maison peinte en vert, nouvellement couverte en tuile, chez un boulanger pour lequel il a une grande affection. On raconte sur eux une charmante histoire. Le boulanger avait rendu maint service au peintre dans son enfance, et l'enfant avait toujours dit que pour lui témoigner sa reconnaissance, il lui ferait une belle enseigne quand il serait devenu peintre. L'année dernière la maison du boulanger a été incendiée. Le pauvre homme a fait une perte considérable, puis quand il lui a fallu réparer les dégâts, il a eu un nouveau désagrément. Pendant le temps qu'il n'a pu cuire de pain ses pratiques se sont habituées à un autre boulanger, et lorsqu'il a rouvert sa boutique, elles n'ont plus voulu venir chez lui. Or le jeune peintre arriva ici au printemps dernier, et voyant l'embarras du père de son ancien ami, il lui fit une si belle enseigne que tout le monde s'arrête pour la regarder. Et c'est justice, car les pains qui y sont représentés sont si naturels qu'on serait tenté de mordre dedans. Depuis ce temps-là les pratiques sont revenues peu à peu; de sorte qu'à présent le boulanger ne peut cuire assez pour suffire à la vente. Le peintre, qui était reparti, est ici depuis peu, car le boulanger attend son fils qui vient de faire son tour d'Allemagne, et le peintre est l'ami de ce dernier. Il est accouru ici pour être présent à son arrivée, car on dit que les jeunes gens s'aiment beaucoup. »

L'ouvrier avait prêté à ce récit une oreille attentive; deux grosses larmes roulaient sur ses joues brunies par le soleil. Il serra la main à cette femme qui venait de lui donner de si bon cœur tous ces renseignements; puis il revint sur ses pas pour sortir du cimetière et entrer dans la ville. Tout d'un coup il se trouva face à face avec un jeune homme qui, sans être aperçu des deux interlocuteurs, s'était glissé jusqu'à eux; on entendit un double cri de joyeuse surprise, et Jules et Wilhem, ces deux anciens amis, se précipitèrent dans les bras l'un de l'autre.

Ainsi Wilhem était devenu peintre. M. Werder, trouvant en lui un talent réel, s'était plu à donner une instruction des plus solides à un enfant si heureusement doué, et son habile élève avait déjà gagné des sommes considérables. Quant au premier argent, produit de son pinceau, il l'avait consacré à élever un monument sur la place où reposaient les parents chéris qu'il n'a jamais oubliés.

L'année suivante Wilhem est allé, dit-on, en Italie pour se perfectionner sur cette terre natale des arts. Le petit cordonnier est devenu un homme, honoré à juste titre de l'estime géné=

rale. M. Werder, son protecteur et son maître, l'aime autant que s'il était son propre fils. En effet, Wilhem est laborieux et zélé; il a conservé son cœur d'enfant, et n'a jamais oublié les bonnes leçons de sa mère, ni sa résolution bien arrêtée de lui causer de la joie au ciel. En lui s'est vérifiée la maxime : Là où la fidélité prend racine, la bénédiction de Dieu fait croître un arbre.

TOC, TOC, TOC

TOC, TOC, TOC.

la fenêtre d'une maison de campagne, une petite fille d'environ dix ans était occupée à effiler un morceau de vieille toile dont elle passait les brins un à un à travers les fils de fer d'une jolie cage posée sur le rebord de la fenêtre. Dans cette cage deux serins construisaient leur nid. C'était merveille de voir avec quelle activité procédaient les deux petits ouvriers. Dans un coin de la cage était attachée une petite corbeille au fond de laquelle s'élevait un tas de ouate bien mollette. L'un des oiseaux, vraisemblablement la femelle, qui devait couvrir les œufs de ses plumes délicates jusqu'à ce qu'ils fussent éclos, travaillait avec empressement à l'installation du lit, pendant que l'autre rassemblait tous les brins de fil que l'enfant suspendait à la cage, et les portait vers le nid. La femelle avait déjà préparé une assise moelleuse, et s'efforçait en ce moment de matelasser avec les fils les parois du nid un peu trop dures. A cet effet elle enchevêtrait avec son bec la ouate et les fils, descendant parfois vers la sébile pleine d'eau pour humecter quelques-uns des brins et les faire adhérer plus fortement. Quand le nid était garni tout à fait, elle se mettait dedans, pressait sur le monceau avec son petit corps, le foulait avec ses pattes et relevait avec son bec les endroits trop déprimés. Du côté où était sa tête, quand elle se tenait dans le nid, le coussin était plus élevé et formait contre ses ailes deux bourrelets. Il était amusant de voir l'un des oiseaux se précipiter sur l'autre, lui arracher une de ses plumes les plus fines et la mettre dans le nid, probablement aux endroits où la couche trop mince n'eût pas fourni assez de chaleur. Quelquefois le travail ne semblait pas réussi, car les deux oiseaux se posaient sur le bord du nid, retiraient avec leurs becs tout le monceau de ouate et de fils et le jetaient à terre. Alors il se mélangeait aux grains de sable, de mil, de biscuit, et la pénible construction était reprise en sous-œuvre avec un surcroît de difficultés, car il s'agissait de purger préalablement les matériaux de toutes ces impuretés, avant de les employer de nouveau.

Dans la même chambre, un petit garçon moins âgé que la petite fille était appuyé contre une table où il grignotait des miettes de sucre qui y étaient éparpillées. Pour recueillir les miettes et les porter à sa bouche, l'enfant se servait d'un singulier instrument, d'une mouche. Il la tenait avec beaucoup de précaution par les ailes, la conduisait vers les miettes, et quand elle en avait saisi une avec ses pattes déliées, vite il l'approchait de ses lèvres et la léchait.

La petite fille, s'apercevant de cette nouvelle manière de manger ses friandises, se mit à rire en disant : « Écoute, Max, il faut passer un ruban rouge au cou de ta mouche, afin que tu puisses la distinguer parmi les autres et l'attraper toutes les fois que tu auras besoin de cuiller et de fourchette.... ou ce qui vaudrait encore mieux, attache-la avec une chaîne comme un chien.

— Oh non, répondit Max, je ne veux pas attacher la bonne petite bête, il ne faut pas la punir de ce qu'elle a servi à m'a-

muser si gentiment. Je vais la laisser aller sur-le-champ, et,
en récompense du service qu'elle m'a rendu, je sèmerai tous
les jours pour elle sur la table des miettes de la brioche de
mon déjeuner.

— Tu seras toujours forcé de lui mettre un petit collier, dit
la petite fille; sans quoi, les mouches étrangères ne manqueront
pas de s'inviter au repas de la tienne.

— Elles sont libres de venir aussi, répliqua Max; elles sont
toutes ses parentes et amies, elles partageront sa récompense.
La semaine dernière, quand tu reçus un morceau de pain d'é-
pices, pour avoir bien su ta leçon de géographie, tu l'as bien
partagé avec moi. »

M. Korn, le père de ces deux enfants, était, sinon un riche
propriétaire, du moins un homme assez à l'aise pour vivre sans
inquiétude; ce qui ne l'empêchait pas de se lever de grand matin et de travailler au besoin tout comme un autre. M. Korn
jouissait de l'estime et de l'affection de tous ceux avec qui il était
en relation; car il était animé de la plus grande bienveillance
pour tout le monde. C'était un père rempli de tendresse, mais
par malheur il était faible. Lorsque Mme Korn, excellente
mère, lui faisait des observations sur les fâcheux effets de
son indulgence, c'est à peine s'il l'écoutait. Quand la pauvre
mère le voyait satisfaire à tous les caprices de son fils, et ne
jamais le punir pour sa désobéissance, elle tremblait pour
l'avenir de l'enfant; mais le père cherchait toujours à la calmer et à la consoler, en disant : « Il faut bien que jeunesse se
passe. Avec l'âge, Max deviendra raisonnable; il faut laisser
la liberté à cet enfant. Pourquoi lui rendre amères les douces
années de son enfance en le soumettant à une discipline trop
sévère? »

Max avait l'âme impressionnable; il eût été si facile à diriger!
qu'on en juge par la scène suivante, qui se passa lorsqu'il était
encore bien jeune.

La cage des oiseaux de sa sœur était suspendue à la fenêtre
d'un petit cabinet attenant à la chambre où la mère couchait
avec les deux enfants. Ils allaient au lit de bonne heure; la mère,
au contraire, avait l'habitude de veiller assez avant dans la nuit.
Un soir qu'elle s'était approchée, selon sa coutume, des petites

couchettes, pour déposer un baiser sur le front des enfants en-
dormis, elle trouva Max encore éveillé.

« Est-ce que tu ne peux pas t'endormir, mon enfant? lui demanda-t-elle en s'asseyant au bord du lit, et en écartant de son

front les boucles de ses cheveux blonds. Tu as l'air chagrin; te
serait-il arrivé quelque chose? Tu t'endors si vite, d'habitude! et
hier encore tu me disais : « Quand je mets le pied droit dans le
« lit, mon œil droit ne voit déjà plus; et quand j'y mets le pied
« gauche, mon œil gauche est déjà fermé » Aujourd'hui, tu es
bien portant, cependant; dernièrement, quand je vins vers toi,
je t'entendis soupirer; tu te tournais et te retournais; et, en ce
moment même, tu ne peux pas non plus trouver le repos. Faut-
il t'apporter ton petit cheval? Tu le tiendras près de toi, et tu
t'endormiras peut-être plus tôt. Anna, bien souvent, met sa poupée avec elle dans le lit. »

Max regardait sa mère avec tristesse; des larmes brillaient
dans ses yeux; mais il ne répondit pas. La mère poursuivit :

« La lune répand dans notre chambre une si douce clarté, la
belle lune étincelante! Elle te regarde comme si elle voulait te
souhaiter une bonne nuit. Tu t'endors si volontiers quand elle
éclaire ton petit lit, et tu l'aimes tant! Lorsque tu étais tout
petit, et que tes lèvres savaient à peine balbutier quelques mots,

tu lui tendais déjà tes petites mains quand tu l'apercevais; plus
d'une fois même tu lui as envoyé un baiser du bout de tes petits
doigts. »

La mère avait espéré distraire l'enfant par sa conversation;
mais son visage, habituellement si gai, resta sérieux. Il se couvrit les yeux de son bras frais et rond pour cacher les larmes
qui s'en échappaient.

« Tu n'es pas malade au moins, mon enfant chéri? » lui demanda la mère avec anxiété.

Max fit un signe de tête négatif.

« Eh bien, si tu n'es pas malade, mon cher Max, il faut que
tu aies du chagrin. Ne veux-tu pas me dire ce qui te fait de la
peine? »

Max baisa la main de sa tendre mère et fit un nouveau signe
de refus.

« Tu ne veux pas me le dire? ajouta l'excellente femme, con-
trariée cette fois. Pourquoi n'es-tu pas franc avec moi?

— J'ai honte, répondit Max; demain, demain bien sûr, je te
le dirai. »

Voyant l'émotion de Max, la mère n'insista pas; mais l'œil
d'une mère voit jusqu'au fond de l'âme de son enfant : aussi
devina-t-elle ce qui troublait le repos de son fils. Une faute devait lui peser sur la conscience, et il était toujours si pénible
pour lui d'avouer le mal qu'il avait fait! Elle se leva donc,
déposa un baiser sur le front de l'enfant et alla se reposer;
mais le sommeil resta loin d'elle : eût-elle pu fermer les yeux
sachant que quelqu'un des siens avait du chagrin?

La lune répandait toujours sa lumière dans les chambres; la
pièce elle-même où les oiseaux d'Anna se trouvaient, était remplie d'une douce clarté. Max ne cessait de se tourner et de se
retourner, essuyant les larmes qui coulaient sur ses joues.
Enfin il sauta à bas de son lit, courut en chemise et les pieds
nus vers la porte et entra dans le cabinet voisin. Sa mère l'observait en silence. Il monta sur une chaise, contre la fenêtre,
et passa un doigt à travers les barreaux de la cage; l'un des
oiseaux, pelotonné comme une balle, bondit de dessus son
perchoir. « Sansonnet, gentil sansonnet, lui dit Max, ne sois
pas fâché, Gotthold m'avait donné aujourd'hui pour toi la

moitié d'une pomme.... et moi.... je ne te l'ai pas apportée ; elle avait si bonne mine que je l'ai mangée. Bon petit sanson-

net, quand j'aurai des pommes à Noël, je garderai la plus belle pour toi. » Max descendit rapidement de sa chaise et traversa leste et joyeux le cabinet ; il jeta un regard du côté de sa mère, elle s'était mise sur son séant et elle lui fit un signe amical ; il courut à elle les bras ouverts, et au moment où elle le serrait contre son cœur, il lui dit tout bas : « Petite mère.... à présent je pourrai dormir. » Au bout de quelques minutes en effet il était plongé dans un profond sommeil.

Tant que la mère dirigea seule l'éducation de ses enfants, Max avec son esprit souple fut entre bonnes mains. C'était une femme sérieuse et douce, animée du véritable amour maternel ; elle savait que les parents doivent compte à Dieu de leur conduite à l'égard de leurs enfants. Elle n'accablait pas les siens de caresses ; un simple baiser d'elle était toujours pour eux une faveur, et quand ils faisaient mal, la punition la plus ordinaire était la privation de ce baiser.

Anna, sa fille, fut instruite et élevée par elle seule, et Max lui-même resta jusqu'à huit ans sous sa tutelle absolue. Ce fut pour lui un bienfait ; les principes que cette institutrice affectueuse grava dans son âme ne s'effacèrent jamais complétement.

« Mes enfants, leur disait-elle une fois, vous plaignez l'aveugle qui ne peut voir les merveilles de Dieu ; eh bien, il y a une cécité bien plus triste encore. Pour qu'un jardin ait toujours l'air frais, propre et beau, il faut s'en occuper tous les jours ; il faut y arracher la mauvaise herbe, y détruire les couvées de chenilles ; il importe au jardinier d'employer pour cela des ouvriers soigneux et clairvoyants, qui doivent éloigner à temps ce qui pourrait causer du dommage. Représentez-vous maintenant votre cœur comme un jardin dont le bon Dieu est le jardinier ; il y sème de belles fleurs, et y plante des arbres destinés à porter de beaux fruits ; il y a établi comme gardien un ange dont la vue perçante découvre toutes les mauvaises herbes et les nids de chenilles, et qui encourage l'ouvrier dans leur destruction. Cet ange, mes enfants, c'est votre conscience ; cet ouvrier, c'est votre bonne volonté. Figurez-vous cet ange sous les traits d'un aimable et bel enfant qui ne demanderait pas mieux que d'être toujours riant et joyeux ; mais si, en se promenant dans votre jardin, il se pique à un chardon, une larme de douleur lui vient dans les yeux. Aussi, mes enfants, faites que votre ouvrier soit bien actif, afin que vous ne causiez pas de chagrin à votre bon ange.

— Nous te le promettons, assurèrent Max et Anna.

— Où en êtes-vous aujourd'hui ? poursuivit la mère ; demandez à votre bon ange s'il ne s'est point blessé dans votre jardin. »

Les enfants baissèrent les yeux, et firent tous deux en rougissant un signe de tête affirmatif.

« Allons, nommez-moi le chardon auquel le pauvre ange s'est piqué, ajouta la mère.

— Je le veux bien, dit Anna.

— Moi aussi, bonne mère, » dit Max.

La mère les embrassa avec effusion.

« Oh ! combien vous me faites plaisir ! Voyez, quand vous avouez une faute, et que vous cherchez à la réparer, c'est comme si vous guérissiez la blessure de l'ange qui s'est piqué. Vous séchez ses larmes, de manière à ce qu'il puisse sourire de nouveau. Allons ma bonne Anna, panse la blessure du tien.

— Chère mère, dit Anna, aujourd'hui quand je prenais mon lait, tu m'as dit d'apporter de l'argent au messager pour acheter à la ville des brioches toutes fraîches. Au lieu de me dépêcher, j'ai commencé par boire mon lait très-tranquillement, et quand je suis arrivée à la cuisine, le messager était déjà loin.

— Et moi, reprit Max, je n'ai pas été sage pendant que Jeanne me lavait la figure, j'ai voulu la battre.

— C'est bien mal! dit la mère. Tu as voulu battre cette bonne Jeanne, toujours si bienveillante pour toi et qui est si contente de te voir bien propre et bien frais!

— Je vais la trouver, s'écria Max, pour lui demander pardon.... Il ne faut pas que l'ange pleure.... »

En parlant ainsi, il partit en courant.

« Et moi, poursuivit Anna, je vais donner aujourd'hui mon dîner à Pierre, et ne manger que du pain, afin qu'il aille une seconde fois à la ville et qu'il en rapporte des brioches toutes fraîches. »

Quand Max eut huit ans, son père crut que l'éducation que lui donnait sa mère pouvait lui faire contracter des habitudes de mollesse, et il résolut de laisser à l'enfant une plus grande liberté. Un pareil système devait, selon lui, fortifier le caractère de Max, et il était tellement prévenu en faveur de cette idée que ni les représentations ni les prières de sa femme ne purent le déterminer à la modifier.

L'excellente mère, de son côté, n'en mettait que plus de zèle à profiter des moindres occasions pour ne pas laisser dégénérer le cœur jusque-là si sensible de son fils; mais une vie sans gêne, et la liberté de faire tout ce qui lui passait par la tête, étaient beaucoup trop du goût de cet enfant déraisonnable.

On faisait un léger détour pour visiter les Charbonniers.

D'abord il prêta parfois encore une oreille distraite aux conseils de sa mère; mais plus il avança en âge, plus son esprit
devint difficile à gouverner. Elle avait été pour lui un guide
sûr et fidèle. Tant qu'il avait suivi ses conseils, il ne s'était
égaré que momentanément; elle le ramenait toujours dans le
bon chemin. Mais en perdant ce guide il perdit aussi peu à
peu la faculté de reconnaître le bon chemin, et l'ange de sa
conscience, auquel sa mère lui avait tant recommandé de ne
jamais faire de peine, avait bien souvent sujet de s'attrister.

Les funestes conséquences de cette éducation vicieuse ne devaient pas tarder à se montrer. Dans un petit bois contigu à la
propriété de M. Korn, étaient établis des charbonniers. Max,
qui avait un petit cheval pour se rendre à la ville chez son précepteur, faisait chaque fois un léger détour pour visiter les
charbonniers qui lui expliquaient ce qu'il désirait savoir de
leur métier, et lui racontaient aussi de merveilleuses histoires
de sorciers et de brigands; c'était pour lui un grand amuse-
ment, et il ne manquait pas de revenir; à la fin il passait auprès d'eux non-seulement ses heures de récréation, mais encore toutes les minutes qu'il pouvait dérober à ses leçons.

Les charbonniers avaient des enfants; il courait avec eux
dans la forêt, jouait sur les grands tas de charbon, et quand
les hommes noirs avaient le temps, ils lui racontaient de ces
histoires qui l'égayaient si fort.

On se salit en touchant à la boue, dit le proverbe. Le pauvre
Max ne salit pas seulement ses habits auprès des charbonniers;
il salit également son âme, qui, semblable à une cire molle,
reçut bientôt toutes les impressions qu'on voulut lui communiquer.

Les charbonniers vendaient du bois de la forêt, qui ne leur
appartenait pas; Max en avait été témoin une fois et en avait
été effrayé; mais ces gens lui avaient dit qu'il y aurait bien toujours assez de bois pour le propriétaire, qui était riche, tandis
qu'eux étaient pauvres.... De sorte que Max se tranquillisa, et
finit par se dire : « C'est vrai, il y a bien assez de bois pour le
propriétaire, et on peut bien laisser ce privilége aux pauvres
charbonniers. » Ce jour-là, au moment où il allait remonter à
cheval, l'un d'eux le prit par la main, et lui dit : « Jeune

homme, si tu dis jamais un mot de l'affaire, ne t'avise pas de revenir à la forêt. Ici il faut voir et entendre, mais bien se garder de parler. »

Max s'éloigna. Ordinairement son petit cheval partait au galop; cette fois il n'alla qu'au pas, et en baissant la tête comme s'il eût partagé la tristesse de son cavalier. Max arriva à la maison, et se rendit au salon où sa mère et sa sœur avaient coutume de travailler le soir. Elles étaient sorties, probablement pour aller au-devant de lui, mais elles ne l'avaient pas rencontré. Il s'assit sur une chaise sans rien dire, et les yeux baissés. Quelque chose de noir se glissa sur le seuil, il leva les yeux, c'était la chatte grise de la maison, la compagne chérie de sa sœur Anna. Elle se tenait d'ordinaire dans les appartements; elle avait même un coussin devant la cheminée du sa-

lon, et avait souvent du lait à lécher. Mais en ce moment elle habitait à la cave avec quatre petits chats, et Minette ne serait admise de nouveau dans le salon que lorsque ses petits seraient devenus grands.

Or, la chatte était une tendre mère; elle réfléchit qu'elle s'était trouvée au salon beaucoup plus commodément qu'à la cave; elle regrettait peut-être aussi son amie Anna. Bref, elle avait résolu de s'installer sans plus attendre avec toute sa famille sur le coussin devant la cheminée. Au moment même où Max s'asseyait dans le salon, elle y entrait furtivement, portant à sa gueule un de ses petits. Elle glissa comme une ombre sur le parquet, et plaça le charmant petit animal sur le coussin dans la pièce à côté; prompte comme l'éclair, elle repartit, et fit quatre fois le même tour jusqu'à ce que tous les petits fussent réunis; alors elle s'installa tout à l'aise auprès d'eux, et se

mit à les lécher et à filer son rouet, probablement dans le but
de les endormir. Cet événement insignifiant en apparence plongea Max dans une profonde mélancolie.

« La bonne chatte! se dit-il; certes, ma mère aussi est bonne;
elle a pour nous tant de sollicitude.... elle aime tant à me voir
sincère.... Je ne puis pourtant pas lui conter l'aventure des
charbonniers, elle ne me permettrait plus d'aller près d'eux.
Au fait, elle est par trop craintive.... Mon père a plus de courage, lui, il n'est pas non plus aussi sévère; mais quant à
l'aventure, je ne puis pas non plus la lui conter.... »

Le père et la mère rentrèrent avec Anna; Max garda le silence;
le vol des charbonniers resta son secret. Il ne songea pas au
proverbe : « Le recéleur ne vaut pas mieux que le voleur. » Il
était, de plus, trop jeune encore, et ne comprenait pas que, de
cette façon, il se faisait le complice des charbonniers. Ses parents
le lui auraient appris, s'il avait eu assez de franchise pour leur
faire part de ce qu'il avait vu. Les enfants ne doivent jamais
rien cacher à leurs parents; ils ne savent pas tout le mal qui
peut résulter d'une discrétion aussi mal entendue. Qu'arriva-t-il
de là? c'est que les charbonniers mirent en lui, dès lors, une
entière confiance, et ne craignirent plus sa présence. Au commencement, la vue du mal effraya Max; mais il finit par s'y
accoutumer.

Plusieurs années se passèrent ainsi. Un certain été, il y eut,
avant la moisson, une grande disette dans le pays. M. Korn,
pour soulager les paysans de son voisinage, leur avançait des
pommes de terre et du blé, à condition qu'ils acquitteraient
peu à peu leur dette quand viendraient les travaux de la moisson prochaine.

Un paysan des moins aisés, nommé Gotthold, avait déjà reçu
précédemment des secours du père de Max. Cet homme, dont
l'éducation était bien au-dessus de celle que les paysans reçoivent d'ordinaire, était animé d'une vive reconnaissance, et il
s'efforçait de la prouver autrement que par des paroles. Il vivait
seul, avec sa vieille mère aveugle, dans une petite chaumière
du village dont M. Korn était le propriétaire, et il n'avait que le
salaire de ses journées pour subvenir aux dépenses de son petit
ménage. Le dernier secours qu'il avait reçu de M. Korn n'avait

donc fait qu'accroître son désir de témoigner à cet homme compatissant toute sa reconnaissance. Mais comment? par quel moyen? Il lui vint alors une excellente pensée. « Si tous les habitants du village, se dit-il, pouvaient devenir des gens de bien, M. Korn en serait bien content. Lui, qui a tant d'affection pour tous, est néanmoins obligé d'avoir des contestations avec tel ou tel qui ne veut pas payer sa redevance; il est forcé de punir tel ou tel qui ne remplit pas son devoir.... » Que fit donc Gotthold?

Il avait dans sa vie lu plus d'un bon livre; le curé du village où il habitait auparavant l'aimait beaucoup, et, comme il avait découvert en lui une âme honnête et loyale, et un jugement sain, il ne l'avait pas perdu de vue; il lui parlait souvent, lui recommandait la piété, et lui prêtait de temps en temps des livres de sa bibliothèque.

Gotthold savait lire. Quand il avait un bon livre, il méditait sérieusement le caractère des personnages qu'on y faisait agir et parler, leur donnait raison quand ils agissaient et parlaient bien, et ne les blâmait pas moins quand il y avait quelque chose de répréhensible dans leurs actions et leurs discours.

Il affectionnait d'une manière toute particulière un des livres qu'il tenait du curé; il le regardait comme le type du livre de lecture, et se disait souvent que chaque paysan devrait l'avoir dans sa maison; lui-même désirait ardemment le posséder; mais où trouver l'argent nécessaire pour l'acheter? Le soir, à la brasserie, en prenant un verre de bière, il se mit à en parler. Une première, une seconde fois, on l'écouta; la troisième et la quatrième fois, il avait un cercle complet d'auditeurs.

« Puisqu'il en est ainsi, se dit-il, il faut que j'aie le livre pour le lire. » Et il écrivit au curé, et le curé le lui envoya par le retour du courrier. C'était *Lienhard et Gertrude*, de Pestalozzi.

Gotthold avait la voix forte, la prononciation nette; il ne lisait pas seulement des yeux et des lèvres, il lisait avec toute son âme; aussi le livre du noble et sincère ami du peuple fit une bien profonde impression, et, tous les dimanches après midi, les paysans s'assemblèrent pour écouter le lecteur enthousiaste avec autant de dévotion que s'ils eussent été à l'église.

Gotthold connaissait aussi les charbonniers de la forêt. Il n'avait pas d'eux une fort bonne opinion, quoiqu'il ignorâ

leurs méfaits. Il se rendit un jour auprès d'eux pour les engager
à assister aux lectures; mais il ne put en venir à ses fins : ces
gens-là n'avaient pas de goût pour de semblables récréations.
« Quand nous avons travaillé toute la semaine, dirent-ils, nous
sommes bien aises de nous reposer le dimanche. Nous sommes
aussi trop âgés pour aller à l'école; nous laissons cela à nos
enfants. »

Les fréquentes relations de Max avec les charbonniers ne
plaisaient pas du tout à Gotthold; il eût volontiers fait observer à M. Korn que son fils n'en retirerait rien de bon, mais au
fond il n'avait pas précisément de mal à dire de ces gens, et il
fut obligé de se taire. En revanche il chercha à attirer l'enfant
auprès de lui. Max lui était cher comme étant le fils d'un homme
à qui il devait tant; il eût voulu pour beaucoup que Max renon-
çât aux charbonniers pour lui faire de nombreuses visites. Le
petit garçon entrait quelquefois chez lui, et Gotthold recevait
toujours sa visite comme un agréable cadeau; il jouait avec lui,
quand il avait le temps, lui apprenait à sculpter de petits animaux en bois, lui faisait une lecture et lui donnait mainte
bonne leçon. Il semblait qu'il se fût entendu avec la mère du
petit garçon; il suivait la même marche qu'elle, et, chose étonnante, bien que Gotthold ne fît jamais un reproche à son protégé, car il ne savait rien de ses mauvaises actions, néanmoins
après chaque visite au brave homme, l'enfant ressentait un
trouble dont il ne se rendait pas compte, et toujours il croyait
entendre l'ange de sa conscience lui dire : « Viens souvent chez
cet homme, et ne va point chez les charbonniers ! »

Leur commerce rapportait fort peu aux charbonniers; aussi
à la fin, comme les vivres devenaient fort chers, le besoin leur
inspira de coupables pensées, ils résolurent de commettre un vol.

Un soir que tout le monde était couché, Max, qui depuis
longtemps habitait une petite chambre à côté de celle de son
père, se leva et marcha sur la pointe des pieds jusqu'à la fenêtre. Il l'ouvrit; tout était tranquille. Il s'avança avec précaution vers le secrétaire de son père, prit une clef parmi celles
qui y étaient suspendues, et se glissa de nouveau vers la fenêtre. Au bout d'un instant une forme sombre s'en approcha
du dehors.

« As-tu la clef du grenier ? lui demanda-t-on à voix basse.

— Je l'ai, répondit l'enfant, mais je crains de te la donner, car le blé appartient à mon père.

— Tant que le grenier est fermé, dit le personnage mystérieux, le blé lui appartient; quand il sera ouvert, il nous appartiendra à nous; vite la clef, mon garçon!

— Mais je ne sais pas, dit Max avec anxiété, j'ai bien peur; ma mère m'a toujours parlé d'un ange de la conscience qui veille au fond du cœur.... n'as-tu pas un ange semblable?

— Stupide bavard! dit-on presque à haute voix, donne la clef, ou sinon....

— N'en prendras-tu guère au moins? fit Max tremblant.

— Ne crains rien, répondit-on; tout juste assez pour une fournée de pain, parce que nous avons faim; je te rapporte immédiatement la clef. »

Max allongea le bras, la forme disparut. Pâle comme un mort, il resta à la fenêtre; son cœur battait bien fort.... Oh! pourquoi avait-il livré la clef? que faire dans cet horrible moment d'angoisse? Aller trouver son père, l'éveiller, lui avouer sa faute?... oui, c'eût été le meilleur parti; mais avouer une faute semblable? Son père lui pardonnerait-il jamais?... Il tomba à genoux; l'état de surexcitation dans lequel il se trou-

vait l'empêcha de prier, il se tordit les mains, et ses lèvres ne purent que murmurer : « Mon Dieu! mon Dieu!... » Tout à coup dans le silence de la nuit un chant se fit entendre; il sortait de la bouche de Gotthold qui, à cette heure avancée, revenait de la ville où il avait travaillé. Cette voix était bien connue de Max; le brave homme avait l'habitude de chanter quand il était dans la campagne; Max connaissait les paroles que Gotthold chantait en ce moment ; aussi les comprenait-il presque toutes ; et quand le chanteur fut à quelque distance, il prononça distinctement ces mots :

« Voyez, enfants, combien l'amour de Dieu est grand pour vous ! Toutes les fois que vous frappez, la porte s'ouvre ! »

Max fondit en larmes, il se couvrit les yeux de ses mains et sanglota.... « Dieu ! mon Dieu ! se disait-il ; on ne me rapporte pas la clef.... » Il leva les yeux ; ciel ! des flammes jaillissaient du grenier....

A l'instant même Max se précipita vers le lit de son père. « Père, le grenier est en feu ! » s'écria-t-il, et il tomba sans connaissance.

Lorsque, revenu de sa première épouvante, le pauvre homme s'élança dehors, Gotthold avait déjà sonné la cloche qui servait à avertir les ouvriers aux heures du travail, et un grand nombre de personnes étaient accourues avec empressement pour porter secours. Il faisait une nuit très-calme, et, comme aucun vent ne poussait la flamme, on réussit à préserver de l'incendie les étables et les granges.

Max fut obligé d'avouer que les charbonniers étaient les auteurs volontaires du désastre, et que lui-même, chose horrible à dire, avait amené le malheur de son père.

On arrêta les charbonniers, on les mit en jugement et on leur appliqua la loi dans toute sa rigueur.... et Max ? Certes, le pauvre garçon avait reçu une terrible secousse de cet affreux événement ; mais il éprouva plus de honte que de repentir ; il pria ses parents de ne pas divulguer sa faute et promit de s'amender, s'excusant à part lui de ce qu'il avait fait. « Je ne voulais après tout, disait-il, que soulager les pauvres charbonniers affamés, » et il ne voyait pas qu'on ne peut disposer de ce qui n'est pas à soi.

S'étant donc contenté de confesser du bout des lèvres à ses parents et non à Dieu une faute aussi grave, la promesse qu'il faisait de devenir meilleur n'était plus qu'un vain étalage de mots. Comment peut-on se corriger d'une faute, si l'on n'en fait pas l'aveu ? Le pauvre Max n'éprouvait pas le désir de faire appel à la miséricorde de Dieu. Il était tombé si bas qu'il ne voulait plus entendre la voix de son bon ange.

Sa mère voyait avec effroi cet état déplorable, et elle mettait tout en œuvre pour toucher ce cœur volage.

« Réveille-toi, Max, lui disait-elle souvent ; tu dors sur le bord de l'abîme ; tu cours à ta perte en rêvant.... » Inutiles efforts ! « Ma bonne mère est toujours portée à s'exagérer le mal, » se disait Max, et il ne se réveillait pas de ce sommeil funeste. Le mauvais grain avait germé dans son cœur en même temps que le bon grain de ses jeunes années, et il n'avait pas tardé à y prendre racine.

La conduite de l'infortuné Max réduisit son père à la mendicité. Il mourut, laissant sa femme et sa fille dans le dénûment le plus complet. Cette mère, digne de pitié, ne fut pas abattue par la pauvreté ; elle n'avait pas le temps de songer qu'elle était pauvre, tant son esprit était absorbé par le chagrin que lui occasionnait la conduite de son fils.

Max ne paraissait plus à la maison ; il redoutait ses proches, il avait honte aussi. Ne voyant jamais ni sa mère ni sa sœur, il vivait insouciant, au jour le jour, avec des gens tarés ; on eût dit qu'il n'avait jamais entendu parler d'un juge qui prononce sur nous après la mort.

Telle était son indifférence, mais elle n'était qu'apparente. Son calme extérieur était forcé ; à certains moments, il était en proie à une excitation fébrile, et alors il eût donné sa vie pour pouvoir pleurer à son aise dans les bras de sa mère. « O ma mère ! s'écriait-il un jour, les mains crispées sur sa poitrine, que la douleur et le regret menaçaient de briser ; ô ma mère ! rien qu'un baiser de toi, et puis mourir ! »

En ce moment, Gotthold entra, apportant une lettre d'Anna, qui commençait par ces mots :

« Max, nous n'avons plus de mère. »

Comme frappé de la foudre, Max s'affaissa sur lui-même en jetant un cri perçant.

Huit jours plus tard, il s'embarquait pour l'Amérique, espérant se soustraire à ses remords. Il n'avait pas revu sa sœur, et elle, trompée par un faux bruit, sans nouvelles de lui, crut qu'il avait péri avec Gotthold. Deux hommes du même âge qu'eux s'étaient noyés près de Bade ; et comme Max et son fidèle compagnon étaient partis secrètement pour Hambourg, leur

absence fut aussitôt remarquée, et on pensa qu'ils étaient les
deux victimes.

Désormais, il n'y avait plus de joie pour la pauvre Anna;

mais elle portait au fond du cœur un joyau bien précieux, la
paix, et c'est dans cette paix qu'elle vivait selon Dieu. Elle se
retira du monde et entra dans un couvent, résolue de mettre son
activité au service de la souffrance et du malheur.

Max avait quitté, il est vrai, le théâtre de ses égarements,
mais il avait emporté avec lui le chagrin d'avoir attristé les dernières années de ses parents. Il se jeta dans une activité sans
trêve ni repos, il se livra aux travaux les plus rudes; mais rien
ne put lui donner la paix. Lorsque l'image de ses parents se
présentait à sa mémoire, peu s'en fallait qu'il ne se laissât aller
au désespoir.

Une nuit, il se réveilla en sursaut d'un songe pénible. « Ah!
se dit-il comme pour se tranquilliser, ce n'était qu'un songe.... »
Mais ce qu'il éprouva au réveil était encore plus épouvantable
que le songe; les tortures de son cœur s'aggravèrent encore sous
l'influence de ce rêve. Il se leva et sortit, il marcha droit devant
lui en courant jusqu'à une sombre et épaisse forêt. « Où trou-
verai-je la paix? » Telle était la question remplie d'amertume
qui retentissait au dedans de lui, et qui le poussait sans but
dans le monde. Il voulait avoir la paix, mais il ne la cherchait
point où il eût pu la trouver.

Tout d'un coup l'épaisse forêt s'éclaircit : sur une portion
défrichée, Max aperçut une maisonnette construite avec des

pierres, du bois et de la mousse. Ce devait être la demeure d'un solitaire. Au-dessus de la petite porte, dans un enfoncement, était placé un crucifix, et, plus bas, une tablette qui portait cette inscription : « Venez à moi, vous tous qui êtes chargés et qui souffrez, et je vous soulagerai. »

Dans le bois de la porte, sur une tablette plus petite, Max lut ces mots : « Frappez, et l'on vous ouvrira. »

« Dieu de miséricorde! s'écria Max, c'est votre voix.... » Il tomba à genoux et pleura amèrement; mais, cette fois, c'étaient des larmes de repentir, comme celles que saint Pierre répandit après avoir renié son divin maître. Max, en se relevant, se trouva soulagé du lourd fardeau qui l'oppressait.

Il frappa à la porte de la maisonnette pour voir l'homme qui, par ces deux inscriptions si simples, lui avait parlé un langage si touchant. Personne ne répondit. Il souleva alors doucement le loquet en bois et se trouva dans l'intérieur de la maisonnette. Les murs étaient également tapissés de mousse; un petit autel s'élevait dans une niche, et, dans un coin, était dressé un lit de mousse, sur lequel était couché le solitaire. Max s'approcha.... le vieillard était mort.

Ses nobles traits portaient l'empreinte d'une douce tranquillité; ses cheveux argentés formaient comme un diadème autour de sa tête. Il était mort comme il avait vécu : l'ange de sa conscience avait gravé l'image de la paix sur son visage pâli par la mort; sa vie tout entière s'était sans doute passée à frapper à la porte du ciel; cette porte venait de s'ouvrir.

Max recommença le chemin de sa vie; la lumière venait de se faire dans son âme. Dieu lui avait tendu bien des fois une main qu'il n'avait pas saisie; la mort subite de sa mère avait produit en lui une violente et profonde commotion; mais le calme ne s'était pas encore fait dans son cœur. Il avait quitté, il est vrai, le sentier du vice, mais il n'était pas encore le fils repentant qui a fait un retour sur lui-même. Pendant l'heure qu'il venait de passer auprès du corps inanimé du solitaire, la couche de glace sous laquelle son âme était retenue captive venait seulement de se fondre.

Tout à coup l'épaisse forêt s'éclaircit.

D ans un joli petit jardin appartenant à une maison de plaisance, située aux environs de la gare du chemin de fer de Dresde, deux messieurs en habit de voyage étaient assis à une table où ils prenaient le café. A quelques pas d'eux, contre la grille de fer qui séparait le jardin de la rue, se tenaient deux enfants, un petit garçon et une petite fille. Ils étaient aussi en costume de voyage, et tous attendaient que la cloche de la gare donnât le signal du départ.

« Sais-tu bien, Hugo, disait la petite fille, que j'ai été hier au théâtre pour la première fois de ma vie?

— Oui, je le sais, répondit le petit garçon, ton grand-père l'a dit à mon oncle; moi aussi j'ai déjà été souvent au théâtre, j'ai vu jouer plusieurs opéras.

— C'est aussi un opéra que j'ai vu, mais cela ne m'a pas fait beaucoup de plaisir; il y avait trop de bruit. C'était bien joli, quand un acteur chantait seul, par exemple; mais les autres ne voulaient jamais rester en silence; ils chantaient tous à la fois, et j'étais obligée de me boucher les oreilles tant ils criaient fort.

— Ce n'étaient pas des cris, reprit d'un ton magistral le petit garçon qui pouvait avoir trois ans de plus que sa petite camarade, c'étaient des chœurs. A l'école nous chantons en chœur, et à l'église les plus grands élèves chantent aussi tous en chœur.

— Je le sais bien; il y a longtemps que grand-papa me l'a dit, vois-tu.... et si nous chantons tous les deux, nous ferons aussi un chœur.

— Non, ce sera un duo; et si ton grand-papa se met de la partie, ce sera un trio, et si mon oncle vient se joindre à nous, ce sera un quatuor; ce n'est un chœur que lorsque beaucoup de personnes chantent à la fois.

— Quel savant professeur tu fais! dit la petite fille.

— Ne te moque pas de moi, dit le petit garçon. Ne ris pas, Emma! Quand mon oncle m'appelle *savant professeur*, il le fait en plaisantant; mais toi, c'est pour te moquer, cela n'est pas bien.

— C'est que tu as vraiment autant d'esprit que le professeur qui devait me donner des leçons d'histoire naturelle. En voilà encore un qui en sait plus long que tout le monde....

— Est-ce que tu n'as pas encore étudié l'histoire naturelle?

— Oh que si! Madame l'abbesse et sœur Marie me racontent souvent des histoires qui se passent dans la nature; elles me parlent de jolis oiseaux, d'arbres, de singes ingénieux; elles me disent que les centimes que je donne aux pauvres se tirent de la terre.

— Des centimes tout faits?

— Mais non, vieux professeur que tu es, ils ressemblent d'abord à une petite boule de terre; il faut les en extraire au moyen du feu, et puis on les.... on les....

— On les frappe; j'ai été avec mon oncle à l'Hôtel de la Monnaie. J'ai vu frapper des pièces de cinq francs. Imagine-toi, Emma, des hommes plaçaient des disques d'argent sous une grande presse, et ils tournaient, tournaient toujours. Pendant ce temps-là les pièces coulaient de l'autre côté l'une après l'autre comme un ruisseau.

— Quatre pour trois centimes! huit pour six centimes! cria tout à coup une forte voix, et un homme qui portait une grande corbeille passa contre la grille de fer.

— Ah! un marchand de croquets! s'écria la petite fille! je t'en prie, Hugo, donne-moi un centime; je voudrais m'acheter un croquet.

— Moi, un centime? Tiens, Emma.... regarde, voilà ma bourse! J'ai beau la secouer, rien n'en sort. Hier encore j'avais six centimes, j'en ai acheté un verre de bière pour le vieillard qui demeure là-bas dans cette maisonnette, et qui nous conte toujours de si jolies histoires. Il avait l'air si faible! alors je me suis rappelé que mon oncle buvait de la bière pour se donner des forces.

— Est-ce que le vieillard est malade? Ce matin encore il m'a
balancée sur son pied; j'aime tant ce jeu-là ! Il se met sur le
banc devant la porte, je m'assieds sur la pointe de son pied, il
me donne la main, et alors.... c'est comme sur une balançoire.
Grand-papa ne sait pas le faire aussi bien.

— Oui, je le crois, ton grand-papa ne l'a pas appris étant
jeune, et comme dit mon oncle : « Qui jeune n'apprend, vieux
« ne saura. »

— Le pauvre homme l'a-t-il donc réellement appris quand il
était jeune?

— Oui, en vérité! Ne te souviens-tu pas d'un petit garçon
appelé Max, dont il nous a parlé si souvent, qu'il aimait tant,
et qui, comme toi, avait dansé sur ses genoux?

— Vois, vois, interrompit Emma, la petite porte de la maisonnette s'ouvre, le vieillard va s'asseoir sur le banc; viens
avec moi, je vais lui dire que je pars, et le remercier pour les
belles histoires qu'il nous a racontées. »

Les enfants traversèrent.

Les deux enfants traversèrent la rue en sautant et se dirigèrent vers le vieillard qui était occupé à sculpter avec son couteau de petites figures en bois, travail que les enfants regardaient toujours avec plaisir.

Le pauvre homme était borgne et boiteux; mais ces infirmités, loin de l'abattre, ne faisaient au contraire que lui inspirer
un plus grand amour du travail.

« Bon vieux père, dit Hugo, tes cheveux sont tout blancs, tu as un œil de moins, tu es boiteux, et malgré cela tu travailles sans cesse.

— Oui, mon garçon, répondit le vieillard; j'ai de bonnes mains, il me reste un bon œil et un bon pied; avec cela la besogne peut encore marcher.

— Mais ne manques-tu jamais d'ouvrage? ajouta Hugo; il y avait hier chez nous des mendiants qui disaient à mon oncle qu'ils avaient bonne envie de travailler, mais qu'ils ne trouvaient pas d'ouvrage.

— C'est qu'ils n'ont pas su en chercher, fit le vieillard en secouant sa tête vénérable. « Cherchez et vous trouverez; frappez et l'on vous ouvrira! » dit l'Évangile. Moi, je n'en ai jamais manqué; mais on n'a pas toujours le choix, il faut prendre ce que l'on trouve.

— Bon petit père, je te remercie bien, dit Emma; tu m'as conté de si belles histoires, et tu m'as balancée sur ton pied. Ne veux-tu donc pas me balancer encore une fois? Pour faire nos adieux, je t'en prie!

— Je le veux bien, ma chère enfant, répondit le vieillard en posant son couteau près de lui; viens, mon pied valide te fera sauter avec plaisir; je n'en ai plus qu'un de bon, c'est vrai; autrefois, il y a bien longtemps de cela, quand le petit Max venait me voir, j'avais deux pieds bien dispos; j'étais plus fort aussi; nous allions au galop à cette époque. A présent nous ne pouvons aller qu'au pas; je ne suis plus qu'un pauvre cheval hors de service. »

Emma poussa des cris de joie en se sentant bercée sur le pied du vieillard.

« Oh! s'écria-t-elle, quel dommage que ce soit pour la dernière fois! »

La cloche du chemin de fer annonçait l'heure du départ.

« Hugo! Emma! » crièrent les deux voyageurs qui étaient dans le jardin.

Les enfants durent se résoudre à quitter leur vieil ami.

« Où allez-vous donc? leur demanda-t-il.

— Au couvent de Ruhberg, dit Emma en descendant de sa balançoire.

— Au couvent de Ruhberg! répéta le vieillard tout étonné; si

c'était le Ruhberg [1] que je dois chercher? ajouta-t-il en se parlant à lui-même. Il faut que j'aille à ce couvent, oui, oui; frappez, et l'on vous ouvrira. Je saurai bien si c'est le véritable
Ruhberg; jusqu'ici personne n'a su me dire où il est situé. »

Les enfants se rendirent au chemin de fer avec leur oncle et
leur grand-père.

« Comme le cheval souffle bruyamment! dit Hugo. Il siffle à
vous écorcher les oreilles; c'est sa manière de hennir, à lui.
L'alezan de mon oncle, quand il s'arrête, dilate ses naseaux,
lève la tête, et frappe du pied la terre en faisant jaillir des
étincelles; le cheval de fer hurle en vomissant de la fumée, et
il souffle comme s'il était hors d'haleine.

— Ah! regarde donc, Hugo, voilà un monsieur que j'ai vu
hier au théâtre.

— Était-il du nombre de ceux qui chantaient?

— Non, il ne chantait pas. Il n'avait pas non plus un beau
costume bariolé; il se tenait debout au bas de la scène, au milieu de beaucoup de musiciens qui jouaient du violon, de la
flûte, et qui sonnaient du cor. Il avait à la main une baguette
et il en frappait un grand cahier ouvert devant lui.

— Ah! ah! ah! fit Hugo, c'était le chef d'orchestre qui battait la mesure. Mais, à propos, tu ne m'as pas encore dit ce
que tu avais vu au théâtre.

— J'ai vu.... des oiseaux qui voltigeaient de tous côtés, et
des éclairs, et un chasseur qui fondait du plomb pour couler
des balles, à ce que m'a dit grand-père. Puis j'ai vu une jeune
fille qui ressemblait d'une manière frappante à sœur Marie du
couvent; mais elle n'était pas habillée en sœur. Elle chantait :
Die Grillen sind mir bœse Gaeste [2]. Oui, elle a bien raison, je
n'aime pas non plus les grillons; il en vint un une fois dans la
cuisine du couvent qui jour et nuit faisait zirp, zirp, zirp. »

Hugo se mit à rire. « Oh! dit-il, c'est un opéra que je connais, il s'appelle le Freischütz; mais la jeune fille qui chante
ne veut pas parler de la petite bête qui se nomme grillon; elle

1. Ruhberg veut dire montagne du repos.
2. « Les soucis sont pour moi de mauvais hôtes. » Mais l'enfant joue ici sur le
double sens du mot *Grille*, qui signifie à la fois *grillon*, petit insecte qui loge
dans le mur du foyer, et *souci*, *rêve*, *rêverie*. (*Note du Traducteur*.)

veut dire : *die Grillen*, *les soucis*, sont pour moi des hôtes incommodes.

— Vieux professeur que tu fais! murmura Emma un peu embarrassée.

— Il ne faut pas avoir honte, Emma, dit Hugo; j'ai trois ans de plus que toi. Mais continue; qu'a-t-on chanté encore? »

Emma fit un signe de tête et poursuivit.

« Une femme disait en chantant que les nuages voilaient le soleil.... et cependant on ne voyait ni soleil, ni nuages.... puis elle a ouvert une fenêtre par laquelle on voyait la lune dans son plein.... et pourtant quand je suis rentrée à la maison avec grand-père, la lune n'avait au ciel que la forme d'un croissant.

— C'est que sur le théâtre ce n'était pas la lune véritable, dit Hugo; ce n'étaient que des décors; la lune était peinte sur une toile suspendue derrière la fenêtre.

— Une lune peinte! mais c'est bien mal d'en faire accroire comme aux gens à qui l'on donne un poisson d'avril.

— Mais le théâtre n'est qu'un jeu, ma chère Emma; les oiseaux que tu as vus voltiger n'étaient que des oiseaux en carton peint attachés à des ficelles.

— Et les personnages étaient-ils aussi en carton peint?

— Eh non, puisqu'ils chantaient.

— C'est vrai, ils chantaient.... et le carton ne peut pas chanter. Tout de même, c'est bien mal de vouloir tromper les gens au théâtre; grand-papa dit qu'on ne doit jamais mentir.

— Sans doute, fit le grand-père qui avait entendu la fin de la conversation. Seulement il faut faire une distinction, mon enfant. Lorsque quelqu'un raconte une fable, il ne raconte non plus que des choses qui ne sont pas vraies; mais cela est permis, car il ne demande pas qu'on le croie; il ne veut que faire une plaisanterie. Eh bien, ma chère Emma, la représentation au théâtre n'est également qu'une fable, ou, pour parler plus exactement, une image de la vérité, mais non la vérité elle-même. »

La cloche sonna pour la seconde fois. Hugo et Emma allaient s'élancer vers la porte qui conduisait à la file des wagons; mais le grand-père et l'oncle, dans la crainte que les enfants ne se perdissent dans la foule, prirent chacun leur protégé par la main.

Les enfants entrèrent dans un wagon, et le grand-père et
l'oncle prirent place à côté d'eux.

« La locomotive est-elle donc en vie? demanda Emma.

— Assurément, répondit Hugo ; tu vois bien qu'elle court,
qu'elle respire, qu'elle hennit et qu'elle souffle. »

Et Hugo se mit à rire aux éclats. L'oncle et le grand-père
en firent autant; puis le premier, se tournant vers son neveu,
lui dit gravement : « Il faut instruire ta petite amie, mon enfant! Ce n'est pas bien de t'amuser à ses dépens; allons, ex-
plique-lui ce que c'est que la locomotive. »

Hugo donna un baiser à la petite fille, qu'il aimait tendrement, et lui dit avec bonté :

« Ne sois pas fâchée, ma bonne petite Emma, j'ai fait avec
toi comme on fait au théâtre, je t'ai induite en erreur. La locomotive n'est pas un animal amphibie, ce n'est pas une bête
vivante, mais une machine en fer, qui a un fourneau où l'on
chauffe avec du charbon de terre. Au-dessus du fourneau il y
a une grande chaudière où l'eau est en ébullition. Tu sais bien,
Emma, lorsque ton grand-père fait du thé, la vapeur d'eau
sort de la bouilloire en fumant et en sifflant. Eh bien, ici dans
la chaudière de la locomotive, il y a beaucoup, beaucoup
d'eau ; aussi cela siffle et fume bien plus fort. La vapeur qui
se forme dans la chaudière passe dans un corps de pompe
où elle fait mouvoir un piston dont la tige transmet le mouvement aux roues de la locomotive. Alors celle-ci court sans avoir
besoin d'être tirée par des chevaux. »

Cette explication parut satisfaire Emma, qui s'extasia encore
sur le profond savoir de son ami, et tous deux continuèrent
de babiller à qui mieux mieux. A l'une des premières stations
ils devaient quitter le chemin de fer et se séparer l'un de l'autre.
En effet, Emma se trouvait sur la route du couvent de Ruhberg, et depuis quelques mois on l'avait confiée aux soins de
la supérieure de cet établissement. Elle venait seulement de
passer quinze jours chez son grand-père, qui la ramenait au
couvent. Hugo accompagnait son oncle chez un de ses parents,
propriétaire d'un domaine situé à une lieue de la ville où ils
venaient d'arriver.

Les enfants avaient habité autrefois la même maison, et joué

17

ensemble tous les jours; ils venaient de passer ensemble une
agréable quinzaine; aussi se séparèrent-ils le cœur bien gros et
les larmes aux yeux, un peu consolés pourtant par l'espoir de
se retrouver aux fêtes de Noël.

Le couvent de Ruhberg était situé dans une charmante contrée
de la montagne; il avait un superbe jardin parfaitement tenu,
planté d'arbres magnifiques, et où l'on cultivait des fleurs de
toutes sortes; un petit ruisseau limpide le traversait en serpen-
tant, et les truites frétillantes, qui y abondaient, causaient un
bien grand plaisir à Emma. Le jardin était contigu à une haute
montagne boisée appelée le Ruhberg, à laquelle le couvent
avait emprunté son nom. Au sommet s'élevait la jolie église
du couvent, avec son clocher pointu, dont la sonnerie se faisait
entendre au loin dans toute la contrée.

Le couvent de Ruhberg était un hospice dans lequel huit sœurs
de la Miséricorde soignaient les malades. Les pauvres, affligés
de maux corporels, y étaient accueillis, bien couchés, bien
vêtus, bien nourris; un médecin les visitait, et les sœurs en
avaient le plus grand soin.

La plus âgée des sœurs avait le titre d'abbesse. C'est elle

qui dirigeait toute la maison, et c'est près d'elle que tout le
monde trouvait conseil et appui. Les sept autres sœurs avaient

en elle une amie sincère, et elles l'aimaient comme leur mère.

L'établissement, très-bien organisé, offrait aux malades toutes les ressources d'utilité et d'agrément. Dans une grande salle, les lits étaient disposés sur deux rangées, à quelques pas de distance les uns des autres. A l'extrémité de la salle était dressé un autel où, chaque dimanche, on célébrait l'office divin pour les malades. Quand on est couché là, vaincu par la souffrance, on éprouve le besoin de demander au bon Dieu de la force et du soulagement. Si alors un prêtre vénérable vient, d'une voix douce et persuasive, prêcher la patience et la résignation, et faire naître dans les cœurs abattus des pauvres malades l'espérance que leur prière sera exaucée, c'est un immense bienfait, c'est une bénédiction du ciel.

Emma, tout en affectionnant les autres dames du couvent, était attirée particulièrement vers sœur Marthe et sœur Marie, à cause de la nature de leurs fonctions. Sœur Marthe avait sous sa direction la cuisine et l'office; or, ce sont là des endroits qui éveillent toujours beaucoup de sympathie chez les petites filles, notamment quand il se trouve dans l'office une armoire dont les tiroirs sont remplis de raisins secs, d'amandes et de pains d'épices. Sœur Marie tenait la pharmacie : les nombreuses bouteilles, les bocaux, les flacons, les fioles, les boîtes qui garnissaient les rayons, avaient fait plus d'une fois l'admiration d'Emma. De temps en temps, sœur Marie lui permettait de jeter un coup d'œil dans l'intérieur des bouteilles; souvent même elle l'autorisait à prendre une pincée dans un certain bocal et à se la mettre sur la langue; car ce bocal contenait.... du sucre en poudre. Et puis tout était si élégant et si propre, et le sucre avait si bon goût, et le désir de savoir ce qu'il y avait dans les autres vases était si vif chez Emma, que bien des fois elle se disait : « Quel plaisir d'être malade ici! »

Chacune des sœurs habitait une jolie petite chambre, que l'on appelait cellule; celle de sœur Marie était arrangée avec infiniment d'élégance et de goût. Le petit autel dressé dans un coin était toujours orné de fleurs pendant l'été; les meubles étaient de la plus grande simplicité, mais reluisants de propreté; nulle part on n'apercevait un grain de poussière.

A côté de son lit il y en avait un plus petit dans la cellule; c'était celui d'Emma, dont l'instruction lui était confiée. Seule de toutes les personnes du couvent, elle pouvait lui consacrer quelques heures chaque jour. Bien que l'abbesse se fût réservé la haute main sur l'éducation de l'enfant, elle n'eût pas été en état de s'y livrer exclusivement. Sœur Marie lui donnait ses leçons dans la pharmacie, quand elle n'avait pas de médicaments à préparer; elle lui apprenait à lire, à écrire, à calculer; elle l'exerçait au tricot et à la broderie; du reste, jeune encore elle-même, elle était toujours disposée à babiller et à jouer avec son écolière.

C'était un grand plaisir pour Emma. Elle ressentait moins vivement la douleur d'être séparée de son compagnon de jeu, de son ami Hugo. Elle se trouvait d'ailleurs très-bien à Ruhberg; l'abbesse la chérissait comme une mère; et, quoique ses devoirs rigoureux envers les malades l'empêchassent de s'occuper d'elle comme sœur Marie, néanmoins le peu de temps qu'elle pouvait lui sacrifier était précieux pour l'enfant.

Plusieurs des connaissances du grand-père d'Emma avaient trouvé extraordinaire qu'elle fût élevée au couvent, puisqu'on avait dans la ville où elle habitait un si grand nombre de bonnes maisons d'éducation. On ne comprenait pas pourquoi lui, qui aimait d'un amour si tendre sa petite fille, s'était ainsi séparé d'elle. Mais il n'était pas le grand-père d'Emma. M. Reich était un homme à son aise, presque seul au monde, sans proches parents, et il habitait à Dresde depuis plusieurs années. Là il avait pour ami intime un professeur qui s'était voué à l'éducation du fils de sa défunte sœur. M. Klug s'était chargé du petit garçon aussitôt après le décès de la mère, qui était morte veuve. Cependant l'orphelin ne se trouvait que depuis quatre ans dans la maison de son oncle. Quelque temps auparavant, le professeur avait fait un voyage en Amérique avec M. Reich, et c'est de là que le dernier avait ramené la jeune Emma.

Pendant la traversée, on aperçut un jour les débris d'un navire, ballottés par les vagues. On retira d'une chaloupe une caisse dont le couvercle était percé de trous. En l'ouvrant, on y découvrit une jolie petite fille d'environ un an, enveloppée dans des oreillers et solidement attachée à l'intérieur. A l'un des

Le couvent de Ruhberg.

oreillers était fixé avec une épingle un carré de papier sur lequel étaient tracés quelques mots au crayon. « Dieu tout-puis-

sant!... Ayez pitié de mon enfant!... Hélas! à Ruhberg.... à.... »
C'est là tout ce qu'on put lire.

Les femmes qui se trouvaient sur le bâtiment se chargèrent
de la petite fille qui venait d'être sauvée et l'entourèrent de tous
les soins possibles.... Quel était ce pauvre être abandonné?...
Avait-elle perdu son père et sa mère dans les flots?... ou bien
quelqu'un soupirait-il quelque part après son retour?... Le nom
d'Emma était brodé au coin d'un mouchoir, mais il n'y avait
pas de nom de famille; on ignorait s'il existait quelqu'un au
monde pour recueillir la pauvre enfant en qualité de parent ou
d'ami.

Les passagers éprouvaient tous la plus vive sympathie pour
la petite fille, et se figuraient la douleur des parents qui, probablement à l'heure d'un extrême danger, au moment où le
navire allait sombrer, avaient confié leur enfant aux vagues de
la mer en adressant au ciel les prières les plus ferventes pour
sa conservation.

M. Reich était dans une position aisée, il avait le cœur aimant
et généreux. Il prit immédiatement la résolution de se charger

de la petite fille. Quand elle sut parler, elle lui donna le nom
de grand-papa, parce que dans tous les livres d'images les
hommes à cheveux blancs étaient appelés grands-pères. Des
rapports charmants s'étaient établis entre le digne vieillard et
sa fille adoptive; une vie nouvelle et remplie de charme commençait pour cet homme qui, jusque-là, avait vécu dans l'isole-
ment, et jamais n'avait bercé un enfant sur ses genoux.

Lorsque la gentille Emma lui enlaçait tendrement le cou de
ses petits bras, ou qu'elle jouait avec les boucles de ses cheveux blancs, l'œil du brave homme brillait d'un éclat nouveau,
et il joignait les mains en remerciant Dieu du cadeau qu'il
avait reçu de lui sur ses vieux jours.

Tout en se sentant heureux de la possession de l'aimable
enfant, il songeait néanmoins avec une profonde sympathie au
désir des parents, qui, avant de mourir, avaient écrit sur le bil-
let : « A Ruhberg. » Ce devait être une prière faite à ceux qui
trouveraient l'enfant de le conduire à l'endroit désigné. Mais
où était situé Ruhberg?... Les dernières volontés des mourants
sont sacrées, le père adoptif de l'enfant délaissé s'impose le
devoir de les remplir. Il fit des recherches sérieuses, et découvrit qu'il y avait dans la montagne de R.... un couvent de ce
nom; mais ce n'était pas un établissement d'éducation; c'était
un hospice de malades, et ni l'abbesse ni les autres sœurs ne
pouvaient s'expliquer les motifs du souhait des parents.

Toutefois le vieillard apprit à connaître l'abbesse, et, comme il rencontra en elle une femme distinguée sous tous les rapports, il la décida à se charger de l'éducation d'Emma.

Quinze jours environ après sa rentrée au couvent, Emma jouait un soir dans   jardin. Elle y avait ses petits instruments

de jardinage, avec lesquels elle travaillait à quelques plates-bandes dans un coin mis à sa disposition. Elle les avait garnies de feuilles, de petites pierres, de fleurs fanées; c'était une œuvre magnifique, lorsque tout fut achevé. Elle représentait le jardin du couvent; les feuilles vertes figuraient les arbres; les petites pierres amoncelées en carré, le corps de bâtiment. A quelque distance s'élevait un monticule de sable au sommet duquel un tas de petites pierres simulait l'église. Huit tiges de fleurs, de la longueur du petit doigt d'Emma, étaient enfoncées en terre, chacune à sa place particulière; une baie de sorbier implantée sur chacune leur faisait une tête, et des feuilles de géorgine attachées avec un petit fil de laine formaient autour d'elles une robe à larges plis. Ces petites figures représentaient les huit sœurs du couvent, au milieu desquelles se distinguait l'abbesse par une tige plus haute et par une baie de sorbier plus grosse. A côté de l'église se dressait une bouteille pour figurer le clocher. Emma avait attaché une petite pierre à un bout de fil qu'elle laissait pendre dans la bouteille; puis, elle l'agitait lentement contre les parois, de manière à produire le tintement d'une cloche. A ce signal les petites nonnes devaient accourir et gravir la montagne pour se rendre à la messe. Dans ce but Emma planta les tiges deux à deux les unes derrière les autres, passa un fil autour et voulut les conduire ainsi au haut de la montagne; mais cette procession ne réussit pas. Lorsqu'elle tira le fil, les petites sœurs inclinèrent soudain leurs têtes rouges vers la terre, et plusieurs même restèrent couchées devant elle décapitées. A ce contre-temps imprévu Emma rougit de dépit, et elle allait redresser les tiges renversées, lorsqu'elle entendit frapper à la porte du jardin qui donnait sur la campagne. Elle leva les yeux; à travers les barreaux de la grille, elle aperçut un pauvre vieillard qui s'appuyait sur des béquilles. Pleine de compassion elle s'élança du côté de la porte et poussa un cri; elle venait de reconnaître le brave homme de Dresde qui la faisait sauter sur son pied valide.

« Petit père, est-ce bien toi? s'écria-t-elle en battant des mains.

— C'est moi, répondit le vieillard; mais je ne suis plus le même, je ne suis plus l'homme encore frais et vigoureux de Dresde; j'ai été malade et malheureux depuis; à une journée d'ici j'ai été obligé de me mettre au lit, car un cheval emporté, que je n'avais pu éviter à cause de mon mauvais pied, m'avait renversé. Quand j'ai été mieux et qu'il m'a fallu me remettre en route clopin-clopant sur mes béquilles, j'ai pris la direction du couvent de Ruhberg.

— Veux-tu être soigné ici par les bonnes sœurs? demanda Emma.

— Si elles voulaient me recevoir, pourquoi pas? répondit le vieillard. Mais ce n'est pas le motif de mon voyage, je désire parler à la supérieure du couvent.

— Alors tu ne veux pour aujourd'hui qu'un logement pour la nuit, n'est-ce pas? Il est déjà l'heure du souper, puis il fera sombre et il faudra aller se coucher.

— Mon enfant, demande à Mme la supérieure si elle veut me permettre de passer la nuit au couvent. Je suis très-fatigué à cause des mauvais chemins ; je suis bien malade. Dis-lui cela, peut-être voudra-t-elle bien me recevoir.

— Oh ! ce serait charmant, petit père ; tu pourrais me faire danser encore sur ton pied.

— Malade et infirme comme je le suis ? dit le vieillard en souriant : ce serait difficile, mon enfant, cela ne va plus comme à Dresde.

— Pauvre petit père ! fit Emma avec un soupir. Mais ne t'inquiète pas, va, l'abbesse te fera bien sûr conduire dans la salle où il y a beaucoup de lits ; et on te soignera jusqu'à ce que tu sois complétement rétabli.

— J'ai bien des compliments à te faire de la part de ton ami Hugo, interrompit le vieillard ; et je t'apporte même une lettre de lui, ce sera mon payement pour ta bonne médecine.

— Une lettre de Hugo ! s'écria Emma saisie d'étonnement. Tu es donc une poste ? Car c'est par la poste que toutes les lettres arrivent ici.

— C'est moi qui suis ton facteur, mon enfant, reprit le vieillard en faisant passer la lettre à travers la grille ; prends-la, la belle lettre, et maintenant, ma fille, va trouver la supérieure, et prie-la de m'admettre à l'hospice. »

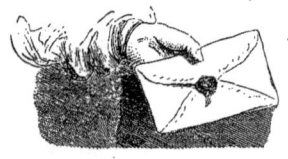

Emma agitait en l'air sa lettre avec allégresse ; il y avait un beau cachet de cire bleu de ciel, l'adresse était écrite à l'encre rouge, l'enveloppe était bordée de fleurs et d'oiseaux ; jamais elle n'avait reçu une lettre aussi belle.

« Il a bien sûr acheté l'enveloppe dans la rue Wilsdruffer, disait-elle en dansant devant la grille ; il y a là une boutique à grands vitrages où sont étalées toutes sortes de beaux papiers. Mais au revoir, petit père ! Je pars comme un éclair pour aller trouver l'abbesse, et je vais lui dire que le bon vieillard qui me faisait toujours danser sur son pied, ne peut plus le faire, qu'il est malade, et qu'il prie instamment qu'on lui donne à coucher. »

Emma, après avoir mis la lettre de son petit ami dans la

poche de son tablier, se dirigea en courant du côté du couvent pour chercher la supérieure et lui exposer la situation du pauvre homme. Chemin faisant elle tira au moins dix fois de sa poche la belle lettre pour l'admirer de nouveau. C'était un si grand bonheur que de recevoir une lettre, et une lettre d'un si gracieux ami! Elle s'arrêta hors d'haleine sous le vestibule pour se reposer un instant. La porte de la pharmacie était ouverte, elle entendit la voix de sœur Marie et de la supérieure; elle se précipita alors de ce côté et se présenta devant les deux dames, le visage empourpré et la poitrine haletante.

« Madame l'abbesse, s'écria-t-elle, chère dame abbesse, là-bas.... oui.... là-bas, il y a une poste, elle m'a apporté une lettre de Hugo.... tiens.... regarde ici ce cachet bleu, là cette adresse à l'encre rouge; mais la poste n'est pas une voiture, comme d'ordinaire, elle n'a pas deux roues comme celle qui passe par ici dont le postillon donne du cor; cette poste-là c'est un homme, un homme bien pauvre....

— Calme-toi, mon enfant, dit l'abbesse, attends quelques minutes avant de parler, je ne te comprends pas; réfléchis à ce que tu veux dire.

— C'est absolument comme je le dis, répliqua Emma. La poste est un pauvre homme, et de plus il est de Dresde; un pauvre homme que j'aime beaucoup, car il me faisait toujours danser sur son pied valide. Il désire avoir un lit pour cette nuit, et c'est pour cela que je me suis hâtée de venir.... Toutes mes nonnes venaient justement de se renverser, quand il a frappé à la porte; comme elle est fermée, je n'ai pas pu ouvrir : ne veux-tu pas faire ouvrir, toi ? »

L'abbesse fit signe de la tête que non.

« Oh! je t'en prie, ma bonne abbesse, fais ouvrir pour que le pauvre homme puisse entrer! Il est estropié et malade!

— Mon enfant, dit l'abbesse, il faudrait à ce pauvre homme un certificat du médecin pour être admis à l'hospice; nous ne pouvons recevoir que les malades envoyés par lui.

— Mais il ne veut avoir qu'un lit pour la nuit, fit Emma épouvantée de cette réponse, il ne veut se reposer qu'en passant.

— Nous n'avons pas de place pour les voyageurs, ajouta l'abbesse. Va, mon enfant, va dire à sœur Marthe de donner à ce pauvre du pain à travers la grille, et qu'il aille au village voisin pour y passer la nuit. »

Emma sortit baissant tristement la tête et se glissa dans la cuisine ; c'est là que sœur Marthe gouvernait, préparant la soupe des malades. A côté de la grande marmite était dressé un petit pot contenant la bouillie de millet déjà prête, et au moment où Emma entra, sœur Marthe avait à la main un cornet de raisins secs pour en verser quelques-uns dessus.

« Qu'on ferme les yeux et qu'on ouvre la bouche! » dit sœur

Marthe à l'enfant ; et un gros raisin était posé sur la langue d'Emma.

Emma oublia son chagrin en sentant la douce friandise.

« Quelle est donc cette superbe lettre que tu as là? demanda sœur Marthe, car la petite fille venait de tirer de sa poche la lettre de Hugo pour l'admirer encore.

— C'est une véritable lettre de Dresde, répondit Emma les yeux brillants de joie, c'est une lettre de Hugo.

— Est-ce que tu ne l'as pas encore lue ? ajouta sœur Marthe.

— Je ne veux pas l'ouvrir, répliqua Emma; ce serait dommage! Si je pouvais seulement la lire sans la déchirer.... mais.... cela n'est guère possible.... eh bien, j'aime mieux la garder ainsi.... elle est trop jolie ! Vois donc la belle enveloppe glacée. Hugo l'a bien sûr achetée dans la rue Wilsdruffer, ou dans un magasin à côté de la librairie où grand-papa m'a acheté mes deux beaux livres.... Ah! sœur Marthe, si tu savais quelle quantité de livres il y a dans ce magasin! Il y en a jusqu'au plafond.... des jeunes gens montent sur des échelles et vont prendre tantôt celui-ci, tantôt celui-là. J'y ai été déjà plusieurs fois.... Hugo était avec moi, car son oncle est très-savant, et grand-papa dit que les savants cherchent leur nourriture dans les livres.... C'est très-drôle, n'est-ce pas?... Moi, j'aime bien mieux de la bouillie de millet aux mouches que tous ces livres couverts de poussière.

— Ton grand-père parlait un langage figuré, reprit sœur Marthe en interrompant l'enfant; il voulait dire que les livres sont la nourriture de l'esprit.

— Oui, oui, lorsque grand-papa cause avec M. Klug, je n'y comprends rien du tout.... toutes leurs paroles ne doivent être rien que des figures.... Hugo s'amuse aussi à parler ce langage, mais moi je n'aime pas cela, parce qu'alors il faut cesser nos jeux.... Sais-tu qu'il est terriblement savant, mon ami? il connaît le latin, il sait de quelle manière a parlé Ulysse, dont sœur Marie m'a conté dernièrement l'aventure avec les vilains Cyclopes.... Il veut se faire naturaliste et écrire aussi un jour des livres. Oh! sœur Marthe, il s'en fait énormément de livres à Dresde. Mon abécédaire aux belles images a été peint aussi par des messieurs qui demeurent à Dresde, et qui ont inventé les histoires qui y sont racontées. Mais, sœur Marthe, crois-tu bien qu'ils ne sont pas faits autrement que les autres hommes? ils sont de plus très-affables, ils m'ont donné la main quand je leur ai fait la révérence.

— As-tu vu tous ces messieurs ? demanda sœur Marthe.

— Non, pas tous, répondit Emma; car il y a dans le livre

toute une rangée de noms ; je ne connais que deux messieurs de la petite rue.... tu sais bien ?

— Non, je ne sais pas, mon enfant, car je suis étrangère à Dresde.

— Eh bien! je veux dire les deux qui ont des barbes noires comme M. Klug, » fit Marie en s'échauffant.

Sœur Marthe se mit à rire.

« Pense donc, ajouta Emma, M. Nieritz, qui fait les jolis livres pour les enfants, demeure aussi à Dresde. C'est pour nous autres seuls qu'il écrit ses belles histoires; il y a à la librairie Walther une longue file de livres qu'il a faits à lui tout seul.... Et comme cela doit être difficile de faire de pareils livres !... Les lettres sont tout autrement faites que celles que sœur Marie m'apprend.... Dis-moi donc si c'est lui qui fait aussi le papier et la jolie couverture ?

— Non, mon enfant. Le papier vient de la fabrique; quant à la couverture, c'est l'affaire du relieur ; et, quant aux lettres, telles qu'elles y sont, on les imprime à l'imprimerie.

— Que fait donc alors celui qu'on appelle l'écrivain ? non.... celui qu'on appelle l'auteur ?

— Il invente les histoires et les copie afin qu'elles puissent être imprimées.

— Ce n'est que cela ?... Alors je suis écrivain, moi aussi. Je sais également penser et écrire ; il n'y a que les grandes lettres que je ne fais pas encore régulièrement. »

Sept heures sonnaient; c'était l'heure du souper, et sœur Marthe se disposa à distribuer les portions.

« Va maintenant dans la cellule de sœur Marie, dit-elle à l'enfant; elle viendra chercher tout de suite ta bouillie de millet. »

A ces mots un grand embarras se peignit sur le visage d'Emma, qui rougit et devint sombre.

« Ah ! s'écria-t-elle, moi qui voulais lui donner de ma bouil-lie.... Et je suis restée si longtemps ici sans songer à lui !

— A qui, mon enfant? De qui veux-tu parler ?

— Mais de celui qui demande à coucher. Mme la supérieure dit qu'il n'y a pas de place au couvent. Bonne sœur Marthe, elle m'a dit aussi de te demander, pour lui, un morceau de pain. »

Emma reçut le pain et partit en toute hâte ; elle arriva à la porte du jardin ; le vieillard y était encore, attendant la réponse ; Emma lui présenta le pain à travers la grille.

« Eh bien ? demanda-t-il à voix basse, puis-je compter aussi sur un abri ?

— Pauvre cher homme ! répondit Emma ; il faut que tu ailles plus loin. Mme la supérieure ne peut te laisser entrer ; elle dit que les personnes qui veulent être malades ici doivent être amenées par le médecin. »

Le vieillard soupira.

« Je ne puis pas même passer ici une seule nuit ? demanda-t-il d'une voix tremblante.

— Mme la supérieure a dit qu'il n'y avait pas de place au couvent, reprit Emma ; mais, écoute, mon pauvre homme, ne t'attriste point ; quand je serai grande et que je serai supérieure, un jour, je te laisserai entrer, je te l'assure. »

Le vieillard garda le silence.

« Ne veux-tu pas manger ton pain, mon bon petit père ? lui dit Emma. C'est de beau pain bis ; on m'en donne souvent un morceau.... pas tous les jours, il est vrai, car sœur Marie et Mme la supérieure disent qu'il est mauvais pour moi.... Petit père, je t'apporterai aussi un peu de soupe.... pourvu que le petit plat puisse passer par la grille !... Bah ! s'il ne passe pas, tu approcheras ta bouche bien près et je te ferai manger avec ma petite cuiller ma bonne bouillie de millet.

— Ma chère enfant, dit le vieillard, je n'ai pas faim. Je te remercie néanmoins de ta bonne intention ; mais je ne viens pas ici pour mendier, je désire parler à Mme la supérieure. Si elle ne peut accorder un abri à un voyageur malade, elle ne refusera pas du moins sa vue à un homme qui demande à lui faire une communication. Elle seule peut me renseigner, il faut que je lui parle. Va la trouver, mon enfant ; implore-la de ma part ; dis-lui que je me coucherai devant la porte comme le pauvre Lazare, jusqu'à ce que je la voie. »

Emma arrêta sur son vieil ami son regard étonné. Pourquoi voulait-il absolument parler à la supérieure.... et se coucher devant la porte comme le pauvre Lazare ?... « Que les hommes savent donc de choses ! se disait-elle. Tous les jours j'entends du nouveau. Je suis encore très-sotte, il est vrai ; je n'ai encore rien appris; mais je ne veux pas non plus faire un professeur comme Hugo; j'aime mieux être une sœur Marthe, et avoir à ma disposition tous les petits cornets de raisins secs. »

Elle avait fait quelques pas dans la direction du couvent, lorsque, pensant que le pauvre homme s'ennuierait beaucoup tout seul, elle revint sur ses pas en bondissant comme un chevreuil, releva ses huit petites tiges de fleurs, qu'elle avait ornées de baies de sorbier et de feuilles de pavot, et les lui fit passer à travers la grille.

« Tiens, petit père, voici mes religieuses. Tu peux jouer avec jusqu'à mon retour. Regarde, sœur Marie et sœur Madeleine ont perdu leur tête, mais on peut la leur remettre. Et puis, si tu es fatigué, assieds-toi là sur la pelouse; elle est si moelleuse!... J'y viens quelquefois quand les servantes sortent pour couper de l'herbe pour les vaches. »

Le vieillard prit dans sa main en souriant les soi-disant petites religieuses, et remercia l'aimable enfant; Emma vit même

avec satisfaction le pauvre infirme suivre son conseil et s'étendre sur le gazon touffu; alors elle partit en courant. Elle entra dans la cellule de l'abbesse, mais elle était vide; elle entr'ouvrit la porte de la salle des malades, l'abbesse ne s'y trouvait pas non plus; elle était à l'église. Force fut à Emma d'attendre. Attendre

est pour les enfants une rude épreuve. Elle alla et vint avec
impatience devant la maison, cueillant par-ci par-là une fleur
dont elle effeuillait les pétales, poussa un profond soupir, fit
quelques pas en avant comme pour courir de nouveau vers le
vieillard, puis elle revint à pas lents, décidée à attendre l'abbesse.

Tout d'un coup elle secoua sa petite tête bouclée, comme si
elle eût voulu s'accuser de folie, et s'assit tranquillement sur
une des larges pierres qui entouraient un grand carré de verdure. « Ce serait le moment de lire la lettre de Hugo, » se dit-
elle. Et cette pensée fit taire toute son impatience. Elle tira de
sa poche la lettre, l'ouvrit avec précaution, pour ne pas endommager le cachet, et, après l'avoir déployée, elle lut lentement ce qui suit :

« Ma bonne petite Emma,

« Je suis bien inquiet de toi, et aujourd'hui, à la gymnastique,
il m'est venu tout à coup une larme dans les yeux ; et quand
je me suis demandé pourquoi, je t'ai vue par la pensée bien
distinctement devant moi.... avec ton petit tablier bleu, où il
a une tache d'encre.... et alors j'ai connu la cause de mon
inquiétude ; c'est de ne pas te trouver, quand je reviens de
l'école.

« Chère Emma, je te prie de ne pas m'en vouloir pour toutes
les agaceries que je t'ai faites. J'en suis bien fâché à présent ; ce
n'était pas joli de ma part ; mais, bonne petite, je ne te promets
pas que cela n'arrivera plus ; car tu es si mignonne lorsque je
te taquine.... vois-tu bien !

« J'espère bien que tu pourras lire ma lettre, car je fais de
grandes lettres bien apparentes, entre deux lignes, comme sœur
Marie t'apprend à les faire.... J'ai bien examiné tes cahiers d'é-
criture, afin d'écrire les lettres de manière à ce que tu puisses
les lire ; mais quelle énorme lettre cela va faire !

« Qu'ai-je découvert aujourd'hui ? Imagine-toi que la dame
bleue tourne.... tu sais bien, dans la Frauengasse, quelques
maisons après la librairie Walther.... Il y a là deux grandes
figures de cire, parce que c'est la boutique d'un coiffeur. La

dame a une robe couleur bluet. En passant aujourd'hui, car je
venais d'acheter cette belle feuille de papier pour t'écrire, j'ai
vu tout à coup qu'elle tournait sur elle-même, pour montrer
de tous les côtés ses longues tresses et ses jolies boucles. Ah!
bonne Emma, comme j'ai pensé à toi! Toi qui admirais si fort
la dame bleue, quelle n'eût pas été ta joie de voir qu'elle tourne
à présent!

« Mon oncle m'a donné aujourd'hui un décime tout neuf,
qui ne faisait que de sortir de la Monnaie. Je suis allé
dans la rue Wilsdruffer, et j'ai regardé par la fenêtre chez
Müller, tu te rappelles bien, là où était à Noël le gâteau en
forme d'arbre gigantesque; j'avais envie de m'acheter quelque
chose de bon. Il y avait une oie rôtie, mais ce n'était pas
une oie véritable, ce n'était qu'un gâteau en forme d'oie;
j'en aurais eu bien sûr une cuisse pour mon joli décime tout
neuf. J'étais là planté, lorsque arrive ton grand-père..... il
me fait entrer chez Müller et m'achète un homme en chocolat.
Chère Emma, c'était un bossu; je lui ai enlevé de deux coups
de dent sa bosse et sa jambe droite; quant au reste, je le garderai pour toi.

« Croirais-tu que ma chrysalide noire n'est pas morte? elle a
remué. Tu sais bien que l'année dernière, au mois de juillet, je
trouvai dans le grand jardin une grosse chenille, qui se trans-
forma en chrysalide. Eh bien, mon oncle pensait qu'elle serait
morte, parce que je ne l'avais pas tenue assez chaudement.
Qu'est-ce que j'en ai fait aujourd'hui? Je l'avais mise sur de
la ouate bien mollette, et je l'avais réchauffée de mon haleine
pour que la chaleur lui arrivât peu à peu. Tout d'un coup
le petit être se met à se débattre et à se tordre comme une
sangsue. J'ai été bien effrayé, mais au moins je sais à présent
que la chrysalide est encore en vie; je l'ai mise avec de la ouate
sous un verre à la fenêtre où le soleil donne et où elle pourra
éclore.

« Mais l'histoire du décime ne finit pas là. Je ne l'avais
donc pas échangé contre une cuisse d'oie, et je m'en allais avec
en traversant le Vieux-Marché. Il y a là un homme qui vend
des harengs saurs; tous ces poissons desséchés sont entassés
dans un petit baril, et l'on serait tenté de mordre après, tant ils

sentent bon! Or, au coin de la place, j'aperçois un pauvre
homme debout, qui mangeait un morceau de pain sec, et qui,
en même temps, jetait sur les harengs un œil de convoitise, à ce
qu'il m'a semblé. « Bon ! » me suis-je dit, et vite j'ai acheté un
poisson et je le lui ai donné. Mais au moment où je le lui pré-
sentais, je reconnais en lui.... devine qui.... notre vieux petit
père. Lui aussi m'avait reconnu tout de suite, et il s'est mis à
bavarder avec moi de bon cœur ; il a demandé également de tes
nouvelles, et il voulait savoir si tu étais la petite-fille de
M. Reich. Je lui ai dit que non. Il m'a demandé alors quels
étaient tes parents. Je n'en sais rien, mais je lui ai dit que
M. Reich t'aimait autant qu'un père. Il a voulu savoir ensuite
quel était ton pays ; et quand je lui ai dit que c'était la mer, je
me suis imaginé qu'il allait rire ; bien au contraire, une grosse
larme a brillé dans ses yeux. Alors il a demandé où tu étais, et
je lui ai dit : « Au couvent de Ruhberg. » Comme cela avait l'air
de le surprendre, je l'ai tranquillisé en lui disant que tu n'étais
pas une religieuse. Tu lui avais déjà, à ce qu'il dit, parlé de
Ruhberg, et il voulait se mettre en route pour t'y aller trouver ;
il pense connaître Mme l'abbesse.... mais, n'en étant pas bien
sûr, il n'a pas voulu en dire davantage. Je lui ai donc fait confi-
dence de mon projet de lettre pour toi, alors il s'est offert pour
te la porter, et je'suis allé bien vite la finir. Mon oncle te souhaite le bonjour ; conserve-moi ton amitié.

                                        « HUGO. »

Emma replia la lettre et la glissa de nouveau avec précaution
dans l'enveloppe. La dame bleue qui tournait sur elle-même était
une nouvelle des plus intéressantes ; quant à l'homme en chocolat, dont la bosse et la jambe droite étaient mangées, elle aurait bien voulu l'avoir sur-le-champ ; elle lui aurait sans plus
tarder croqué la jambe gauche. « Pourquoi Hugo ne me l'a-t-il
pas envoyé tout de suite ? se disait-elle ; le petit père n'avait pas
tellement faim qu'il l'eût mangé en route. » Ayant donc remis
avec soin la belle lettre dans sa poche, elle rentra pour aller à
la recherche de l'abbesse. Elle fut plus heureuse cette fois, car
la bonne supérieure vint justement à sa rencontre dans le vestibule.

« Madame l'abbesse, s'écria Emma, j'ai enfin une belle et longue lettre de mon ami Hugo.... Tu me donneras bien aussi

une feuille de papier pour que je puisse lui répondre en grandes lettres, comme sœur Marie me les apprend. Je n'ai fait jusqu'à présent que barbouiller des carrés de papier.... Mais, je t'en prie, ma bonne petite abbesse, dis-moi donc ce que c'était que le pauvre Lazare.

— Est-ce que sœur Marie ne t'en a jamais parlé? demanda la digne femme en entrant dans sa cellule avec l'enfant.

— Non, jamais, ma bonne abbesse, répondit Emma. Est-ce qu'on parle du pauvre Lazare dans les leçons?

— Oui, mon enfant, dans la leçon où sœur Marie te raconte les belles histoires tirées de l'Ancien et du Nouveau Testament; mais on peut aussi parler de lui hors des leçons, et je vais le faire à l'instant même, si tu veux m'écouter.

— Oh! oui, je t'en prie, raconte-moi cela, fit Emma d'un ton caressant; j'ai tant de plaisir à entendre raconter. »

L'enfant prit place à côté de la religieuse, et lui prêta une oreille attentive.

« Mon enfant, lui dit l'abbesse, je ne saurais mieux faire que de te lire dans l'Évangile l'histoire de Lazare, telle que Notre-Seigneur la raconta à ses disciples :

« Il y avait un homme riche, qui était vêtu de pourpre et de lin, et qui se traitait magnifiquement tous les jours. Il y avait aussi un pauvre nommé Lazare, étendu à sa porte, tout couvert d'ulcères, qui eût bien voulu se rassasier des miettes qui tombaient de la table du riche; mais personne ne lui en donnait, et les chiens venaient lécher ses ulcères. Or, il arriva que ce pauvre mourut et fut emporté par les anges dans le sein d'Abraham. Le riche mourut aussi et eut l'enfer pour tombeau.

Et lorsqu'il était dans les tourments, il leva les yeux en haut et vit de loin Abraham, et Lazare dans son sein. Et s'écriant, il dit ces paroles : « Père Abraham, ayez pitié de moi, et envoyez-moi « Lazare, afin qu'il trempe le bout de son doigt dans l'eau pour « me rafraîchir la langue, parce que je souffre d'extrêmes tour- « ments dans cette flamme. » Mais Abraham lui répondit : « Mon « fils, souvenez-vous que vous avez reçu vos biens dans votre « vie, et que Lazare n'y a eu que des maux ; c'est pourquoi il « est maintenant dans la consolation, et vous êtes dans les tour- « ments. De plus, il y a entre vous et nous un grand abîme ; « de sorte que ceux qui voudraient passer d'ici vers vous ne le « peuvent, comme on ne peut passer ici du lieu où vous êtes. » Le riche répliqua : « Je vous supplie donc, Abraham, mon père, « de l'envoyer dans la maison de mon père, où j'ai cinq frères, « afin qu'il les avertisse, de peur qu'ils ne viennent aussi eux- « mêmes dans ce lieu de tourments. » Abraham lui repartit : « Ils ont Moïse et les prophètes, qu'ils les écoutent. — Non, « dit-il, Abraham, mon père ; mais si quelqu'un des morts va « les trouver, ils feront pénitence. » Abraham lui répondit : « S'ils n'écoutent ni Moïse, ni les prophètes, ils ne croiront pas « non plus, quand même quelqu'un des morts ressusciterait. »

Emma n'avait pas perdu un seul mot du récit.

« Ma bonne abbesse, dit-elle, tu veux donc imiter le mauvais riche ?

— Comment cela, mon enfant ? répliqua la supérieure. Assurément non, je ne veux pas faire comme lui ; tu sais bien que je n'ai pas de plus grand plaisir que de soigner les malades.... Mais pourquoi m'adresser une semblable question ?

— Madame l'abbesse, répondit Emma, il y a un pauvre qui attend à la porte du jardin ; il m'a dit qu'il allait s'y coucher, comme le pauvre Lazare.... Veux-tu donc l'y laisser mourir ?

— Ma fille, dit sévèrement l'abbesse, si je n'ai pas voulu admettre ce pauvre homme, c'est que je n'en ai pas l'autorisation ; on ne soigne ici, je te l'ai déjà dit, que les malades munis d'un certificat du médecin. Notre établissement n'y suffirait pas, si l'on devait recevoir tous les malades qui se présentent. Tu as donné du pain à ce pauvre, mon enfant, je ne puis faire davantage pour lui.

— Eh bien, si tu ne peux le soigner, poursuivit Emma d'un ton suppliant, laisse-le au moins venir vers toi; il voudrait tant te parler!

— Je le veux bien, mon enfant; va lui dire de passer par la cour de l'hospice; la sœur portière le fera entrer. Je vais l'attendre au parloir. »

Au moment où Emma sortait, sœur Marthe vint annoncer à l'abbesse que le souper était prêt. « A quoi penses-tu donc aujourd'hui, dit-elle à Emma. Il y a longtemps que ta bouillie est servie; je l'ai arrangée en forme de tour sur ta belle assiette peinte, il y a au sommet un beau raisin, qui est tout étonné de ne pas se promener déjà dans ton estomac.

— Sœur Marthe, répondit Emma, je veux donner mon raisin au pauvre homme qui va venir au parloir, et de plus une petite portion de ma tour de millet... car il doit bien sûr avoir un peu faim.

— Tu feras bien, mon enfant, dit sœur Marthe; mais j'ai quelque chose de meilleur encore pour lui, un bon bouillon gras qui lui vaudra bien autant, n'est-ce pas?... Est-ce là une bonne pensée?

— Oui, dit Emma en lui sautant au cou, le bouillon lui fera du bien; mais après il faudra qu'il mange mon beau raisin; moi je réserve toujours les meilleurs morceaux pour les derniers. »

Emma partit comme un trait, traversa le jardin et arriva à la grille. Il y avait déjà longtemps qu'elle avait quitté le vieillard. Le pauvre homme dut croire qu'on ne voulait pas le laisser entrer. Assis sur l'herbe, il avait attendu avec une impatience toujours croissante. Le soleil était sur le point de se coucher. Pour arriver au village le plus proche, il lui fallait au moins encore une demi-heure. Il s'était donc levé et se dirigeait déjà du côté de la grande route lorsque Emma parut à la porte.

« Petit père, ne t'en va pas, lui cria-t-elle avec empressement; Mme l'abbesse veut te parler, tu vas entrer, tu vas venir au parloir.... Sœur Marthe te fera prendre du bouillon, et moi je te donnerai un morceau de ma tour de millet et un beau raisin sec.... Mais tu ne peux pas entrer par cette porte; elle

n'est que pour les oiseaux qui passent à travers la grille, et
pour le chat gris qui attrape les souris dans la cuisine; je l'ai
vu passer hier à travers les barreaux; quant aux gens, ils sont
obligés de passer par la porte du couvent. Je vais te montrer le
chemin, bon petit père! Tiens, regarde bien mon doigt! Vois-
tu, à partir de ce coin il faut longer toujours le mur; mais
prends bien garde à ton pied malade, et ne va pas tomber au
moins! Le chemin est embarrassé par les racines d'un peu-
plier, je m'y suis heurtée une fois, je suis tombée tout de
mon long et j'ai saigné du nez bien fort. Quand tu seras entré
par la cour, va tout droit à la porte de la maison et tire le cordon de la cloche; la sœur portière est prévenue qu'elle doit te
faire entrer au parloir. »

Le vieillard s'était approché de la grille; la pensée qu'il touchait enfin au but de ses désirs donna à son regard limpide un
éclat inaccoutumé, et le soupçon qu'il nourrissait au fond du
cœur depuis le jour où il avait appris de Hugo qu'Emma n'é-
tait pas la petite-fille de M. Reich, se changea en ce moment en
certitude. Il passa un de ses bras à travers la grille et étendit
avec une profonde émotion sa main sur la tête de l'enfant.

« Je t'apporte la bénédiction de ton père, lui dit-il en pleurant; tu es, j'en suis sûr, la petite fille que l'on croyait perdue
et que j'étais chargé de retrouver. Je n'en puis douter plus
longtemps.... voilà bien les traits, voilà bien les gestes du pauvre
Max quand il était encore enfant.... Comment ne l'ai-je pas remarqué tout de suite? Tu es bien son Emma!

— Que dis-tu là, petit père? lui demanda la petite fille tout
étonnée.... De qui dis-tu que je suis l'enfant? Je n'ai pas de
père, je le sais bien.... le mien repose au fond de la mer.

— Il repose sans doute, reprit le vieillard, mais ce n'est pas
dans la mer; c'est dans la terre bénite; il a dans un cimetière
paisible une belle tombe couverte de gazon; je suis chargé de
t'apporter son dernier salut!...

— Un salut de mon père? s'écria Emma; est-ce bien vrai?
Oh! comme l'abbesse va être étonnée! Il faudra me parler beaucoup de lui, et me dire s'il est bien vrai qu'il m'aimait comme
grand-papa et Mme l'abbesse me l'ont dit. Mais je vais prendre
les devants; petit père, suis-moi sans tarder. Je vais aller aussi

vite que le vent; je veux être la première à parler de mon
père à Mme l'abbesse. »

Emma arriva au parloir tout essoufflée et le visage en feu, et
elle se précipita dans les bras de l'abbesse. « Mon père,...
s'écria-t-elle, il repose au fond de la mer.... non.... dans le cimetière!... Oui, imagine-toi, ma bonne abbesse, j'ai un véritable
père, et il est couché dans le cimetière et non pas dans la mer;
je pourrai donc porter quelquefois une couronne sur sa
tombe!... »

La religieuse étonnée tenait la petite fille dans ses bras sans

MINNE.

rien comprendre à ses paroles obscures et décousues et à son
état d'exaltation. Elle était loin de penser que la surprenante
nouvelle eût été apportée par le mendiant qui implorait sa pitié; aussi demanda-t-elle avec surprise : « Est-ce que tu as vu
cela dans la lettre de ton ami Hugo? J'ai entendu dire que tu
avais reçu une lettre de lui.

— Oh! non, non, Hugo ne me parle que de l'homme en chocolat dont il a mangé la bosse, et de la dame bleue.... il ne dit
rien de mon père; c'est le pauvre Lazare qui me l'a dit et qui
m'a apporté un salut de sa part. Je t'en prie, ma bonne petite
abbesse, fais-le venir bien vite pour qu'il te raconte tout. »

La joie d'Emma était touchante à voir. Son père adoptif et
les bonnes religieuses, pour éveiller dans le cœur de l'orpheline les sentiments de la piété filiale, lui avaient toujours beaucoup parlé de son père et de sa mère. Il est si beau, il est si
consolant de pouvoir aimer ses parents, même alors qu'ils
n'existent plus! C'est un bonheur dont on ne voulait pas priver la jeune Emma. Aussi lui avait-on répété bien souvent
qu'elle avait eu des parents et qu'elle les reverrait un jour dans
le ciel.

La petite fille impatiente monta sur une chaise contre la fenêtre d'où elle pouvait voir dans la cour; mais il lui fallut attendre encore plusieurs minutes qui lui semblèrent des heures : le vieillard estropié et malade ne pouvait faire le tour du mur d'enceinte aussi vite qu'elle avait traversé le jardin, pour ainsi dire en volant. Enfin il parut à la porte de la cour, et bientôt après il fut introduit au parloir. En entrant il fit un salut respectueux à l'abbesse, qui l'accueillit affectueusement et le pria de lui communiquer les importantes nouvelles dont il était chargé. Bien que courbé par l'âge et les infirmités, bien que vêtu misérablement, le pauvre homme n'avait pas l'air d'un mendiant; il y avait dans ses manières, dans son salut quelque chose qui fit présumer à l'abbesse qu'il n'avait pas toujours été dans cette malheureuse situation. Elle l'examinait d'un air pensif; lui, de son côté, ne pouvait détourner d'elle son regard limpide et pénétrant.

« Vous nous apportez des renseignements sur les parents de cette enfant ? lui demanda-t-elle enfin.

— Oui, madame, répondit le vieillard. Son père, je ne puis plus en douter maintenant, est l'homme qui, à son lit de mort, me chargea de sa bénédiction pour sa fille, si je parvenais à la découvrir. Dieu l'a rappelé à lui avant qu'il pût revoir son enfant; il est mort, je puis vous le dire comme consolation, ma vénérable dame, il est mort en honnête chrétien, et je suis chargé aussi pour vous de sa bénédiction.

— Mais qui êtes-vous donc, vous? s'écria l'abbesse profondément émue; qui vous a fourni l'occasion de rendre un pareil service à un ami?

— Mlle Anna ne me connaît-elle plus? demanda le vieillard. Pour moi, je vous ai reconnue au moment où j'entrais. »

Alors il s'inclina pour baiser la main de l'abbesse; mais elle s'y opposa, et, dans l'élan de sa reconnaissance, elle serra elle-même la main du pauvre homme.

« Oh! je vous reconnais à présent, s'écria-t-elle; vous êtes Gotthold!

— C'est moi, dit le vieillard. Je voulus payer au fils la dette que j'avais contractée envers les parents. Après la mort de votre mère, j'accompagnai Max en Amérique. Votre lettre fit sur lui

Oh! que les voies de Dieu sont miraculeuses !

une vive impression ; plus tard, la main de Dieu a touché son
cœur, et il a compris que le ciel s'ouvrait pour tous ceux qui
frappent à la porte. Longtemps il a nourri l'espoir de revoir
une sœur chérie ; mais il n'a pas trouvé le courage ni le calme
nécessaire pour vous écrire, bien moins encore pour vous chercher et vous décider peut-être à vous en retourner avec lui.
Enfin, quand Dieu lui eut donné une excellente épouse et une
petite fille, il résolut de les envoyer en Europe, pour être ses
interprètes auprès de vous, en attendant qu'il arrivât lui-
même.... Il ne les a pas revues.... J'étais resté auprès de lui, et
je devais l'accompagner dans son voyage en Allemagne, lorsqu'il eut appris que son enfant était peut-être sauvée, qu'elle
était peut-être même entre vos mains ; mais il en avait été décidé autrement là-haut. Il tomba malade et mourut avant d'at-
teindre le but tant souhaité. Je me chargeai de sa fortune....
elle n'était pas considérable, mais elle prouvait cependant qu'il
avait travaillé pour sa femme et pour son enfant ; je l'ai confiée
à une maison de commerce d'Allemagne que je connais ; l'héri-
tière peut la réclamer et la toucher à Hambourg quand elle voudra. Je suis revenu moi-même en Europe aussi pauvre que
j'en étais parti ; car je n'avais pas vécu pour moi, je n'avais ni
femme ni enfant ; je ne vivais que pour Max, qui m'était si
cher.... Je vins à Dresde, d'où je voulais commencer mes recherches pour trouver le couvent de Ruhberg. Je n'avais jamais,
hélas ! du vivant de Max, demandé bien exactement où était
cette paisible retraite des sœurs de la Miséricorde.... J'appris
alors à connaître cette enfant, Dieu guida mes pas et.... je suis
enfin arrivé au terme de mon voyage. »

La supérieure pria le vieillard de lui donner tous les détails
de sa vie avec Max, et de raconter comment ce frère si à plaindre avait quelquefois reçu par des voies secrètes des nouvelles
de sa sœur ; comment il avait de la sorte appris qu'elle était
devenue supérieure d'un couvent, et comment tous les ans le
désir de la revoir et de revoir son pays n'avait fait que devenir
plus ardent.

« Nous dûmes présumer, dit l'abbesse, que les parents de
l'enfant avaient péri dans un naufrage.

— La mère seule se trouvait sur le vaisseau, ajouta Gotthold.

Des affaires importantes avaient retenu le père en Amérique ; il voulait attendre des nouvelles d'Europe, et alors venir rejoindre sa femme et sa fille ou les rappeler auprès de lui.

— Et comment mon frère apprit-il que le vaisseau avait péri ? demanda l'abbesse toute tremblante.

— Par les journaux, madame, et il dut croire que la mère et sa fille étaient perdues. Un voyageur, qui s'était trouvé parmi les naufragés et qui n'avait échappé à la mort que par miracle, passa, il y a un an, dans notre pays. Il nous raconta la terrible catastrophe, il nous parla surtout de l'émotion que lui avait causée la douleur d'une mère au sujet de son petit enfant. En face d'une mort imminente, il lui avait même aidé à l'empaqueter dans une caisse, dont on avait troué le couvercle, et qui devait, comme une embarcation faite exprès, soutenir sur l'eau la pauvre créature et la conduire peut-être à son salut.

— Oh ! que les voies de Dieu sont miraculeuses ! » s'écria l'abbesse, et elle joignit les mains pour adresser au ciel une humble et fervente prière.

Le vieillard est maintenant rétabli ; il est joyeux et plein de vivacité, et il fait, quoique boiteux, de fréquentes tournées ; son pied malade et son œil privé de la lumière ne l'incommodent point. Il habite une maisonnette à Ruhberg, et continue à travailler activement pour gagner lui-même sa vie. C'est le père adoptif d'Emma qui lui a loué la petite maison ; elle a un beau jardin, où, en sa qualité de jardinier, Gotthold cultive des fruits dont le produit suffit à ses besoins ; et il compte même pouvoir rembourser peu à peu les avances que M. Reich a faites pour lui. « Tant que j'aurai des bras valides, dit-il bien souvent, je n'abuserai pas de l'assistance d'autrui ; je regarde comme un crime d'en priver ceux à qui elle est encore plus nécessaire qu'à moi. »

Le brave homme vit heureux et il a le plaisir de voir tous les jours la fille de son cher Max. Lorsque Emma a rempli sa petite tâche quotidienne, elle va trouver l'abbesse et obtient d'elle la permission de faire une visite à son vieil ami. Les heures qu'elle passe auprès de lui sont loin d'être perdues ; tout ce que lui dit le vieillard, d'amusant ou de sérieux, a pour but de former et d'embellir son esprit et de lui procurer du plaisir et du bonheur.

« Je devais, dit-il, apporter à cette enfant la bénédiction de son père; puissent donc, avec l'aide de Dieu, les dernières années de ma vie être pour elle une bénédiction ! »

LES ENFANTS

DE L'ÉMIGRANT

LES ENFANTS

DE L'ÉMIGRANT

ans une petite ville d'Allemagne, il y avait tir à l'arbalète. Sur la place destinée à cet exercice, se pressait une foule d'hommes, de femmes et d'enfants en habits de fête. Des tentes, sous lesquelles on prenait des gâteaux, de la bière, du vin et du café, et où l'on vendait des saucisses et des jambons, étaient dressées en grand nombre entre les baraques, où l'on montrait toutes sortes de curiosités : ici, une troupe de singes; là, un cabinet de figures de cire. Sur le premier plan, un escamoteur faisait ses tours; plus loin, on tournait sur des chevaux de bois. C'était une cohue telle, qu'on avait de la peine à avancer une fois qu'on s'y était engagé.

Tout à coup, au milieu des gens, deux chiens se prirent de querelle pour une saucisse volée; la lutte paraissait vouloir dégénérer en un combat à outrance. Le gros carlin Mops de la boulangère Schulze et le caniche de l'aubergiste Blech étaient les deux antagonistes, qui se terrassaient, se roulaient et se mordaient d'une si rude façon que les spectateurs jetaient les hauts cris.

Le garçon boulanger et l'aubergiste intervinrent armés de bâtons; mais les deux combattants le prirent mal, et le gros carlin pinça si bien le mollet de l'aubergiste que celui-ci jeta un cri de douleur, et répéta plusieurs fois, sans reprendre haleine, qu'il allait déposer sa plainte devant la justice et réclamer des dommages-intérêts.

Le garçon boulanger prit la défense du carlin de sa patronne, et la lutte entre les chiens fit place à une querelle entre deux hommes également violents et emportés, dont pas un ne voulait avoir le dernier mot. En ce moment survint aussi Juliette, la fille de l'aubergiste, vêtue d'une superbe robe blanche, et elle prit tout de suite fait et cause pour le mollet endommagé de son père. Cela ne fit qu'irriter davantage le compagnon boulanger, qui eût volontiers essayé la force de ses poignets sur le gros aubergiste, si, pour son bonheur peut-être, l'affaire n'eût pris une autre tournure.

Un petit ramoneur fendit la foule avec la rapidité de l'éclair, noircissant du haut en bas, avec son balai plein de suie, la robe blanche de Juliette.

« Ah! seigneur Jésus! s'écria-t-elle, voyez un peu ce moricaud, ce vaurien!

— Attends, canaille, que je t'assomme! » fit l'aubergiste exaspéré. Mais le petit noir ne se le fit pas dire deux fois pour décamper.

Les assistants, qui riaient, avaient favorisé sa fuite, et il se sauvait de toutes ses forces. L'aubergiste n'avait plus ses jambes de vingt ans; il essaya bien de courir après le fugitif, mais il s'arrêta bientôt hors d'haleine et n'en pouvant plus.

Pendant qu'il s'éventait avec son mouchoir, il aperçut une petite fille d'environ douze ans qui, pâle et tremblante, regardait fuir le ramoneur.

« C'est toi, Rose du cimetière? lui cria l'aubergiste. Est-ce que ce vaurien barbouillé de suie est ton frère?... » La petite fille, tout effrayée, fit avec la tête un signe affirmatif. « Je lui apprendrai, poursuivit-il, à salir la robe blanche de ma Juliette. Dis-lui que si je l'attrape, je lui casse bras et jambes. » A ces

Tout à coup deux chiens se prirent de querelle.

mots, il se disposa à rejoindre le compagnon boulanger; mais celui-ci avait également décampé, de sorte que l'aubergiste furieux ne put continuer la querelle, ne trouvant à qui parler.

La petite fille, pendant ce temps-là, se dirigea lentement vers le cimetière, car c'était la petite-fille du fossoyeur, ce qui lui avait valu le nom de Rose du cimetière.

Le vieux fossoyeur avait, un an auparavant, descendu sa femme dans la tombe, et, depuis cette époque, la petite fille habitait avec lui; son beau-fils, également veuf et père de deux enfants, lui avait donné son intelligente Rosette pour tenir le ménage.

Le frère de Rosette était en apprentissage chez un maître ramoneur. Charles était un garçon de treize ans, toujours joyeux et disposé à plaisanter; aussi lui arrivait-il de commettre mainte espièglerie, pour laquelle, de temps en temps, son balai trouvait de l'occupation sur son dos. C'était, du reste, un enfant très-doux et souverainement heureux de son métier. On ne saurait dire combien il se semblait beau à lui-même avec son costume tout noir. La première fois qu'il passa dans la rue avec ses mains et son visage noircis, l'échelle sur l'épaule, le

balai à la main, il était fier comme un paon, et jetait à droite et à gauche des regards à la dérobée sur les gens, pour voir si on l'avait remarqué.

Quelques semaines après le tir à l'arbalète, Mme Schulze était assise dans son petit salon, où elle prenait le café avec un homme qui pouvait avoir vingt ans de moins qu'elle: c'était son garçon boulanger, fils d'une de ses amies défunte, et duquel elle était marraine. La veuve Schulze possédait une fortune assez ronde, et Gotthelf se trouvait bien chez elle. « Jeune homme, lui disait-elle souvent, laissez-vous tranquillement dorloter par moi comme par une mère. Mon expérience a vingt ans de plus que la vôtre. »

Mme Schulze le traitait en effet comme un fils, autant qu'elle pouvait le faire sans porter préjudice à ses propres enfants. Quand les chemises de Gotthelf étaient usées, elle achetait de la toile écrue pour une nouvelle demi-douzaine, et la blanchissait elle-même. Puis elle cousait elle-même les chemises, et il n'avait rien à débourser pour la façon.

Depuis la mort de sa femme, elle tenait en outre la caisse du garçon boulanger, mauvais économe, dont les dépenses excédaient souvent les recettes. Elle lui avait épargné déjà bien des centimes qui, sans elle, seraient sortis de sa poche pour n'y plus rentrer.

Mme Schulze avait aussi l'œil ouvert sur les enfants du compagnon boulanger. Rose était, il est vrai, chez son grand-père, et Charles chez son maître; mais ils venaient plusieurs fois la semaine voir leur père, et sa marraine s'occupait d'eux et mettait leurs effets en ordre. Rose était tenue de raccommoder son linge et celui de son frère; sans quoi il y aurait eu pour elle chez la boulangère au lieu d'une brioche une verte semonce, comme disait le compagnon.

Bref, Mme Schulze était une femme bonne et douce, à laquelle on ne pouvait reprocher qu'une chose. Elle avait deux enfants qui étaient entrés au service loin de la maison et dans des pays étrangers. Devenue veuve, elle ne sut plus sur qui reporter son affection et elle prit chez elle huit pupilles qui lui occasionnaient beaucoup de dépense. Elle vivait tout entière pour eux, mettait pour eux le pot-au-feu ou la broche; elle les lavait et les peignait elle-même, allait se promener avec eux, et tous les huit couchaient dans la même chambre qu'elle. Cette affection eût été bien louable, si elle eût eu pour objet de pauvres enfants; mais les pupilles de Mme Schulze étaient.... des chiens.

Les favoris étaient du reste de jolis animaux; il y avait trois roquets blancs, Polly, Molly et Joli; deux carlins gris, Guido et Fido; deux chiens couchants mouchetés de brun, Loustic et Rustaut, et une jolie petite levrette, appelée Laflèche. Il se formait un véritable rassemblement, quand Mme Schulze sortait avec ses huit chiens; aussi le faisait-elle rarement, et n'emmenait-elle d'ordinaire que deux ou trois d'entre eux.

Le jour du tir à l'arbalète ç'avait été le tour de Polly et de Fido; le gros carlin Polly était une bête timide; au moindre bruit, il venait se tapir derrière sa maîtresse; Fido, au contraire, avait de jeunes dents, et la gourmandise était son côté faible. Aussi l'avait-on vu disposé tout de suite au combat, lorsque le caniche de l'aubergiste voulut lui prendre la saucisse qu'il avait volée.

« Mon cher Gotthelf, dit Mme Schulze au compagnon quand ils furent à table, vous avez défendu mon petit chien contre l'énorme chien de l'aubergiste; je ne l'oublierai de ma vie. Sans votre prompte intervention, le méchant homme aurait, je crois, écrasé mon pauvre Fido.

— Ç'a été une fâcheuse aventure, répondit Gotthelf. Il m'en coûte déjà une somme assez ronde, et une dent à mon pauvre garçon. Ce vilain cancre ne m'a-t-il pas contraint de payer la robe de sa mijaurée de Juliette, et ne m'a-t-il pas rossé d'importance mon pauvre Charlot?... Madame Schulze, je voulais vous dire.... »

Le compagnon s'arrêta pour prendre son café.

« Eh bien! que vouliez-vous donc me dire?

— Oui, je pense.... c'est très-fâcheux.... Il y a toujours des annonces de Brême dans la gazette....

— Bah! bah! mon cher Gotthelf, il faut faire une commande de farine; je n'en ai plus guère en magasin.

— A Brême s'embarquent....

— Bagatelle que tout cela! Savez-vous? Je suis en train de vous tricoter une demi-douzaine de chaussettes, parce que l'hiver dernier....

— A Brême s'embarquent les émigrants....

— Les émigrants! C'est à n'en plus finir. Peste soit de Christophe Colomb! Sans lui il n'y aurait pas d'Amérique pour émigrer.

— Décidément je ne me plais plus en Europe.

— Voilà déjà cent fois que j'ai entendu ce refrain. Vous plairez-vous donc mieux en Amérique?

— Je le crois, car ici on n'arrive à rien. Il y a bien là-bas le moulin d'Oberwitz qui est à vendre; oui, je m'en accommode-

rais fort. Une jolie ferme avec cela; et puis je suis un bon cultivateur.... Mais qui est-ce qui a cinquante mille francs pour une pareille acquisition? Parlez-moi de l'Amérique! Une pièce de terre comme celle qui est attenante au moulin, n'y coûte à peu près rien. Je bâtis dessus et je deviens un homme à l'aise.... sans m'en douter.

— Mais vous êtes boulanger, et, au bout du compte, vous vivez de votre métier.

— Oui, je vis de mon métier, à la condition de rester toujours compagnon. Et quelle vie! Une année comme l'autre avoir les mains dans la pâte, être debout devant le four, enfourner, défourner; pétrir de nouveau, enfourner, défourner encore.... Cela se passe autrement là-bas, au nouveau monde. Avez-vous acheté à vil prix votre terre, les voisins vous aident à bâtir votre maison; voulez-vous avoir du bétail, vous allez dans la forêt et vous en prenez; voulez-vous manger du rôti, vous tuez un cerf.... ou un ours, dont les jambons doivent avoir un

goût délicieux. S'il fait chaud, vous entrez dans la forêt vierge
et vous y trouvez de l'ombre; si vous avez froid, vous abattez
une portion de la forêt et vous allumez du feu. C'est une vie de
paradis. Vous ne payez rien, tout vous vient à la bouche pour
ainsi dire en courant.

— Erreur, jeune homme, erreur! Restez au pays et vivez
honnêtement, dit le vieux fossoyeur. Il a raison. Qu'iriez-vous
faire là-bas? Et puis, à combien de dangers vous exposez-vous!
Vous pouvez périr dans la mer ou être dévoré par les bêtes
féroces; un serpent venimeux peut vous mordre; vous pouvez
gagner la fièvre jaune et mourir....

— Je vous en prie, madame Schulze, laissez-moi aussi calculer tout ce qui peut m'arriver ici. Premièrement, je puis être
écrasé par une voiture; secondement, une tuile peut se détacher
du toit et me tuer; troisièmement....

— Oui, vous avez raison; mais tout cela peut vous arriver
encore par-dessus le marché en Amérique, et....

— Oh! oh! je vous y prends, marraine! Dans la forêt vierge
il ne circule pas de voitures, et il n'y a pas non plus de maisons
d'où les tuiles pourraient tomber. Mais laissons là notre discus-
sion. Une société d'émigrants part en automne pour le nouveau
monde; je veux me joindre à eux, quoi qu'il arrive.

— Que ferai-je alors de ma boulangerie?

— Vous chercherez un autre compagnon.

— Que dira votre beau-père?

— Il en prendra son parti.

— Et les enfants?...

— J'emmènerai le garçon; la petite fille restera chez son
grand-père. Elle me rejoindra, si cela va bien....

— Et moi?...

— Marraine, vous pouvez, après tout, vous passer de moi;
n'avez-vous pas vos huit enfants à quatre pattes? De plus, je
vous enverrai d'Amérique un terre-neuve qui les supplantera
tous à la fois.

— N'avez-vous pas honte, Gotthelf! Vous êtes un mécontent,
un ingrat. Ne connaissez-vous pas le proverbe: « Quand l'âne est
« trop bien, il va danser sur la glace.... et se casse une jambe....»
Je ne vous prédis rien de bon, Gotthelf. Quand on a chez soi le

nécessaire, on peut bien y rester. Qui sait comment vont les
choses là-bas, et si réellement on n'a qu'à ouvrir la bouche pour
que les cailles y tombent toutes rôties? Et le voyage? que coûte-
t-il? Toutes vos économies y passeront, et le peu de fortune que
vous possédez, vous serez obligé de le dissiper avant même
d'être arrivé aux forêts vierges. Et alors, que deviendra votre
petite Rose? Si son grand-père meurt, il n'aura qu'à la prendre
avec lui dans la tombe.

— Marraine, nous sommes loin de nous entendre! Vous
voyez tout en noir, et moi tout en rose. Alors prenons la moyenne;
elle sera toujours bien assez belle pour m'engager à quitter
l'Europe. Il y a un an que l'idée de m'expatrier me trotte dans
la tête; les coups de l'aubergiste ont fini de me décider. Ce gros
richard s'imagine, parce qu'il est assis sur des sacs d'argent,
qu'il peut arracher les dents à un pauvre ramoneur qui a eu le
malheur de frôler la robe de Mlle Juliette!... Et il faut encore
que tous les jours je cuise du pain pour ce cancre à gros mol-
lets!... Non, madame Schulze, cela ne me va point. Parlez-moi
de l'Amérique. Là règne l'égalité; là je suis tout autant que
l'aubergiste le plus huppé, et qui n'ira pas croire qu'un garçon
boulanger ou qu'un ramoneur soient de l'épaisseur d'un cheveu
au-dessous de lui. »

Dame Schulze fut forcée de se taire, ce qu'elle fit avec un soupir qui partait du cœur de cette amie véritable.

Quand le compagnon fut sorti, elle se rendit auprès de ses

MINE.

favoris et les serra l'un après l'autre dans ses bras en disant :
« Dieu merci, mes bons amis, vous n'avez pas l'intention d'émi-

grer, vous autres. Quel dommage qu'aucun de vous ne puisse faire un compagnon ! Du reste, Gotthelf une fois parti, je renonce à la boulangerie. »

C'est contre son beau-père que le compagnon eut à soutenir la lutte la plus sérieuse. Pendant toute l'année le vieillard n'avait cessé de lui dire : « Reste au pays et conduis-toi honnêtement ! » Mais toujours cela avait été inutile. Lorsqu'il se présenta donc pour lui faire part de sa résolution bien arrêtée, le vieillard secoua la tête d'un air pensif.

« Mon fils, lui dit-il, je souhaite que tu n'aies pas à te repentir de ce que tu fais ; quant à y consentir, je ne le puis. Celui qui est actif et sait modérer ses désirs, celui-là se tire d'affaire même dans notre pays, et celui qui met sa confiance en Dieu ne périra nulle part. Si ta femme vivait, elle ne te laisserait pas faire une semblable folie. Pour moi, qui suis vieux, tu ne me crois pas capable de jugement. La jeunesse d'aujourd'hui ne songe qu'à s'élever. Si elle ne peut rouler carrosse, elle s'imagine que la destinée la traite en marâtre. Ah ! les pauvres fous ! Comme si un carrosse et n'importe quels objets de luxe pouvaient raccourcir d'un seul échelon l'échelle qui conduit au ciel ! Regarde autour de toi, Gotthelf. Tu te trouves au milieu de tombeaux. Là est enterré le comte Schaum : c'était un homme riche et de qualité ; il avait dix domestiques, huit chevaux à l'écurie, une belle femme, de beaux enfants, des propriétés magnifiques. Le voilà maintenant sous terre, où il ne bouge plus. A quelques pas de lui est couchée une pauvre estropiée, Dora la mendiante, qui se traînait sur des béquilles à travers la boue des rues, pendant que le comte, la poitrine chamarrée de brillantes croix, passait dans une élégante voiture.... J'ai jeté sur tous les deux des pelletées de la même terre ; ils sont ensevelis là-dessous comme frère et sœur. C'est ainsi qu'ils ont paru devant le trône de Dieu, le riche comte sans brillants, sans domestiques ; Dora l'estropiée sans haillons, sans béquilles : c'est devant Dieu seulement que commence cette égalité après laquelle tu cours ; ne crois donc pas la trouver en Amérique.

— Mon père, vous prêchez aussi bien que M. le curé, dit Gotthelf.

— Je l'ai appris, mon fils, en me prêchant à moi-même, pour-

suivit le vieillard. Si encore tu n'avais rien à perdre et à négliger
ici en Europe, je ne blâmerais point ta résolution; mais ton bon
métier, qui te fait vivre sans souci, devrait te retenir. La bonté
de ta marraine, qui te traite comme son fils, devrait te porter à
la reconnaissance et t'engager à ne pas l'abandonner. Et enfin
tes enfants!...

— Mais c'est pour mes enfants que je veux partir, interrompit
Gotthelf; je voudrais leur acquérir de la fortune. En ce moment nous ne faisons que joindre les deux bouts; pour des économies, il n'en est pas question. Tout l'argent que dame Schulze
a mis pour moi depuis des années à la caisse d'épargne, est juste
suffisant pour payer le prix de ma traversée. Ne vous chagrinez
pas, mon père, c'est tout ce que je vous demande. Je reviendrai
riche, ou.... si les choses vont tout à fait bien, je vous enverrai
de l'argent, et vous nous rejoindrez avec Rose.

— Que Dieu m'en préserve! Je veux creuser ici des fosses
jusqu'à ce que l'on me descende moi-même dans la mienne.
Quant à ce que deviendra Rose après ma mort, Dieu le sait!
C'est pour la pauvre enfant que je suis surtout inquiet.

— Mais je gagnerai de l'argent pour elle; quand elle sera
grande, elle sera à son aise.

— Ne songes-tu donc pas non plus que tu peux périr en route?
Si le vaisseau fait naufrage ... tes enfants sont orphelins.

— Rose seulement, mon père. Charles périrait avec moi dans
ce cas.... Mais le vaisseau ne sombrera point. Qui est-ce qui va
se faire tout de suite de pareilles idées? Moi, j'ai bon courage,
et je me vois déjà dans ma superbe ferme américaine. »

Rose était assise dans la cuisine de la petite maison, épluchant des pommes de terre; à son retour de l'école, elle préparait le souper de son grand-père. Devant elle étaient assis par
terre quelques enfants de quatre à cinq ans, appartenant au
voisinage. Rose affectionnait beaucoup les enfants; elle savait
si bien s'occuper d'eux que c'était un plaisir pour eux de se
trouver avec elle.

Au coup de quatre heures, les petits étaient déjà devant la
porte, car c'était l'heure où Rose revenait de l'école. Quand elle
apparaissait à l'extrémité de la rue avec son panier, ils couraient à sa rencontre, et l'accompagnaient jusqu'à la porte du

cimetière; alors il y avait une grande joie quand elle en faisait
entrer quelques-uns avec elle.

« Rosette, je t'en prie, une histoire! dit un des enfants qui
étaient avec elle dans la cuisine.

— Je ne puis jouer en ce moment, répliqua Rose, mais je
vais vous raconter quelque chose, car pour éplucher les pommes de terre je n'ai besoin ni de ma bouche, ni de mes pensées.

— Oh! oui, conte-nous une histoire, firent les enfants d'un
ton suppliant.

— Je vais vous dire aujourd'hui un conte tout neuf; mais il
faut être bien attentifs, afin que vous puissiez me le répéter
demain. »

CONTE.

« Il y avait une fois deux enfants, un petit garçon et une petite
fille. La petite fille s'appelait Silie, et le petit garçon s'appelait

Péter. Les enfants n'étaient jamais d'accord ensemble. Aussitôt qu'ils se rencontraient, ils se disputaient et se battaient; c'était bien mal, aussi on les grondait bien fort pour cela. Parmi leurs connaissances il y avait un magicien que leur mésintelligence contrariait beaucoup.

« Attendez un peu, dit-il, petits vauriens! Je vais, pour vous « punir, vous faire croître ensemble. Vous serez alors obligés de « vivre l'un avec l'autre, et vous ne vous querellerez plus. » Un beau jour ils étaient tous deux dans le jardin et se regardaient.... Tout d'un coup le tapage recommença; Silie battit Péter, et Péter battit Silie. Soudain le magicien arriva en traversant les airs, et les toucha de sa baguette. Les voilà transformés. Péter s'enfonça en terre, où il prit racine; Silie s'éleva sur lui comme une plante verte, et le magicien les nomma ensemble.... Péter-silie [1]. »

« Les pauvres enfants! Le méchant magicien! s'écrièrent les petits auditeurs.

— Ce récit n'est qu'une fable, dit Rose; en réalité on n'est pas changé en plante quand on n'est pas sage; il n'y a que les parents qui vous réprimandent et vous grondent....

— Rose, Rose, interrompit une voix derrière la porte, et aussitôt Charles entra avec son balai et son échelle. Rose, dit-il, le sais-tu déjà? C'est une chose arrêtée, je m'embarque avec mon père.

— Je n'en savais rien, répondit Rose.

— Imagine-toi, mon père vient de dire à mon patron qu'il fallait que je partisse avec lui pour lui aider à couper des arbres et à bâtir une maison au nouveau monde. Ah! Rosette, bonne Rosette! tu resteras ici, toi, je ne te verrai pas de bien long-temps.... et mon cher balai, ma jolie petite échelle noire, il me faudra aussi les abandonner. Tu me les garderas jusqu'à mon retour. J'aime tant mon métier de ramoneur! tu ne saurais te figurer tout le plaisir qu'il y a à glisser le long d'une cheminée. La suie me pique bien un peu les yeux parfois, mais on s'y habitue, et on chante si bien dans l'obscurité! C'est en vérité une chose bien amusante de grimper lentement à une

---

1. Mot qui en allemand veut dire *persil*.

grande hauteur, de sortir des ténèbres comme d'un puits de mine pour reparaître à la lumière du jour ; tout d'un coup on se trouve au haut de la cheminée, d'où l'on a vue sur la ville tout entière. Et puis se promener sur le toit, aller d'une cheminée à l'autre, quel délicieux passe-temps ! Oh ! il m'est impossible de renoncer tout à fait aux plaisirs de mon métier ; il doit y avoir des cheminées en Amérique, et je pourrai reprendre mon balai, la maison de mon père une fois achevée.... Mais, bonne petite Rose, que fais-tu donc ?... Je vois de grosses larmes qui coulent sur tes joues. »

Rose pleurait en effet, elle avait mis de côté sa pomme de terre et s'essuyait les yeux avec le coin de son tablier.

« Viens, Rosette, dit Charles avec tendresse ; viens, allons arroser les fleurs de la tombe de notre mère, cela te consolera. Ne sois pas triste, tu resteras ici pour garder cette tombe qui t'est si chère ; tu soigneras notre bon grand-père, et puis nous reviendrons bientôt : il n'y a pas si loin de Brême au nouveau monde. »

Rose embrassa son frère, mit les pommes de terre au feu, conduisit ses petits hôtes jusqu'à la porte du cimetière, et revint avec l'arrosoir. Charles alla puiser un seau d'eau, et tous deux arrosèrent les fleurs qui poussaient sur la tombe de leur bonne mère ; Rose le faisait chaque soir. Le grand-père s'acquittait d'une tâche semblable pour les tombes des familles riches, qui le payaient pour cela tous les ans.

Rose s'en occupait aussi tous les jours. Elle voyait avec peine qu'on ne prît soin que des tombes de ceux qui laissaient de riches héritiers, et elle plantait sur les tertres sous lesquels dormaient les pauvres du lierre de la forêt, et des *Vergissmeinnicht* du ruisseau voisin.

Plusieurs mois s'écoulèrent, et le moment du départ arriva.

Après avoir cuit sa dernière fournée, Gotthelf se rendit auprès de sa marraine pour passer avec elle encore quelques moments. Il trouva la bonne femme tout en larmes ; elle était assise au milieu de ses favoris qu'elle embrassait et caressait chacun à son tour.

« Voyez donc ces bonnes créatures, dit-elle au visiteur, comme elles sont tristes ! On dirait qu'elles partagent la douleur que me cause notre séparation. Elles sont aujourd'hui plus tendres

20

que jamais; oui, les chiens sont plus fidèles que les hommes, Gotthelf; ces bons animaux chéris ne m'abandonneraient pas pour émigrer en Amérique.... Oui, oui, vous êtes un ingrat, Gotthelf; vous n'avez cependant jamais encore souffert de la faim.... Ce qui vous pousse est incompréhensible pour moi.

— Marraine, c'est un terrain d'or qui m'appelle là-bas; je ne pourrais pas rester ici plus longtemps, les pieds me brûlent....

— Que l'on émigre en emportant une jolie somme pour faire aussitôt des acquisitions dans le nouveau monde, ou pour pouvoir attendre qu'il se trouve quelque chose d'avantageux, passe encore; mais s'expatrier avec la somme dérisoire que vous possédez, c'est courir trop de chances. Et, comme je l'ai dit souvent déjà, quand on n'a ni femme ni enfants, on peut se hasarder, car après tout on n'a qu'à s'inquiéter pour soi-même; mais dans votre position.... Du reste à quoi bon en parler encore aujourd'hui? il est trop tard, je le vois bien.

— Marraine, vous approuverez ma résolution quand je reviendrai chargé d'or.

— Si vous avez la fièvre jaune et que vous mouriez.... si.... mais non, je ne veux plus rien dire.... Polly, viens ici, mon chéri.... et toi, Rustaut, couche-toi à mes pieds. Versez-vous donc vous-même du café, Gotthelf, je ne puis me lever, mon petit carlin dort si doucement sur mes genoux.... Voyez-vous, Gotthelf, j'ai passé la cinquantaine; en cas de mort, je laisse mes chiens à Rose, en lui faisant une rente pour qu'elle en ait soin. Mes enfants auront toujours assez. Et plus tard, quand mes chiens mourront aussi, la rente lui restera. Songez-y bien, Gotthelf; si vous revenez au pays, vous trouverez un denier de réserve auprès de votre fille. »

Gotthelf essuya une larme : il était ému, et ne se sentait pas aussi tranquille au fond qu'il voulait le paraître. A présent que sa résolution était irrévocablement prise, il commençait néanmoins à concevoir quelque inquiétude.

« Quand l'âne est trop bien, se disait-il, il va danser sur la glace et se casse une jambe! Oui, ma marraine avait raison de me rappeler ce proverbe; alors, il était encore temps, mais je ne voulais rien entendre. Et maintenant? A quoi cela sert-il? Allons, il ne s'agit pas de se décourager; le sort en est jeté. »

e vaisseau voguait sur le vaste Océan; Gotthelf était sorti vainqueur de sa lutte avec
lui-même, et allait, le cœur plein d'espérance, au-devant de sa nouvelle vie. Il y
avait à bord une foule de passagers, qui
tous étaient comme lui bercés par les plus
douces illusions. Il s'y trouvait entre autres
un jeune homme qu'on appelait le savant.

En Europe il n'avait pas fait fortune avec sa
science, car il ignorait la vraie manière de l'employer. Ayant
fait des études irrégulières, et attaqué à la fois tous les genres
de savoir sans se décider pour aucun, il ne valait rien pour
enseigner. Il était d'ailleurs distrait dans ses leçons, et incapable
de traiter à fond un sujet. S'il enseignait la géographie, et qu'il
s'agît de l'Espagne, par exemple, il laissait de côté la description du pays, pour parler tout d'un coup de la langue et de la
grammaire. S'il donnait une leçon de calcul et qu'il fût question
de fractions [1], il pensait aux fractures des bras et des jambes,
et il expliquait pendant le reste de la leçon comment on pouvait
les guérir, et quelles étaient les ressources qui restaient à un
individu privé d'une jambe ou d'un bras.

Son inconstance l'ayant fait repousser de partout en Europe,
il se rendait en Amérique; il avait, par bonheur, hérité de quelques milliers de francs avec lesquels il pourrait tenter la fortune dans le nouveau monde.

Charles et le savant ne tardèrent pas à faire connaissance et
à devenir des amis intimes. Ils passaient ensemble tous les instants de répit que le mal de mer leur laissait. Le savant trouvait un grand plaisir à parler; Charles, un grand plaisir à l'é-
couter.

« Mon garçon, disait un jour le savant, sais-tu bien dans
quel pays tu vas?

---

1. Il y a dans le texte allemand un jeu de mots qui ne peut être reproduit en
français; il roule sur le mot *Brüche*, qui signifie également *fractions* et *fractures*.

— Oui, en vérité, répondit Charles, nous allons en Amérique.

— Sans doute, mais dans quelle partie de l'Amérique ?

— Aux États-Unis.

— Qu'est-ce que les États-Unis ?

— C'est.... j'imagine.... c'est la forêt vierge.

— Oui?... Et qu'est-ce que la forêt vierge ?

— Eh bien!... c'est une forêt.... où la chasse est libre. Mon père a emporté deux fusils, un pour lui et un pour moi ; en Europe, il faut acheter le rôti ; là-bas, on peut le tuer soi-même, selon son bon plaisir.

— Tu as des idées bien fausses, mon bon Charles. La forêt vierge est une grande forêt comme il n'y en a pas en Europe. Les arbres y sont d'une grandeur énorme et d'une grosseur prodigieuse. La hache n'a pas encore entamé leurs troncs gigantesques.

— Mais au moins il y a des cerfs et d'autre gibier bon à manger ?

— Oui vraiment, des cerfs et des ours, des tigres et des serpents ; il y a des animaux que mange l'homme, et aussi des animaux par lesquels il est mangé. Je vais te dire, mon enfant, ce que sont les États-Unis. Tu sais bien que l'Amérique n'est pas connue des Européens depuis aussi longtemps que l'Afrique, par exemple ?

— Je le sais, car avant que j'eusse frotté mon balai plein de suie contre la robe de Juliette, la fille de l'aubergiste, elle ne me voyait pas d'un mauvais œil, et me donnait parfois une tartine de beurre, quand j'avais ramoné les cheminées de l'auberge. Un jour, elle me prêta même un livre.... et c'était justement la *Découverte de l'Amérique*.

— Alors, tu sais que l'Amérique a été découverte il y a environ trois cent cinquante ans ; quant à la partie où sont les États-Unis, les Européens la négligèrent longtemps. Ce ne fut guère que cent ans après la fameuse découverte de Colomb que la reine Élisabeth d'Angleterre y envoya des gens pour explorer le pays. Déjà, à cette époque, les Anglais essayèrent de s'y établir ; mais ils ne tardèrent pas à revenir en Europe, à cause de l'impossibilité où ils étaient de tenir tête aux Indiens. Les

colonies ne purent s'y maintenir qu'au commencement du
XVIIe siècle : il y a par conséquent environ deux cents ans. Les
établissements français, suédois et espagnols se soumirent aux
Anglais, de sorte que ceux-ci furent bientôt les seuls maîtres de
l'Amérique du Nord. Mais, au siècle dernier, les Américains
secouèrent le joug des Anglais. Une guerre s'alluma entre la
métropole et sa colonie, guerre où la dernière eut le dessus,
et depuis laquelle elle est devenue un pays libre qui se gouverne lui-même et se donne des lois, qui n'a pas de rois, mais
qui forme une république.

— Charles! Charles! lui cria son père étendu par terre et en
proie à des douleurs insupportables, viens, conduis-moi au lit;
ce n'est, à vrai dire, qu'un trou, mais on y est au moins tranquille; ici on me heurte à chaque instant.... Ma tête se fend....
mon estomac va se déchirer. Oh! quelle souffrance! »

Le pauvre Gotthelf éprouvait par intervalles de violents accès
du mal de mer; alors il se sentait on ne peut plus malheureux,
et les proverbes de sa marraine et de son beau-père lui reve-
naient sans cesse à l'esprit. Regrets inutiles!... A présent il ne
pouvait retourner sur ses pas.

« Charles, mon garçon, disait-il, si j'allais mourir! Ah! plût à
Dieu que tu fusses du moins resté en Europe!

— Personne ne meurt du mal de mer, disait le savant pour le
consoler. Ne vous tourmentez donc pas. A quoi servirait d'ailleurs
de vous lamenter jusqu'en Amérique? Soyez tranquille; aussitôt arrivé à terre, vous redeviendrez frais et dispos.... Mon
cher garçon, dit-il en se tournant vers l'enfant d'une voix qui
s'était affaiblie tout d'un coup, le vaisseau tourne avec moi, re-
tiens-moi! Tout se détraque aussi chez moi.... L'horrible chose
que le mal de mer, ce frère du choléra! Que Dieu nous garde de
ce couple abominable! »

Charles fut plus heureux; sans être tout à fait exempt des
souffrances occasionnées par une longue traversée, il souffrit
beaucoup moins que la plupart des émigrants. Le petit garçon
profita de ses loisirs pour faire connaissance avec les passagers,
avec les matelots, et apprendre de tous des choses nouvelles et
utiles. Il rendait au coq plus d'un service; il ôtait souvent le
balai des mains des mousses, ce qui lui rappelait son ancien *mé-*

tier noir, ainsi qu'il appelait son métier de ramoneur. De cette manière, il se faisait, par sa complaisance, un nouvel ami tous les jours, et chacun lui parlait volontiers et se montrait à son tour complaisant pour lui.

Les matelots lui permettaient aussi quelquefois de rester avec eux sur le pont. Quand tous les passagers dormaient et qu'une partie seulement de l'équipage travaillait et faisait le quart, c'était si beau sur le pont! Et quand la lune luisait et que la mer, illuminée de son éclat magique, caressait le vaisseau de ses vagues étincelantes, Charles la contemplait avec un joyeux étonnement; souvent il joignait les mains et disait à demi-voix : « Mon Dieu, quel monde merveilleux vous avez créé! » Et dans ces moments il songeait à Rose, qu'il eût voulu avoir près de lui pour jouir avec elle de ce beau spectacle. Aussi ne manqua-t-il pas de tenir un journal de son voyage, destiné à sa sœur, et d'y consigner tout ce qui lui paraissait digne de quelque intérêt.

JOURNAL DE CHARLES.

« Rose chérie, si je pouvais donc savoir comment tu te trouves dans ton cimetière? Comment va le bon grand-père? Comment va la marraine avec ses huit chiens? Voilà des questions que je puis m'adresser; mais qui est-ce qui pourra y répondre?... Rosette, la mer est bien belle, surtout quand elle est agitée. Alors elle ressemble presque au cimetière; on dirait des tombes, rangées les unes à la suite des autres; c'est l'effet

que me font les vagues; mais souvent elles s'élèvent aussi haut
que ta petite maison.

« Hier au soir j'ai vu reluire la mer. C'est un merveilleux spectacle. En effet les vagues en s'abaissant produisent de l'écume,
et il semble alors qu'à chaque vague cette écume est éclairée
par une lumière. Cela s'étendait sur toute la mer comme un ré-
seau lumineux. Un matelot me fit le plaisir de puiser de l'eau
dans un seau, et quand je l'eus déposé sur le pont et que j'y
regardai, il y avait aussi des étincelles brillantes. Un savant
qui se trouve sur notre vaisseau me dit que cette lumière provenait de myriades de petits animaux que l'on ne voyait qu'au
moyen d'un verre grossissant; ils répandent la nuit une lueur
comme nos vers luisants.

« Pour des arbres, il n'y en a point sur la mer. Je m'imagi-
nais que nous passerions quelquefois contre des îles, et que
nous verrions de la verdure; mais que Dieu nous garde! il n'y
a devant nous que de l'eau, de l'eau, et toujours de l'eau.

« Rosette, j'ai vu hier une trombe. Imagine-toi que la mer
se mit tout à coup à monter en l'air comme une colonne; je
crus que je ne voyais pas bien et je poussai un cri. « Une
« trombe! ciel! une trombe! » s'écrièrent les autres, et c'est alors
seulement que j'appris combien cela est dangereux. L'eau tour-
noyait en l'air en formant une spirale; on eût dit que la pointe
touchait les nuages. Quand un vaisseau est saisi par une semblable colonne, il faut qu'il tournoie avec elle et qu'ensuite il
s'engloutisse. Par bonheur nous en sommes passés à une
grande distance. Lorsque l'immense colonne s'est abîmée dans
l'eau, cela a fait explosion comme un coup de tonnerre.

« Notre pauvre père est bien affaibli par le mal de mer.
Quand il souffre ainsi, il regrette amèrement d'avoir quitté
l'Europe; autrement il se fait une grande fête d'aller en Amérique. Il m'a promis de me donner une pièce de terre que je
travaillerai seul, et sur laquelle je me bâtirai une maison. Puis
quand nous serons devenus riches, je reviendrai en Europe

pour te chercher. Tu habiteras avec moi la maison, où nous aurons notre ménage à nous deux ; je tuerai des ours, et tu en
feras des jambons ; tu trairas les vaches et je tuerai les loups
qui voudraient les voler : ce sera charmant.

« J'ai bien pris à la maison des leçons de gymnastique ; mais
en faire comme les matelots, cela m'est impossible. Ils montent
et descendent avec la rapidité de l'éclair le long des échelles de
corde. Moi aussi je sais grimper. Je me suis assez souvent promené sur les toits. J'ai donc obtenu la permission de travailler
quelquefois avec les mousses ; j'ai déjà monté dans la hune.
Après cela, un vaisseau est une tout autre chose qu'une maison,
et le roulis est bien ennuyeux. On est obligé d'attacher ou de
clouer tout, pour empêcher que les objets ne soient lancés de
côté et d'autre. Toutes nos caisses sont solidement fixées.

« Nous avons essuyé une tempête. Mon père m'avait déjà donné
sa bénédiction, et lui-même priait à genoux comme quelqu'un qui
attend la mort. Tout le monde croyait aussi que nous allions
périr. Avec cela, le plus grand nombre des émigrants avaient le
mal de mer, et plusieurs étaient si malades, qu'ils voyaient avec
joie la mort arriver. Quant à notre pauvre père, il était si convaincu que nous allions mourir, qu'il avait déjà mis les feuilles
de mon journal dans une bouteille qu'il avait hermétiquement
bouchée. Je ne savais pas d'abord dans quel but. Mais beaucoup
d'autres ont suivi son exemple, et j'ai appris alors qu'on faisait
cela pour donner aux parents encore vivants des nouvelles des
naufragés. On jette la bouteille à la mer, quand le vaisseau
vient à sombrer ; l'air contenu dans la bouteille l'empêche d'aller au fond, et elle peut être recueillie par d'autres navigateurs.
Les lettres sont envoyées par eux aux parents, que l'on instruit
par là du malheur arrivé à ceux qui les ont écrites. Aussi ai-je
eu soin d'écrire l'adresse bien détaillée de notre grand-père
sur la première feuille de mon journal. Si nous essuyons encore une tempête, nous le remettrons dans la bouteille, et
quand tu le recevras, tu sauras que ton père et ton frère sont
ensevelis au fond de l'océan Atlantique. Pauvre Rosette, tu ne
pourras pas arroser notre tombe ! Mais console-toi, nous se-

rons assez fraîchement pour n'avoir pas besoin de ton arrosoir.

« Tu dois te figurer que quand j'ai soif, je n'ai qu'à prendre
de l'eau dans la mer avec une petite tasse; mais tu es dans une
grande erreur, ma bonne Rose. L'eau de la mer a un goût
détestable; quand on veut boire, on se fait donner de l'eau qui
a été emportée d'Europe. Tu peux t'imaginer combien un vaisseau est grand, du moment que toute l'eau à boire doit elle-
même faire le voyage.

« Un matelot m'a raconté que souvent l'eau douce se corrompait
dans les tonneaux, et qu'alors il s'y formait des vers dont quelques-uns avaient un doigt de long. Que cela doit être affreux !
Les pauvres passagers sont obligés de la filtrer, comme le lait
qu'on vient de traire, avant de la boire. Le même matelot est
allé une fois aux Indes orientales, et il lui a fallu rester six
mois en mer; l'eau est alors venue à manquer. On avait plusieurs fois, pendant la traversée, pris de l'eau fraîche dans des
îles; mais le vent était si mauvais, que l'on resta en voyage plus
longtemps qu'à l'ordinaire.... alors l'eau ne fut plus suffisante.
Tous les gens de l'équipage n'en recevaient que quelques gouttes,
à peine de quoi s'humecter la langue. L'équipage fut même
tenté de se révolter contre le capitaine pour le forcer à faire
distribuer une plus forte ration, et le pauvre homme fut obligé
de poser des sentinelles devant la cale où l'on tient l'eau, avec
l'ordre de tirer sur le premier qui tenterait d'y pénétrer.

« Cela devait être épouvantable. J'aurais moi-même souvent
envie de boire plus que ma ration; la viande salée vous altère
si fort et le biscuit est si sec, qu'il a quelquefois de la peine à
passer par le gosier, si on ne l'humecte un peu. Oui, ma bonne
Rose, pense donc ! je mange tous les jours de la viande ou des
pois au lard, que j'avais coutume d'appeler mon plat favori.
Mais ce n'était mon plat favori que parce que nous en avions
rarement. A présent que j'en ai tous les jours, j'en suis dé-
goûté, et je mangerais quelquefois avec plaisir un petit pain
blanc de chez la marraine.

« Aujourd'hui, un oiseau de tempête est tombé mort sur le
vaisseau; c'est moi qui l'ai vu le premier. La pauvre bête a dû

mourir juste au-dessus de nos têtes. Je t'envoie une plume de son aile. Les matelots ne permettent pas de tirer sur ces oiseaux, dans la croyance qu'ils portent malheur quand on y touche. Cela me rappelle le vacher, voisin de notre cimetière, qui ne laissait jamais tuer une araignée. Mon père, à qui j'ai parlé de la croyance des matelots, a dit que ce n'était qu'un préjugé, et que le bon Dieu ne faisait pas périr un vaisseau pour cela.

« On entend quelquefois dans l'entre-pont des cris d'enfants qui vous assourdissent. Il y a, parmi les émigrants, plusieurs familles considérables, père, mère et enfants de tous les âges. Les plus petits poussent des cris lamentables, quand le mal de mer les tourmente. Il y a, entre autres, un petit garçon d'environ trois ans, fils d'un vitrier, qui tombe quelquefois à demi mort à force de crier. Sa mère ne sait comment faire pour le calmer. Je le prends alors avec moi et je joue avec lui, ou bien je lui conte une de tes histoires. Aussi a-t-il une grande affection pour moi. Je voudrais qu'il pût aller te trouver quelquefois ; car tu t'entends encore mieux que moi à amuser les enfants. Ils te suivent tous comme des agneaux. Chère Rosette, écris-tu aussi un journal pour moi ? Je serais bien aise de savoir ce que tu fais, si tu arroses encore tous les soirs les fleurs du cimetière, si le nombre des tombes des pauvres a augmenté, ces tombes que tu aimes tant à soigner. Si M. le bailli, dont la femme repose dans le cimetière, émigre l'année prochaine, envoie-moi donc par lui ton journal. As-tu également mis de côté mon balai ? Ne t'en sers pas, je t'en prie, pour qu'il ne soit pas usé avant le temps ; j'aurais tant de plaisir à le retrouver encore en bon état ! Et nos canards, que font-ils ? La mère couve-t-elle encore ? Quand les petits seront éclos, tu pourrais en donner un à la marraine, en supposant toutefois que les huit chiens ne soient pas friands d'un pareil rôti. Dis bonjour à notre petit caniche. Tu l'as peut-être déjà fait sans en avoir reçu la recommandation.

« Beaucoup d'oiseaux, avant-coureurs de la tempête, volent autour de notre vaisseau. Peut-être y aura-t-il encore un coup de vent comme il y a quelques jours. C'étaient des craquements

et des mugissements épouvantables ; les vagues me semblaient
aller toutes à rebours, et le vaisseau oscillait et allait en avant
comme un homme ivre. Je ne dis rien des oiseaux à notre père,
car les matelots assurent qu'ils annoncent la tempête. Ce pauvre
père, il est encore couché et bien souffrant ; il n'y a pas de nécessité à le tourmenter d'avance.

« Effectivement, il y a eu une tempête ; mais personne n'a
péri. Un des passagers a été entraîné de dessus le pont par une
vague ; on lui a vite lancé une corde, il l'a saisie et a pu être
sauvé. C'était encore un horrible spectacle. Je n'ai pas voulu
descendre à l'entre-pont : tout le monde y était couché, pleurant
et se lamentant. Je n'ai pas pu non plus rester sur le pont, car
j'aurais bien pu être balayé par une vague. J'ai prié alors mon
ami le matelot de m'attacher à un mât. De cette manière, j'ai

été mouillé par les vagues, mais elles ne m'ont pas emporté
dans la mer. S'il me restait encore quelque trace de suie, je
suis bien sûr que l'eau salée m'en a complétement débarrassé.

« Le moment où un vaisseau coule bas doit être quelque chose
de terrible, ma bonne Rosette, mais je n'ai pas eu peur ; le
bruit m'amusait. Il n'en était pas ainsi la première fois ; mon
père donnait à la chose trop de solennité par sa bénédiction ;
cette fois il est resté presque tout le temps dans son hamac,

c'est ainsi qu'on appelle le lit. Ce pauvre père n'a que bien peu d'heures de bonnes. Aussitôt que la mer commence à devenir agitée, il est obligé de se recoucher.

« Que je désire te revoir, ma bonne sœur! Nous nous sommes bien un peu querellés; je t'ai quelquefois rudoyée, ce qui te rendait méchante et t'empêchait de vouloir jouer avec moi; mais au fond nous nous aimions bien.... Je souhaiterais tant être auprès de toi! Avec quel plaisir je ramonerais mes cheminées et je me promènerais le soir dans le cimetière, ou bien j'irais chez mon père ou chez la marraine!

« C'est aujourd'hui samedi, tu dois faire des boulettes de pommes de terre aux oignons; que l'odeur en était délicieuse! et quel goût!...

« Nous serons bientôt en Amérique.... Quel air ce pays doit-il avoir? Je continuerai de t'écrire à mon arrivée; il faut que je fasse un très-gros journal. »

JOURNAL DE ROSE.

Pendant que Charles écrivait ses aventures de voyage, Rose était occupée pour lui de la même manière. Voilà ce qu'elle lui écrivait :

« Mon bon Charles,

« Tu dois être déjà en pleine mer; non, je me trompe, tu ne peux même pas encore être à Brême. Cette nuit j'ai rêvé que j'étais un hareng et toi une baleine, et que tu voulais m'avaler et me transporter en Amérique dans ton estomac; je t'ai remercié toutefois de m'avoir procuré un pareil logement et je me suis mise sur ta tête. Mais quand l'eau que la baleine fait jaillir par ses évents m'a atteinte, je me suis envolée bien haut dans l'air et puis je suis retombée dans la mer; le bruit de ma chute a été si fort que je me suis réveillée.

« Notre bon grand-père ne peut se consoler. Quand la marraine et lui sont ensemble, ce sont des récriminations à n'en plus finir. Je quitte la chambre aussitôt que leur entretien commence, car je souffre de les entendre dire que notre pauvre père a mal fait. Cela me donne des coups d'épingle au cœur. Je sais bien une chose, c'est que, si cela dépend de moi, je n'irai pas en Amérique. Je vais bien travailler et bien étudier, afin de devenir de plus en plus capable.

« Combien je suis inquiète de vous parfois ! Dernièrement le maître d'école parlait des colons du nouveau monde. « Beaucoup « sont heureux, disait-il, et l'on fait sonner bien haut leur bonne « fortune ; mais on ne parle pas des milliers de malheureux qui « meurent de faim et de misère, et de ceux qui font naufrage. On « ne devrait donner le conseil d'émigrer qu'à celui qui a assez « d'avances pour acheter tout de suite une ferme, c'est-à-dire un « établissement sur une portion de terrain déjà travaillé par la « charrue. Mais un pareil terrain coûte beaucoup plus que la forêt « qu'il faut préalablement défricher. » Au dire du maître d'école, notre père n'a pas les moyens de faire une semblable acquisition ; il lui faudrait d'abord abattre tous les arbres qui se trouveront sur son champ, arracher les racines et remuer le terrain avec la bêche pour les faire pourrir.... Comme cela doit être difficile ! Il peut se passer des années avant qu'il songe à du bénéfice, heureux s'il parvient à faire face aux premiers besoins.... Voilà, mon bon Charles, quel a été le langage du maître d'école ; cela n'est pas rassurant ! Quand donc pourrez-vous revenir ici ? J'ai recueilli avec soin dans ma mémoire tout ce qu'on a dit sur ce sujet ; si je l'avais su plus tôt, comme j'aurais supplié notre père de rester ici !...

« Peut-être aussi tout se passera bien ; seulement, je ne sais pas pourquoi je suis si inquiète. Il me semble souvent que je ne dois plus vous revoir. Quant à grand-père, il est intimement convaincu que vous reviendrez dans quelques années, mais avec la besace du mendiant ; il me recommande sans cesse d'être laborieuse, afin de pouvoir mettre pour vous un peu d'argent de côté.

« Minette, notre chatte si mignonne, a couru hier un grand danger. Elle a voulu flairer un charbon qui était tombé du foyer, et elle s'est brûlée à la bouche ; tous les petits poils du côté gauche ont été grillés.

« Imagine-toi ce qui est arrivé à nos canaris! quelques jours après ton départ je m'approche de la cage, et je trouve la femelle couchée sur ses œufs et.... morte. Le mâle sautillait tout joyeux autour d'elle comme si de rien n'était. Cela m'a causé du dépit; je pleurais, moi, et lui était si insouciant. Mais écoute la suite. Il était loin de se douter que sa femelle fût morte. Je l'ai observé. Tout d'un coup il s'est élancé sur le bord du nid, et voyant la femelle si tranquille, il lui a donné un coup de bec à la tête; naturellement elle n'a pas bougé. Alors il a continué de sautiller, est allé chercher un grain de chènevis, l'a ouvert et le lui a présenté, comme il faisait toujours quand elle était dans le nid. Voyant qu'elle ne le prenait pas, il est allé en chercher un autre, croyant sans doute que le premier ne lui plaisait pas. Comme elle a refusé également celui-ci, je crois qu'il a eu un pressentiment de ce qui était arrivé; dans son anxiété il a poussé du bec sa femelle de tous les côtés; à la fin il s'est placé sur le petit cadavre et s'est mis à lui arracher les plumes. Ne pouvant malgré tout la réveiller, il est venu contre les barreaux de la cage, m'a regardée en piaulant et en gazouillant, comme s'il eût voulu me conter le triste événement; puis il s'est de nouveau élancé sur le nid, et a continué d'examiner sa pauvre femelle. A la fin j'ai retiré le nid et le cadavre déjà roidi, et j'ai nettoyé la cage; puis je l'ai suspendue à une autre place. Mais rien n'y a fait; deux jours après le mâle est mort aussi d'inquiétude et de regret. Tous les deux sont maintenant couchés dans la même tombe. Je les ai enterrés tout à côté de notre mère. Désormais je ne veux plus avoir d'oiseaux; rien ne pourrait remplacer pour moi le couple chéri; il me manquera toujours, tant il était gracieux et bien apprivoisé. Que de fois tous deux m'avaient accompagnée à la tombe de notre mère! Ils voltigeaient autour de moi si joyeux, si empressés! et si parfois ils s'envolaient, ils ne manquaient pas de revenir le soir.

« La marraine a un nouveau garçon; mais elle ne prend pas le café avec lui. Naturellement elle ne le connaît pas aussi intimement que notre père. Il fait aussi de joli pain, seulement je ne le trouve pas aussi croquant que celui que faisait notre père. Charles, croirais-tu bien que je vais me

promener tous les jours avec Rustaut et Loustic? Je touche
pour cela un franc cinquante centimes par mois. Le vétérinaire

a dit qu'il fallait que les deux chiens prissent l'air tous les
jours, et, comme la marraine n'a pas toujours le temps de sortir avec toute la bande, on m'a confié définitivement les deux
chiens couchants. Je les conduis quelquefois à la maison; mais
c'est une terreur pour Minette; elle craint si fort les chiens
qu'elle court chaque fois se tapir derrière le poêle, quand ils
entrent dans la chambre.

« C'était hier ma fête. J'ai maintenant treize ans. Notre bon
grand-père m'a fait cadeau d'un livre de cantiques qui servait à
ma mère dans sa jeunesse; cela m'a fait bien plaisir. L'année
prochaine, quand je ferai ma première communion, et que je
quitterai l'école, mon grand-père me donnera le petit livre de
messe qui a des lettres d'or sur la couverture; ma mère le
tenait de sa marraine, qui est morte depuis bien longtemps....
Ah! si vous étiez ici, combien volontiers je raccommoderais
vos effets déchirés! Je me suis impatientée bien des fois lorsque
je trouvais tant de trous; mais, si je vous avais près de moi, je
ne serais plus impatiente. N'en parle pas à notre père cependant, cela lui ferait trop de peine.... Quoi qu'il en soit, je trouve
qu'il eût mieux fait de rester ici. Que peut être la forêt vierge,
que peuvent être les maisons que vous voulez bâtir, que peu-

vent être les rôtis de chevreuil, que l'on a pour rien, que peut être
la richesse auprès de la joie d'être réuni à ceux que l'on aime?

« La marraine a dit que j'étais une fille raisonnable. J'en
suis bien aise, mais c'est qu'aussi je suis déjà assez âgée pour
cela ; je crois du reste que l'inquiétude y contribue pour beaucoup. Partout je remarque ton absence.... et alors je suis laborieuse et active afin de ne pas me laisser aller à mes pensées.
Je continue de voir chaque jour les petits enfants du voisinage ;
ils aiment beaucoup à jouer avec moi. La marraine dit que je
devrais me faire bonne d'enfants quand je serai un peu plus
âgée ; mais je ne veux pas abandonner notre grand-père.

« Aujourd'hui un petit ramoneur étranger est venu pour ra-
moner notre cheminée. Je n'ai pas eu le courage de le regarder. Arrivé au haut de la cheminée, il a chanté une de ses
chansons ; alors je me suis mise à sangloter. Tous les jours
nous prions Dieu pour vous ; avant de nous coucher, grand-
père récite à haute voix la prière du soir, et puis il ne manque
jamais de prier pour vous deux en particulier.

« Je vis il y a quelques jours en passant dans la rue une voiture d'enfants qui était arrêtée. Il y avait dedans deux enfants.
Personne n'était avec eux, leur bonne était entrée dans une
boutique, et elle s'amusait à rire avec les marchands. Tout d'un
coup arriva au galop un cheval qui avait pris le mors aux dents ;
il sauta par-dessus la voiture, la renversa.... et les enfants tombèrent. L'un d'eux avait la figure toute en sang, l'autre s'était
cassé un bras.... Je n'oublierai jamais cet accident, tant il m'a
effrayée....

« Juliette, la fille de l'aubergiste, a une ombrelle bleue. Dernièrement elle la laissa tomber dans la boue, je la ramassai,
elle me remercia et ne fit pas du tout la fière. Elle me demanda
si tu étais déjà arrivé en Amérique. C'était bien beau de sa
part, n'est-il pas vrai?

« J'ai fait la connaissance d'un monsieur célèbre ; laisse-moi
te conter cela. J'étais assise devant la porte, occupée à ourler
des mouchoirs pour la marraine ; six petits enfants jouaient de-

Voici notre Rose du cimetière.

vant moi sur le sable et je leur contais une foule d'histoires.
Tout d'un coup on sonne, je me lève bien vite pour aller ouvrir, et qui vois-je derrière la grille? notre maître d'école
avec un étranger. Il avait déjà les cheveux gris, mais avec cela
l'air le plus affable du monde. « Voici notre Rose du cimetière!
« dit le maître d'école pendant qu'ils entraient, et voilà aussi
« son petit troupeau d'enfants. — Tu aimes beaucoup les petits
« enfants, me dit l'étranger en me tendant la main. Ton maître
« d'école m'a parlé de toi; il est d'avis que tu ferais une ex-
« cellente *jardinière d'enfants*[1]. » Je ne savais pas ce qu'il voulait dire par là, mais je n'osai pas le questionner.

« Alors l'étranger s'assit à côté de moi, et me fit maintes
questions, puis il voulut me voir jouer avec les enfants. D'abord
je fus un peu embarrassée; mais ensuite je me remis et je jouai
absolument comme si nous avions été seuls. Tout d'un coup
l'étranger prit les enfants, et joua avec autant de plaisir et de
laisser-aller que s'il eût été lui-même encore enfant. Il leur
chanta de petites chansons qu'il leur fit répéter; puis il s'en-
tretint encore avec eux et avec moi.... il resta au moins une
demi-heure. En partant il me baisa au front en disant : « Ma
« petite, tu es née *jardinière d'enfants*. »

« Le lendemain j'allai à l'école comme à l'ordinaire. A midi,
au moment où j'allais sortir, le maître me prit à part et me dit :
« Sais-tu bien, Rose, quel est ce monsieur qui a joué hier avec
« toi et ce qu'il voulait ? » Naturellement je dis non, car je n'en
savais rien du tout. Alors il me dit toutes sortes de belles choses
sur le compte du vieux monsieur, et je vais t'en faire part. Il
s'appelle M. le professeur Frœbel[2], et voilà quatorze ans qu'il
s'occupe des petits enfants, qu'il prépare à l'école en jouant. Il
instruit les jeunes filles dans sa manière de jouer, et alors
celles-ci tiennent dans les villes des écoles préparatoires. Il appelle ces écoles *jardins d'enfants*, comme si les enfants étaient
des fleurs que l'on cultive, et il nomme *jardinières d'enfants*
les jeunes filles chargées de les soigner.

« Ceci me plaît infiniment, mon bon Charles. Je voudrais

---

1. C'est-à-dire directrice d'une salle d'asile.
2. M. le professeur Frédéric Frœbel, à Keilhau, près de Rudolstadt.

devenir bien vite une jardinière de cette espèce; avec moi les enfants ne courraient point risque d'être abandonnés dans la rue, comme cela est arrivé à ceux qui étaient dans la jolie voiture.

« M. Frœbel est resté ici quelques jours; il m'a invitée deux fois, ainsi que les enfants qui jouent avec moi, à prendre le café, et il nous a appris une foule de jeux et de chansons. Il m'a de plus fait cadeau d'un jeu de patience. Quelles merveilleuses choses il a construites devant moi! une chaise, un sofa, une maison de campagne, une église, une fontaine, et jusqu'à un village entier, tout cela avec les mêmes pièces.

« Grand-père dit qu'il serait bien aise que je pusse devenir *jardinière d'enfants;* mais où prendre l'argent nécessaire pour m'instruire auprès de M. Frœbel? A présent j'ai treize ans; quand j'en aurai dix-sept, grand-père m'enverra chez lui. Ce serait magnifique! A mon retour, j'établirais ici un jardin d'enfants, et quand tu reviendrais, je ferais chanter et jouer mes petits élèves à qui mieux mieux. »

ar une matinée d'hiver, Rose et son grand-père étaient dans leur petite chambre assis auprès du poêle; le vieillard avait ôté son bonnet et il priait. Il avait l'air pâle, bien pâle, ainsi que Rosette, qui ressemblait à une petite rose blanche. Les larmes tombaient l'une après l'autre des yeux de la jeune fille, et ses mains jointes étaient étroitement serrées sur sa poitrine. Le grand-père venait de lire des papiers qui étaient encore épars devant lui, à côté d'une bouteille; ces papiers n'étaient autre chose que le journal de Charles.

Le capitaine d'un vaisseau qui revenait d'Amérique et qui faisait voile pour Brême, avait trouvé la bouteille et l'avait envoyée à son adresse.

Le vaisseau des émigrants touchait au but de son voyage. Le temps était magnifique, le mal de mer avait cessé chez la plupart des passagers, et tous saluaient la terre avec allégresse, lorsque tout à coup un matelot fit retentir le terrible cri : « Au feu ! »

Le capitaine sortit tout effrayé de sa chambre. « Le feu est

dans l'entre-pont ! » crièrent plusieurs voix. Il s'y dirigea en toute hâte.

Une femme avait fait chauffer avec une lampe à esprit-de-vin de la soupe pour son enfant. Ces lampes sont autorisées à la condition d'être hermétiquement fermées, pour que le liquide ne puisse se répandre. Mais cette femme avait eu l'imprudence, en allumant sa lampe, d'approcher la bouteille trop près de la lumière ; l'esprit de la bouteille avait pris feu, et, au lieu de la boucher promptement, elle l'avait versée à terre et avait pris la fuite. Le liquide enflammé se répandit en un clin d'œil sur le plancher, et les effets des passagers, qui étaient entassés de tous côtés, eurent pris feu en quelques instants.

Lorsque le capitaine accourut, la flamme le frappa au visage. Il eût été possible d'éteindre l'incendie, mais malheureusement un des passagers avait de la poudre dans son sac de voyage; le sac prit feu, et la poudre, quoique en quantité insuffisante pour faire sauter le vaisseau, causa néanmoins dans l'entrepont assez de mal pour que la flamme se propageât avec rapidité.

Il en résulta du reste une fumée si épaisse qu'il fut impossible, pendant quelque temps, de rester en bas et de continuer les travaux de sauvetage. Pendant cet intervalle les progrès du feu devinrent effrayants; il gagnait de proche en proche, et les malheureux qui se trouvaient sur le bâtiment avaient devant les yeux une mort presque inévitable. On mit la chaloupe à la mer; on pratiqua des trous dans le pont pour y faire pénétrer l'eau; tout l'équipage travaillait à l'envi, les passagers criaient, pleuraient, priaient. Ce furent d'horribles instants de la plus grande animation, de la plus vive attente. La mer était calme et unie comme un miroir; le ciel clair et bleu; la terre, objet de tous les vœux, était là devant les yeux. Allait-on périr si près du but?

Gotthelf n'avait plus le mal de mer. Adossé à un mât, il tenait Charles serré contre son cœur; ses mains s'étaient jointes sur la tête de l'enfant pour prier. Mais ce n'était plus le salut qu'il implorait dans sa prière; il lui paraissait presque impossible; la chaloupe devait nécessairement sombrer aussitôt que tous ceux qui étaient sur le vaisseau s'y seraient entassés.

« Dieu de miséricorde! s'écria-t-il tout d'un coup; prenez mon âme en pitié! » Puis il laissa aller l'enfant, le fit mettre à genoux et se prosterna à côté de lui. Puis il pressa convulsivement sur sa poitrine la bouteille contenant le journal, et il la lança dans la mer.

Quelques heures plus tard, la chaloupe abordait en Amérique. Gotthelf n'était pas du nombre des passagers sauvés.

J.·GAUCHARD·

Dans une des gigantesques
forêts de l'Amérique s'élevait
un pauvre petit blockhaus [1]
presque perdu dans les hautes
broussailles qui poussaient en-
tre les arbres vigoureux et dans les plantes grimpantes enche-
vêtrées de l'un à l'autre. Fortement endommagé dans la guerre
avec les Indiens, où il avait servi de retranchement aux colons,
le vieux bâtiment était vide depuis longtemps. Son dernier
propriétaire y était mort délaissé. Comme il était seul, vivant
de gibier et de racines, aucun des voisins n'avait remarqué son
absence, et quand on le trouva, ce n'était plus qu'un squelette.

Un nouveau colon, qui avait acheté le lot de terre sur lequel se trouvait le blockhaus, eut l'avantage de pouvoir s'y

1. Maison faite de troncs d'arbres non équarris.

installer tout de suite; il évitait par ce moyen la difficulté et les dépenses d'une bâtisse. L'emménagement ne fut pas long, car le nouveau propriétaire n'avait pour tout mobilier qu'un fusil, une hache, quelques pots et autres ustensiles de ménage : un jeune garçon qui l'accompagnait et qui n'était également possesseur que d'un fusil, s'installa en même temps que lui.

« Nous allons trouver bien étrange, dit le plus âgé des nouveaux propriétaires, le séjour d'une pareille solitude. Je comptais rester dans une ville et y donner des leçons.... mais il y fait trop cher vivre. Les leçons ne venaient pas, il fallait me nourrir, me loger, m'habiller; bref, il ne me restait plus qu'à chercher fortune ici dans la forêt. Qu'en dis-tu, mon garçon?... Te voilà tout interdit! Est-ce que notre château de chasse ne te plaît pas?

— Oh! si fait! répondit celui à qui la question s'adressait.

— Mais pourquoi parles-tu si peu, mon garçon?

— Je pense à mon père, reprit l'enfant, à Rose ma sœur, et à mon grand-père.

— Laisse en repos ton père. Il a triomphé; ç'a été une heure terrible que celle qui lui a apporté la mort, mais cette heure est passée maintenant. Nous avons éprouvé comme lui des angoisses mortelles; mais nous sommes réservés pour des souffrances probablement encore plus grandes. Aux environs pas de voisins; dans la forêt rien que des arbres, des arbres, et toujours des arbres; pas la moindre trace de champ cultivé. Si nous voulons travailler la terre, il nous faut d'abord arracher les arbres. Cela se passera mal! Deux mains de savant et deux mains d'enfant conviennent peu à une aussi rude besogne.

— Mais je suis fort, moi, dit le petit garçon; chez nous j'ai souvent coupé du bois pour la marraine. La hache d'Amérique est, il est vrai, plus grande et plus lourde que celle de notre pays, mais je saurai bien la manier tout de même. »

Charles voulut en faire l'essai sur-le-champ. Il se mit à frapper à coups redoublés contre un arbre; mais, il faut bien le dire, il ne tarda pas à être las après avoir fait bien peu de chose.

« Ayons pourtant bon courage, se dit-il; il faut que cela marche, autrement il n'y aurait rien à manger l'été prochain. »

La caisse des colons était peu garnie. Le savant avait, il est vrai, sauvé du naufrage une partie de son argent comptant, mais son séjour à la Nouvelle-Orléans avait fortement entamé ses épargnes. Quant à Gotthelf, il avait été enseveli avec son avoir dans les flots. Au moment où il allait sauter dans la chaloupe, le vaisseau avait fait un mouvement en arrière, et peu s'en était fallu que l'enfant ne pérît avec son père. Pauvre Gotthelf! il ne devait pas mettre le pied sur la terre qu'il avait tant désirée.

Dans les premiers temps du séjour de Charles en Amérique, il lui eût fallu courir le pays en mendiant, si le savant ne s'était fait son ami et son protecteur. Lorsqu'on débarqua, le malheureux enfant regardait en sanglotant les passagers, qui, sans bagages, il est vrai, mais cependant la bourse bien garnie, pouvaient se procurer un domicile au nouveau monde. Alors le savant s'approcha de lui d'un air compatissant.

« Viens, mon garçon, lui dit-il, tu resteras avec moi. Tant que j'aurai quelque chose, je le partagerai avec toi. »

A partir de ce moment, le cœur de l'enfant était enchaîné pour toujours à cet homme bienveillant. Dans un monde étranger et lointain, avoir une âme qui prenait part à son abandon, une main qui voulait le relever dans son abattement, ce fut pour lui une pensée si consolante et si douce, qu'il se jeta en pleurant au cou du savant, et se laissa glisser jusqu'à ses genoux qu'il entoura de ses bras avec reconnaissance.

Un nègre qui portait la malle du savant, frôla en passant le bras de l'enfant. « Voilà, se dit-il, un esclave, un esclave pour le reste de ses jours, parce qu'on l'a acheté; je veux être aussi jusqu'à la mort l'esclave de mon sauveur. »

Il se fit donc préalablement le domestique du savant, brossant ses habits, rangeant tout dans la petite chambre que celui-ci avait louée, et allant avec empressement au-devant de tous ses besoins. Mais vint le moment où le savant s'aperçut que le manque d'argent ne lui permettait pas de continuer cette manière de vivre. Il résolut donc de s'établir comme les autres émigrants, et poussa jusqu'au Mississipi, pour chercher à l'ouest de ce fleuve le lot de forêt dont il avait fait l'acquisition.

Ce fut dès lors une vie toute particulière que les deux colons menèrent dans leur blockhaus solitaire. Le savant n'était pas travailleur : il n'avait jamais manié d'autres outils que la plume et le canif. La hache était trop lourde pour lui ; il n'était pas non plus un habile chasseur ; qu'allait-il devenir dans cette contrée déserte ?

Complétement étranger à la vie pratique, il n'avait jusqu'alors su faire autre chose que feuilleter des livres. Heureusement pour lui sa vie antérieure de bibliomane, comme on l'appelait en Europe, avait fait de lui un homme sans prétentions. Quand il avait faim, il mangeait ; mais peu lui importait que les mets fussent bien ou mal préparés, qu'ils fussent chauds ou froids. Dans son nouveau séjour il montrait la même indifférence, et il se contentait de racines, faute de mieux.

Charles, au contraire, était, malgré son jeune âge, propre à toute espèce de travail ; il était adroit et robuste autant qu'on peut l'être. C'est bien peu, il est vrai ; mais par bonheur pour tous deux ils trouvèrent une habitation toute prête, et ils n'eurent pas besoin de travailler les lourdes poutres pour construire un bâtiment neuf.

Le petit garçon eut bientôt reconnu le côté faible de son maître ; il comprit que tout le poids du travail allait reposer sur lui, et que les soins de la vie matérielle seraient exclusivement son fait. Il en fut joyeux, ne se doutant pas des difficultés d'une charge pareille. Comme ils n'avaient pas apporté de vivres, ils en furent d'abord réduits au lait d'une vache qu'ils avaient amenée avec eux, et qui partageait leur logement, à défaut d'une étable.

Charles arrangea un petit coin pour la bonne bête, alla chercher des feuilles sèches et de l'herbe fraîche pour sa litière et sa nourriture ; puis il s'occupa de boucher avec de la mousse les interstices des murs du blockhaus, afin d'en interdire l'accès aux serpents et aux autres animaux nuisibles.

Ce travail achevé, il alla prendre un pot, se mit en devoir de traire la vache, et apporta du lait frais au savant ; ce fut le premier repas dans la forêt vierge. Le savant était étendu sur une couche de gazon, de mousse, de feuilles et de plantes grimpantes, et les bras croisés il contemplait la voûte grandiose de verdure formée par les cimes des arbres entrelacées les unes dans les autres.

« Viens ici, mon enfant, lui cria-t-il en l'apercevant, assieds-toi à côté de moi et lève les yeux. Vois quelle majestueuse impression l'on éprouve! Ce dôme de verdure sera désormais notre église; la voix d'aucun pasteur ne s'y fait entendre, mais on y entend la voix de Dieu. J'aspire l'air à longs traits, comme pour faire pénétrer dans mon âme ce spectacle sublime. Oui, en vérité, s'il me fallait mourir en ce moment, j'abandonnerais volontiers la vie après avoir été témoin d'une des plus magnifiques merveilles du Créateur. »

Les colons se reposèrent quelques instants; puis ils furent forcés de quitter la place, harcelés qu'ils étaient par des essaims de moustiques.

Ainsi, dès les premières heures que les deux émigrants passèrent dans la forêt solitaire du nouveau monde, ils eurent occasion d'en admirer la magnificence et d'apprendre à connaître un de ses fléaux. Pendant leur séjour à la Nouvelle-Orléans, ils s'étaient, du reste, préparés tous deux en quelque sorte à la vie

qui les attendait; ainsi, ils s'étaient exercés au tir à la cible, pour devenir de bons chasseurs; car c'était la chasse qui devait presque seule, la première année, assurer leur existence, puisqu'ils n'avaient pas encore de blé pour faire du pain, pas d'étable pour avoir d'autre bétail qu'une vache.

Le lendemain, ils se mirent en campagne pour explorer la contrée; ils se dirigèrent du côté de la petite rivière sur laquelle ils étaient venus dans leur nouvelle patrie. Ils espéraient rencontrer là des colons comme eux, qui les assisteraient de leurs conseils et de leur expérience. Malheureusement leur espérance ne fut pas tout à fait réalisée. Après une heure de marche, ils arrivèrent enfin à un blockhaus isolé comme le leur. Il n'avait pour habitant qu'un bûcheron, qui expédiait son bois jusqu'au fleuve, dans les barques qui descendaient la rivière.

Cet homme fut un trésor pour les deux colons; il recevait, des bateliers qui passaient, non-seulement de l'argent, mais encore du pain et quelquefois même de la viande en payement de son bois. Ce renseignement était très-important pour nos nouveaux colons. Munis de provisions, ils redescendirent la rivière pour rentrer chez eux.

Le savant, après avoir suffisamment admiré cette nature étrangère, ne tarda pas à s'ennuyer de la solitude.

« Nous aurions peut-être bien fait d'acheter une ferme, disait-il une fois à son jeune compagnon. Nous aurions peut-être trouvé quelqu'un pour entrer en communauté d'achat et d'exploitation. Pourquoi ai-je été assez sot pour ne pas attendre encore quelque temps?

— Les fermiers, répondit Charles, même quand ils veulent aller plus avant dans les forêts pour recommencer leur fortune, vendent leurs fermes très-cher. Il vaut donc mieux faire comme eux, et nous en créer ici nous-mêmes une jolie petite. N'avons-nous pas déjà enclos notre terrain, et, au printemps prochain, ne pouvons-nous pas ensemencer notre premier champ de maïs? »

Il y avait déjà un an qu'ils étaient partis d'Europe, et ils allaient avoir à passer le premier hiver dans la forêt vierge. Charles avait abattu du bois, salé de la viande, fait du foin pour la vache, et bouché toutes les fentes du blockhaus.

Son voisin le bûcheron l'avait, en cette circonstance, aidé de ses bons conseils; le savant lui-même avait apporté le concours de tous ses moyens; mais c'était une plante de serre chaude; le grand air et la fatigue ne lui convenaient point.

Au commencement de l'hiver, il tomba malade.

« Ah! répétait-il en soupirant, que ne suis-je donc resté en Europe! »

Charles faisait son possible pour alléger les souffrances toujours croissantes de son ami et de son bienfaiteur; mais, avec toute sa bonne volonté, il n'était pas capable de faire beaucoup.

Il explora les environs pour se procurer au moins du gibier frais; mais les bêtes, effarouchées, n'étaient pas faciles à tirer.

Un jour qu'il était à la poursuite d'un cerf, il s'éloigna de son habitation; et quand, sur le soir, il se résolut enfin à revenir sur ses pas, il s'aperçut qu'il était depuis longtemps hors de la partie de la forêt où il savait s'orienter. Il contemplait avec effroi les arbres gigantesques qui étalaient autour de lui une végétation luxuriante, mais aucun d'eux ne pouvait lui servir de guide. Charles n'était pas peureux; il ne songea pas qu'il pût mourir de faim dans cette solitude, ou qu'il pût être la proie des bêtes féroces et des serpents venimeux; sa pensée se reporta tout entière vers son ami, étendu sans secours sur son lit de douleur. La nuit devenait de plus en plus sombre, l'air de plus en plus froid.

Charles s'enveloppa dans la peau de bête qui lui servait de manteau, rassembla du bois, et alluma du feu, bien décidé à attendre le jour pour se remettre en chemin.

C'était ici un tout autre monde qu'autour de son blockhaus. Les animaux de la forêt s'éloignent à mesure que les colons s'établissent et que les bûcherons ouvrent leurs coupes. Les bruits que fait l'homme, les coups répétés de la hache, effarouchent le gibier.

A cette distance de tout établissement, la demeure des animaux était paisible, et ils allaient et venaient sans aucune crainte. De tous côtés, Charles entendait les bruits de la contrée sauvage, et les frémissements et les craquements des feuilles sèches et petillantes. Là c'était un sourd rugissement, plus loin le cri rauque d'un oiseau de nuit.

Quand il fut resté assis quelque temps et que le sentiment de sa position désespérée devint de plus en plus net, l'inquiétude qu'il avait ressentie pour son ami délaissé s'affaiblit par degrés devant son propre danger, et il éprouva une angoisse inexprimable.

Il s'était souvent hasardé bravement dans les bois voisins
du blockhaus, et il n'avait jamais eu peur; mais à cette heure

de la nuit, où la lueur de la flamme vacillante donnait des
formes étranges aux arbres et aux rochers, il en était tout autrement.

Quel parti prendre? Fallait-il attendre le jour auprès du feu,
ou bien grimper sur un arbre pour s'y mettre à l'abri des
serpents et des animaux nuisibles?

Comme il était assis là, immobile et abîmé dans ses réflexions,
il se leva, subitement inspiré, et se jeta à genoux; dans sa fervente prière il remit entre les mains de Dieu son destin.

En se relevant il vit les arbres et les rochers éclairés comme
auparavant par la flamme, mais ils ne faisaient plus sur lui
cette impression de terreur et d'angoisse; c'était au milieu de
la création de Dieu qu'il se trouvait.

Les rugissements et les hurlements plus ou moins rapprochés continuaient, et devenaient parfois si forts que Charles regardait autour de lui avec terreur, et s'attendait à voir derrière lui les figures les plus horribles des hôtes de la forêt. Comme les serpents et les autres reptiles ne crient point, il les craignait naturellement encore moins que les quadrupèdes dont la voix peu rassurante réveillait les échos de la forêt, et il résolut enfin de se tapir dans le creux d'un rocher pour y attendre le jour. Il s'établit entre deux pierres qui formaient avec une troisième une sorte de voûte, tout en laissant pénétrer un rayon de la lumière projetée par le feu qu'il avait entretenu.

Il se serra donc là dans un coin. « Mais, se dit-il tout à coup, si c'était la demeure d'une bête féroce! » Et il se glissa doucement plus loin jusqu'à une fente étroite; il tâta avec ses mains, elle était assez large pour le laisser passer; « mais.... s'il y avait un abîme par derrière? » Il s'arrêta.

Au bout de quelques instants il entendit un léger bruit, un frôlement dans les feuilles sèches; puis tout redevint silencieux. Ensuite il perçut un nouveau bruit de pas, puis tout rentra dans le calme, et enfin un sourd gémissement frappa son oreille. « Ciel! si c'était un être humain! » Son cœur battait violemment. « Qui est là? » demanda-t-il. Pas de réponse. Au bout de quelques minutes, les gémissements recommencèrent. « Y a-t-il ici quelqu'un? » répéta-t-il avec un violent effort. Même silence que la première fois.... Un grondement terrible retentit soudain, un cri plus faible y répondit à quelques pas.

Il y avait évidemment dans le voisinage la caverne d'un ours; le cri étouffé était probablement la réponse d'un de ses petits. Charles s'enfonça encore davantage dans la fente du rocher. Bientôt il entendit les pas lourds de l'animal, qui se rapprochait en grondant; il avait éventé une proie. Il s'arrêta devant la fente, y passa la tête en reniflant et poussa un rugissement qui fit frissonner l'enfant dans sa cachette. La fente était trop étroite pour le large dos de l'ours.

Charles se tenait à l'extrémité de sa cachette, immobile comme une statue; l'ours allongeait vers lui sa patte, il lui touchait presque le pied, mais il ne pouvait le saisir. L'enfant se serra de plus en plus dans le coin de son asile, où il semblait être cloué ; les efforts répétés, bien qu'inutiles, de l'animal furieux, le remplissaient à la fois d'une angoisse mortelle et d'une joie mêlée d'orgueil.

Enfin la lumière du jour commença à pénétrer à travers la fente du rocher. Mais comment passer devant le monstre?

Son fusil était encore en bandoulière, il l'avait totalement oublié, il le saisit vivement. En ajustant, il touchait presque la tête de l'animal, tant il était rapproché. « Mon Dieu, ayez pitié de moi! » murmura l'enfant, alors il lâcha la détente.... et l'ours tomba, le crâne fracassé.

Charles fit un pas en avant ; la redoutable bête avait réellement reçu le coup mortel. Il s'agenouilla à côté d'elle en pleurant ; ses larmes furent l'action de grâces qu'il adressa au ciel.

Les angoisses par où il avait passé, avaient épuisé ses forces, et il resta longtemps étendu contre l'animal, qui ne donnait plus signe de vie.

Il faisait grand jour quand il revint à lui ; la caverne était éclairée jusque dans ses moindres recoins. Il se leva pour chercher enfin le chemin de sa demeure ; c'est alors qu'il aperçut dans son trou le petit de l'ours sur un tas de feuilles sèches. La pauvre petite bête avait une blessure à la tête ; c'était la douleur qui lui avait arraché, pendant la nuit, les gémissements entendus par l'enfant.

« Pauvre bête! dit Charles avec compassion, j'ai tué ta mère. A présent il te faudra mourir de faim, si on ne t'apporte plus à manger.... Attends.... viens avec moi, j'aurai soin de toi comme d'un petit chien. »

Il prit l'ourson dans ses bras et le porta au grand air. Il le déposa à terre, s'assit à côté de lui et fit, avec de la mousse, une sorte de compresse qu'il appliqua sur la blessure. La fraîcheur soulagea en effet la pauvre bête, qui, d'un air reconnaissant, laissa aller sa tête entre les mains de son bienfaiteur.

Charles releva le blessé avec précaution, et, chargé de cette proie vivante, il s'avança dans la direction où il supposait le blockhaus. Mais s'orienter ne fut pas chose si facile.

Enfin, le soir, après avoir erré longtemps, il aperçut dans le lointain une lumière ; ce devait être un feu, allumé peut-être par son ami pour remettre sur la voie le chasseur égaré. Il s'élança de ce côté, avec un violent battement de cœur.

C'était bien un feu. Lorsqu'il s'approcha, il aperçut devant le blockhaus leur voisin le bûcheron.

A peine celui-ci eut-il reconnu le petit garçon, qu'il se hâta de lui crier : « Allons! mon enfant. Dépêche-toi; tu arriveras encore à temps. Viens être pour le mourant un messager de Dieu, car ici nous n'avons pas de prêtre pour nous assister à notre dernière heure. »

Charles, inquiet et tremblant, s'élança dans la maison; son fidèle ami était encore en vie.

« Mon garçon, dit-il d'une voix éteinte, je t'ai attendu long-temps. Mets-toi à genoux pour que je te bénisse.... Au nom de Dieu le Père, au nom du Fils et du Saint-Esprit, murmura-t-il d'une voix presque éteinte, lorsque Charles se fut age-nouillé. Prie et mets ta confiance dans le Seigneur, » ajouta-t-il à voix encore plus basse, puis il ferma les yeux et joignit les mains. Quelques instants après, comme si la vie allait prendre le dessus, il dit plus distinctement : « Ne pleure pas, mon fils! Le Seigneur est puissant dans les faibles, il t'as-sistera. Te voilà désormais propriétaire de cette habitation; tra-vaille en n'oubliant jamais que tu es sous les yeux de Dieu. »

Le mourant garda quelque temps le silence; puis il étendit le bras vers l'enfant à genoux, et lui dit d'une voix suppliante : « Mets ta main sur mon front et bénis-moi. »

Charles se releva en sanglotant, s'inclina du côté du malade, et abaissa légèrement la main vers sa tête, en disant : « Dieu qui êtes au ciel, bénissez-le! »

Au point du jour, le colon avait rendu le dernier soupir, et Charles était seul, seul et abandonné de l'unique ami qu'il eût dans cette contrée étrangère. Le bûcheron était reparti, et n'avait promis de revenir que pour aider à Charles à creuser la fosse du mort.

Il sortit en pleurant devant la porte; l'ourson malade était étendu gémissant de douleur. Il se jeta sur le petit animal et l'embrassa. « Tu seras désormais mon ami, s'écria-t-il, com-pagnon que Dieu m'a envoyé. »

Il pansa de nouveau la blessure de la pauvre bête, alla cher-

22

cher du foin tout frais pour la vache, se mit en devoir de la
traire et apporta le lait à son ourson. Il lui prépara un lit moelleux de foin et de mousse à côté de la vache, et le coucha dessus doucement, comme on ferait d'un enfant. Il retourna alors
vers le corps de son ami, s'agenouilla encore une fois devant
lui et fit une nouvelle prière.

Puis il se rendit à la cabane du bûcheron pour lui renouveler sa prière de lui aider à enterrer le mort.

Lorsque la terre eut recouvert son ami, Charles garnit le
tertre de mousse moelleuse ; il y planta une croix. Cela faisait une belle tombe, juste au centre du dôme formé par les
hautes cimes, et qui avait si vivement impressionné le savant
le jour de son arrivée.

A partir de ce moment, Charles continua sa vie monotone et
solitaire ; et peu s'en fallut qu'il ne perdît l'usage de la parole ;
mais il parlait à son ours, il parlait à sa vache, et il faisait
toujours sa prière à haute voix. Souvent aussi il chantait les
cantiques qu'il avait appris à l'école et qui étaient d'usage aux
diverses solennités de l'Église. Quant au dimanche, il le célébrait
sans y manquer. Il se rendait à la tombe de son ami, sous le
dôme élevé par la nature, il y récitait tout haut *Notre Père*,
puis il chantait un cantique, et après une fervente prière pour
Rose et pour son grand-père, il disait, la tête humblement
baissée : « Seigneur, bénissez-moi et gardez-moi ; Seigneur,
jetez les yeux sur moi et donnez-moi votre paix. Ainsi soit-il. »

Charles passa dix ans dans cette solitude. Avec le temps et
avec l'aide de son voisin il avait défriché une partie de la
forêt et en avait obtenu un champ, dont il partageait le produit
avec le bûcheron, qui lui rendait les services les plus importants.

Toute l'ambition de Charles avait pour but de vendre un bon
prix sa terre à un nouveau colon, et de revenir en Europe avec
un petit pécule.

Son ours lui était aussi attaché que le chien le plus fidèle ;
il ne le quittait pas d'un instant, dormait sur le même lit de
feuilles, sortait avec lui quand il allait à la chasse, et se couchait
à côté de lui quand il travaillait au champ. Les liens de cette
amitié ne firent que se resserrer d'année en année ; puis le fidèle
animal mourut, et Charles l'enterra en pleurant aux pieds de

Il se rendait à la tombe de son ami.

son ami. Ainsi se réduisirent en poussière les deux cœurs qui avaient battu pour lui, et son désir de revoir l'Europe ne fit qu'augmenter de jour en jour.

Il vendit sa propriété à vil prix, et il se rendit à pied à la Nouvelle-Orléans, où il s'embarqua pour l'Europe.

ose du cimetière était devenue une belle jeune fille ; tout entière à la magnifique vocation qu'elle avait choisie, elle était connue, aimée et estimée de tous les habitants de sa ville natale.

Dans le voisinage du cimetière, où son grand-père remplissait encore son triste emploi, il y avait un jardin, dont une partie était entourée d'une clôture, et formait un grand espace couvert de sable et divisé en une infinité de petites plates-bandes. Dans la maison attenante une grande salle, qui donnait sur cette portion de jardin, était distincte du reste du bâtiment. Elle avait une entrée particulière, et un mur mitoyen la séparait de l'habitation contiguë où demeurait le jardinier.

A ce mur était attaché le portrait d'un homme déjà sur l'âge. Le cadre était entouré d'une couronne de verdure, et on lisait au bas le nom de Frédéric Frœbel. A droite et à gauche on voyait des gravures, dont l'une représentait la vierge Marie avec l'enfant Jésus, et l'autre Notre-Seigneur donnant la bénédiction à des enfants, avec cette légende : « Laissez venir à moi les petits enfants. »

A ce même mur était accrochée une guitare, et de longues tables avec des petits bancs s'étendaient de chaque côté de la salle d'école, destinée à recevoir de tout petits enfants, car la hauteur des siéges l'indiquait évidemment. On entrait dans le jardin particulier par une porte grillée, surmontée d'un écriteau où on lisait ces mots : *Jardin Frœbel.*

Un matin, trente petits garçons et petites filles de deux   six ans y étaient rassemblés. Ils jouaient sous la surveillance d'une jeune directrice remarquable par la grande simplicité et l'extrême propreté avec laquelle elle était vêtue. A neuf heures les enfants s'étaient déjà réunis et avaient chanté un cantique, accompagnés par la guitare de la directrice.

Après le cantique du matin, les petits enfants avaient fait dans le jardin quelques exercices de gymnastique des plus faciles, puis arrosé leurs petits parterres.

Quand ils se furent occupés quelque temps en plein air, la directrice ramena sa petite bande d'enfants, ou, comme elle se plaisait à la nommer, sa petite troupe de fleurs, dans la salle, où on se mit à faire du dessin. On donna à quelques-uns des ardoises, à d'autres du papier et des crayons ; et, pendant que les uns traçaient des figures, les autres chantèrent le petit morceau suivant sur un joli air du compositeur Robert Kohl :

LE JEUNE DESSINATEUR.

Que fait là ce jeune ouvrier?
Il bâtit une maisonnette.
Accourez, maçon, charpentier,
Dites-nous, est-elle bien faite?
  Du courage,
  Gai refrain,
  Et l'ouvrage
  Va bon train.

Ses outils, crayon et papier,
Sont aussi bons qu'ils puissent être ;
Qu'il n'aille donc pas oublier
La porte ainsi que la fenêtre.
  Du courage, etc.

Lorsque de l'édifice entier
Un bouquet ornera le faîte,
Pour faire honneur au charpentier,
Nous mettrons nos habits de fête.
  Du courage, etc.

Le chant terminé, un des enfants se mit à crier : « La petite chanson de l'église ! je vous en prie.

— Oui, oui, la petite chanson de l'église, » répétèrent plusieurs voix; et, la directrice ayant fait un signe d'assentiment, tous s'élancèrent de nouveau dans le jardin. Là ils se groupèrent pour former une église. Douze enfants de même grandeur se rangèrent en face l'un de l'autre à égale distance, les mains entrelacées et les bras en l'air; ils représentaient ainsi les deux murs latéraux; les bras levés figuraient la nef avec ses fenêtres; le plus grand des garçons monta sur un escabeau à l'une des extrémités, d'où il dominait le reste de l'édifice; c'était lui qui faisait le clocher. Deux des plus jeunes se tenaient à côté de lui et agitaient ses bras deci delà; ils sonnaient la cloche; les autres allaient et venaient deux à deux, c'étaient les fidèles, ils chantaient :

C'est fête; la cloche sonne
Déjà dès le point du jour;
Entendez-la qui bourdonne
Là-haut dans la vieille tour.

A cette voix si connue
Accourons dans le saint lieu;
A genoux, la tête nue,
Prosternons-nous devant Dieu.

De Dieu chantons les louanges
Dans nos cantiques pieux;
Que sur les ailes des anges
Elles montent vers les cieux.

Aux dernières paroles, ceux qui représentaient les fidèles entrèrent dans l'église en passant sous les bras de leurs camarades, et puis l'église vivante fut dissoute.

Un jour, deux hommes qui sortaient de la ville prirent le chemin du cimetière.

« Assurément, notre vieux fossoyeur vit encore, dit le plus âgé, répondant à une question de l'autre, la bonne Rose du cimetière a toujours soin de lui; c'est une si brave fille ! Elle tient ici une petite-école d'enfants, un *jardin d'enfants*, comme ont été appelées avec raison ces écoles par leur bienfaisant fondateur. Rose est là tout à fait dans son élément. Mme Schulze, la boulangère, lui a fait prendre des leçons pendant un an chez le professeur Frœbel, et la ville l'a installée ensuite comme directrice; elle a un traitement de trois cents francs par an et l'entretien gratuit; c'est bien agréable pour une demoiselle si jeune. La couture et la broderie seraient loin de lui rapporter autant.

— Et Mme Schulze, que fait-elle? demanda le plus jeune des interlocuteurs.

— Elle est encore bien portante, mais il y a bien du changement chez elle : deux de ses chiens seulement sont encore en vie. Elle a bien vu, à la fin, qu'il n'était pas raisonnable de dépenser tant d'argent pour l'entretien de *ses enfants gâtés*, et, les chiens étant morts successivement, elle ne s'en est pas procuré de nouveaux. »

Les deux hommes étaient arrivés devant la porte, au-dessus

de laquelle on lisait : *Jardin Frœbel*. Le plus jeune ouvrit, s'arrêta un instant, et, après avoir regardé fixement la jeune fille, qui, en ce moment même, se penchait en face d'eux vers un enfant, il jeta un cri. Charles et Rose étaient dans les bras l'un de l'autre.

Je laisse à penser quelle fut leur joie. Le vieux grand-père arriva, on envoya chercher Mme Schulze, et peu à peu le jardin se remplit d'amis et de voisins, qui tous voulaient souhaiter la bienvenue à l'Américain, après une aussi longue séparation.

Charles avait subi la plus dure épreuve de sa vie; il était maintenant de retour dans sa patrie tant désirée, et la joie dont

son cœur débordait se traduisait sans contrainte sur sa figure
franche et ouverte. Il passa quelques semaines chez son grand-
père avant de se décider à choisir une profession, ce qui n'était
pas chose tout à fait facile. Il était trop âgé pour apprendre un
métier, et le goût pour celui de ramoneur lui avait passé depuis longtemps. Alors Mme Schulze intervint. Elle loua pour
lui le grand jardin potager, et Charles, devenu jardinier, habita
avec sa sœur dans la jolie petite maisonnette, où ils vécurent
heureux et contents.

« Je rends grâces au Seigneur, disait le vieux grand-père, de
ce qu'il a bien voulu réunir de nouveau mes petits-enfants.…
Tout le monde n'a pas cette chance.… Celui qui veut abandonner son pays devrait avant tout bien prendre ses mesures; émigrer à l'aventure est une folie. Il y a encore chez nous de la
place pour les gens qui veulent s'occuper; les oisifs ne font nulle
part fortune; aussi donnerai-je toujours ce conseil : Reste au
pays et conduis-toi honnêtement. »

TABLE DES MATIÈRES.

PARIS. — IMPRIMERIE DE CH. LAHURE ET Cⁱᵉ
Rues de Fleurus, 9, et de l'Ouest, 21

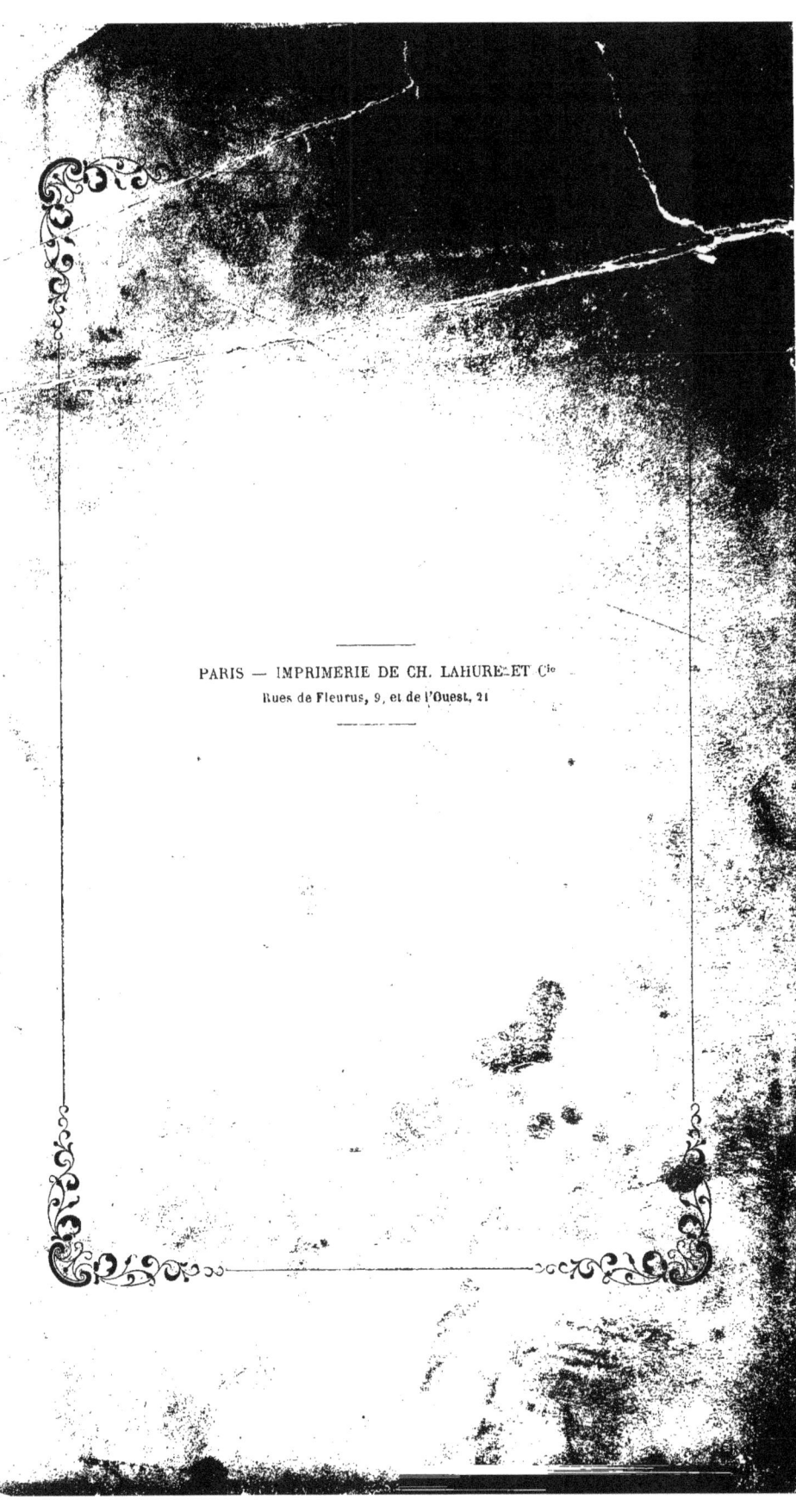

PARIS — IMPRIMERIE DE CH. LAHURE ET Cⁱᵉ
Rues de Fleurus, 9, et de l'Ouest, 21